一念钦承之盛极

江胤禛◎著

北京日报出版社

图书在版编目（CIP）数据

一念钦承之盛极 / 江胤禛著． -- 北京：北京日报出版社，2018.11
ISBN 978-7-5477-2992-2

Ⅰ．①一… Ⅱ．①江… Ⅲ．①长篇小说－中国－当代 Ⅳ．①I247.5

中国版本图书馆 CIP 数据核字（2018）第 122726 号

一念钦承之盛极

出版发行：	北京日报出版社
地　　址：	北京市东城区东单三条8-16号东方广场东配楼四层
邮政编码：	100005
电　　话：	发行部：（010）65255876
	总编室：（010）65252135
印　　刷：	成都市兴雅致印务有限责任公司
经　　销：	各地新华书店
版　　次：	2018年11月第1版
	2018年11月第1次印刷
开　　本：	165毫米×235毫米　1/16
印　　张：	22
字　　数：	295千字
定　　价：	59.80元

版权所有，侵权必究，未经许可，不得转载

目录

第一章　风起云涌	001	
第二章　诡秘莫测	007	
第三章　手足之情	013	
第四章　前功尽弃	019	
第五章　金玉良言	025	
第六章　旧爱重逢	031	
第七章　争风吃醋	037	
第八章　任重致远	043	
第九章　情意绵绵	049	
第十章　壮志凌云	054	
第十一章　旗开得胜	057	
第十二章　海誓山盟	060	
第十三章　不虞之变	067	
第十四章　背道而驰	076	
第十五章　藏形匿影	081	
第十六章　乱点鸳鸯	086	
第十七章　父母之命	092	
第十八章　死里逃生	098	
第十九章　宽猛并济	104	
第二十章　出乎意料	113	
第二十一章　独坐愁城	120	
第二十二章　朋心合力	126	
第二十三章　节外生枝	131	
第二十四章　意外之喜	137	
第二十五章　经营擘画	141	
第二十六章　反复推敲	147	
第二十七章　水落石出	153	
第二十八章　真知灼见	159	

第二十九章	显露端倪	164	第四十四章	暗度陈仓	256
第三十章	千里之任	172	第四十五章	鞭辟入里	263
第三十一章	万事俱备	179	第四十六章	一刀两断	269
第三十二章	功亏一篑	185	第四十七章	迎刃而解	276
第三十三章	处心积虑	191	第四十八章	肺腑之言	283
第三十四章	沆瀣一气	197	第四十九章	人命关天	288
第三十五章	纵横捭阖	203	第五十章	生离死别	294
第三十六章	争分夺秒	209	第五十一章	与世长辞	300
第三十七章	临危受命	214	第五十二章	据理力争	305
第三十八章	扬帆起航	220	第五十三章	变生不测	311
第三十九章	别有用心	226	第五十四章	晴天霹雳	317
第四十章	寻踪觅迹	232	第五十五章	内外勾结	323
第四十一章	真相大白	238	第五十六章	骑虎难下	328
第四十二章	阴谋诡计	245	第五十七章	四面楚歌	333
第四十三章	一脉相承	250	第五十八章	否极泰来	340

第一章
风起云涌

"丁零零、丁零零"。

深夜，静寂的书房里，骤然响起一阵急促的电话铃声。

"喂？"房子的主人接起电话，声音略显低沉。

"薛总，不好了，夫人被人绑架了！"电话那头的人故意压低了声音，但还是显得很惊慌。

男人听闻这个消息后，大吃一惊，赶紧问："是谁干的？什么时候发生的事情？"

"目前还不知道对方是谁，事件发生在晚上十点左右。当时，夫人刚参加完一个宴会，在开车回家途中，被几个年轻人强行截停并带走。当时一同聚会的陈理事长夫人刚好行驶在后面，目睹了整个过程。目前，董事长正在家中等候消息，他让我赶紧通知您。魏总和叶总已经在赶来途中。"汇报的人略显急促，一口气把事情说完。

"好，我马上赶过来。"放下电话，男人蹙起眉头，心里一阵犯怵：堂堂一个特级集团的董事长夫人被人绑架，这事非比寻常，谁会如此胆大妄为？公司最近又发生了什么事情？种种疑雾时布满他的心头。望着窗外淅淅沥沥的雨，他的心竟莫名地翻涌起来，一种不祥的预感油然而生。

刚才打电话过来告知消息的人，是宏远集团董事长叶宏远的私人助

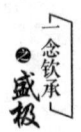

理李夏，他是叶宏远为数不多的信任者之一。而李夏口中称呼的薛总就是宏远集团最年轻的副总经理薛承。宏远集团则是一家以建筑业为主的综合性特级集团公司。

半个多小时后，薛承已经赶到一幢古朴庄重的英式别墅门口。别墅是叶宏远的重要居所之一，薛承对这里早已轻车熟路。

刚踏进书房，他就看到财务总监叶如萍和集团总经理魏和坐在那里紧锁眉心，各自沉默，书房内烟雾缭绕，在缕缕白烟中，仿佛织着一张无形的网，兜住了几个人的焦虑。

"董事长。"薛承轻呼一声。

"嗯！你来了。"叶宏远端坐在办公桌前，表情凝重。

三个人正襟危坐，相互对视一眼算是打了个招呼，等候叶宏远的指示。房间内的气氛越发显得诡异，令薛承有一种窒息的感觉。

"小夏。"叶宏远沉默许久，突然开口道。

"董事长，您有何事吩咐？"李夏微微弓下身躯，轻声地问。

"夫人的车子拿回来了吗？"叶宏远冷峻地看着李夏。

"拿回来了，就停在车库。"李夏毕恭毕敬地回答。

"那你马上去车里仔细找一下，看看夫人有什么重要的东西遗漏在车上。"

"好的，我马上去办。"李夏收到指示，急忙出去。

"晚上的突发事情，李夏都跟你们说过了吧，现在是凌晨一点钟，距离事发当时已经过去了三个多小时，我到现在还没有接到匪徒的电话，目前我能掌握的信息，几乎为零。"叶宏远停顿了几秒，瞥了瞥放在桌角的手机，仿佛脑子里又闪过一丝线索，于是继续说："这件事情，我已经通知了栗局长，我要求他们必须隐蔽侦查。如今，我们不清楚对方是基于何种目的绑架贤君，万一打草惊蛇，后果将不堪设想。根据陈夫人对现场情景的描述，当时并未发生过暴力行为，歹徒三人也没有刻意伪装过，而是径直带走了夫人。所以我推断劫财的可能性比较低，如此，夫人的人身安全应该会有所保障。"

薛承坐在那里不动声色地看着他们,他挺佩服叶宏远一副了无惧色的样子,镇定自若。尽管事态严重,但凝聚在叶宏远周围的气场依旧强盛,并未令他乱了方寸。在座的几个人共事多年,彼此之间都算了解。魏和是集团公司的总经理,五十光景,脸色红润,身材中等,与叶宏远一块儿打拼二十余年,宏远集团能发展到今天这般规模,他功不可没。叶如萍,叶宏远的同胞姐姐,六十岁左右,慈眉善目,瘦弱个头,戴着一副眼镜,她同叶宏远一起创建了宏远集团,目前是宏远的财务总监,也是集团的董事。薛承自从进入公司,一直备受他们照顾,他能有今天的成就除了自身努力外,也离不开魏和与叶如萍的栽培和提携。自薛承升任副总经理之后,公司如遇重大事情,他们必会被叶宏远召集到这里共同商议对策。晚上突遭凶险之事,他们自然而然又聚集到一起商讨对策。

"最近,公司遇到过什么棘手的事情吗?"叶宏远盯着大家问。

魏和托腮思考,叶如萍轻微摇头。

薛承略微思考下,首先说道:"董事长,您说天成公司的徐永成,是否跟这件事情脱不开干系呢?"

"徐永成!天成公司!"叶宏远用手指轻敲桌面,反复念叨这两个名字。

薛承简短的一句话,瞬间就把四个人的思绪拉回到了一年前。

一年前的三森绿化工程招标会现场,绿佳苑大型住宅区的绿化工程投标会,正在如火如荼地开展,宏远集团、天成建筑公司等五家公司参与了竞标。关于这个项目,宏远集团早在一年前就开始筹备,也基本上与三森公司达成了合作框架,并私下谈妥只要再过个场,把工程协议搬到台面上签订,就算正式落槌。

宏远集团与三森公司的合作,符合工程方面的潜规则:比如,某公司与开发商谈妥项目合作,需再找几家资质不错的公司在招标会上陪标,

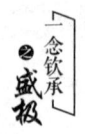

走个形式。一般情况下,如遇同行邀约陪标,受邀公司肯定不会推诿,会欣然接受,因为完事之后,他们既能得到人情账,又能得到一笔不菲的出场费。况且,这行规就是礼尚往来的事,你今天有求于他人,他人明天照样会有求于你,这个规则相对比较公平,大家也都会自觉遵守。

绿化工程投资巨大,利润丰厚,由此引来了业界的普遍关注。原先跑这个工程的公司非常多,后来传出工程已经由宏远集团承包后,这事才逐渐平定下来。天成公司去年业绩不好,今年只能四处撒网,不管工程大小,都尝试去投标,还把行业利润做到最低点。他的不守行规的行为招来业界的普遍怨言,老板徐永成甚至被人唾骂。但是天成公司有一定的社会背景,因此,大家在表面上也算客客气气,能忍则忍。

绿佳苑工程,天成公司也想分得一杯羹,当三森公司面向社会公开招标,天成公司就适时掺和进来。当天,招标会的气氛非常紧张,形成了对峙局面,魏和带领的宏远员工与徐永成带队的天成员工剑拔弩张、一触即发。投标会进行到中场的时候,两家公司的员工开始互相挑衅,终于点燃了这条导火索,几个比较冲动的男员工动手打了起来。在招标会上打架斗殴,这是丽温市开埠以来前所未有的恶性事件,一经传开,事情就显得无比严重。最后的处理结果是工程延后,招标细节对外公布。市政府、市建工局还紧急召开建筑行业的安全会议,并在会上通告了这起事件的处罚决定,以天成公司为主责、宏远集团为次责,给予了严厉的处罚,并责成两家公司进行定期自检和人员素质培训。

这一奇葩事件在整个行业内引起了轩然大波。发生此事后,徐永成的确在一段时间内收敛了很多。后来,绿佳苑项目还是被宏远集团争取下来,但利润空间大幅缩水。自此,事情总算告一段落,但两家公司从此结下了梁子,后来还引发好些明争暗斗的事情。就在上个月,市政的一项安置工程,两家公司又搅在了一起,天成建筑公司的一个王姓副总还在社会上公开发了狠话,扬言迟早要弄死宏远集团。

"徐永成这人非常危险,嫌疑确实很大,只要混子能做的事情,他就会干。假如真是他做的,也算不幸中的大幸,起码知道其人。"经过薛承的提醒,叶宏远头脑里假设了一万种绑架理由,后因逻辑不通,不得不推翻了这些理由,他一时又陷入僵局,无从思考。

"宏远,是否应该把这个疑点告诉给栗局长呢?"魏和问道。

"目前也没有足够的证据指向天成,都是我们自己在揣摩,况且天成背后有人撑着,事情拿到台面说,万一传出去那就非常麻烦,还是让李夏找两个信得过的人去盯一下徐永成。"叶宏远笃定地说。

这时,李夏喘着气从外面进来,把一张纸条铺在叶宏远面前,说:"董事长,我在夫人的车里仔细检查过,除了储物格里的这张一百万汇款单据外,没有发现特别可疑的物件。"

叶宏远拿起单据,紧紧地盯着这串数字,对李夏吩咐道:"找两个靠得住的人,盯一下徐永成,有情况随时向我汇报,务必谨慎!"

"是,董事长,我现在就去办。"

李夏收到指示,马上起身出去安排,刚走到门口又被叶宏远叫住:"小夏,找的人务必要可靠,办的事情务必要保密,一丝风声都不能泄露出去。"

叶宏远刚叮嘱完,桌角的手机突然震动了一下,他欠了欠身体,微微舒展下眉头,顺手拿起手机打开刚发进来的短信。他看完信息,想了差不多十分钟,然后才对他们说:"都这么晚了,大家还是先回去休息吧,若有事情再电话沟通。"

"董事长,要不我留下来吧,万一有急事也得有个人去办。"薛承一脸诚挚地说。

"不用了,都回去好好休息吧,事情如果有进展,我再通知你们。"叶宏远面无表情地说。

"宏远,你个儿要多注意身体,有什么事情马上通知我们。"魏和关切地说。

"二弟,一有消息马上跟我说。"叶如萍的心里同样忐忑不安。

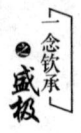

"董事长，您早些休息，有事情随时吩咐我！"薛承最后一个退出书房，并轻轻带上了房门。

待众人走后，叶宏远并未起身去休息，继续静坐在书房里，此时的书房显得更加静谧，偌大的房间里，只传着叶宏远逐渐加重的喘气声。在昏暗的灯光下，他的脸色慢慢变得苍白起来。突然，叶宏远左手拿起那张汇款单据揉成一团，一副情绪激烈、痛苦不堪的样子，他极其愤怒地抓起茶杯，用力摔向墙角，嗔目切齿地喊道："畜生！"

第二章
诡秘莫测

翌日，薛承正在办公室里琢磨着昨晚发生的事情，喻婧敲门进来，并呈上几份资料，依次归好类，甜甜地说："薛总，这些是龙山安居工程的所有资料，这份是参与竞标的几家建筑公司的资料，这份是这些公司招标联络的负责人。"

"先放着吧。"薛承只对这些文件瞄了一眼。平时他心情好时，还会与喻婧逗趣，今天他心里揣着的事情很多，显得有些走神。

"九点钟去风雅园项目部视察的行程，暂先往后延迟。"薛承点上烟说。

"好！那十点半，市里建工局的会议，是否另外安排人员参加呢？"喻婧一边问一边前去开窗，见他心事重重的样子，心疼地说："少抽根烟吧，别糟蹋您的身体了。"

"会议还是要去的，出席人员名单都已经上报了，不去不妥，要你准备的资料都备齐了吧？"说完，他看了看刚点上的烟，一下子又把它掐灭了。

喻婧莞尔一笑："请放心，万事俱备！"

喻婧是薛承的助理，也是办公室的主管，漂亮能干。她一直迷恋着薛承，这都是公开的秘密了，但薛承当她是工作上的搭档，平时除了开些无伤大雅的玩笑外，从来没有僭越友谊这层关系。他反感不苟言笑的

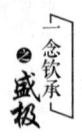

工作环境,他认为员工们拥有一个轻松愉快的工作环境,才能更好地调动积极性。

待喻婧出去后,他又点上一根烟,继续对着窗外的世界厘清思绪。刚才,他给李夏打电话询问夫人的情况,李夏却说天色还朦胧,叶宏远就独自一人驾车离去,看上去很焦急。谁也不知道他去了哪里,李夏现在独自一人在别墅候着,等待叶宏远的消息。

"你的咖啡。"不知什么时候,喻婧又折了回来,手上多了一杯咖啡。她心疼眼前这个男人一脸憔悴的样子,但又不知道自己能说些什么,或者能为他做些什么,她注视他几秒钟,又轻轻地把门关上。

这时,薛承的手机骤然响起,一下子把他的思绪拉回到现实当中。

"阿泽,昨晚你的老板娘被人绑架了,你知道吗?"还未等他说话,电话那头就传来了一阵幸灾乐祸的笑声。

薛承呷了一口咖啡说:"活见鬼。"

"怎么回事?说来听听!"对方饶有兴致地问。

薛承戏谑道:"这才早上八点,我却接到了你的电话,不是大白天活见鬼了吗!"

"我跟你说正事呢,严肃点!昨晚卫贤君被人绑走了,这事没几个人知道,难道你也不知情吗?"电话那头沾沾自喜地说。

"你还是继续养精蓄锐吧!我现在没空跟你聊这些八卦的事。"薛承不想与他讨论这个话题,他知道他有能力知晓这种内幕。

"等等!那晚上见吧,到时候我会告诉你一个你感兴趣的消息!"说完,对方就抢在他的前面挂上电话。

随着耳边传来一阵忙音,薛承苦笑一下,他对这个人毫无办法,此人便是百里集团的公子爷百里焱。

整个上午,薛承都是心不在焉的样子,尽管身在会场,但心里总想着卫贤君的事。百里焱的电话隐藏了几分神秘,还有刚才徐永成冲他痞笑的样子，让他的心里更是堵得发慌。他想尽早弄清楚事情的原委，拿起电话，又不知道该给谁打。李夏那边肯定还没有消息，去魏和那边打听消息又实为不妥，打了几个电话给叶如萍，一直占线。于是作罢，"世俗之尘埃，莫牵君之念"，薛承开始在心里自我宽慰起来。

当晚，薛承来到约定的KTV，刚推开包厢门，就看到百里焱正搂着一个女子谈笑风生。

百里焱一见到薛承进来，立马撇下女子，愉快地说："终于把您老给盼来了。"

薛承跟几人照了一面，打趣说："才一会儿工夫，你都打了几个电话催了，我能不来吗！"

百里焱笑嘻嘻地说："最近难得见你一面啊！今天晚上你再不出现，明天我准去你公司兴师问罪。"

"两个大男人见不见面又无妨。"薛承面无表情地说。

"阿泽，我给你介绍一下，这位是萧羽忪，金融界的大才女。"然后，他又搂住身边的女孩子说："这位是我的女朋友珂儿。"

薛承听完百里焱的介绍，绅士般地冲两位女士打了个招呼。

百里焱咧着嘴，又介绍说："这位英俊帅哥是宏远集团的副总经理薛承，也是我百里焱尊敬崇拜的大哥。"

薛承听了百里焱对自己的介绍，无奈地笑笑。尽管他们之间没有任何的血缘关系，但论情谊胜似亲兄弟。

萧羽忪，薛承听说过她的事迹，传闻她是金融界的不栉进士，不仅在投行中出类拔萃，还是个优秀的操盘手，在股票和期货交易方面都算得上翘楚。最让他意想不到的是萧羽忪还是位绝色佳人，清新脱俗，落落大方。

薛承等百里焱介绍完，微笑道："久闻萧总大名，初次见面，不胜荣幸。"

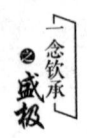

"薛总年轻有为,气度不凡,是丽温市杰出的青年才俊,很高兴能认识你。"萧羽伈回敬道。

"俊男才女,挺有意思。"百里焱忽然插过一句话。

薛承瞟了百里焱一眼,客气地对萧羽伈说:"请坐,萧总!"

随后,百里焱贴着薛承落座,左手端起酒杯嚷道:"你来迟了,晚上要多罚几杯。"

薛承说:"随你的兴便好。"

"好兄弟!"百里焱高兴地说:"来吧!我们一起干杯。"

"干杯。"四人一起举起酒杯说。

百里焱隐隐感觉到薛承有心事,因为他在他脸上看不到往常该有的笑容悦色。百里焱本想过问,又觉得不能搅了晚上的雅兴,于是作罢,他对萧羽伈说:"你们都是商界的成功人士,今天有缘结识,得好好地深入沟通一下。"

萧羽伈一听百里焱的话,便明白了几分意思,她见惯了这种交际场合,索性随了他的意愿,大方地举杯向薛承敬酒,并问:"薛总是否不太满意今晚的安排呢?"

薛承一听萧羽伈的话,立马知道自己的心事堆在了脸上被人看穿了,于是笑着解释道:"萧总言重了,刚才想起一件棘手的事情,不免分了神,还望见谅。"

"既然不是这里的问题,那我们就干一杯吧!"萧羽伈得体地举起杯。

"我敬你!"薛承一饮而尽。

"好!"百里焱冲萧羽伈会心一笑。

百里焱跟薛承和萧羽伈喝了几杯酒后,就坐到旁边跟他的小女朋友喝酒猜拳,沉醉在二人世界中。在酒精的作用下,薛承跟萧羽伈逐渐敞开心扉,谈天说地,相聊甚欢。

酒过三巡,萧羽伈又问:"薛总,我有个疑问甚是不解,可否告知?"

第二章 诡秘莫测

"别一口一个薛总地称呼我,距离远了,酒量就小了,还是叫我薛承吧。"薛承幽默地说。

萧羽伈被他的话逗乐,说:"刚好这个问题就有关于你的称呼,小焱为什么一直喊你阿泽呢?"

薛承爽朗地笑了笑:"没有什么特别的意思,阿泽就是我的小名而已,我俩从小就玩在一块儿,他喊习惯了。"

"原来如此,想不到你们还是发小啊!"萧羽伈感叹道。

"我们是一个乡出来的,老家离得很近,他小时候很调皮,现在好了很多。"薛承抖了抖百里焱的糗事。

"呵呵,有意思。"萧羽伈抿着嘴笑。

随着话题的增多,他俩越聊越投机,并发现他们的工作和生活有着惊人的相似之处,产生了相见恨晚的共鸣。这时,百里焱已经喝得微醉,珂儿猫在他的怀里,抚摸着他白皙俊俏的脸。

突然,百里焱靠过来拍拍薛承的肩膀,笑着说:"你知不知道叶宏远家发生了一件怪事,实在让人捉摸不透。"

薛承立马好奇地问:"什么事?"

百里焱哂笑一声:"昨晚,他原先报警说他老婆被人绑架了,可没多久又说人没事儿,要求警方停止调查,你说他在搞什么鬼呢!"

薛承听了这个消息,脸色霍然一变,却没有追问下去。

百里焱看薛承一副百思不得其解的样子,嘲笑道:"出了这种大事,叶家人还像玩儿过家家游戏似的,真是什么奇葩事都有。你跟叶宏远走得挺近,难道没有半点风声吗?"

"还有这事!"薛承顿时酒醒一半,他压根儿就不知道事情还有这么一出戏。

百里焱也对此事感到不可思议,好奇心驱使他想从薛承身上弄个明白,他追问:"你是否有什么消息呢?"

薛承对百里焱的话将信将疑,当时他们几个都在场,叶宏远看似也挺担心的，怎么会在之后又悄悄撤案了呢，他十分狐疑地问："你确定这是真的？"

百里焱借着酒劲拍拍胸脯，嚷嚷道："公安局局长跟我百里家是什么关系啊，我的消息都是一手资料，这件事情千真万确！"

对于百里焱后面的豪言壮语，薛承已经没有心思去听，他突然感觉非常惊诧，心里一片凌乱：这种大事竟然会出现这样滑稽的结果！李夏的电话，卫贤君的失联，到底个中缘由是什么？这家人又遭遇了什么事情？真是谜一样的局，他仿佛陷入了这个旋涡之中。

第三章
手足之情

自从那晚在别墅见过叶宏远后,过去了这么多天,薛承再也没有见他在公司里出现过。他手上有好几份重要文件,必须要由叶宏远本人签发,他心急如焚,为今之计也只能打电话给李夏,看看能否联系得上董事长。

薛承拨通了李夏的电话,立刻问:"李夏,董事长在吗?我有几份重要文件急需董事长过目。"

"薛总,董事长这几天都在滨市处理事情,他刚外出不久,估计一时半会儿回不来。"李夏回答道。

"那么,董事长什么时候能回总部?"

"暂且回不去,董事长没有定好准确的时间。"

薛承略做沉思后,说:"我手上的文件急待签发,要不这样吧,我把文件传真给你,你代为交给董事长,稍后我再等他的具体指示。"

"也好,我会尽快交到董事长手中。"李夏应承道。

薛承挂了电话,立刻通知喻婧,让她赶紧与李夏取得联系,把事情办妥。这些天,公司快成为他的家了,前不久总经理魏和带队去了中东考察项目,其他两位副总经理都有自己的业务,基本上是各扫门前雪,哪有工夫管公司的其他事务,所以薛承肩负的任务就比较重了,他感到分身乏术。

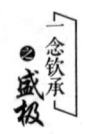

"薛总，我把文件给李部长传过去了。"喻婧办完事就过来向薛承汇报，她见他面容憔悴，便关心地说："这是您要的咖啡，看您脸色不太好，还是休息一会儿吧！"

他刚才在闭目养神，睁开眼看到是喻婧，便说："我没事，只是睡眠不足而已。"

"工作固然重要，但您也要多注意休息。"喻婧帮他把凌乱的办公桌整理了一下。

薛承笑笑表示知道，喻婧今天着一袭白色连衣裙，鬓发披肩，淡扫蛾眉，犹如出水芙蓉般清新秀丽。他多看了几眼，然后赞赏道："清艳脱俗，楚楚动人。"

能听到他的赞美之词，喻婧一阵窃喜，内心犹如小鹿在乱撞，脸上也多了几片红晕，她羞涩地说："您又开我的玩笑。"

薛承笑着说："我有开玩笑吗？"

喻婧面对薛承迷人的笑容，顿感浑身一热，脸上更添几分晕色，连忙掩饰说："我还有别的事情要忙，我就先出去了。"

薛承见一向沉着冷静的喻婧忽然讪讪动容，不免觉得有几分好笑，便说："你先去忙别的事吧。"

喻婧甚至连个回应也没有，赶紧逃也似的出了他的办公室。

今天是礼拜天，薛承本来可以休息，可是现在正处于特殊时期，理所当然就要加班。下午两点左右，他把手头上的事情搁到一边，准备去一趟敬老院，这是他多年来一直坚持下来的习惯，因为那里有一位很重要的老人在等他。

敬老院说是在市郊，但小城本身地方就不大，所以几根烟的工夫，薛承就赶到了那里，同时，他看到百里焱早早地就等在了那里。百里焱一见到薛承，马上炫耀道："今天我给外婆带了件很特别的礼物哦，我敢保证她肯定喜欢得不得了。"

薛承搭上百里焱的肩膀，笑笑："就你点子多，这次又给外婆寻到了什么好东西，跟哥透露一下呗。"

"这可不行，被你知道了，就没有惊喜可言了！"百里焱一下子躲开了他伸出的手臂，拒绝道。

"嗨！长能耐了。"他拍了拍百里焱的胳膊。

俩人一直打闹到老人的房门口才止住，百里焱轻轻地推开半掩着的木门，看到外婆正坐在阳台前晒着太阳，闭目酣睡。他蹑手蹑脚地来到外婆跟前坐下，不敢发出半点响声，就这么老老实实地待着。

薛承后脚跟进，同样轻手轻脚地走到外婆跟前坐下，眼前的耄耋老人，白发苍颜、满脸皱纹，他不免一阵心酸。

房间内很安静，一下子把他的思绪带回到了六年前的晚上，那件惨痛的事情至今都让他无法忘却，愧疚难当，每一次回忆，对他的心灵都是一次鞭笞。不管时间如何流逝，似乎永远冲淡不了他内心的煎熬。

纪凡、卫皓、薛承三个是同学，感情一直很好，毕业后也在同一个城市生活，可以说是亲如兄弟。那天刚好是欧洲杯决赛，他们三个同窗挚友带着百里焱在酒吧看决赛，玩得非常尽兴。直到比赛结束了，他们才出酒吧，相互搀扶、跌跌撞撞地回家。等他们来到一处僻静之地时，从一幢还未完工的大楼底下，忽然传来几声女子的哭喊声。

纪凡一听到哭喊声，借着酒劲独自往大楼里走去，卫皓火性十足地后脚跟上。薛承跟百里焱见两个人步履蹒跚的样子，马上跟过去探个究竟。借着微弱的路灯，他们看见有三个年轻人正在对一个打扮时髦的女子骂骂咧咧、动手动脚。

血气方刚的纪凡突然咆哮一声，就冲上去解救女子，卫皓见此，随后也冲上去帮忙。这三个年轻人，手臂上雕龙刻凤，不是凭你几句话就能吓跑的人，一回过神来，马上跟他俩扭打在一块儿。薛承一看形势不妙，赶紧让百里焱报警，然后自己也跑上去帮忙。就在嘈杂混乱之际，卫皓突然尖叫一声便倒地不起，他双手捂着腹部，有鲜血从指缝中喷了

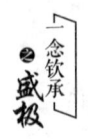

出来。

薛承、纪凡、百里焱一看顿时傻了眼，慌手慌脚地把卫皓送往医院。等他们把人送到医院的时候，卫皓已经快不行了，因为被刀刺中了大动脉，引发腹腔大出血，医生经过一番抢救之后，还是无力回天。

事后，三个年轻人很快就被警察逮捕归案，他们对整个行凶过程供认不讳。当时，他们几人刚喝完酒，见有个单身女子经过，一时把持不住就挟持她意图强奸，谁料被纪凡等人搅了局，结果在打斗中用刀捅了卫皓。案子侦破后，卫皓被追授"见义勇为"荣誉称号。卫皓父母早年辞世，如今他也突然去世，只留下他的外婆孑然在世。从此，薛承、纪凡、百里焱三人就把老人当作自己的亲人一样孝敬起来。

卫皓的外婆得知噩耗后，大病一场，从此人就变得有些神志不清，有时清醒有时糊涂，身体也每况愈下。他们三人商量后，决定把外婆送到这里养老，雇了专人伺候，尽可能地照顾好老人的余生。这家养老院是百里集团的公益事业，取名百善，专门安置一些无儿无女、孤苦伶仃的老人颐养天年。

过了一会儿，老人才从梦中苏醒过来，她缓缓睁开双眼，神情显得非常疲倦，当她看到眼前的两个人，马上开心地说："小承，小焱，你们来了。"

"外婆，我们是否打搅到您休息了？"薛承体贴地问。

老人摇摇手，自责道："我坐在阳台等你俩过来，刚坐下一会儿就睡着了，真是人老不中用，你们来了有好一会儿了吧。"

"外婆，我们也是刚到。"百里焱赶忙解释。

"我心里想着你们，也不敢睡着，我这副身子骨，怕睡去了，就再也见不到你俩了。"老人露出一丝笑容。

薛承伸出双手紧紧握住老人枯瘦的双手，一时想不出该说什么话来安慰她。百里焱机灵地说："外婆胡说，您肯定能长命百岁。"

"外婆的身子越来越不中用，就怕拖累到你们。"

"我们就是您的亲人，必须要孝敬您。"薛承赶忙说。

"外婆，我们会照顾您一辈子的。"百里焱附和道。

"外婆能有你们已经知足了！不过外婆有个心愿，你们一定要帮我完成。"老人稍微调整下呼吸，一脸悲戚："我怕现在不说，以后就没有机会了。小皓从小失去双亲，跟我相依为命，我一直放心不下这孩子，怕自己走了，留下他一个人孤苦伶仃。谁知老天瞎了眼，让我白发人送黑发人！我可怜的小皓。假如有一天我死了，请你们一定要把我埋葬在他的身边，这样，我到了下面也可以继续照顾他。"

"外婆……"百里焱听完老人的话，难过得潸然泪下。

薛承偷偷抹了抹眼角，难受地说："外婆，我答应您，我绝不会再让你们再分开，我保证。"

百里焱见房间内的气氛太过沉重，赶紧从包里掏出一张 CD，在眼前晃了晃说："外婆，我给您带来了礼物，这可是京剧大师梅兰芳的作品《贵妃醉酒》，非常难找哦！"

老人一向喜欢京剧，听说是梅大师的作品，脸上又露出了一丝笑容，连忙说："好！好！谢谢。"

百里焱见自己的办法奏效了，能哄得老人开心，便赶紧拿来唱机："外婆，我现在就放给您听。"

薛承看到老人脸上的笑容，感激地拍拍百里焱的肩膀，朝他竖起大拇指。

"海岛冰轮初转腾，见玉兔，玉兔又早东升，那冰轮离海岛，乾坤分外明。皓月当空，恰便似嫦娥离月宫，奴似嫦娥离月宫……"周围飘起了梅兰芳大师的京腔，还有他们的欢笑声。

当晚，薛承回到家时已经深夜。这是一栋位于市中心的豪华公寓，他的家在大楼的最顶层，复式结构，装修成地中海风格，美轮美奂。这种装饰符合他的性格，象征自由、文艺、洒脱，他不喜欢趴在地上的别

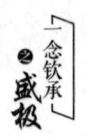

墅，他喜欢高处一览无余的感觉，崇拜那种"不畏浮云遮望眼，只缘身在最高层"的境界。

忙碌了一天，他觉得很累，索性和衣躺在窗台边，远眺五光十色的城市，天空灰暗，夜色低沉。回想外婆的一席肺腑之言，令他心有戚戚。亲情慈爱，哪怕是被阴阳阻隔，也会觉得近在咫尺。卫皓离开了人世，而纪凡也如人间蒸发一般，杳无音信，他现在会在哪里？又在干什么？

他不禁想起他们一起上大学的时光，通宵玩游戏、熬夜看球赛，有太多值得回忆的趣事。卫皓是学校篮球队成员，身材魁梧，打架总是冲在第一个，仗着高大的身板，没少揍人；纪凡相对瘦小，一米七六的个子，眉清目秀，足智多谋，是学生会干部。但是抡起拳头来，也从来不甘示弱，他是个官二代，所以学校领导也会处处关照他。如此一来，像卫皓和薛承这样没钱没权的"二无"人员也会跟着沾沾光。由他们三个组成的小团体，颜值高、能力强、爱打抱不平，在校园里享有很大的名气。

"时间一晃，都已经过去了这么多年，纪凡你会在哪里？"薛承仰望窗外喃喃自语。刚才他回忆起许多学生时代的趣事，仿佛就在眼前。

夜已深沉，窗外的灯火逐渐熄灭，他也准备停止回忆那个年代的那些人和那些事。他渐渐感到乏力，睡意阵阵袭来。他闭上眼睛期待能在梦里，让回忆更贴近现实，三个挚友能够重逢叙旧。况且也只能在梦里，过世的、消失的和生活的才会重逢。

第四章
前功尽弃

又到了周一,薛承刚踏进办公室,喻婧就快步走进来,把一沓文件放到办公桌上:"薛总,这些是李夏回传的文件,他说董事长全部批阅过,请您按照指示办便可。"

"嗯,你先放这里吧。"薛承揉揉眉心,乏力地说。

昨晚一整夜,他都睡不踏实,在梦里他仿佛坠落到一个很深的洞穴里,他努力地想爬出来,但总是快爬到洞口了,又被一股力量拽回去,任凭他如何努力,到最后都是徒劳无功。然后他朝着有光的地方望去,卫皓、纪凡正伸着手召唤他,又好像在嘲笑他,一切都很诡异。结果,这个梦境就断断续续地折磨了他整个晚上,到了现在,他还觉得精神恍惚,全身乏力。

"昨晚去玩儿了吧?看您的状态不佳哦。"喻婧莫名地有几分醋意。

"你的想法很古怪。"薛承望了她一眼,并未解释,他觉得没必要去解释。

喻婧自知言语欠妥,朝他尴尬地笑一笑,转身给他冲咖啡去了。薛承望着喻婧的背影,心里有种说不上来的感觉,他摇摇头,拿起桌子上的文件浏览起来。

须臾,他突然一拳砸在台面上,怒气冲冲地把整本资料摔到地上,骂道:"简直是脑子进水了!"

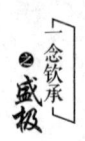

过了片刻,他稍稍调整下情绪,立即拨打了李夏的电话,问道:"董事长在吗?"

"薛总,董事长正在会客,你有什么事情让我代为转告吗?"李夏轻声地问。

"董事长签发的文件,想必你也看过了吧。这个项目本是十拿九稳的事,怎么说放弃就放弃呢!"薛承焦急地说,他恨不得立刻能站到叶宏远面前问个清楚。

"内中缘由我也不是很清楚,董事长没有和我细说,我也不便多问。"李夏简单地解释了下,顿了几秒,又惋惜地说:"薛总!其实,我也很困惑,策划了这么久的项目,凝聚了那么多人的心血,万事都已俱备,结果说撤就撤。"

薛承没有在李夏身上找到答案,颇为失望,他不悦地说:"真是莫名其妙,那我等会儿再打给董事长问问清楚吧。"

"也只能这样了,你问比较妥当。"李夏说。

此时,喻婧抱着几份资料进来,看见薛承正攥紧拳头、一脸怒气地站在那里,周围散落了一地的文件,她突然有种不祥的预感,赶忙上前捡起纸张,并小心翼翼地问:"薛总,这些文件有什么不妥之处吗?"

"你自己看看。"薛承指着最上面的资料愤怒地说。

喻婧拿起文件快速浏览起来,看了一会儿,表情逐渐凝重起来,她非常诧异地说:"怎么会这样呢?好端端的项目怎么就撤销了?是不是搞错了,要不我们再求证一下吧?"

"这事必须有个交代!一定要交代。"薛承死死地盯着文件,愤懑地说。

喻婧见他愤然作色,不敢再问,也不说话,站在那里望着他,眼里透着关切。

薛承伫立在窗前,静默不语,一口接一口地吸烟。突然之间,整个办公室的空气仿佛凝固在了那里,变得沉重起来,静到能听见烟丝燃烧所发出的"嘟嘟"声。他此刻的心情很复杂，有些不知所措，然后又在心里自我安慰起来：既来之，则安之吧。

估摸过去了半个小时左右，薛承再次拨通了叶宏远的电话，这次终于是他本人接的。

他的焦灼让他忘了最起码的规矩，未等叶宏远出声，他便开门见山地问："董事长，为什么要放弃天目湖项目？这可是唾手可得的工程啊！"

叶宏远沉默了一下，仿佛被人戳到了痛处，又仿佛羞于启齿，或许，他正在酝酿给予薛承的答案。

"董事长？"薛承轻呼一下。

"这个项目，不要再跟进下去了，此事牵扯太广，不要再追问了。"叶宏远说得很慢，仿佛每说一个字，都像被人割了一刀似的痛苦，他深呼一口气继续说："停掉这个项目，我深知你会无比失望，毕竟它花费了你半年的时间。但是，此事错综复杂、横生许多料想不到的枝节，为了大局考虑，有必要舍去这个局部利益。我知道你很想要个答案，但事关重大，我只能等事情过后，才能给你一个合理的解释。在这里，由我代表公司向你的团队致个歉，希望你能把这份歉意带给大家。非常时期，望大家务必包容！"

叶宏远的话已经说得相当明了，但早有心理准备的薛承，还是免不了失望透顶。他是个聪明的人，懂得多言宜戒，直言亦不可率发这个道理。他犹豫了一会儿，才悻悻地说："既然是您的指示，我会认真地去执行。"

"我相信你会办妥此事的。老魏不在，你是公司的副总经理，必须要挑起重担。"叶宏远说。

"谢谢董事长的信任，我会尽力而为的。"薛承诚恳地说。

"疾风知劲草！"叶宏远意味深长地说了一句，便挂断电话。

薛承拿着电话，神情木然，叶宏远寥寥数语，已经把他逼到了角落

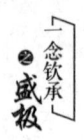

里，退无可退。事已至此，天目湖项目是肯定要放弃了，如今，首当其冲的就是采取哪些安抚手段，让参与项目的人能够平静地接受这个坏消息。

薛承思考一会儿，对着一言不发的喻婧说："你也听到了，这个项目没了。现在我们该如何向他们解释呢？"

"这可真是件大事。"喻婧杵在那里担忧地问："薛总，您有什么办法补救呢？"

"真是牵一发而动全身！该怎么向员工们交代？那么多人的心血枉费一场，换谁都不甘心。"他双手掩面，使劲地搓搓脸颊，沮丧地说："这包袱压得人快喘不过气来了！"

喻婧见薛承进退两难，忍不住心疼起来。她对他的感情无法用爱来形容，但绝对又是超越了友谊的界限。这种情愫很特别，她不会时时惦念他，但绝对不希望他有半点忧愁或难过。她思索片刻，温柔地说："我可以谈谈我的想法吗？"

"你有什么好办法吗？"薛承颓丧地问。

喻婧真诚地说："您是我们的头，您宣布的结果就是一种命令，就算底下的人有千万个不情愿，也不会说半个不字。但这次立项范围较广，涉及企划、基建、安全、财务、经管等几大部门，假如事情处理不好，就怕他们会对您未来的决策，产生抵触情绪。久而久之，您的威信度就会下降，人品也会遭受质疑，这对您来说是极其不利的，一个不受信赖的决策者，公司为什么还要继续聘任他为管理层呢？所以，我认为这次事件，不是公司撤项这么简单，是一次管理层的信任危机。而解决这件事的切入点则是企划部，他们花的心血最多，可能产生的负面情绪最为强烈，必须着重解决。恰好，企划部的经理李菲儿跟我也算闺密，要不我先去跟她谈谈，做通她的思想工作，再由她出面调解。同处一个部门，大家抬头不见低头见，就算有再多的怨言，他们也会有所保留，只要把企划部安抚好，其他部门的麻烦就是顺水推舟可以解决的事了，如此一来，定会达到事半功倍的效果。"

喻婧的分析通透清晰、有理有据，薛承听完就差拍手叫好了。他知道喻婧是公关方面的高手，深谙其道，特别是处理危机事务的手段相当巧妙。他的心里一下子从苦闷变得从容起来，但他没有表现出喜形于色，还是略有担心地说："就按你的方法去办，其余几个部门的负责人，我来做工作。你把手头的事情暂时搁下，抓紧去企划部进行沟通，争取中午之前把事情解决好。并通知各部门主管，午后在会议室开个简会。"

"好，我这就去办。"

"喻婧！"薛承待她走到门口，忽然喊住她，真诚地说："谢谢！"

喻婧莞尔一笑，轻轻地关上门。看着喻婧娉婷袅娜的身影消失在眼前，薛承如释重负地长舒一口气。

午后，由薛承组织的会议正在沉闷地进行着，他神情严肃、表情冷峻地坐在台上宣读了几项公司的重大决定。在他宣布撤销天目湖项目时，底下在座的人也没有过多地谈论这事，大家几乎是心照不宣地跳过了这件事。

会议尾声，他为了鼓励大家不要气馁，说了几句振奋人心的话，他说："在人的一生中，会遭遇许多未知数。有些人因为对未知充满恐惧，结果一生畏首畏尾、碌碌无为；而有些人，摆脱了这种恐惧，完成了既定目标，成就了一番事业。其实，工作也是人生的一方面，在我们已知的工作情境中，可能会出现事与愿违的结局。毕竟我们不是决策者，我们的工作必须围绕决策者的思维行动。假如，因为结局不是我们心里所期待的结果，就产生气馁、抵触乃至愤怒的情绪，我只能遗憾地说这个人不适合成为领导者，甚至可能不适合这个岗位，因为他已经无法对工作中出现的不同结果有分辨能力！今天在座的都是公司里的优秀人才、职场中的佼佼者，是领导他人的管理者，你们会为了决策者的一个结论而喋喋不休、进行毫无意义的评判吗？我相信你们绝对不会！"

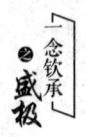

　　薛承的话字字珠玑、铿锵有力，令众人拍手称赞，并异口同声地表示会坚定不移地执行公司的决定。如此，这场意外的闹剧也算是在波澜不惊中安全度过了。

第五章

金玉良言

在一个周末的午后,晴空万里,金黄色的阳光洒在地上,如流水一般柔和,微风拂过,柳叶曼舞。薛承和百里焱坐在湖边小亭里欣赏美景,品茗畅聊,好不惬意。

"人生当下,夫复何求!"薛承感叹道,他顺势伸了个懒腰,又对百里焱说:"我说你小子,上辈子肯定做了一件感天动地的好事,今世投胎才有大富大贵之命。"

"话是实话,怎么听得这么不顺耳呢。我说你啊,以你今时的成就,还需要羡慕我吗?"百里焱笑着说。

"少年不努力,青年徒伤悲。"薛承悠然地品了口茶,继续说:"我在刻苦学习的时候,你在努力享受人生,条件如此好,你却浪费掉。不过话又说回来,你是无法理解我们老百姓的想法的。"

"我可不是与生俱来的富二代,起码我们的童年是一样的。想想那时候的无忧无虑,真是不亦乐乎。"百里焱开心地说。

"无忧无虑?请问你现在有过忧虑了吗?"薛承调侃道。

百里焱眉毛一扬,嚷道:"当然会有啦!看着别人都在为钱努力,乐在其中,我却体会不到这种感觉;他们拼命奋斗,我却无所事事,这种心情你懂吗?我现在快成了无自由、无理想、无目标的'三无'人员啦!"

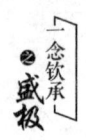

薛承对百里焱的大倒苦水感到可笑,讥嘲道:"没钱的人,烦恼怎么来钱;有钱的人,烦恼如何奋斗!这世道尽出些奇葩的事。"

"我是真心想出去闯荡一番,可是每次我提出想法,都被我父母以我不谙世事这个理由给拒绝了。"百里焱低垂眼皮,一副失落的样子。

"这种理由太牵强了。你应该要据理力争,说服他们!毕竟这社会底层的生存规则,还是有必要了解一下。"薛承笑着说。

"你也觉得我的想法正确吧,那就好办了,晚上你必须得帮我美言几句。你说的话,我父母会认真参考的。"百里焱窃喜道。

"这算强人所难吗?"薛承揶揄说。

"这是政治任务!"百里焱眉毛一挑。

"还是勉为其难。"薛承说道。

百里焱笑着说:"晚上的事情就全仰仗哥哥了!"

薛承笑笑,继续欣赏起景色来。待他仔细观察一番后,问:"你家的度假山庄,是参照你们村的格局建造的吗?咋越看越眼熟。"

"厉害啊,这都被你看出来了。我爸说我们村的风水格局好,于是仿建了这座庄园,特别是面前的这条河,依葫芦画瓢,大小形状乃至深浅都与村中的小河一样。水生财,这在布局上非常重要。"百里焱自豪地说。

百里庄园规模宏大,占地近百亩,依山傍水,绿树成荫。庄园正中坐落中式仿古建筑,雕梁画栋,飞檐微翘,红瓦粉墙。两旁依山势布局亭台楼阁,小桥流水,蜿蜒长廊。树木、河流、建筑,组成了一幅鲜活的山水画。

"眼前的这条河,还熟悉吗?"百里焱指着它问。

"一辈子也忘不了,捕鱼网虾、游泳嬉水,童年的乐趣几乎都与它有关!"薛承感慨万分。

"我们的命都差点葬身这条河底呢。"百里焱一副心有余悸的样子。

薛承笑道:"还提那些晦气事作甚。"

百里焱顿生感激之情,动容地说:"救命之恩不可忘。"

"过去的事就过去了,不足再提。"薛承说。

原来,薛承曾经救过百里焱一命。那时的百里家还没有发迹,百里焱跟寻常农户家的孩子一样生活在农村。有一日,天气溽热,薛承和百里焱等众多小伙伴一起去玩水。就在大家玩儿得兴起时,忽然从河里传来呼救声,原来是百里焱在河中呼救,身子浮浮沉沉。许多小孩子见此场景哭着跑了,只有薛承奋不顾身地跳入水中去救百里焱。薛承还差点被百里焱一块儿拖入水中,幸亏有村民及时赶来,才把他们救了上来。

"我一直困惑,你的水性虽属拙劣,在这样的小河里,应该游刃有余,怎么会被水草缠住脚呢?"

百里焱抓抓头,难为情地说:"其实是我在划水时,忽然看到一条蛇漂浮在我眼前,我最怕蛇了,慌乱中呛了很多水,只好瞎扑腾喊救命。"

"原来如此,这条蛇差点害了两条命。"薛承忍不住笑道。

"那件事情过后,我父母坚决不让我再玩儿水。后来实在管不住我,他们就叮嘱念雅来监督我,而她就会站在岸上对我扔泥块。"百里焱想起这件趣事,笑成一团。

"念雅!"薛承的思绪一闪而过,这个名字熟悉到令他有些不安,至于百里焱后面说的话,已经不重要了。

薄暮时分,他俩进入宴会厅。这座欧式风格的大厅,拱形穹顶,神物彩绘,飞禽浮雕,金碧辉煌,可以说方圆百里独此奢华。少顷,百里家的直系亲属就陆续到齐了,包括百里焱的两个姨妈一家人、舅舅一家人、两个叔叔一家人。由于许久不见,大人相互寒暄,小孩互相嬉逐,一派其乐融融的景象。片刻之后,大家像往常一样各自落座,家宴正式开始。

百里华首先开口,他沉重地说:"今天是我们一年一度相聚一堂的日子,也是我们家族里祭奠祖辈们的日子。时光荏苒,他们都已经离我们

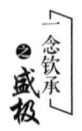

而去，我们想念他们，却再也无法告知他们，唯以这种形式缅怀他们。每年在这个特殊的日子，我们能够齐聚一堂，就是对他们最好的告慰，敬仙逝的亲人们。"

百里华一番至诚之话，感动了在场的每一个人。薛承的心情也备受这缅怀之情和慷慨之词感动。在这个物欲横流的社会，数典忘祖之人数不胜数，像百里华这样的大家庭已经不多见了。家族团结、族人热情，百里集团能有今天这般强盛，是必然的结果。

百里华说完，百里焱的母亲汪瑞芳继续说："今天值得我们怀念，也值得我们开心。悼念祖辈是孝义之事，我们会坚定不移地持续下去。在过去的岁月里，我们能够快乐地生活，工作顺利、儿女健康，这是先祖们在庇佑百里和汪氏两家的后代子孙，这值得我们感激。凡事，我们不求轰轰烈烈，只图心安理得。"

汪瑞芳是位知书达理的企业家，与百里华共同创建了百里集团，说话也处处彰显大家风范。

"瑞芳所言甚是，为逝去的亲人，为家庭的团聚，为家族的荣耀，我们一起干杯。"百里焱的舅舅汪瑞阳激动地举起酒杯。

"干杯！"全场人不约而同地举起酒杯，一饮而尽。

百里焱的这些亲戚，薛承曾多次照面。舅舅汪瑞阳，性格爽朗、正义正直，现任百里集团总经理。大姨汪瑞月，瑞月酒业的总经理，是最早发家的一批酒商之一。小姨汪瑞雪，一位受人尊敬的大学教师。二叔百里弘，饱读诗书、博古通今，是知名的学者。三叔百里宇，思维敏捷、心思缜密，经营了一家会计事务所。可以说他们在各自的领域里，都小有成就。

汪瑞芳和蔼可亲地对薛承说："在座的长辈你都熟悉，就不要再拘谨，权当这里是你自己的家。"

"谢谢芳姨。"薛承感激地说。

"来，干了这杯酒。"百里华冲薛承笑道。

"谢谢伯父。"薛承爽快地先干为敬。

对薛承而言,他从心底喜欢这个家族,无利无势,亲情凌驾于一切之上。家族的感情如冬天里的火炉般温暖,如清晨的朝阳般蓬勃,如千年冰川般凝聚。

"薛承,听说你现在是宏远集团的副总,真是年轻有为啊!这般年纪就有如此成就,真是'天将降大任与斯人也'。"百里华对薛承赞不绝口,而后,又回头看看百里焱说:"你跟薛承相比,差距很大,你要好好向他学习。"

百里焱立马辩驳说:"老爸,那您总得给我一次机会吧!我说去外面创业,您非要把我安排在自家公司里,他们见了我,要不阿谀奉承,要不唯唯诺诺,您说我能学到什么呢。"

"小焱,你知道外面的世界有多么复杂吗!人心太险恶啦!"汪瑞芳听了儿子的话,有些按捺不住。

"阿泽,你说我是否应该出去学点东西呢?"百里焱转向薛承问道,并眼巴巴地看着他。

"嗯……这……"薛承突然有点口吃,脑子里费力地搜索对白,却始终不知道该如何开口较为妥当。

"你倒是说话啊,平时的三寸不烂之舌去哪里了。"百里焱焦急地催道。

"薛承,你们都是年轻人,你是这代人的标榜,谈谈你的看法吧。"百里华微笑地对他说。

薛承看看大家,顿了顿,然后诚恳地说:"我不敢夸夸其谈,在座的各位长辈都是各行各业的翘楚,跟你们相比,我还相差甚远。对小焱而言,他正在人生的十字路口徘徊,当然不是因为物质匮乏所造成的,这是精神上的桎梏。难能可贵的是他不忘初心,依然保持进取的思想,就凭他的这份热情,我们应该支持他独自创业!俗话说:海不辞水,故能成其大,山不辞土石,故能成其高。只有让他从微小、平凡的事情做起,

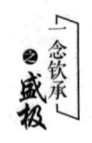

才会获得最后的成功,也能让他对你们的成果加倍珍惜。"

薛承的话让刚才沸闹的场面安静了些许,长辈们开始认真地听薛承讲话。薛承平复下心绪,继续说:"小焱的话不无道理,在自己家族企业里工作,尽管有规章制度制约,但还是少了几分循规蹈矩、恪守自我。这是人的共性,并非是一种觉悟。从外部因素说,公司里除了几位长辈外,谁敢在小焱犯错误的时候,严厉指正他的缺点,或者呵斥他。员工们除了对他避而远之或者阿谀奉承外,也不可能做到直言不讳。在自己的家族企业里锻炼,在逻辑上可行,毕竟有足够大的平台供他发挥,但这是有前提的,必须在小焱心智完全成熟,有着公司则公司、家庭则家庭的理念之下进行。公司建立制度,制度创造团队,团队实现目标,一层一层下来,不可逆反。请问各位长辈,你们能保证小焱在诸多环节中,始终兢兢业业、克己奉公吗?想必大家的心中也只有一个问号吧。"

薛承情不自禁地讲了那么多话,他看了看周围,才知道宴会的气氛被他带得有些沉重,于是,他又诙谐地说:"作为一位资深的年轻人,熏陶了这个时代的潮流,期待在有限的时间里,能够任性一回,白手起家创造出自己的价值。我们期待有所成就,哪怕失败了,也罢,拍个手唱个《小苹果》,这坎儿就算过去了。"

薛承刚说完,掌声骤然四起,全体人员纷纷鼓掌、啧啧称赞。连百里华夫妻俩也郑重地向薛承敬了一杯酒,夸他心智成熟、才辩无双。

"瑞芳,我们是否应该给小焱足够的空间呢!"百里华若有所思地问。

"或许吧!"汪瑞芳吁了一声。

听到父母终于松了口,百里焱惊喜交集,朝薛承投去了感激的眼神。

第六章
旧爱重逢

夜宴还在进行,薛承经不住长辈们的轮番劝酒,喝得醉意朦胧。百里焱喝得双颊通红,摇摇晃晃地来到薛承身旁,附在他耳边,悄悄说:"晚上我建议你留下来,还有更大的惊喜给你哦。"

"你这笑容有点瘆人,我说,你别动不动就打哑谜,能不能把话说个明白。"薛承疑惑地看着百里焱,参不透他的话中之意。

"晚点我自然会揭晓谜底,莫急莫躁。"百里焱笑嘻嘻地说。

"大舅,外甥敬您一杯,祝您身体健康。"百里焱不等薛承反应过来,就去向汪瑞阳敬酒。晚上最开心的人莫过于他,仿佛拿到了圣旨一样。

正在大家酬酢兴浓之际,一道修长的身影闪了进来,百里焱在回座位时一个踉跄,险些与她撞到一起。"姐!"他一声惊叫:"你吓我一跳。"

百里焱的这声惊叫,引来了全场人抬头看个究竟。

"念雅!"汪瑞芳第一个喊道。

"念雅……"其余人也纷纷说道。

"念雅姐姐。"汪瑞月的宝贝女儿倪佳过来亲昵地拉着她的手。

"爸爸,妈妈,舅舅……"念雅挨个儿打过招呼。

就在刚才,薛承一听到念雅这个名字,霎时酒醒一半。这个他最熟悉的陌生人不是在英国待着吗,怎么忽然就出现在了眼前。回想百里焱神秘兮兮的话,他骤然明白了是怎么回事。眼前的念雅,一身牛仔T

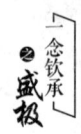

恤,清爽恬淡;精致的小脸不施粉黛,洗尽铅华;一米六五左右的身高,小巧可爱,浅浅一笑,酒窝醉人。

念雅扫视一圈,将目光停留在薛承的身上,而他的目光正巧也落在了她的身上,四目相对,俩人通过眼神交流,彼此问候。

"小雅,你回来怎么也不提前通知我们,妈妈可以去接你呀。"汪瑞芳看到女儿突然出现在面前,比谁都高兴。

"妈妈,我又不是小孩子了,找得到回家的路呢。"念雅拉着母亲的手,撒娇地说。

"小雅,你怎么回国了?"百里华见女儿回家,笑得合不拢嘴。

"爸爸,我已经修完全部课程,并拿到了硕士学位。回来看看国内的发展前景如何,再做决定要不要继续考博士。"百里念雅乖巧地说。

"这样也好,你一向有自己的主见,爸爸支持你。"百里华见宝贝女儿学成归来,心里乐开了花,他向念雅招招手说:"过来坐爸爸身边,晚上一家人都在,你刚好可以凑个热闹!"

薛承作为特邀嘉宾,就坐在百里华的身边。现在百里念雅一来,被百里华安排在身边落座,位置上紧挨着他。由于念雅的出现,他的心情顿时变得复杂起来:高兴、尴尬、怯懦、紧张,反正百感交集,他只好借酒装醉。

"小雅,你这次回来,必须要多陪陪爸爸妈妈,能不出国就别出去了。"百里华嘱咐道。

百里念雅发出银铃般的笑声:"我怕你们工作忙,反而嫌我是个累赘。"

"那我工作的时候也带着你,像小时候妈妈一边上班一边照顾你那样。"汪瑞芳慈祥地说,满满的母爱。

"老姐,现在国内的发展势头非常迅猛,很多老外都跑来中国淘金,你就别再逆流而上出国了,你要顺势而为哦。"百里焱侃侃而谈。

"真是要对你刮目相看喽,想不到你对当前的发展趋势参得很透。我会慎重考虑你的建议，假如这里有足够关怀的话，那我自当留下来喽。"念雅说话一语双关，别人兴许不清楚，但有两个人的心里非常明白。

"整个家族的亲人都对你关爱有加，难道还不够吗？"百里焱说完，故意对薛承使了个眼色。

念雅瞄了瞄薛承，见他似醉非醉地坐在那里，一副神情迷糊的样子，可谓气不打一处来。但是在这样的场合下，她只能暂且隐忍，佯装开心的样子与大家畅聊。

宴会持续到晚上十点多钟，这个大家庭才尽兴而散，众人起身互相道别。百里弘乘兴对年长的百里华和汪瑞阳俩人作揖行礼，可能酒喝得过头，一个趔趄，引得大家哄堂大笑。

百里华一把扶住，打趣道："文化人就是不按套路出牌！"

"姐，你看阿泽醉如烂泥，我喝了酒开不了车，要不就麻烦你送他回家吧。"百里焱狡黠地笑笑。

"小雅，还是你送薛承回去吧。"汪瑞芳表示赞同。

念雅心里想着送他回家，当看到他那副佯醉的样子，又想踹他一脚后扬长而去。她点点头，前去扶住薛承，摇摇晃晃朝外走去。

车子在静谧的黑夜中行驶，速度并不快。许久未曾谋面，念雅不想让这段独处的时间太快结束。薛承闭着眼睛靠在一边，喘气声略重，念雅专心致志地注视前方，没有开口说话，车内反复地响起陶喆的《爱很简单》，车外偶尔一闪而过的车，打破了这种寂静的氛围。

稍过片刻，念雅实在沉不住气了，粗声说："别在我面前装醉，以你的酒量，这么点酒还不至于把你喝成酩酊大醉。"

薛承并未因念雅的责备而睁开眼睛，或者发出声音，他就像睡着了似的一动不动。念雅见他还是不动声色，立马生气地抡起粉拳捶过去。这时，薛承才慢慢睁开眼皮，打了个哈欠，仿佛被人从睡梦中打醒一般，他佯装无辜的样子，说："请问大小姐，叫醒在下有何吩咐？"

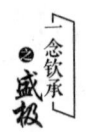

"还在这里装糊涂是吧,欠揍。"念雅瞥了他一眼,恨恨地说。

"我又怎么惹到你了?"他伸伸懒腰问。

"你没惹我,是我自己犯傻。"念雅委屈地咬咬牙,眼眶红了起来。

在这三年多的时间里,她过得很累,身心俱疲。她为了逃避这些折磨人的红尘俗事,特意留在国外迟迟不归。她躲在大洋彼岸的英国,结果,心还是随着潮汐漂回了这个城市,落在了这个男人的身上,她对他的感情可以说是刻骨铭心。有时候她很想放弃,因为这种煎熬犹如剔骨。

"浑蛋,笨蛋,大浑蛋。"念雅想起自己三年来的委屈,泫然欲泣。

薛承见她情绪低落,赶紧暖场,关心地问:"你过得还好吗?"

"别提有多好!只要看不到你,一个人自由自在。"念雅赌气地说。

"那就好,起码伯父伯母能安心。"薛承嬉笑道。

"你……"见他漠不关心的样子,念雅又生气地抢了他一拳。

薛承揉揉肩膀,批评道:"百里念雅,你是受过高等教育的人,可是行为怎么还停留在初中阶段,粗鲁暴力呢。"

念雅白了他一眼:"对付你,我巴不得自己还是个小学生。"

对这个女的,他没有任何办法,比如天要下雨,你是没有任何办法去堵住它的。他一时之间词穷,硬生生地被将了一军。

念雅用力嗅了几下,不悦地说:"车里的香水味这么浓烈,是不是猎艳频繁啊!"

"朋友送的而已,我只喷了一丁点,感觉挺沁心。"他慌忙解释道。

"用不着掩饰,像薛总这么优秀的男人,主动投怀送抱的美人肯定排着长队,红颜知己必是更仆难数。"百里念雅故作轻松地调侃他。

"您太抬举我了,我可是素食主义者。"他笑着回答。

"别以为我人在十万八千里远的地方,什么都不清楚,我可是千里眼、顺风耳,你别想瞒着我。"

"您顺风耳也好,千里眼也罢,总之,我是个循规蹈矩的人。"薛承认真地说。

"暂且相信你。"她听完这些话，心里说不出的甜蜜。其实这一年里，她也隔三岔五地会从百里焱的口中得知薛承的近况。她信任他的为人，深信他不是那种拈花惹草的人。

"找到意中人了吧？"薛承也不知道自己怎么会鬼使神差地问起这个问题，这一年的时间，对他何尝不是一种折磨。

"有了，那又如何？"念雅反问道。

"真那样，我就祝你幸福，哈哈。"他自己都觉得笑得太勉强，一听便知道是假装。

念雅凑近他，用力地嗅了嗅，嘲讽道："一股醋味，酸死了！"

"忘了是怎么开始，也许就是对你，一种感觉……"薛承的手机不合时宜地响了起来，来电显示喻婧。

"这么晚了，你的小秘书还有工作需要向你汇报吗？"念雅嘴上嘲笑，心里却怏怏不平。

看到这个号码，薛承暗自叫苦，他在思考是接好还是不接好，其实没有什么秘密，但在念雅面前，这么晚跟别的女人聊天，总归不好，他开始默默祈祷铃声早点停止。

有那么几次，喻婧喝了酒后，会打电话给他撒撒欢诉诉苦。他是个工作跟生活分得一清二楚的人，工作时就是上司，不容属下僭越规矩；但下班后，他们又偶尔会聚在一起，成为生活中的朋友，也因为这样，薛承在公司里有着相当好的人缘，备受同事尊重。

"接啊，别让小秘书等久了，不过要给我开免提。"她命令道。

他看看念雅一副不会善罢甘休的样子，只好无奈地接起电话，按了免提，心中暗暗叫苦。

"老板，睡了吗？我们在LEECO酒吧，有空过来喝几杯吗？"喻婧趁着几分酒意，故意撒娇说。

最让他担惊受怕的话，还是从电话里头传了出来，他绝望般地看看

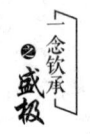

念雅,像个做错事的小孩,红着脸回答道:"晚上酒喝多了,已经睡了,下次吧。"

"别嘛,来玩玩吧……"酒后的喻婧,说话嗲声嗲气。

薛承听到这种语气快要崩溃了,拿着手机像拿个烫手的山芋,丢也不是,不丢也不是。他尴尬地说:"我睡觉了,跟大家招呼一声下次我请客。"

"这么晚了还跟谁打电话啊,快过来睡吧,亲爱的。"念雅一把夺过手机,对着话筒大声说了一句,然后立马关机。

随着车子戛然而止,念雅气呼呼地说:"你到家了,给我滚下去!还有,假如让我知道你又出去玩儿,那我明天一早就飞回英国,咱们再不相见,哼!"

她不给他任何解释的机会,喻婧矫情的几句话早就把她的醋坛子打翻了。见他下了车,她愤怒地一脚大油门踩下去,连个招呼也不想给他。本来她还想抱抱他,还想给他久别的吻,结果喻婧的这个电话,让她的想法瞬间消失。嫉妒是女人的天性,上帝也剥夺不了。

望着卷尘而去的车,薛承口中蹦出八个字:"无理取闹,野蛮骄横。"

第七章
争风吃醋

第二天一大早,薛承猛然从梦中惊醒过来,想想昨晚发生的事情恍然如梦。昨晚他酒喝得确实有点多,几个细节已经记不清楚,他敢肯定念雅是回来了,昨晚他们说了什么,后来怎么分开,他已经忘记了。他努力回忆,想得头都大了几圈,还是收集不到零星的碎片,他也就放弃了。

"叮咚,叮咚。"门铃响了两声。

他看了看墙上的钟,才八点不到。"谁会这么早?"他一边嘀咕一边顺手打开室外监控。

"喻婧!"他吃了一惊,心里在想:"今天是周末,按常理她不应该这么早出现在这里。"

他打开门,疑惑地看着她:"早啊,今天怎么有闲情来我这里。"

"昨晚这帮人闹得太凶,菲儿喝醉了,我不放心她一个人回去,就送她回家并照顾了她一个晚上。她家离这里很近,顺便过来看看你,你昨晚不是说喝醉了吗?一个人在家也没有个照应的人。"她一口气说完,又宛然一笑。

其实,喻婧一整夜没睡好,她一入眠就会做些奇怪的梦。她梦到她成了薛承的女人,他们甜蜜地生活,忽然有一天闯进来一个女人打碎了她的幸福。她被吓醒了,就这样反反复复做噩梦,困扰了她一个晚上。

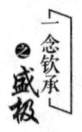

昨晚念雅的恶作剧,说的话就像烧红的铁一般烙在她的心头,不仅刺痛,且无法抹去伤痕。她是个敢于追求幸福的人,她不敢赤裸裸地表白,因为薛承在她心里太优秀,她勇气不足,既然现在有了坎儿,她就必须尝试着去跨越。

"我好心过来,你就不准备请我进去喝杯茶吗?"她嘟起小嘴。

"可能太早了,这脑袋还没有开机,一时转不过弯来,请进!"他幽默地化解尴尬场面。

喻婧走进房间,首先把窗户打开,驱散这满屋子的酒味烟味,她也借这个机会四处留意了下,毕竟昨晚上确实传来了女人的声音,看看房子里没有其他人,她就释怀了。对于这里的环境她熟记于心,她总感觉她收拾他的房间就像收拾他的办公室一样,属于分内事。以前她来过几次,借着工作的名义,然后就会帮忙收拾房间,对于喻婧的行为,薛承也觉得很平常。

"你的生活过得有点邋遢啊。"望着凌乱的房间,喻婧有感而发。

"反正一个人生活,乱又何妨。"薛承淡淡地说。

"那我也一个人生活呀!"喻婧反驳道。

"你若跟我一样,那我就怀疑你这辈子能否嫁得出去。"薛承打趣道。

"若真嫁不出去,我就赖上你呗。"喻婧故意开个玩笑。

"你这是要讹上我的节奏,这算是收拾房间的代价吗?"薛承诙谐地说。

喻婧顿感自己说错话了,腼腆地说:"臭美,我还得考虑考虑呢。"

他不再回应,俩人心知肚明,这有一搭没一搭的对白,就是为了避免冷场后的尴尬。他跑去洗漱,留她一个人在大厅。用"窈窕淑女"一词形容喻婧毫不为过,她是众多男士心中的佳偶伴侣。偏偏现实却是落花有意,流水无情。她目前能做的事情,就是多贴近他的生活,她认为生活近了,难免会产生共鸣,有了共鸣,心自然会贴近。当收拾完毕后,她看着被自己整理干净的房子,一种女主人式的成就感油然而生。

第七章 争风吃醋

"我的房子真是缺少一位像你这样贤惠的主人。"薛承出来看到房子整洁明亮,不由感喟。

"不用谢,举手之劳而已。"喻婧潇洒地挥着手。

"贤惠!"薛承啧啧称赞。

"算我好事做到底,早餐想吃什么?"喻婧问。

"你拿主意吧。"薛承摊摊手。

喻婧见他没什么要求,自顾去了厨房。薛承独自坐在沙发上,环顾四周,看着焕然一新的房子,闻到厨房飘来的香味,突然感慨:"这里真是缺少个女主人。"

过了片刻,喻婧就端了两份早餐出来,两个人迎面而坐,颇有两口子的味道。薛承闻闻香气,夸赞道:"古人云:上得了厅堂,下得了厨房,估计就是为你而作。"

她捂着小嘴笑道:"怎么样,色香味俱全吧?"

"何止俱全,简直是珍馐美馔啊。"他用一副夸张的表情说道。

喻婧看他吃得津津有味,心头暖暖的。这时,薛承的手机又不合时宜地响起,惊醒了喻婧的幸福幻想。

"喂?"他顺手就接起电话。

"睡醒了没?"对方问。

听到这个再熟悉不过的声音,他瞬间一惊,脱口而出:"念雅!"

他又赶忙回答:"刚起来,这么早找我有事吗?"

喻婧一听到这个名字,心立刻沉了一下。

"不用急着给我,车子你留着开,我昨晚喝多了,现在也开不了车。"薛承一听说念雅要过来还车,急忙编了个理由拖住,以目前的情形,换谁也解释不清楚。

"真不用,你开过来有点远,就不用麻烦你跑一趟了,还是我等会儿过来开吧。"见念雅坚持己见,他急忙提出自己的想法。

"那好的,一会儿见。"他见念雅在电话里头妥协了,长吁一口气。

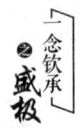

"叮咚,叮咚。"薛承刚放下电话不久,门铃又响了。

"今天还真热闹了。"薛承自言自语地前去开门。

忽然,从旁边闪出个娇小玲珑的身影,一脸璀璨的笑容,大声说:"Surprise!"

"念雅!"他情不自禁地喊道。

百里念雅以为惊喜送到,伸手摸摸薛承俊俏的脸,说:"惊喜吧。"

说完,她犹如回到自己家一样,自个儿就走了进来。刚走到大厅,想说的话还没有说完,她就跟坐在餐桌前的喻婧四目相撞,两人顿时面面相觑,有些不知所措,气氛一下子就凝固起来。薛承回过神来,轻轻关上门,整颗心早已提到了嗓子眼,他拼命在想该如何解释为妥。

"我本来想给你一个惊喜,反倒是你给了我一个天大的惊喜啊!"念雅努力克制住自己的情绪,盯着薛承说。

"这位是喻婧……喻婧,我的同事。早上路过,顺便过来串下门。"他的舌头忽然打了结,说话结结巴巴。

"这么早就过来串门,还真是有心了。"对于他的解释,她置若罔闻,并呈现一副高冷的样子说:"喻小姐,早有耳闻,幸会。"

她这句轻描淡写的话,让薛承顿觉后脊背阵阵阴凉。

"首先,辛苦你这么早赶来看望阿泽,尽了友谊之情;其次,感谢你在工作上对他的配合,尽了同事之力。今天很高兴能认识你。"念雅三言两语就把喻婧的地位定死。同时她向喻婧宣示了自己的地位,话不蛰人语不惊地置对方于万丈深渊之中。

喻婧岂能不知道念雅这个富家千金,她一直以来都当这个名字是个过去式,一个可有可无的传说而已。想不到,这个传说竟然变成了现实,还凭借几句话就把她压得喘不过气来。她强大的气场,让她感觉自己成了厚颜无耻的人,去争夺别人的爱情。

"百里小姐,很荣幸能够认识您。不用感谢我什么,我也经常受他照

第七章 争风吃醋

顾,作为同事、朋友,理应互帮互助,是您言重了。"喻婧睿智地避开了念雅的锋芒,又礼貌地说:"请问您用过早餐了吗?要不一起?"

喻婧的善解人意,让薛承有种绝处逢生的感觉,虽然两人的气场藏有"杀气",但起码两个女人都克制住了。

"不用。"念雅微笑地转向薛承问:"你吃好了吗?"

"吃好了。"薛承像个孩子一样赶紧回答。

"那好,跟我去个地方。"念雅的口气不容他拒绝。

"现在?"

"对。"念雅果断地说。

"可是……现在……"他为难地看着喻婧说。

"你是在造句吗?"念雅不悦地说。

"没有关系,你跟百里小姐先去忙吧,一会儿我把这里收拾完就走。"喻婧善解人意地说。

见喻婧能够体谅自己,薛承投去了感激的眼神。

在车上,薛承几次想找话题打破沉闷的场面,都被念雅沉默以对,他觉得无趣就默不作声了。很快,念雅带他来到了郊区的一片别墅园,车子停在了一幢小巧别致的房子前,薛承看了看周围的环境,跟着她走了进去。

"这是我们的新家。"念雅忽然转身搂住薛承的腰,紧紧贴着。

她的态度瞬间转变了一百八十度,令薛承一时无法适应,他不敢抱紧她,两只手就搭在她的肩上,轻轻地拍着算作回应。

"在这一年多的时间里,我刻意把自己的生活安排得满满的,我以为我不会去想你,到了最后才发现,这种自欺欺人的方式完全行不通。我忍不住要想你,睁眼闭眼都是你的影子,我们之间到底发生了什么事,为什么会形同陌路,我们应该相爱才对啊!"念雅拼命地把头钻进他的怀抱,搂住他的双手也越来越紧。

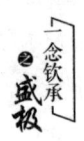

　　薛承听了念雅的真情告白，一下子就把埋藏已久的情感点燃。平心而论，他何尝不是在时时牵挂她啊。他没有一颗特别浪漫的心，只会把思念之情压在心底，成了相思之苦。此刻，任何的溢美之词都表达不了他内心的火热，他紧紧抱住她，作为爱情的回应。

　　而这边，喻婧走到门口停下，回过身来，她依依不舍地看着房子里的一切，两滴眼泪悄然滑落，她毅然决然地把门关上。在心里痛苦地说："这里终究没有属于我的天空！"

第八章

任重致远

　　宏远大厦总高七十二米,地下两层,地上二十三层,占地面积一万多平方米,位于丽温市新城中心,周围高楼林立、车水马龙,是二十一世纪初的地标。大厦外观看上去像一面船帆,与迪拜的帆船酒店有几分相似,寓意起航扬帆,乘风破浪。

　　一个多月过去了,叶宏远终于回到了集团总部,这段时间对他来说度日如年。尽管他是个亿万富翁,风云人物,但对某些突发事件还是无力掌控,他觉得心有余而力不足。比如,夫人被绑架一事,天目湖项目搁浅一事,都是他无法控制的。尽管暂且告一段落,但他坐在办公室里回想起来时,还是心有余悸。

　　这边,薛承刚刚接到了叶宏远的电话,让他过去一趟。叶宏远回公司的消息,他昨天就知道了,是李夏私下告知他的。李夏还提醒他,叶宏远在这段时间里要频繁出差,让他尽早做好汇报准备。

　　薛承的办公室位于宏远大厦二十一层南面,叶宏远的办公室在二十二层东面,眨眼工夫便可到达。一个月没有见到叶宏远,他明显苍老了许多,鬓角的白发也偷偷地冒了出来,眼角的鱼尾纹深了几许。他颜面消瘦、肤色蜡黄,以前炯炯有神的双眼,如今变得黯然无光。薛承不清楚到底何事把他变得如此苍老,他从李夏那里得知了零星的消息,是叶宏远的儿子叶潇闯了大祸。

"董事长,您回来了,请问有什么吩咐吗?"薛承进门便问。

"你来了,坐下说。"叶宏远起身来到沙发上坐下:"这段时间多亏了你主持工作,辛苦了。"

"您言重了,这是我的分内工作。"薛承谦虚地说。

"好!不负众望。"叶宏远高兴地说。

"您过奖了。"薛承说。

叶宏远忽然转了个话题,感慨万分地说:"韶华易逝,时光荏苒!当年跟你爸一起下乡都是四十年前的事情了,转眼间,你都可以独当一面了。"

薛承熟知叶宏远与父亲的事迹,跟着说:"我爸还经常提起你们插队时候的趣事呢。"

"当年在东北插队的时候,有一次我被一只熊仔袭击,幸亏你爸及时赶到,不然后果不堪设想。"叶宏远回忆起以前的事情,满脸笑容,他又说:"算算时间,已经好几年没有跟你爸见上一面了,是该找个时间跟我这位老哥叙叙旧了。"

"只要您有时间,随时都可以。"薛承说。

聊了些家常,薛承开始向叶宏远汇报公司近期的情况,凭借出色的业绩,他得到了叶宏远的大力称赞。

汇报完毕后,薛承诚恳地说:"最近拿了几个大项目,而魏总又远在国外,凭我一己之力,操作起来怕会有纰漏,我想请董事长派个人协助我。"

叶宏远听完薛承的建议,立即表示赞成,并向薛承报出了几个名字:"第三分公司总经理杜飞星,第五分公司总经理崔明博,第九公司总经理李勇。他们都曾经与你共过事,就由你自己来选一个。"

这三位经理各有所长,都是独当一面的人物,是宏远系的得力干将。不管是哪位,能够过来协助他工作,都是件如虎添翼的事,经过再三考虑后,薛承最后确定第五分公司的崔明博为最佳人选。

第八章 任重致远

薛承笃定地说:"崔经理年纪跟我相仿,容易沟通;他是从基建做起的,懂得工程建设;他跟同事们相处融洽,人手调派经验丰富,跟他合作肯定能够事半功倍。"

"你看人很透彻,与我的想法不谋而合,崔明博也是我想指派给你的最佳人选。那这事就这么定了,稍后我就通知下去,让崔明博过来协助你工作。"

"谢谢董事长的支持。"薛承高兴地说。

"薛承,我有一件私事需要你帮忙。"叶宏远忽然话锋一转,诚恳地看着他。

"董事长您言重了,有什么事情尽管吩咐便是。"薛承注视着叶宏远说。

叶宏远眼神有些复杂,停顿了几秒,才说:"我准备把我的女儿亦双交托与你,请你好好锻炼她。"

薛承听到这句话倏然一惊,这责任过于重大,他不置可否。

"这个要求可能贸然一些,但我也是出于宏远集团的长远之计考虑,请你不要推诿。"叶宏远意味深长地说。

"这……"就算叶宏远言语诚恳,他还是觉得事情唐突,令他左右为难。在宏远系里比他有能力的人比比皆是,培养董事长千金的重任,他很难担当得起。

叶宏远见薛承默不作声、犹豫不决,只好和盘说出原委:"还记得一个月前的绑架案吧,其实贤君是被逼无奈才跟匪徒走的。当时叶潇欠下一千万元的高利贷,堵她的人正是那些债主,他们私扣了叶潇逼贤君就范。发生了这种事,只能怪自己家门不幸,是这逆子咎由自取。叶潇没有心思、也没有能力管理公司,我对他心灰意冷,我有意培养亦双,希望她能跟叶潇截然不同,能够掌控公司的未来。"

叶宏远说得很沮丧,他望子成龙落空,转而望女成凤,他不想辛苦几十年建立起来的商业帝国毁于一旦,他整理一下情绪继续说:"前段时

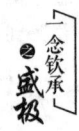

间我的身体出了些状况,医生也无法保证我是否能够痊愈。这段时间我经常担心,假如我倒下了,宏远集团是否还能继续平稳发展!我跟你父亲是至交,况且你的为人、你的能力让我信服,请你无论如何要帮我这次忙。不管亦双能否胜任、结局如何,我都不会责怪于你。"

叶宏远的肺腑之言令薛承非常动容,他看着眼前这位如父般和蔼的长者,再也无法推脱,于是,他郑重地点点头说:"既然董事长如此信任我,我会尽我所能去完成这项任务。"

"那我就放心了。"叶宏远如释重负。

"那夫人跟叶潇目前还好吧?"薛承关切地问。

"贤君被叶潇气得卧病在床,目前还在休养中。"叶宏远无奈地叹了叹气。

"董事长您要保重身体啊!"薛承关心地说。

"有心了。"叶宏远揉揉眉心,疲倦地说:"没其他事情的话,你先去忙吧,我休息一下。这人老了,真是病来如山倒。"

"那您先好好休息。"薛承轻轻带上门。

薛承回到办公室后,心神不宁,几个问题依旧萦绕心头,特别是天目湖一事,叶宏远还欠他一个真相。叶宏远该说的话都已经说了,不该说的话肯定还兜在心底。他只能让时间去揭开这个谜底。只是叶亦双的事令他左右为难,不过既然答应下来,唯有全力以赴。他的内心有点惶恐,叶家隐藏了太多秘密,让他开始焦灼不安。

没过几天,第五分公司总经理崔明博来到宏远总部与薛承见面。薛承一看到崔明博到来,便高兴地说:"老朋友,好久不见!"

崔明博春风满面,愉悦地说:"薛总,别来无恙。"

薛承邀崔明博落座,又亲自沏了壶茶,然后说:"虽然我们都在同一家公司做事,但合作的机会还真不多,往后还要多多向你求教了。"

"薛总太谦虚了,像你这样年轻有为,成绩斐然,该是我向你学习呢。"崔明博谦虚地说。

"那就相互学习、相互砥砺吧。"薛承笑着说。

两个人交情不深，相互客套一番，便切入正题。早年，薛承因为调研一项工程，去第四分公司待过一段时间。那时候崔明博还是第四分公司的一个项目经理，属于战斗在一线的工程员，当时两人接触并不多，更谈不上有多少交情。不过，崔明博兢兢业业、任劳任怨的工作态度，薛承在那个时候就有耳闻。

等崔明博认真看完资料后，薛承补充说："你刚才翻阅的是天河嘉园项目，它是祁阳市最大的居民安置房工程，总投资十亿元，前期垫资为总标的百分之二，按工期进度结算工程款。合同各方面条件都不错，就是有一项差强人意，合同规定的工期比较短，因为这是惠民工程。"

"这项工程的条件确实不错，也没有特别苛刻的要求，工程款下浮点数后，利润空间依旧不错。这十亿元的业务，可以让年度的财务报表漂亮许多。"崔明博笑着说，眼睛又盯着合同重新梳理一遍，怕遗漏了某些细节。

"不知有多少家建筑公司在打此主意，想分得一杯羹，我们也是费了九牛二虎之力才拿下来。"能夺得这种高利润工程，薛承多少有些得意。

"工期进度这条要求确实比较严格，合同还规定阶段性目标没有完成，要下浮该阶段工程款的百分之四呢。"崔明博手指点了点合同说："照这样估算，工期就相当紧张，可以说一天都不能耽搁。"

"我们就被这一条规定牵制着呢，必须要抓紧施工才行，你熟悉整个工程的流程，董事长首点将帅便是你。"薛承说。

崔明博合上文件，淡然一笑："薛总说笑了，这个项目进行到哪个阶段了？"

薛承说："报送的手续都差不多可以批下来了，由于项目的特殊性，祁阳市的几位领导要求我们优先开展前期作业。反正不管如何，这个项目完成得越早越好。"

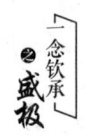

崔明博听完,略有顾虑,沉思片刻问:"祁阳市的财政状况不是很好,后期的工程款能跟得上吗?"

崔明博熟悉工程中涉及的每一个细节,他的这个问题也是薛承所面临的最大顾虑。祁阳市的财政赤字比较严重,如今花重金建设项目,虽然是项惠民工程,但资金来源仍是最大的问题。国家扶持这种惠民工程,但这个补贴额度定在哪根线上,几乎没有人知道。薛承就此事曾深入了解过,他希望知己知彼,结果跟他关系不错的几个人也不清楚。后来他实在无计可施,只能走一步算一步。毕竟,眼前这块大蛋糕,任谁都不会弃置。

"你的问题我也担心过,我跟董事长详细汇报过这些问题,他的指示便是把工期放在第一位,工程绝对不能延误。他还明确要求我们不能为了赶工期,疏忽了工程质量,务必要做到稳扎稳打,假如时间紧迫,那就多安排施工组进驻现场。董事长还说政府的财政问题,我们关注即可,无须过虑,这是项惠民工程,政府自会着重考虑。"薛承提起董事长的话,犹如吃了一颗定心丸。

崔明博认真地说:"既然董事长考虑过这些,那我就没有必要再去顾虑了。我提议我管基建,你做手续,这样如何?"

薛承高兴地说:"我同意你的意见!"

"时间紧迫,明天我就把手头的工作安排好,尽量赶在后天去现场实地勘察一下。"崔明博一副干劲十足的样子。

薛承爽朗地笑了笑:"崔经理果然是位干练之人!那就依你的计划行事。"

"还有一事需要你帮忙牵线,既然我参与主建工作,你就要尽早安排我与管理干部熟悉,以后基建能否顺利完成,还要靠他们关照。"崔明博笃定地说。

"甚好,你考虑得很周全,我会尽快安排好。"薛承爽快地说。

"好。"崔明博郑重地点点头,两只有力的手紧紧地握在一起。

第九章

情意绵绵

　　下班后,薛承接到念雅的电话说她在楼下等他,适逢他跟喻婧在整理一个项目资料,喻婧轻声地问:"是百里小姐催你下班了吧。"

　　"嗯。"薛承简略地回应一声。他尽量不在喻婧面前流露出喜悦之情。

　　"那你先走吧,别让她等久了。"喻婧努力地放慢语调,避免流露出内心的失望。

　　喻婧的善解人意,令他有种负罪感,他自己都不清楚为什么,明明他不喜欢她,也从来没有跟她表白过什么,为什么那晚之后会变得如此尴尬,他淡淡地说:"没有关系,先把手上的工作做完。"

　　"你还是先走吧,我一个人可以。"喻婧索性放下手上的活看着他。

　　薛承对视了一眼,确定她是认真的,他感到十分惭愧,轻声道:"行,那你也早点下班吧。"

　　喻婧转过身背对他,默默地点了点头。

　　薛承不再坚持,他把手上的活搁下就往外走。此刻,他的双脚像灌了铅一样沉重,他想停下,但又不晓得该用什么样的理由去安抚喻婧,他心里清楚他与喻婧之间,悄悄地有了一道罅隙。

　　喻婧看着他离去的背影,两滴眼泪不争气地滑落下来,现在就算她大声哭泣,也不会有人来打搅她或者笑话她了,空荡荡的房间里,还遗留着熟悉的气味,是这个男人的气味……

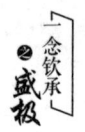

在车上,念雅看着帅气的爱人,甜甜地说:"晚上我们去海边吧?"

此刻,薛承双手握住方向盘,脑子里却想着独自在办公室里的喻婧。自从上次的事件之后,他们两个人的关系就发生了微妙的变化,没有了随意却多了一份尴尬。喻婧几乎不主动跑他的办公室了,就算跟他讲话,也是以生硬的语气做报告。眼神也变得不再专注,薛承能感觉得到她在逃避他们之间的情意。他时常看到她一脸忧愁,薛承大概明白其中的原因,他一直在纠结要不要找她谈谈心,几年的朝夕相处,令他对她怀有特殊的情愫,复杂而且难以言表,他在心里非常担心她。

"阿泽?"念雅见他魂不守舍,又轻唤一声。

"什么?"他忽然回过神来,尴尬地笑笑。

"你在想什么事情想得那么入神,我们去海边吃饭好吗?"念雅一脸疑惑地看着他。

"刚才在想工作上的事情,一时分了神。"薛承慌忙解释。

"现在是下班时间,你要全程陪我,不许你再想工作上的事情啦。"念雅嘟起小嘴抗议。

"OK,我的小姐!"薛承笑嘻嘻地说。

"我们去海边吧,好久没有去看海景了。"念雅愉快地说。

薛承转过头来,深情地看着她:"只要你喜欢,哪怕天涯海角我都愿意陪你去。"

"这可是你说的,欠我一次天涯海角的旅程,到时候可不要耍赖哦。"念雅一脸俏皮的样子,脸蛋绯红。

"红尘紫陌,弱水三千,薛某此生相随。"他举起右手,信誓旦旦地说道。

薛承的话令念雅的心里像灌了蜜一样甜,她忽然觉得自己是这个世界上最幸福的女子,她暗自庆幸自己回到了这座城市,没有错过这场缘分。她搂住薛承的一只手臂,幸福地依偎着。

第九章 情意绵绵

　　傍晚的海边，赤盖西下，晚霞如红幕般垂挂在海平线上，染红了天空。阳光照在海面上，银光闪闪，耀眼夺目。海风轻徐，白浪如练，鸟儿蹁跹，美景缱绻。真是：此景只应天上有，人间哪得几回见！

　　他俩去的海边小村叫龙门村，这一片海域称为龙门湾。湾里还流传着一个美丽的传说，相传有种鱼叫鲮，历经千辛万苦，终于在这里跳过了龙门，得道升天。鲮成仙后并未忘记村民对它的帮助，回到这里报恩，救助过很多渔民，后来人们为了纪念此事，就以龙门命名此地。如今的龙门热闹非凡，人们不再以打渔为生。这里的沙滩柔软细腻，这里的海水湛蓝通透，这里的天空浩瀚澄澈，这里的交通便捷畅通，种种优势让龙门成了旅游、休闲的度假胜地。特别是夏季，一到黄昏时分自有大批游客食客，来这里休闲聚餐，享受一方繁华。

　　"哇！风景如此旖旎，美不胜收啊！天空、大海、夕阳！还有岸边的灯火朝我眨眼呀！"念雅张开手臂迎着海风直抒胸臆。

　　薛承一脸温情地看着她，露出迷人的笑容。此时，金黄色的夕阳洒在念雅小巧精致的脸上，令她的五官轮廓更显分明。一对晶莹剔透的大眼睛，顾盼生辉；一绺乌黑靓丽的短发，随风曼舞；还有细长的柳眉、秀挺的瑶鼻、泛红的玉腮、娇艳欲滴的香唇、洁白如雪的肌肤，看上去艳美动人、温柔绰约。她背对着身后的妍丽风景，如画中仙子。

　　"阿泽，你在看什么呢？"念雅侧过身子，扑闪着一双大眼睛问。

　　"看你。"薛承抱着双臂一脸深情。

　　"我有什么好看的！"她低眉垂眼，霞飞双颊。

　　薛承见她脸上撒开红晕，低垂眼帘，烟视媚行。一个箭步上去拥她入怀，轻吻她的秀发。此情此景，他感觉用最华丽的辞藻，也无法表达出他内心的澎湃。只有温暖的怀抱和热烈的亲吻，才能诠释他爱到浓情深处时的激动。

　　他们享用了一顿浪漫温馨的烛光晚餐，等回到念雅的居所时已经深

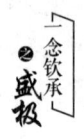

夜。一番云雨之后，薛承紧紧地抱住她，抚摸起她那吹弹可破的肌肤，慢慢亲吻她的耳垂、脖子、脸颊，两人忘情地享受鱼水之欢后的余温。

顷之，念雅蜷缩着娇小的身子，紧紧贴在薛承的胸膛，幸福满满："真希望永远能够相拥而眠！"

"执子之手，与子偕老。"他握住她的手动情地说。

念雅轻声应道："山无棱，天地合，乃敢与君绝！"

"我绝不会辜负你！"薛承紧了紧自己的手臂。

"阿泽，我害怕我们会再次分开，真要那样的话，我就没有勇气再爱你一次了。"念雅突然想起两人曾经分手，有些伤情寥落。

"傻瓜！别多想了，这辈子我再也不会松开你的手了。"薛承温柔地说。

"我相信你。"念雅幸福地说。

"对了，这几年你都在做些什么？"薛承提起这个问题时，心里多少带点愧疚，但是好奇心又驱使他想问个清楚。

念雅顿了顿，噘起小嘴，嗔怒说："当时和你吵架后，我直接就去了机场，选了最近的航班去了法国。我当时就决定，要在全世界最浪漫的地方尽快忘掉你这个浑蛋。我要开始全新的生活，活得精彩，让你后悔一辈子！"

念雅的话让薛承想起了他们之间的裂痕。几年前的念雅脾气倔强、主观性强。恋爱时间一长，俩人的缺点暴露无遗，他感到窒息，她感到无法将就。渐渐地，俩人之间的矛盾越来越多，最后，俩人在一次大吵之后，各自负气不理睬对方，就这样莫名其妙地分了手。薛承逃避感情，念雅一走了之，这一别就是三年。

三年时间，说长不长说短不短，经过岁月洗礼的两个人，在性格、脾气、观念方面都有了很大改变，对感情也有了新的追求和认识，因而才会甜蜜复合。

薛承打趣说："法国！一个连空气里都藏着浪漫的国度。那你如愿以偿了吗?"

"在法国的几个月里,我游遍各个城市,尝尽各种珍馐,唯独缺少了一段美丽的邂逅。"念雅佯作懊悔的样子,然后轻点自己的头:"我的脑海里、心坎上、眼前闪过的全是你这个大浑蛋。当时的我真心痛苦,每天忧愁,原来爱情伤人可以如此之深,体无完肤、心如刀割。"

薛承见状,心疼不已,连忙轻声安抚:"对不起,都是我的错!我保证以后再也不会让你受半点委屈了。"

"有一天,我在游历法国的一座小镇,碰到一个跟我年龄相仿的中国女孩。聊过之后,才发现我们有很多共同语言,于是便一起结伴旅行。她也曾被爱情伤得很深,甚至动了轻生的念头。她说以前把感情看得太重,忽略了其他东西,以致分手后,犹如行尸走肉一般。她到处游玩、四处散心,忽然有一天想通了一个真理:生活是自己的,身体也是自己的,不能一直被情感残害下去,必须要让自己变得强大才能抵御一切伤害。于是她去了英国求学,把精力全部放在学习上,补充知识、开阔眼界,如同凤凰涅槃。后来我经她推荐,也进入这所学校求学,一学便是两年。"念雅说完这些,脸上又恢复了自信的朝气,她忽然转过身来,捧住薛承的脸一本正经地说:"现在的我已经变得超级强大,你若再敢惹我的话,我就给你点颜色瞧瞧。"

薛承揶揄地说:"我不敢!就算借我一百个胆子也不敢!"

念雅呈胜利状,一副雄赳赳的样子:"算你识相……"

念雅话还没有说完,薛承就用嘴巴堵上了她的小嘴,手也开始不安分地游离在她身上。他对她的爱,早已超越了曾经。

第十章

壮志凌云

薛承一大早就赶到公司,喻婧已经在等候他。今天是他跟崔明博约好去祁阳的日子,他们计划去趟天河嘉园现场,并且宴请相关人员。

"喻婧,祁阳的资料全部备齐了吗?"薛承又不放心地过问一遍。

"刚才我仔细检查了一遍,没问题。"喻婧疲倦地回答。

薛承听到她的声音有些沙哑,仔细看了一眼,发现她面容憔悴、精神黯然,便关切地问:"身子不舒服吗?要不放你几天假好好休息一下。"

"感冒而已,没什么大碍。祁阳的事情一直由我在跟进,不能半途而废。"她面无表情地说。

"这段时间辛苦你了,等祁阳回来就给你补个长假,好好休养。"薛承对喻婧识得大体的行为充满感激。

"嗯。"喻婧点点头。对她而言,心伤很难用休息就可以恢复过来。她在他面前尽量表现出若无其事的样子,可他的每一句关心的话和每一个关怀的动作,像是在她心里投下一块石头一样,激起涟漪,令她不知所措。

薛承心里明白,念雅就是横在他和喻婧之间的一道沟壑,他俩跨不过去。就算他们的角色是同事、朋友、知己,结果都会是一样,便是成了熟悉的陌生人。

此时,薛承的电话响了,是崔明博打过来通知他,自己已经在前往

第十章 壮志凌云

祁阳市的路上。接完电话，薛承就跟喻婧立马动身，赶往祁阳市与崔明博汇合。薛承这次没有带司机，自己开车，喻婧坐在副驾驶的位置上，他心里盘算着他们可以在路上谈心，或许能敞开心扉。

一路上，喻婧都是紧闭双眸，微蹙眉头，一副大病初愈的样子。薛承看在眼里，急在心里，他替她的状况感到担忧。眼前美丽动人的女子，谁娶之都是他上辈子修来的福分，只怪他们有缘无分，错过了这辈子。薛承几次想撕开这道沉默的窗纸，找个话题切入，但都以喻婧的沉静而告终。

大概过了三个小时，他俩终于到了祁阳市，并与崔明博在项目处接上头。天河嘉园位于祁阳市的郊区，毗邻祁阳装饰城，周围有一大片空地有待开发。

"小陈，你把规划图纸拿过来。"刚到现场，崔明博就开始工作起来。

崔明博把图纸铺在引擎盖上，指了指："小区的地理位置还算不错，周边有那么多空地，假如配套设施跟上，这片区域完全可以自成一个独立的商住体系。"

"假如这里发展成商业区，必定是祁阳未来的风向标，可惜现在做了商住混合体，站在开发商的角度来说，并不理想。"薛承惋惜地说。

"看这份图纸标注，跟我们的推断相差无几，政府准备把这片区域建设成住宅区和商业CBD。目前看上去杂乱不堪的土地，几年之后将会变成祁阳市热闹繁华的区域之一。"崔明博一副胸有成竹的样子。

"你的推断八九不离十！看这些区块规划，未来几年里，祁阳市就是块大蛋糕啊！"薛承感慨道。

崔明博同样感喟道："若是哪家公司抓住了这个机遇，对公司的发展前景将起到巨大作用。"

"能够拿下这个项目，宏远集团已经拔得头筹，这是非常好的开始，眼前的这块'蛋糕'，我们定能切个几大块。"薛承胸有成竹地看着崔明博，并用手指在图纸上画下一个大圆圈。

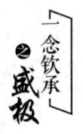

"说得好！鸿鹄之志，岂止当下！未来几年里，祁阳市必将是我们宏远集团的其中一个主战场。"崔明博笃定地指向远处。

两个志同道合、胸怀大略的男人强强联手，势必会在祁阳市掀起一股强劲的宏远风。他俩在现场依着设计方案探讨了许久，达成了初步方案。

紧张的讨论后，薛承为崔明博点上烟，自己也点了一支，他吸了一口，又轻松地吐出烟圈："晚上我安排了一场宴会。"

聚会的七个人当中，只有喻婧一位女性，她美艳动人、落落大方，与众人频繁举杯，使得宴会的气氛十分热烈。酒过三巡，每个人都带有几分醉意，喝起酒来更加豪迈，纷纷要求跟嫂子拼酒，他们口中的嫂子自然是喻婧。关于这个称呼，里面还有一个故事，只有崔明博知道实情。对于祁阳的工程，喻婧一直在做公关，薛承为了保护喻婧免受不必要的骚扰，能够全身而退，就建议她以他的女朋友的身份开展工作。为了防止节外生枝，更怕因小失大，所以才出此下策。如此一来，倒苦了喻婧，内心苦楚却要强颜欢笑。不过今晚她豁出去了，来者不拒，一杯接一杯地干，引得全场阵阵喝彩。她是借酒消愁，想要一醉方休。

宴席一直持续了三个多小时，一干人等方才尽兴。回到宾馆，喻婧呕吐不止，一副痛苦不堪的样子，令薛承愧疚难当。他听到她在呓语，时而喊着自己的名字，时而又在梦中抽泣。这一晚他就坐在旁边看着喻婧入眠，不管自己是什么身份，他都要尽一个男人的职责照顾她。有他在，她可能会睡得安稳。

第十一章
旗开得胜

　　清早，喻婧从梦中醒过来，头痛欲裂，关于昨晚醉酒之后发生的事情她完全遗忘了。她扯下被子看着衣衫完整的着装，似乎轻松了几许，这时门开了，薛承提着一袋子食物进来。他见喻婧睡醒，忙关心地问："好点了吗？"

　　喻婧脸色苍白，揉揉太阳穴："昨晚喝多了！"

　　"我给你买了些早餐，先填一下肚子吧。"薛承微笑着放下袋子。

　　喻婧忽然警觉起来，尴尬地说："昨晚我喝多了，不会是出什么洋相了吧？"

　　薛承立马摇摇手："你喝醉后就睡了，今天就在宾馆好好休息，工作暂时放一放。"

　　喻婧皱皱眉头，不好意思地说："以我这种状态去工作只怕欠妥，我还是听你安排吧。"

　　"那你自己小心点，我先走了。"

　　"祝你顺利。"喻婧冲薛承微微一笑。

　　待薛承走后，喻婧迫不及待地走进浴室冲澡，她觉得身上的这股臭味实在难以忍受。洗完澡后，她裹着浴巾坐在窗台前，看到这些精致的糕点，回想薛承的细心，忍不住偷笑一回。她觉得受人照顾，是一种说不出的幸福，她开始细嚼慢咽。

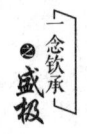

喻婧用过早餐后,觉得精神饱满。她看到丢在角落边、带有污迹的领带,就想给薛承买条新的。祁阳市,她已经来过好多次,对这里的购物区域、商业中心和市政机关轻车熟路。这个县级城市是座典型的江南水乡,人口密度大、经济活跃,盛产珍珠、绸缎,是全国百强县之一,还是洛山地区最主要的经济强县。

喻婧去了祁阳最高端的购物商厦万豪城。整个商场灯火辉映,金碧辉煌;这里的商品琳琅满目,汇聚了国内外诸多一线品牌的衣服、珠宝、箱包等,让人看得眼花缭乱。今天恰逢周末,商场内人头攒动、沸反盈天。

喻婧独自一人逛到疲倦,才走进咖啡馆内休憩片刻。她望着摆满一桌的"战利品",心情格外舒畅。她又一一打开袋子,重新过目一遍,确信自己没有看走眼。

正当她沉醉在购物的喜悦中,有位身材瘦小的男子靠近了她。喻婧只顾着欣赏衣物,根本没有注意到他。稍后,等她回过神来才发现边上的手包不翼而飞。瞬间,她感觉全身的血液都僵住了,后背阵阵发凉,几秒钟之后,她突然发疯般地扯开嗓子大声呼救。

喻婧的呼喊声立马招来了人群的围观,一位热心男士在简单了解情况后就追了出去。同时商场的安保机制开始介入,多组安保人员加入到追捕行列中,商城的三个出入口和两个地下通道全部实行检查,摄像组在第一时间内调取了窃贼的外貌和衣着特征,放在室内的LED屏上同步播放,可以说布下了天罗地网。

此时的喻婧感到一阵天旋地转,她茫然地望着人群,不知所措。她倒不在乎包里的现金、银行卡和首饰等物件,让她担心的是提包内袋的一张U盘,这张U盘存着重要的商业机密,假如遗失了那几乎等于要了她的命。她的双眼噙满泪水,无助而又绝望。

时间一分一秒过去,还是没有半点消息传回,她紧绷的神经离崩

第十一章 旗开得胜

溃仅差一步之遥。她开始绝望，蹲下去把头埋在双膝之间，全身颤抖，不停地抽泣，她的心里很清楚，假如U盘丢了，那么她的命运将随之改变。

过了许久，那位热心男士提了个手包站在喻婧面前，慢慢扶起她，关切地问："小姐，这个是你刚才丢失的手包吗？"

当再次见到自己的包，她太激动，甚至来不及应答，来不及道谢，迅速抢过手包检查起来。当她摸见U盘时，如释重负，瞬间有种绝处逢生的喜悦。喻婧回过神来，急忙向他鞠躬致谢！

"你检查一下包里有没有丢了东西？"他体贴地问。

喻婧又仔细检查了一遍，确定重要的东西还在，重重地吐了口气："就现金没有了，别的都在。"

"你看要不要报警？"他又问。

"既然包找回来了，就不用再麻烦了。感谢您！"她激动得再次鞠躬。

"不用客气，举手之劳。"他如一个谦谦君子，有着灿烂的笑容。

她激动地说："请问先生尊姓大名，您帮了我一个大忙，我必须要好好酬谢您。"

"真的不用客气，举手之劳而已。我叫纪凡。"他谦虚地说。

喻婧破涕为笑，自我介绍说："我叫喻婧，比喻的喻，妙婧的婧！"

"喻小姐你好，很荣幸认识你。"纪凡显得很有绅士风范，他又不忘提醒一句："下次独自出门要提防小偷。"

他话还没有说完，手机突然响起，他走到旁边接完电话，表情立刻变得凝重，他来不及与喻婧道别，就转身离去，瞬间就消失在人海中。

喻婧在他打电话的时候，正低头整理手包，等她抬头才发现恩人已经离去。惊魂未定的她急忙赶回酒店，遭此一劫，她不敢再在外头逗留一秒钟。

另一头，薛承和崔明博进展顺利，这次的祁阳之行大有收获。

第十二章
海誓山盟

祁阳的事情安排妥当后,薛承给自己放了两天假,他想跟念雅好好过几天二人世界。这天早上,两人一番缠绵之后,抱在一起享受余温。

念雅忽然想起一件事,拍拍脑袋:"我得赶紧起床,今天跟小焱约好了要去他店里帮忙。"

薛承一把拉住正欲起床的念雅,疑惑地问:"小焱开了什么店?"

"他弄了家音乐酒吧,说什么走文艺路线。"念雅嘲笑说。

"前不久,他还跟我说想开家咖啡馆,怎么又改变主意了?"薛承一脸疑惑。

"自从我爸妈批准他创业后,他的想法可多了。"念雅讥笑道。

薛承笑着说:"就让他尽情折腾几年,也不是件坏事。"

念雅边穿衣服边说:"我爸妈没时间看管他,他爱折腾就折腾呗。"

"他都成人了,由他吧。"薛承伸了伸懒腰。

"要不你今天跟我一起去他那里看看?"念雅转过身来,用期盼的眼神看着他。

薛承不假思索道:"一起去呗,看他在倒腾什么东西。"

念雅得到满意的答案,一脸兴奋:"太棒了。"

薛承似乎有意无意地说:"前阵子,你爸给我打了个电话。"

念雅突然听到薛承提起自己的父亲,顿时一怔,忙说:"我爸打电话给你？不会是问我们两个人的事情吧？"

"这么紧张做什么，你不是做梦也想嫁给我吗？"薛承扬起嘴角笑道。

念雅嗔怒道："正经一点。"

看到念雅这副表情，薛承感到一丝意外，于是无趣地说："他是拜托我照顾好百里焱。"

念雅听了霎时松了口气，说："那这个重任就交给你喽。"

对于念雅的紧张，薛承的心里也明白几分。百里家是个名门望族，百里焱和百里念雅的婚姻或多或少带有一定的政治色彩。百里华曾经在公众场合表过态，自己的掌上明珠必须要托付给门当户对的谦谦公子。百里华可是赫赫有名的企业家，说话自然不是儿戏。薛承非常厌恶这种被利益绑架的婚姻，但毕竟自己的条件有限，事到如今，只能走一步看一步。

百里焱的音乐酒吧开在丽温市新区，是丽温市外扩后最繁华的地段，这里也是娱乐行业和餐饮行业的聚集区，一到晚上灯红酒绿、流光溢彩。

薛承和念雅踏进门口，百里焱正在大堂忙碌，一眼便看到他们两个。他赶紧上前，兴致勃勃地说："两位难得大驾光临，恰好过来感受一下我创造的梦幻空间。"

"装修得富丽堂皇，规格很高嘛！"薛承环视一圈后，不停地夸赞道。

"论奢华程度，在丽温市独此一家。"百里焱得意扬扬地说。

"少在那里显摆吧，还不是用老爸的钱去装修，瞧你那嘚瑟样！"念雅看到百里焱趾高气扬的样子，忍不住泼他冷水。

百里焱翻翻白眼、努努嘴巴，反驳说："我这是向老爸借钱，赚了钱会连本带利一起还！"

念雅一副鄙夷的样子，咄咄逼人："老爸才不差你这点钱，他只要求

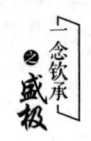

你做到一点，千万别招揽不三不四的人。"

"你今天来我这儿，不会是想给我上思想政治课吧！"百里焱不悦地问。

"就算是，我这个做姐姐的也有资格吧。"念雅反驳道。平心而论，念雅极其反感百里焱开音乐酒吧，她总觉得夜场就是藏污纳垢的地方，不仅社会关系混乱，而且容易滋生犯罪，这才令她有了抵触情绪。

百里焱怄气道："别管我，我知道自己在做什么。"

薛承一看他俩互怼起来，马上搂过念雅打了个圆场："天气炎热，先喝杯冷饮消消火。"

薛承的话让刚才争辩不休的姐弟俩顿时安静了下来，坐在那里互不理睬。沉静片刻，薛承找了个话题问："小焱，你原先不是想开家咖啡馆，体验一回小资生活吗？怎么忽然又开了音乐酒吧呢？这节奏改变得有些快。"

"我原先是想开一家情调好一点的咖啡馆，后来听珂儿说，在这种小城市里，缺乏人文氛围，肯定不好经营，我考察后发现确实如她所言，于是就改了主意。"百里焱解释道。

"等等！珂儿是谁？"念雅忽然警觉起来，眼睛紧紧盯着他。

"是包厢里的那个女孩吗？"薛承吃了一惊。

"就是她。"

薛承笑了笑，朝念雅打趣道："你弟弟的现任女朋友。"

念雅一听，马上粗着嗓门质问："一个来历不明的女人让你干吗，你就干吗？"

薛承揶揄地说："想不到这么久了，保质期还没有过。"

"真爱而已。"百里焱从容地说。

"你怎么会开音乐酒吧呢？你又不懂这方面的管理。"薛承十分不解，又替他感到担忧。

"是珂儿的建议，因为她有位表哥在这行做了十多年，他说酒吧利润高、风险小。他表哥在丰都市的一家音乐酒吧做经理,我们准备请他过来管理。"百里焱信心高涨,一脸笃定。

"你自己没主见的吗,她说什么你就信什么啊!"念雅不满地说。

百里焱见念雅处处针对他,一肚子的不高兴全写在了脸上,粗声粗气地说:"我考察过啦!酒吧筹备之前,我特地考察了好几个城市的音乐主题酒吧,发现生意都很火爆,我这才下定决心尝试一下。"

念雅讥嘲说:"门门有道,道道有门!不是你看几天就能摸清行规的。至于那个叫珂儿的女孩,来历不明,你却对她言听计从,很容易被骗。"

"你别老针对我好吗!我自己心里有数,你少来干涉!"念雅的呵斥,令百里焱怫然不悦,开始与她针锋相对起来。

薛承见两个人剑拔弩张的样子,又赶紧出来圆场,说了几句好话安抚俩人。念雅担心的问题其实也是薛承所考虑的问题,他想尽早弄清楚珂儿的背景情况,只是念雅的说话方式不妥,带有浓重的主观性和敌对性,容易引起百里焱的反感和排斥。

"小焱,珂儿的情况你是否了解过?"薛承轻声地问。

百里焱点了点头,说:"她是丰都市人,父亲经商,母亲退休在家。"

"就这些吗?那你去过她家没?"薛承紧接着问。

百里焱反讥道:"我跟她只是男女朋友而已,还没有发展到去她家里提亲这一步!"

"是否就是邰扬当差的那个城市?"薛承继续问。

"应该是,我也没有详细询问过。你们是来看我,还是来这里查户口!"百里焱有些不耐烦,抱怨道。

"念雅担心你被她蒙骗,她的脾气就是刀子嘴、豆腐心,难道你还不知道吗!"薛承拉着念雅的手,替她圆场。

百里焱看看念雅,转而有些讨好地说:"你俩就放心吧,我保证谨慎行事!"

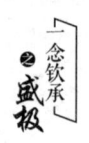

念雅听了,脸上的愁云逐渐散去,淡淡地说:"知道就好。"

薛承看着姐弟俩互怼之后的伤痕正在结疤,摇摇头苦笑一下,他的心里这会儿也算雨过天晴。

这一整天,他俩都耗在百里焱的店里帮忙。念雅最想见的人一直没有出现,她也不想再为这个女子跟弟弟闹僵,一切顺其自然吧。待他们出门,已经华灯初上。薛承不时地看看身边沉默不语的念雅,这种静谧的气氛让他有些不安。

过了片刻,薛承关心地问:"从店里出来,你就沉默不语,在思考什么呢?"

念雅轻叹一口气说:"俗话说从善如登,从恶如崩,我就怕本性善良的小焱因此而学坏。"

"小焱没有你想象中的那么单纯无知,这几年他跟我接触得多,我相信他会把握好分寸。"薛承紧紧握住念雅的纤手,仿佛给了她无穷的信心。

"希望如你所言,不然无法向我爸爸交代。"念雅担忧道。

念雅的话令他想起了百里华的叮嘱,他想了想:"要不这样吧,这段时间你多去小焱那儿帮忙,顺便摸摸情况,我得了空就去他那边帮你。"

念雅顺从地点点头:"也只能如此了。"

薛承忽然神秘兮兮地说:"时间还早,我带你去个地方!"

"去哪里?"念雅马上感到十分好奇。

"暂时保密。"薛承慢慢加大踩油门的力度。

没过多久,他们便出了城,开始行驶在黑漆漆的夜里。城外没有路灯,没有行人,没有喧嚣,仿佛进入另一个时空。很快,车子驶离主路,进入一片山区,周围的环境更加漆黑和寂静,风从半敞的窗户中吹进来,疯狂地扑打念雅的脸。

"到底去哪里呢?"她不知在什么时候开始紧紧地抓住他的手臂。公

第十二章 海誓山盟

路两边高大的树木,窗外不时闪过的坟墓,嘈杂的虫鸣,低沉的黑夜,联想起恐怖片里的镜头,置身在这样真实的空间里,念雅的内心已然害怕。

"是不是觉得有些恐怖?"他嘲笑道。

"大晚上来这种地方,我是觉得不安全!"念雅理直气壮地说。

"这里非常安全。"薛承扬了扬嘴角。

"我们还是回去吧,前面黑漆漆的一片,不见得会好玩儿。"她的勇气正被恐惧慢慢吞噬,哪怕被人嘲笑,她也想即刻离开这个鬼地方。

见她害怕的样子,薛承有些于心不忍,不停地宽慰道:"马上就到了,翻过前面的山岗,就会不一样了。"

"假如骗我,那你就完了。"念雅咬咬牙,一副豁出去的样子。

"我怎么敢呢。"薛承一笑。

说话间,车子已经翻过了这座山岗,瞬间,一番美景豁然跃目。念雅看呆了,匆忙打开紧闭的车窗,让景色迎风吹来。

看到她十分欢喜的样子,薛承顿时感到欣喜。这是片小渔村,坐落在城市的最边缘,被多座大山阻隔,唯一通往山里的路非常崎岖,因而来此观光的人屈指可数,这在一定程度上保持了小村简朴的原始风貌。渔村依山傍海,散落在绿林中,站在山上眺望,整片区域星星点点,与海平面连成一片,跟天上的星星遥相呼应,美不胜收。

"这一路上的胆战心惊,现在值了吧?"薛承笑道。

"你真坏!"念雅嗔怒道。

等薛承停好车,念雅迫不及待地下车,欢快地踩在鹅卵石铺成的小道上,步履轻盈,仿佛回到了少女时代。

"走,我再带你去个地方。"薛承牵起她的手,往东边走去。

念雅愉悦地说:"这青石小径真好看,曲曲绕绕,韵味十足。"

"在这片海域当中,这里保留了最原汁原味的渔村风貌,历史悠久。这里的交通不够便捷,鲜有人来,因此才会宁静如初。"薛承介绍说。

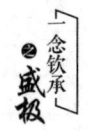

"你怎么会找到这片世外桃源呢?"念雅好奇地问。

"也算机缘巧合吧,几年前我经手了一个开发项目,是在本市沿海开发一块原生态的旅游休闲度假地,这片海域就是其中一处选址,我对这里进行过全面考察,个人特别喜欢这里。"薛承解释说。

"看村子现在的样子,貌似这个项目搁浅了吧?"念雅扑闪着大眼睛,一脸疑问。

"计划没变,只是选了另外的地方开发。"

"还好没有开发,才得以看到它最美丽最真实的面貌。"念雅庆幸地说。

薛承带着念雅沿羊肠小道,穿过村子中心,拐过一道山脊后,映入眼中的是一片洁白无瑕的沙滩,沙滩呈月牙形,细白的沙子银晃晃一片,显得安详宁静。

"哇!真是美翻了!"念雅提着鞋子光着脚在沙滩上奔跑起来,还不停地大喊:"大海你好,我爱你!"

海边的浪漫,令薛承也陶醉其中,他快速地跑到念雅身边抱住她,吻住她的香唇。在如此浪漫的环境下,念雅热烈地回应着。直到两人微微有点窒息才慢慢分开。

念雅拨弄着海水,惬意地说:"这是大自然留给我们最珍贵的礼物。"

薛承紧紧搂住念雅,望着无垠的大海,庆幸地说:"幸好把这里保留了下来。"

"我要把这里的美丽带给所有我认识的人!开心的人来这里,心境会随着海浪跳跃起伏,伤心的人来这里,心境会随着海风归于平静!"念雅拥有豁达的情怀,是薛承颇为欣赏的事,月光下的两个人甜言蜜语,或追逐嬉戏,或亲吻拥抱,仿佛置身于红尘之外,坠入了仙境。

第十三章
不虞之变

"早上好,薛总!"喻婧微笑地问候道。自从祁阳回来后,薛承就给她放了个长假,直到今天才回来上班。

"这个假期过得怎么样?"他见喻婧的气色不错,心里宽慰了许多。

"周游列国一遭,受益匪浅。"喻婧打趣道。

"旅游确实是一剂疗伤良方。"他心里说道。这时,内线电话打了进来,是叶宏远让他去一趟。算算日子,叶宏远这次出差,差不多半个月了。

等薛承叩开叶宏远的办公室,见他坐在那里审阅文件,落地窗前站了位女子背对着他,身材纤瘦,长发及肩。

"董事长,您好!"薛承恭敬地问候道。

"嗯,来了。"叶宏远抬起头,眉眼舒展。

"薛哥,你好呀。"长发女子忽然转身打了个招呼。

"亦双!看背影还真猜不到是你呢!"薛承颇感意外,随即笑容可掬。

"嘻嘻,是惊奇还是惊喜?"叶亦双狡黠地说。

"各掺一半。"薛承笑着说。

叶宏远起身来到外间会客室落座,和蔼地对叶亦双说:"你也过来坐吧。"

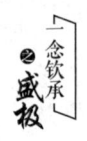

"是的，爸爸。"叶亦双乖巧地回应道。

"董事长，这是天河嘉园项目的全部资料，请您过目。"薛承小心翼翼地递上文件。

叶宏远接过资料，粗略地过目一遍就合上文件："让崔明博放手去做就行了，你留意下建设进程，这个项目你做主便是。"

"明白。"薛承恭敬地说。

"你在电话里汇报了祁阳市的情况，这是个大机遇，我们必须要牢牢抓住它，无论如何要把重心转移进去，尽可能地抢占这个市场。"叶宏远吩咐道。

"明白！我们已经开始布局，一切都在掌控之中。"薛承信心百倍地说："自天河嘉园开工以来，我们跟祁阳的领导班子联系密切，进一步巩固了我们之间的合作意向，我们公司将会拿到更多的项目。"

"果然不负众望！"叶宏远听到高于预期的成果喜出望外，然后又侧过身子拍拍叶亦双的肩膀，语重心长地说："从今天起，你就跟着薛承好好学习管理公司，务必要用心去做。"

"我能跟薛哥学习经商之道，那太棒了！"叶亦双喜形于色。

"你是留洋归来的高才生，接受过国外顶尖学府的系统化教育，经商管理不成问题。"薛承赞赏道。

"薛哥，您是一语中的。"叶亦双欣然接受他的赞赏，经过多年的外国文化熏陶，让她觉得事对就去肯定，无须太过谦虚客套。

叶亦双，年方二十六，是叶宏远的小女儿，从初中开始就生活在加拿大，十几年的海外经历练就了她的独立性格，她向往自由，喜欢国外无拘无束的生活，这次回国也是迫不得已。

"薛承，你可要看好她。"叶宏远看着叶亦双，慈爱地笑笑。

"请董事长放心，我会如自己的妹妹般照顾她。"薛承承诺道。

叶宏远笑容一敛，显得极为庄重，侃然正色道："你不要太惯着她，必须要她正己守道，在工作上做到一丝不苟。"

第十三章 不虞之变

叶宏远的严厉要求，向薛承表明了自己对亦双鞭策的态度，同时也向亦双表明了她没有特权傍身，她必须要严于律己，认真学习。

叶亦双嘟起小嘴，佯装生气地说："爸爸，您对我太苛刻了点吧。"

"丫头，国外的那些处事之法，我不赞同也不反对，毕竟寸有所长，尺有所短。不过中国几千年的文化精髓源远流长，更值得你好好学习。"他语重心长地教育道。

"知道了！您不是常说学无止境吗，我会牢记在心的。"亦双撒娇道。

叶宏远欣慰地笑笑，转而对薛承嘱咐道："亦双这次回来没有人知道，所以我还是希望她的身份不要公开，以免带来诸多不便。"

薛承立马猜出叶宏远的用意，于是说："恰好公司有个招聘会要举行，我可以借这个机会把亦双安排一下，这样就不会引起别人的注意了。"

"这样也好，那就这么定吧。"叶宏远满意地点点头。

"董事长您若没有其他吩咐，那我现在就去安排一下。"薛承说。

"可以，你抓紧去吧。"

"薛哥，待会儿见。"见薛承起身要走，亦双摇摇手，做了个鬼脸。

待薛承离开后，叶宏远似乎有好多话要跟自己的宝贝女儿说。他要求叶亦双千里迢迢回国，从事她不喜欢的工作，他总有一种逼她上梁山的感觉，他觉得亏欠了女儿。于是，他有些愧疚地说："爸爸这么做，你不会怪我吧？"

"为什么要怪您呢？薛哥学识渊博、品格高尚，跟他学习是一件好事呢！"叶亦双乖巧地握住父亲的手，十分体贴。

"我不是说薛承，我的意思是……"叶宏远似乎难以启齿。

叶亦双见父亲吞吞吐吐，全然不见了往日霸道总裁的风范，心里觉得有趣，她故意噘起小嘴问："爸爸，您说的是我回国一事吗？"

"亦双。"叶宏远眼神中透着几分愧疚，似乎有些难言之隐。

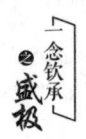

"我会生气呢,我在加拿大的生活丰富多彩,突然之间,就到另外一个陌生的地方生活,还没有半点商量的余地,换谁都会生气!"叶亦双一副委屈的样子。

"这……"叶宏远面露难色,语塞了几秒:"爸爸也觉得这么做很不妥,但形势所迫嘛!"

见父亲黯然伤情,叶亦双心疼了,她反而安慰起父亲:"爸爸,我又没有忤逆您的意愿,现在不是坐在您面前吗!"

"你回来我当然高兴,可是一想到委屈了你,爸爸又觉得亏欠你啊。"叶宏远说。

叶亦双调皮地挽起父亲的手臂,诙谐地说:"我就是条鲇鱼,适应性很强哦。"

叶宏远忍不住笑了起来:"鲇鱼好啊,鲇鱼的担子要重喽。"

叶亦双摆出一副英姿飒爽的样子,豪气冲天地说:"爸爸您放心!古有花木兰代父从军,今有叶亦双替父解忧,尽管我的臂膀瘦小,但劲力十足,足够担得起大任!"

"有你这句话,爸爸就心满意足了,不愧是我叶家的巾帼!"叶宏远高兴地说。

"爸爸这句话说得真中听!"叶亦双撒欢道。

"为什么叶潇就跟你全然不同呢,他假如有你一半懂事,我死也无憾了!"一提起儿子,叶宏远立刻一脸的伤感。

"哥哥人不坏,应该是童心未泯。"叶亦双安慰说。

"他做的事情都不能用道德去衡量好坏了,必须要用法律去制裁!"叶宏远痛心疾首地说。

"爸爸……"叶亦双的心里也跟着难受起来。

"爸爸年事已高,对许多事情是竭尽所能而力有不及,我对叶潇不抱任何希望了,只盼望他有顿悟之日,能够免去牢狱之灾。"

"哥是一时糊涂而已。"叶亦双忽然感到自己语言匮乏,也找不到更好的安慰之词。

"我能创建宏远集团,什么样的风浪没有经历过,像叶潇这样顽劣不堪的人,爸爸见得多了,到最后没有几个能幡然醒悟。"叶宏远一副心事重重的样子,他揉揉眉心继续说:"亦双!天将降大任于斯人也,必先苦其心志,劳其筋骨。今后的事业道路肯定充满荆棘,困难重重,你必须要虚心求教、博采众长,如此才能从容地应对各种困难。"

"爸爸,我一定会砥砺前行,绝不让你失望。"叶亦双承诺道。

"这不再是关乎我个人面子的问题,你的成长关系到公司未来的发展前景,你千万不可懈怠。"叶宏远严肃地说。

"您的耳提面命,我会谨记于心。"叶亦双坚定地看着父亲。

"另外,公司里没有人知道你的真实身份,你就继续保持下去,这样能更好地了解公司状况。"叶宏远叮嘱道。

"爸爸,我知道了。"

"等下你先离开,我还有事情要处理。晚上你回家吃饭,你妈妈让叶潇也回来了。"叶宏远又嘱咐道。

"好的爸爸,那我先走了。"叶亦双乖巧地点点头。

"嗯,去吧。"叶宏远看着女儿离开,发自内心地笑了笑。

入夜,市郊的一幢英伦风格的豪华别墅里,灯火辉煌。别墅主人叶宏远坐在沙发上看着电视,脸上带了几分不快。夫人卫贤君,斜靠在右边座椅上,脸色枯槁、憔悴不堪。小女儿叶亦双,陪在旁边摆弄着电脑,偶尔搭着话。

"你看看都几点了,叶潇还不回家。"叶宏远终于忍不住发起牢骚来。

卫贤君赶忙替儿子辩解道:"现在这个点,正好是高峰期,一定是堵车了。"

"你啊你,什么事情都护着他!"叶宏远指责道。

"我怎么护他了,我是实话实说。"卫贤君反驳道。

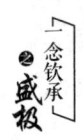

"叶潇变成今天这个样子,你是难辞其咎。"叶宏远一脸肃然,盯着门口说。

"你别把话说得这么严重,叶潇只是贪玩儿一点而已。"卫贤君还在努力地维护儿子。

"他单单是贪玩儿而已吗!他犯的事情都是你亲身经历的,这是简单的事吗!"见夫人处处护着儿子,叶宏远转而看着她,粗起了嗓门。

"你们两个不要吵了,爸爸您不要生气了,妈妈她身体不好。"叶亦双见父母发火,连忙出来制止道。

叶宏远压压火气,说:"再这样下去,叶潇这辈子肯定完蛋了。"

"爸,您别生气了,我给哥打个电话问问情况吧。"

"还打给他干吗!这么大的人,一点分寸也没有,我们帮得了他一时帮不了他一辈子。"叶宏远黑着脸说。

"小双,你爸就是这副犟脾气,对儿子永远不晓得宽容。你还是给他打个电话问问,我跟他说好了晚上全家人一起吃饭,可别出了什么事情。"卫贤君担忧地说。

"我这就给哥哥打电话。"叶亦双乖巧地说。

卫贤君对叶潇的母爱,已经够得上溺爱,叶宏远对儿子的要求非常严格,但无奈自己事业繁忙,在管束叶潇一事上无法做到亲力亲为。而且,叶宏远偶尔管教叶潇也是严厉训诫,并非谆谆教导。叶氏夫妇的这种错误的管教方式,导致叶潇养成了放荡不羁、胆大妄为的性格。

叶亦双终于打通了叶潇的电话,电话那头传来一阵嘈杂声。她大声地问:"哥,你在哪里?爸妈都在等你回来吃饭呢。"

电话接通那刻,卫贤君立马直起身子,一副紧张的样子,叶宏远也是侧着耳朵倾听。可惜他俩听不到电话里头的声音,叶亦双说了几句就放下了电话。

"哥哥说他正在给朋友庆生,马上就回来了。"叶亦双看着父母的脸色,轻声说。

第十三章 不虞之变

"你看看这个人,做事情一点都不靠谱!成天跟些狐朋狗友鬼混,真是无可救药!"叶宏远得知情况后,一股无明之火汹涌而出。

这下卫贤君也不袒护叶潇了,斜靠着不说话。

"爸爸,不是还有我陪你们吗!"叶亦双睿智地打个圆场。

"我现在就指望你了!"叶宏远一声叹息。

"妈妈,您是不是不舒服?"叶亦双见母亲脸色苍白,关心地问。

卫贤君自从经历了绑架事件后,大病一场,好不容易稳定了病情,却落下了病根,身体时好时坏。她挪了挪身子,指着胸口说:"有股气闷在这儿!"

"我给您揉揉!"叶亦双一听母亲胸口发闷,急忙上去轻轻地揉。

"小双啊,你这次回来就别走了,多陪陪妈妈。"卫贤君难过地说。

"妈妈,我听您的!"叶亦双见母亲眼眶变红,心里一阵难受。

"你这是干吗呢?不是还有小双在吗!"叶宏远尽管心里非常生气,可看到夫人眼眶泛红,他也挺揪心。

卫贤君紧紧地握着女儿的手说:"在国外这么多年,吃了不少苦吧,你看你都瘦成什么样了,这双手都只剩个骨架了。"

"我在国外生活得很好,况且还有阿姨照顾我,我不感觉孤单。反而很享受国外那种自由自在的生活。我的同学、朋友、同事对我都很友善,大家互相照应,就像自己的家人一样。"叶亦双乐观地说。

"这么多年,你独自在外生活,我跟你爸又忙于事业,一直没有给予你该有的家庭温暖,亏欠你太多了!"卫贤君内疚地说。

叶亦双立即反握住母亲的手,安慰说:"留学之路是我自己选的,你们还在物质上给予了我最大的保障。这是我能顺利毕业、融入社会的坚实基础。我更要感激你们!"

卫贤君看着懂事乖巧的女儿,心里无比欣慰,她又问:"好些年没有见过余凤她们了,她们现在生活得好吗?"

"苏阿姨过得很好,还经常跟我聊及你们以前的趣事呢。"

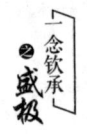

"转眼,大家都是黄土埋到胸口之人,也不知道什么时候能再见上一面。"卫贤君叹惜地说。

"等您身体好了,我陪您去!"

"等这身子骨好些了,是要出去一趟,多久没有见面了,恐怕连样貌都改变了很多吧。"

"爸爸,您也一起去,我们全家人一起去旅游。"叶亦双欢快地说。

"好,我们一起去!"叶宏远的心情因为女儿的懂事体贴,稍微好转一些,他看了看墙上的挂钟,说:"不等了,我们吃饭。"

只要不谈及叶潇,三个人笑声朗朗,一副其乐融融的景象。这时,门突然"哐当"一声被人用力推开,大家吓了一跳,一起朝门口望去,原来是叶潇醉意朦胧地回到了家。

"小潇,你吃饭了没有,快过来一起吃。"卫贤君看到儿子回来就连忙招呼,又喜悦地喊道:"庆嫂,再添副碗筷!"

"哥,你终于回来了。"叶亦双起身去扶叶潇。

"一个朋友生日,非要拽着我一起吃饭,实在不好意思推托啊!"叶潇神气自满地说。

"你少喝点酒,对身体不好!庆嫂,庆嫂,快拿副餐具过来!"卫贤君急切地吩咐道。

叶潇觉得母亲说话聒噪,不耐烦地说:"老妈,您就甭担心了!我自有分寸!"

对于叶潇的言行举止,叶宏远刚开始一言不发,他尽量不发火,毕竟全家人难得聚在一起吃个饭,他内心还是不想打破这份和谐。但是,他见叶潇出言不逊,一副吊儿郎当的样子,作为父亲的他最终还是忍不住呵斥道:"你还有分寸吗?你看你现在的样子,你还真当自己是一回事了。"

"朋友给面子,我不好拒绝。"叶潇忽然酒醒一半,像个泄气的皮球,低声辩解道。

"成天跟一群狐朋狗友混在一起,胡作非为,你看把你妈妈气成什么样子了,你还有脸说得这么好听!"叶宏远见儿子还在狡辩,气不打一处来,继续责备道:"你还感觉自己很有面子是吧,你那面子是自己挣到的吗?混账东西!"

叶潇借着酒劲顶嘴道:"我的朋友怎么了,他们起码尊重我。"

"还敢顶嘴,假如你不是我叶宏远的儿子,他们会敬你几分,避开你还唯恐不及!你还有脸在这家里讲这些自大的话!咳咳咳……"叶宏远讲到激动处,被气得剧烈咳嗽起来。

"宏远,你就少说两句吧,儿子不是好好的吗?"卫贤君见儿子被骂得狗血淋头,有些心疼。

叶宏远怒目一睁,冲着卫贤君严厉斥责道:"事到如今你还袒护他,假如有一天叶潇真被抓进监狱,那就是你纵容出来的恶果!"

"你老是板着脸骂我,你有关心过我吗?每次一见面就是对我大声训斥,这饭不吃得了!"叶潇使劲推开椅子,甩手就走。

叶宏远见儿子没有一丝悔意,勃然大怒,抓起茶杯狠狠地扔了过去:"滚!滚出这个家!"

随着玻璃的碎裂声,大厅里顿时一片寂静。叶宏远双目怒睁,攥紧拳头看着敞开的大门,卫贤君呆坐一边,早已哭成个泪人,叶亦双弓着身子,难过地照顾母亲。经过晚上的争吵,叶家恐怕再无安宁之日。

第十四章
背道而驰

前几天，叶家一闹，卫贤君的病情加重了，只能卧床静养。叶亦双一直在照顾母亲，等她睡着了，方才来到父亲书房。她轻轻叩开房门，看到父亲正跟李夏商量事情，两人表情凝重，她就乖乖地退回外间等候。她看到了窗台上摆着她跟哥哥的合影，内心莫名地涌出一阵酸楚，这幅画快成了永恒的回忆，那个时候，家庭多么温暖，长大后却一切都变了。

片刻，李夏神色匆匆地迅速离去，甚至都没有和她打声招呼。

叶亦双轻手轻脚地来到父亲面前，轻唤一声："爸爸。"

"你妈妈睡下了吗？"叶宏远并未抬头看她，而是继续审阅桌上的一摞资料。

"妈妈刚睡着一会儿。爸爸，你们刚才在商量什么事啊？我看李夏神色严肃，仿佛有要紧的事要办。"叶亦双轻轻地搬过椅子坐下。

"都是一些公司上的事情。"叶宏远淡淡地说。

叶亦双好奇地问："那我能帮得上什么忙吗？"

叶宏远听到女儿要替他分担工作，开心地抬头看看她："我让李夏找人查清叶潇的行踪，这几天我听到一些关于他的负面消息，我真担心他又做出一些违法犯罪的事情来！"

"爸爸，您千万别太担忧，可能是一些人造谣生事，飞短流长，我相信哥哥不会再做愚蠢的事。"叶亦双宽慰道。

第十四章 背道而驰

叶宏远苦笑道:"真是世事难料,我苦心经营多年,本盼着叶潇能够成才,好让我早点退休享清福,现在看来是遥遥无期了。"

"我会努力让您跟妈妈提早享享清福。"叶亦双一脸认真地说。

"你真是长大了,有了担当。"叶宏远听了女儿的话颇感欣慰,难得露出笑容来,他又说:"我要告诉你一件事,在宏远集团里,薛承是个经验丰富的职场导师,跟他学习肯定会令你受益匪浅;而李夏就是尽忠职守的挚友,不管以后我们叶家发生什么变故,他都会为你'鞠躬尽瘁,死而后已'。在这个世界上除了我和你妈妈,你唯一可以信赖的就是他了!"

"爸爸您在说什么呀!我有您就可以了,我不要李夏,也不要任何人。"叶亦双听到父亲仿佛在交代身后事,心里突然难受起来。

"丫头,这生老病死是自然规律,谁也阻止不了。爸爸的身体目前还算健朗,但保不定哪天就垮掉了呢,你是个聪明的孩子,应该明白我说的话。"叶宏远慈祥地看着女儿。

叶亦双听完父亲的话,难过地咬紧牙关,拼命让眼泪留在眼眶里,她冷静想想,觉得父亲的话很有道理,她必须要学会坚强,她又问:"爸爸,您为什么如此信任李夏呢?万一他离开您了呢?"

叶宏远爽朗一笑,坚定地说:"我跟他的关系可不是雇佣那么简单,这么多年来我一直把他当作自己的亲人一样看待,他非常忠诚,绝不会做出对我们叶家不利的事情。"

"爸爸,你们是如何认识的?这么多年来,我一直以为你们只是单纯的雇佣关系,我也从来没有听你提起过他的事。"叶亦双扑闪一双大眼睛,好奇地看着父亲。

叶宏远呷了一小口茶,回忆起往事,慢慢说道:"其实,我们早在十多年前就已相识。我们丽温市跟李夏的故乡吉尔市是友谊互助城市。十二年前,也就是你刚出国后那年,市里举办第一届结对子互助慈爱活动。市里的企业家们都收到市委的通知。当时的信息显示李夏是特困生,父亲早逝,母亲体弱多病。我就选择资助他,他也真够争气,高考考上

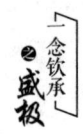

了北京的一所名校,他的母亲在他读大二的时候去世了。他毕业后放弃了北京的优越工作,为了感恩就过来投奔我,他总说我是他在这个世界上最后的亲人,一定要报答我对他家的恩情。这一晃,都快过去八年了,他的事情我从来不跟别人提及,一则与人恩惠无需挂在嘴上,二则我也不想他有什么思想包袱。"

"原来如此,这么说爸爸还是他的大恩人啊!"叶亦双恍然大悟,她为父亲博大的胸怀感到无比自豪。

"什么大恩人,说得那么夸张。我们只是普通人,用我们已有的资源去帮助那些比我们困难的人,仅此而已,充其量也就件好人好事!"叶宏远一副虚怀若谷的样子,谦虚地说。

"爸爸,等我有能力了,我也会向您学习帮助那些有困难的人,让他们也过上幸福的生活。"叶亦双翘起嘴唇,暖暖地说。

"小双,你要记住,这个社会是大家的社会,一个人好了,这个社会不会好,当更多的人好了,这个社会才有希望。现在的你可能还无法理解这层意义,等你有了家庭有了儿女,自然就会明白我说的话。"

叶宏远的这句话,叶亦双似乎明白,但又无法领悟其中的精髓,她只知道父亲很伟大,充满慈爱,但她不知道父亲的这种爱心的根源是什么。她还不够成熟,她也没有深入了解贫困的情形,她还处在懵懂阶段,一切有待成长。

虽然似懂非懂,叶亦双还是开心地说:"李夏是我们叶家的亲人,我以后会尊敬他善待他。"

"这样最好!聊了这么久了,你是否应该去看看你妈妈醒了没有。"

"爸爸,您这是给我下逐客令了嘛!"叶亦双撒娇道。

"快去吧。"叶宏远和蔼地说。

"那好吧,您先忙,等忙完了我再听您讲以前的故事,就这么一言为定了哦!"还没等叶宏远开口,她便迅速离开了书房。

"这个古灵精怪的丫头。"叶宏远望着叶亦双矫健的身影,满心欣喜。

第十四章 背道而驰

深夜中的丽温市进入到睡眠状态,唯有丽新路例外,这里是条不夜街,灯火通明,纸醉金迷,沿街坐落着KTV、桑拿中心、酒吧、会所等。

全市最大的娱乐会所里的888号豪华包间里,十来个年轻人正吆喝得起劲,他们身旁各有一名浓妆艳抹、衣着暴露的女子作陪。居中坐着的微胖的年轻人正是叶家大少叶潇。对他来说,被一群人讨好拥戴,推杯换盏、醉生梦死,才是人生莫大的享受。在他的信念里朋友好过一切,玩耍消遣才不至于虚度光阴。这群年轻人中不全是马仔,有几个跟叶潇差不多背景,也是家里有钱,就缺个人陪玩儿的那种。这些人沆瀣一气,玩儿得不亦乐乎。

"哥几个先打住,晚上是潇哥做东,我们一起敬潇哥一杯!"这一群人中有个染着白色头发的年轻人提议道。

"白毛说得对,敬潇哥!"另一个年轻人马上响应道。

说罢,一群人包括陪酒小姐全部举杯向叶潇敬酒。捧得叶潇满脸傲气与豪气,端起酒杯一饮而尽。

"潇哥,最近没怎么看到你,哪耍去了?"白毛递了根烟给叶潇,又问。

"耍个屁啊,提起来就火大。"叶潇骂骂咧咧地点上烟,抽了几口。

"怎么?有事犯难?跟兄弟说说,保管给你摆平!"白毛拍拍胸脯打包票。

"白毛,你的脑子里就知道打架,你要把他摆平了,晚上这里的单你就自个儿买去,我说你就不能多读点书改善下你的大脑结构吗?大小脑都快自成一体了。"叶潇狠狠吸了几口烟,把心里的火气撒在他头上,又颓丧地说:"是我家老爷子最近管得严,要不是今天他出差,晚上我哪有机会坐在这里喝酒。"

"原来如此!潇哥,你现在是被佛祖压在五指山下啊,这种劫难,兄

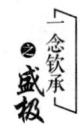

弟我真是爱莫能助啊！潇哥你心中有苦，兄弟我敬你一杯，先干为敬。"白毛说完话脖子一仰，酒杯即空，他邪笑一下，说："潇哥，你边上的小姐不错，晚上可以除除晦气！"

叶潇听了，随即仔细打量起身边的小姐，扬起嘴角说："你小子真是一肚子坏水，喝酒！"

白毛干了酒，紧挨着叶潇落座，又附在他耳边小声说道："哥，我看你最近挺烦心的，这也不是个办法。兄弟我这里有种欢乐水，喝一口保管你立刻进入极乐世界！要不晚上尝下鲜，让我送你和旁边的小姐入洞房嘛。"

叶潇将信将疑地问："还有这么好的东西，可靠不？"

白毛信誓旦旦地说："非常可靠！我没有亲自用过的东西，怎敢介绍给哥用呢，放心好了，兄弟讲的是情义。"

叶潇拍拍胸脯，高兴地说："你的好意，哥记在这里啦！"

"小意思啦！小弟再敬哥一杯！"白毛说。

叶潇端起酒杯朝众人喊道："兄弟们，一起来。"

"干！"大家异口同声地说，包厢里又开始新一轮的高潮。

第十五章
藏形匿影

叶亦双回国不久，正值宏远集团召开年中职工大会。这次的会议由薛承主持，董事长叶宏远也在席上就座。开会的主要内容涉及公司年中总结、下半年计划、人事调动、新员工入职等几个方面。经过前期的笔试和面试，集团总部这次一共招收了三十名新人入职，叶亦双也依照先前的计划顺利入职。

时隔几日，叶宏远明显衰老了许多，这次会议他只是象征性地参与一下，全程没有发言。会前他已经看过各部门汇集过来的数据，上半年集团业绩很不理想，与去年同期相比下滑严重。以建筑为主业的宏远集团，在这轮金融危机中深受其害，何况，公司内部错综复杂，旁支众多，使得资源整合、结构调整异常困难。这次年中会议，没了往年的热闹，与会人员都像霜打了的茄子一样，士气低落。他们深知自己所在的部门业绩不好，希望不要在会上被处罚，那就谢天谢地了。

面对行业低迷，整体性的下滑，建筑企业好像步入了寒冬腊月。经过公司高层协商后，决定在年中不进行任何奖罚，他们一致认为业绩下滑，不是一个部门就能扭转乾坤。如此一来，会议的热点反而在新员工选拔环节上表现出来。看着新同事中有美女有帅哥，反倒在会中引起了一小波高潮。往年四个小时的中期会议，今年两个小时就草草结束，大会结束后，薛承通知各部门负责人转移到小会议室里继续开会。

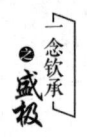

等二十来号人全部落座,叶宏远清清嗓子开始主持会议。

"今天我破例召开这个会中会,想必各位都比较困惑。既然如此,那我就问下各位我的用意又是什么?"叶宏远停下来扫视大家,他见所有人或者摇头或者沉默,内心非常不满,于是严肃地说:"是命运所迫!人有命运,公司也有命运,当下形势这么恶劣,我们到底做了什么,又该做什么!"

叶宏远字字惊心,问得在座的人哑口无声,诚惶诚恐。

"国外形势暗潮汹涌,经济发展不容乐观,魏和总经理出国搞工程已经过去了大半年,进展非常缓慢。这个跨国工程给了我一个血淋淋的教训,既消耗了大量资源又消耗了巨额资金。"叶宏远迫不得已说出事情原委,每说一句,都仿佛在剥开自己刚凝血的伤疤。

"在国内,建筑行业形势同样不容乐观。如果再不想办法调整结构、优化产业,那只能看着公司雪上加霜,坐以待毙。虽然你们不是公司的创始人,但宏远集团能获得今天的成绩,离不开你们的辛勤付出。不过,尽管硕果累累,但我还是需要提醒你们持满戒盈。俗话说:无纾目前之虞,或兴意外之变,只有齐心合力解决目前的困境,未来才有我们的立足之地!"

叶宏远的话音刚落,会议室马上爆发出阵阵掌声!员工们的这种情绪不是在敷衍,是发自内心的热血澎湃的表现,大家热情高涨,掌声久未平息。

……

这次的会中会开得十分理想,它及时纠正了公司高层的懈怠思想和裹足不前的行为,调动起管理层的积极性。上半年各个部门各自为政的局面被改变了,并开始了部门之间的资源整合行动,在合理利用、互相配合、开源节流等几项措施上,取得很大成效。而且,公司又在开拓市场方面做了重新部署,把工作重心从建设住宅和大厦方面,转移到市政建设方面。分配任务时做了细致分工,把任务落实到每个部门,提倡部门之间自由衔接,争取资源的最有效利用。

一回到办公室,薛承就为一个问题犯愁,思来想去还是不得解决。从今天开始,叶亦双算是正式地进入公司工作,可应该把她放在哪个部门呢?把一个全无建筑方面经验的人放在自己身边,难免会招人口舌或引人怀疑;放在别的部门,又怕自己照顾不周,他怎么想都觉得这是着死棋。新聘的员工基本都安排了岗位,叶亦双是个海归,学的是企业管理,她是公司作为特殊人才引进的,所以暂未安排职位。她的简历还在他的办公室里压着,与她有相同资历的还有一位海归叫宇桐。为了谨慎起见,薛承觉得还是先征求下她的意见,之后再做安排。

没过多久,叶亦双就与另一位海归宇桐来到了他的办公室。

"薛总,您好!"两个人礼貌地问候一声。

薛承点点头,开门见山地说:"你们两位是公司作为特殊人才引进的,我想听听你们对自己在职场定位中的意见。"

俩人相视无言,不知从何处说起。

薛承又说:"你俩可以畅所欲言,各抒己见,我会对你俩的要求,做出优先考虑。"

宇桐正了正身子,平静地说:"薛总,那我就先谈谈我个人的想法。我在美国学的是建筑专业,毕业后工作过几年,我感觉工程质量极为重要。既然我回国工作,我就一定要在大型企业里工作,从工程质量方面做起,逐步推广国外建筑业的安全理念。由此,我希望薛总能安排我去工程质量部工作!"

宇桐不愧是国际学府出来的高才生,有见识、有计划、有抱负。他的这番话让薛承暗自叫好,认定他是可塑之才。曾几何时,他也是个热情高涨、满怀理想之人。他在宇桐身上仿佛看到了自己当年的影子,他高兴地说:"想不到你这么有思想和抱负!刚好工程质量部副经理一职空缺,你既有经历又有见地,我就把这个职位交给你!"

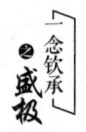

宇桐根本没有想到，自己刚进入宏远集团就能获得副经理职位，兴奋之余，连忙郑重地说："感谢薛总对我的信任，一定不负所望！"

"那好，你先回去好好准备准备，明日便可履职。"薛承眼神中充满期望。

"谢谢薛总！"宇桐斗志昂扬地说。

薛承待宇桐走后，刚才严肃的表情立马卸下，微笑道："两个海归落实一个，你呢，有什么想法？"

"我爸爸交代我要听你的安排，我自己就不做主了。"叶亦双笑嘻嘻地说。

"同样是留学生，同样有工作经验，宇桐很有见识，你也说几句吧。董事长交代的事情需要我们一起协商解决。"薛承又渐渐收起笑容。

"薛哥，别这么严肃嘛，我对公司的业务一窍不通，所以就听你的安排好了。"叶亦双嘟起小嘴说。

薛承觉得她说得有几分道理，便不为难她，于是说："那我谈谈我的想法吧，我给你安排了两个职位，第一个是与喻婧搭档，但职位比她低一级，相当于总办副主任。第二个是企划部副经理，做李菲儿的副手。两个人都是精英，跟着谁都能令你受益匪浅。那么我再说下两个职位各自的弊端，第一个职位是特地为你而设，我担心会授人话柄，招致非议。第二个职位，远离我的视线，可能令你碰到职场上的尔虞我诈，不过你离成功会近一步。我给你和宇桐一样的选择机会，你自己仔细考虑一下。"

薛承说完，起身给叶亦双冲了杯咖啡，又打趣说："虽然你的选择机会是一样的，但是待遇截然不同。你喝杯咖啡慢慢考虑，反正这个点了我也没什么事情可做，索性就陪你消磨时间。"

叶亦双听完，笑着说："想不到你还挺诙谐，我感觉你说得很有道理，可是我还是有些惆怅。"

"惆怅？"薛承疑惑地看着她。

"中国职场的文化太深奥，这背后插刀的事情，我在国外略有耳闻！"叶亦双悻悻地说。

"整个公司都是你们叶家的，你还担心什么？"薛承不免好笑。

"话虽如此，但我能亮明我是地主的身份吗！能告诉他们我的手上持有一副王牌吗！"叶亦双打趣道。

"唐僧还是神祇转世，不也是经历了九九八十一难后，方可普度众生，你的磨难才刚开始，该来的劫数是逃避不了的。"薛承揶揄地说。

叶亦双听闻后，大眼睛一翻，长叹一声："让暴风雨来得更猛烈些吧！"

薛承无奈地笑笑，说："要不你就来我身边待着好了，我就像孙悟空一样给你当个取经护法。"

"得了吧！你这么优秀，长得又帅，我挨得太近了，容易被别人的嫉妒之火灼伤！"叶亦双挤眉弄眼道。

薛承索性干净利落地说："OK！那你就去企划部当副经理，我看好你！"

"你……"叶亦双被他突然将了一下，故作幽怨地说："命该如此！看来我还是得深入群众，隐姓埋名地工作。"

"恭喜你，叶副经理！"薛承笑道。

"谢谢提拔，薛总！"叶亦双做了个鬼脸。

第十六章

乱点鸳鸯

　　自从宏远集团中期大会后,各部门都在加班加点工作,薛承这个负责人自然也是没日没夜地忙。为此,百里念雅跟他抗议过几次,但是效果甚微。她觉得无趣,于是把心思往别处转移,特别是在购物方面几近疯狂。刚好最近汪瑞芳得空,于是,念雅就经常和母亲结伴去购物。自从念雅去了英国,母女俩确实很久没这样逍遥自在地逛过街了。

　　这天,念雅又跟母亲去购物,在一家名品店里,她拿着衣服放在汪瑞芳胸前左右比照,仿佛发现新大陆一样,兴奋地说:"妈妈,我觉得这件衣服特别适合您,您赶紧去试试。"

　　汪瑞芳左看看右瞧瞧,带着疑问的眼神:"这个颜色这么花,会适合我吗?"

　　"老妈,您快去穿起来试试看嘛!"念雅边说边推着汪瑞芳去更衣室。

　　少顷,汪瑞芳忸怩地走出更衣室,像个害羞的小姑娘。

　　念雅一看,忍不住啧啧称赞:"哇塞!这个颜色真的很搭您的妆容呢!爸爸瞧见了肯定会眼前一亮。"

　　"真的吗?你可不要忽悠你妈啊,我总觉得这件衣服的颜色太花,让我不太适应。"汪瑞芳左看右看,拿不定主意。

　　"您以前着装太职业化,颜色又单一,假如我是老爸的话,看了几十年下来,早就看厌了,你看爸爸现在越来越年轻,你的心里就没有那么一点点担心吗?"念雅俏皮地说。

对于念雅的话,汪瑞芳迟疑几秒,然后心虚地说:"胡说八道,我跟你爸都是几十年的夫妻了,怎么可能还在乎起外表和穿着来呢!不过话又说回来,这个老头子现在春风得意,满面红光,看着确实年轻了许多。"

"老妈!我当然相信你们情比金坚,可是,现在外面年轻漂亮的小姑娘也多如牛毛哦,防一下准没错吧!"念雅抿着嘴,偷偷笑道。

"你这个丫头现在说话是越来越没谱,口无遮拦。不过话又说回来,这颜色看上去还是挺衬肤色的,你看呢?"汪瑞芳紧盯着镜子里的自己,换了个不同的姿势。

"现在国外那些老头老太太,年龄比您大,穿着花哨,打扮妖艳,怎么说我们也要与国际接轨啊!"念雅一边说一边夸张地做手势。

"你的言外之意是我落伍咯!"汪瑞芳对着镜子里的自己,越看越顺眼。

"我的亲妈,您的亲闺女怎么会骗您啊!这几件衣服的样式都不错,要不一块儿试了呗?"念雅又精挑细选了几件衣服。

"既然都要与国际接轨了,那我索性全部都试试看。"汪瑞芳打趣说,她暗自认为念雅的话正确,便不再坚持己见。

念雅狡黠地说:"从此刻开始,我想老爸的审美观肯定要完全颠覆了,我的汪大美女!"

听到女儿的赞美之词,汪瑞芳的心里像灌了蜜一样,嘴上却淡定地说:"看你说得跟真的似的。"

"我估计爸爸的三观都要彻底颠覆啦!"念雅看着从更衣室里出来的母亲,揶揄道。

"你啊,净跟我胡编瞎扯,我看也就一般般,一个老太婆打扮得再花哨也就这样喽!"汪瑞芳掩饰着内心的喜悦之情。

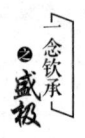

念雅见妈妈还在摆弄衣服，犹豫不决的样子，索性自己做主，对服务员说："把这几件衣服全部给我包起来，刷卡！"

汪瑞芳吃惊地说："全部都买？"

"老妈！我敢保证爸爸肯定超级喜欢哦。"念雅断然道。

"都老夫老妻了还谈什么喜欢不喜欢的。"汪瑞芳听了女儿的话，心花怒放。

念雅刷完卡，指着前面的商店打趣说："对面那家店的鞋子跟包包看似不错，老妈，索性来一次全副武装吧。"

到了鞋店，念雅又给母亲挑了几双今年流行的款式，非要她试穿一下。

汪瑞芳见是高跟鞋，连忙推脱，又在半推半就中试穿上去，嘴里却说："这样的鞋子，我是没有办法穿出去了。"

"这鞋子特别配您的气质，还跟您身上的衣服非常搭哦。"念雅看到母亲试穿几双鞋子，效果都不错，便对服务员爽快地说："把鞋子都包起来吧！"

汪瑞芳似乎还在犹豫，轻声地问："小雅，你把妈打扮得是否太另类了？我怕不合适呢。"

念雅一副信誓旦旦的样子，坚定地说："您就放心地收获爸爸那倾慕的眼神吧！"

"嘻嘻！"汪瑞芳被女儿逗乐了，她突然想起一件事，便说："对了，晚上有个聚会，爸爸叫你必须参加。"

"到底是什么聚会呢，非要我参加。"汪瑞芳的话一下子勾起了她的好奇心。

"你爸只说是商场上的朋友，也没有跟我讲明，但叮嘱过要你务必打扮得正式得体。"

"还要那么隆重！我可不喜欢这样的场合。"念雅吐吐舌头说。

"你爸比较重视今晚的宴会，还指明让小焱也一块儿参加。"汪瑞芳说。

"神秘兮兮。"念雅心不在焉地说。

"到时候你可别不高兴,丢了你爸爸的脸,也就一个晚上的时间,你将就一下吧。"汪瑞芳叮嘱道。

"知道了!"念雅摆出一副无所谓的样子……

夜幕降临,在百里家的度假山庄里面,百里华一家正在招待贵宾。说是宴会,其实客人只是一家子,父母儿女四个人。准确地说,就是两家人相约一起吃个饭而已。

至于这家人,来头可不小。父亲叫丁康力,手握实权;夫人应丽俪,也是风头正劲;儿子丁迪,系211院校硕士,在一家大型的生物基因企业里任高管;女儿丁翡,名牌大学大四学生。丁康力早年在本市任职的时候就跟百里华熟识并成为挚友。以前,这层关系一直没有公开过,后来丁康力调外任职,他们的这层关系才慢慢浮现出来。其实汪瑞芳跟百里焱早就熟知这家人,百里念雅因为身在国外,所以不太清楚家里的一些情况。

"小雅,这位是丁叔叔。"刚落座,百里华就首先介绍说。

"初次见面,叔叔您好!"念雅彬彬有礼地说,给人一副落落大方的感觉。

"这位是你丁叔的夫人应阿姨。"百里华继续介绍说。

"阿姨您好!"念雅甜甜地问好。

"这位是丁迪,在一家大型生物基因公司任高管,这位是丁翡。"百里华依次介绍完。

"你们好,我叫百里念雅!"

"康力啊,我们认识多年,今天总算是两家人聚齐吃个饭,值得庆祝一下!"百里华眉开眼笑道。

"可不是嘛!百里家的千金回来了,怪不得你最近笑得合不拢嘴。"

丁康力爽朗地笑道。

"丁兄所言极是!"百里华说。

"人齐了,那大家一起喝一杯吧。"丁康力高兴地说。

众人堆满灿烂的笑容,纷纷举杯庆祝。

今晚的宴会,属百里华和丁康力两人最为高兴。他们的子女都到了谈婚论嫁的年龄,婚姻最头痛的事情,莫过于找不到合适的人选,就像找工作一样,最郁闷的事,莫过于高不成低不就。如今这个社会的择偶标准,是自己家庭的成就有多高,结婚对象的门槛就要有多高,门当户对是最基本、最可靠的择偶条件。百里华家财万贯,属于典型的巨贾富豪,又是商界鼎鼎有名的人物,而丁康力手握实权,也算头衔响亮。若两家人联姻,绝对是珠联璧合的佳事。晚上这饭局,就是他们两个有意为之,想在鸳鸯谱上点上丁迪与百里念雅的名字。

"小雅,你要敬丁叔叔一杯,丁叔叔对百里集团的发展可算是殚精竭虑。"百里华说。

念雅一听便知父亲的话中之意,于是站起来,举杯对丁康力恭敬地说:"谢谢丁叔叔的鼎力支持,我敬您一杯。"

"好!好!"丁康力笑着喝完杯中酒。念雅冰雪聪明、大方得体,给他留下了深刻的印象,他内心很满意这位未来的儿媳妇。

念雅敬完丁康力,索性接着敬应丽俪,然后是丁迪和丁翡,以尽地主之谊。

接下来,百里华要跟丁迪喝一杯,他又对自己的儿女说:"丁迪年轻有为,目前是五百强企业的高管,你们要多向他学习。"

丁迪谦虚地说:"百里伯伯,您过奖了。"

百里华喝完酒后又说:"你们以后要经常联系,年轻人嘛,总有共同语言聊下去。"

"请您放心,我以后会主动联系他们。"丁迪一本正经地说,他内心很感激百里华为他创造了机会,他对念雅可谓一见钟情。

第十六章 乱点鸳鸯

汪瑞芳见此大好情形,笑容满面,赶紧插上一句话:"小雅,你跟丁迪互留个号码,这样也方便沟通。"

"瑞芳所言甚是,丁迪肯定会跟小雅聊得很愉快。"应丽俪接着说,她同丁康力一样,已经在心里认定了这位未来的儿媳妇。

百里念雅至此才恍然大悟,她瞬间就明白了妈妈让她好好打扮的目的,她也猜出了长辈们晚上的用意。这场宴会,他们根本是醉翁之意不在酒,只在意她跟丁迪的首聚,说白了,无非是一场相亲会而已。她的内心突然产生了一种厌恶感,但是自己无论如何反感,总要顾及两家长辈的面子。她今晚唯一的对策,便是"既来之,则安之"。

对于长辈们的用意,百里焱当然猜出了其中奥妙。他地位最低,不仅说不上话,也帮不了什么忙。看着念雅无奈的笑容,他能感觉到她内心的极度抗拒。

这晚,不明就里的四个人看到念雅跟丁迪聊得比较投缘,喜形于色;丁迪对美丽动人的百里念雅一见钟情,热情洋溢;百里焱看得一清二楚,揣着明白装糊涂。而百里念雅如坐针毡,心里默默祈祷宴会早点结束。

第十七章
父母之命

那晚宴会过后,丁迪彻底迷恋上了百里念雅,电话和短信不断,他的行为让念雅很被动,又不好直接拒绝。幸好薛承经常出差,才让她暂时松了口气。眼下她没有办法跟丁迪挑明真相,百里家跟丁家的交情,令她不能也不敢因为自己的一时冲动,从而引起两家人的误会或者隔阂。反正她觉得先拖着吧,等想到办法了再去解释清楚,同时,她也祈祷薛承千万不要察觉此事。

这天,百里华让念雅来一趟他的办公室。他得知念雅对丁迪非常冷淡,他想跟女儿好好聊聊,能促成这门亲事,对整个百里家族意义非凡!

念雅来到父亲的办公室里,直接问:"爸爸,您找我有什么事情吗?"

百里华依旧一副和蔼可亲的样子,反问:"小雅,你最近在忙什么呢?国外回来也有段时间了吧。"

"小焱准备开家店,我帮他一起筹备呢。"念雅的心里有些疑惑,忙碌的父亲怎么忽然关心起这个问题。

"倒是听小焱谈及过,筹备得怎么样了?"百里华饶有兴致地问。

"还有一个多星期就开始营业了,小焱花了很大的心血,总算快要大功告成啦。"念雅赞扬道。

第十七章 父母之命

"也算了结一桩心事!那你呢,有什么打算呢?"百里华试探性地问女儿。

"还没有想好,这么久没有回来,想先熟悉一下环境再做决定。"念雅心中的疑惑正在慢慢变大。

百里华用商量的口吻问:"要不要过来帮爸爸的忙?"

"爸爸,我还不想这么快就回来管理企业,你就许我再过段时间吧!"念雅撒娇说,这是她应付父亲最好的招式。

"行!行!就当我没有提过,工作方面的事情我尊重你的想法。"百里华妥协道,转而,他又面带微笑地说:"俗话说,男大当婚女大当嫁,你的年纪也不小了,是该适当地考虑个人问题了吧!"

百里华一切入正题,百里念雅瞬间就明白了父亲招他过来的用意。若是别人,她肯定会臭骂他一顿,但是面对自己的父亲,她只能尽量回避。最近,她因为这件事食不知味、夜不能寐,若再持续下去,自己就离崩溃不远了。

念雅思考片刻后,从容地说:"我有考虑过呀,但我刚回国不久,总得先适应一段时间呀。"

"我跟你妈妈都觉得你该考虑了!"百里华淡然一笑。

"皇帝不急太监急。"念雅心里嘀咕道。

百里华见女儿不吭声,语重心长地说:"我们都是为了你好!女孩子到了婚嫁年龄,就该抓紧成家立业,相夫教子!你可不能错过了一段大好姻缘啊。"

"假如碰到合适的缘分,我肯定不会错过!爸爸,您就别操心我的事啦。小焱年纪也不小了,你该为他优先考虑。"她突然觉得找到了出口一样,马上转移话题说。

"别扯到小焱身上去,现在说你的事情呢!"百里华忽然严肃起来,板着脸说:"你是不是有了男朋友?所以对我们的话无动于衷!"

突然被百里华戳中软肋,念雅一时心虚起来,她赶紧辩解道:

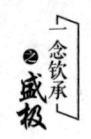

"没……没有呢！我刚回国，连朋友也没有几个，去哪里找男朋友呢！"

百里华一听，顿时眉头舒展，又问："你说丁迪这个人怎么样？"

"我想他还不错吧。"念雅嘴上应付说，心里正努力想着抽身的对策。

"先不说他的父母能力出众，手握实权。论他自己的能力，也算是年轻人中的佼佼者，百里挑一。这是天赐良缘，你还有什么可顾虑的？"百里华的言语间，满是用心良苦。

"哦！"念雅索性不反驳也不同意，一副不置可否的样子，就由着百里华训诫。

百里华见女儿态度漠然，心一急，厉声说："那你还想要什么样的类型！丁家跟我交好多年，知根知底，况且，我们家有好几个大项目需要人家帮忙！"

"爸爸，你不会想绑架我的婚姻吧，这种政治婚姻我可接受不了！"念雅鼓起勇气，半开玩笑半认真地说。

百里华突然被女儿的话给噎住了，他顿了顿，呵斥道："什么政治婚姻！难得碰到像丁迪这样优秀的年轻人，你要好好把握！"

念雅了解父亲的为人，他认准的事情几乎不可能改变，她只好无奈地说："我知道了，我会对他重视起来。"

百里华听到女儿肯定的回答，脸上顿时又露出笑容，并高兴地说："我们是为了你好，希望你能有个幸福美满的将来。"

念雅装作醍醐灌顶的样子，一脸诚恳，用力地点点头，但是她的内心却觉得很无趣，迫不及待地想离开这里，于是她违心地说："爸爸，我会好好把握。假如没其他事情，我就不打搅您的工作了。"

得到想要的答案后，百里华的心情明显大好，他开心地说："好！回去要跟丁迪多多培养感情。"

念雅马上点点头，表示知道，然后逃也似的离开父亲的办公室。出了百里集团，念雅径直去找百里焱。酒吧已经全部完工，择日开业，所以此时的百里焱悠闲自得。他坐在偌大的酒厅里细细品酒，忽然看见念

第十七章 父母之命

雅满脸忧愁地出现，便关心道："姐，你怎么了，脸色很难看呀！"

"给我调杯'狂暴心情'，让我释放下怒火。"念雅大声说。

这"狂暴心情"是一种混合酒，由伏特加为原料加入香槟及威士忌、香草汁调制而成，是为重口味的人特制的，一般人难咽一口。

"你怎么了？大白天喝这么烈的酒，是谁把你身上的怒火点燃啦？"百里焱盯着她问。

"少啰唆，赶紧的。"念雅催促说。

见念雅怒火中烧的样子，百里焱只好唤来侍从调酒。

"你觉得丁家人怎么样？"念雅忽然问。

"怎么突然问起这事？"百里焱疑惑地看着她。

念雅眼睛一瞥，说："到底是我问你，还是你问我？"

百里焱惊愕几秒，摇摇头说："我也不是很清楚，毕竟只见过几次面，不过我听说丁家在政界的人脉非常广，可能对百里集团有很大的帮助。"

念雅听了百里焱的话，越来越觉得自己像被卖了一样，她不满地说："那你觉得丁迪这人怎么样？"

百里焱困惑地看着她，说："没有深入接触过，不好说。"

念雅不耐烦地说："别打官腔，说点具体的！"

"大姐啊，你这不是为难我嘛！总而言之我是不喜欢戴眼镜的人，总感觉他们的眼镜框后面藏着让人琢磨不透的秘密。"百里焱幽幽地说。

念雅听了百里焱乱七八糟的观点，幽怨地说："问了也是白问！不过，你这种逻辑，我很喜欢听。"

百里焱看了一眼服务员送上来的酒，狐疑地说："今天你怎么了，大白天喝起闷酒来。"

念雅重重地叹了口气说："刚才爸爸找我谈婚姻方面的事情。"

"不会是撮合你跟丁迪吧？"百里焱马上嘲笑道。

"谁说不是呢！我已经被这事搅得寝食难安啦！"念雅痛苦地咽下了

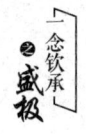

一口酒。

"老爸也忒管闲事了!你还没有跟他坦白感情的事吗?"百里焱瞪大眼睛问。

"没机会说!"念雅又喝了口酒。

"我真服了你,那你准备怎么办?"百里焱着急地说:"我先声明,我反正是站在阿泽这边。"

念雅杏眼一睁:"你的脑袋被门挤了吗!谁说我要选择了。"

百里焱悻悻地问:"那你准备怎么办?"

念雅心烦意乱地盯着酒中悬浮的颗粒,不知如何作答。她又没碰到过这种事,怎么知晓如何解决,她痛苦地抱着头叹口气:"我还想问你呢!这种事千万不能让阿泽知道,你说我该怎么办才好?"

"你问我,我去问谁?这种人生大事,你也想瞒天过海,我看你是自掘坟墓。"百里焱气呼呼地说。

念雅可怜兮兮地看着百里焱:"你帮我想想办法吧!"

百里焱摊摊双手,一副爱莫能助的表情,抱歉道:"我是力不从心啊!假如你真没有办法应付,我看还是跟阿泽摊牌吧,他会搞定。"

念雅立刻紧张起来:"这样做还不如让我去死。"

"老爸的这招乱点鸳鸯,我看我们两个人是想不出破解之法的。"百里焱嘲笑道。

"我本来想随便应付下,等事情过去就完了,谁知道丁迪老来缠着我,我只能尽量躲避他。这下好了,老爸也掺和进来了!"念雅绝望地闭上眼睛。

"我就觉得他的眼镜框里藏着的心眼比较多,肯定是看你对他有搭没搭的,就把情况告诉爸喽。"百里焱嘲讽说。

"想不到此人如此奸佞!"念雅咬咬牙。

"他骚扰你了?"百里焱又好奇地问。

"他经常给我打电话发短信,害得我惶惶不可终日。特别是跟阿泽在一起的时候,我最怕电话会突然响起。再这样下去,我迟早会变得神经衰弱!"念雅一脸无奈,呈悲催状。

"再这样下去,阿泽迟早会知道,要不你还是坦白从宽吧。"百里焱讥笑道。

"我该如何坦白?难不成要我跟他说:我爸给我介绍男朋友,我不能拒绝他;我跟你生活在一起,又要默许他的追求!这也太狗血了吧!"

百里焱怔了怔,摸摸头:"这事还真难解释清楚。"

念雅紧蹙眉头,一口气干完杯中余酒,潇洒地说:"算了,走一步看一步吧!我不跟你在这扯闲了,我要回去自己想办法。"

"这两天阿泽出远门了,要不你就住我那边好了?"百里焱体贴地问。

"免了,你跟你女朋友那么腻,我怕睡不踏实!"念雅潇洒地朝身后的百里焱挥挥手。

"那好吧。"望着念雅远去的背影,他又吐出两个字:"造孽。"

第十八章

死里逃生

这些天，薛承一直带着叶亦双和宇桐巡视周边的建筑项目。本来这些事情不需要他亲自出面的，但他要带叶亦双熟悉项目的运作，因而事无巨细，都由他亲自指导。

"薛总，我们接下来要去哪里？"驾驶员老陈问道。连续几天高强度的工作，让这个退伍下来的老兵也稍感吃不消。

"去东区吧，那里有个在建项目，我们去看一下。"薛承说。

"好的。"老陈收到指令转往城东方向去。

"薛总，我们现在去看什么项目？"叶亦双一副规规矩矩的样子，轻声问。

"两栋在建的商住楼，规模较小，是一家小公司挂靠在宏远集团的承包项目。"薛承说。

"哦。"叶亦双点点头。

"像这样的小项目，不是我们公司承包基建，一定要仔细检查。我们收取了管理费，他们用我们公司的手续建设，所以务必要重视。"薛承又细致地解释道。

"明白了，薛总。"宇桐和叶亦双异口同声地说。

"宇桐，你是管工程质量的，稍后要仔细察看现场。"薛承叮嘱几句。

"明白，薛总。"宇桐说。这些天他跟着薛承学到了不少东西。同时，

第十八章 死里逃生

他在建筑方面表现出的专业性，也获得了薛承的夸赞与肯定。

"像这种小型的商住一体式项目，我们公司基本上不会自己去投标。在建的项目有些是小公司自己谈好合同，再花钱从我们这里借到建筑资质；有些则是开发商直接委托我们这些大公司基建，我们订完合同后又会分包给外面的工程队。毕竟我们的资源有限，对资金量和工程量较小的工程，公司会尽量转包出去。目前这种合作模式普遍存在于建筑行业。不过这种方法有利有弊，有利的一面是我们可以利用这些小公司的资源扩大市场，有弊的一面就是分包的建筑队伍参差不齐，容易出现事故。比如，有些工程队的工人甚至没有任何建房经验，如此一来，出现安全事故的概率就比较高。因此，我们要严格监管，毕竟出了安全事故，这黑锅就要我们公司来背。"

叶亦双恍然大悟，不停地点头："这建筑行业的门道可真够多啊！"

"不管什么行业都有它的行规和潜规，就看你如何拿捏了。赚钱也要踩对路子，不然这赚的钱就成了烫手山芋，你说是不！"薛承犹如一个谆谆教诲的老师，不停地给他们指点。

"薛总的话令我茅塞顿开，这次出来真是获益匪浅，谢谢。"叶亦双诚恳地说。

"亦双所言甚是，此番巡视，令我眼界大开，还学到了许多宝贵的知识。"宇桐感激地说。

二十来分钟后，一行人到达东区项目部。几人一下车就看到门口有行字：财富大厦宏远建设。八个烫金大字格外醒目，一圈砖墙严严实实地遮住工地，有门卫把守，进出必须出示通行证。

"门头搞得倒还气派。"薛承笑着说。

"薛总，我若在现场发现问题，说话需要保留吗？"宇桐轻声地问。

薛承不假思索地说："你是工程质量部副经理，一定要做到知而必言、失而必纠！"

"那我明白了。刚才您说的门头很气派，但两边连接的围墙存在很大

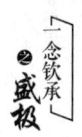

的安全隐患，墙墩之间隔距太远，起不了固定作用，假如受大风大雨侵袭，很容易发生垮塌。"宇桐严谨地说道。

"非常好！刚才车子沿着围墙开过来时，我也发现了这个问题。"薛承表扬道，然后又嘱咐说："围墙关系到来往行人的安全，都可这么草率！里面可能还有更严重的安全隐患，待会儿你们两个要仔细检查，务必注意自身安全。"

"明白！"两人同时应允道。

财富大厦的项目经理叫李二顺，外号"懒狗"，头衔为项目经理，其实就是这个项目的承包商。

项目经理李二顺接到薛承的电话后，得知他们已在门口，一路小跑出来迎接他们。人未到，谄媚的笑声早就传了过来。

"丑老头子一个。"叶亦双看到李二顺跑来，便轻声嘀咕道。

其实李二顺也就四十多岁，但是头上冒出一片事业顶来，加上长期风吹日晒，皮肤黢黑，所以看上去像五六十岁的人。

"薛总，您好啊！是什么风把你这个大领导吹到我这个小工地上来了！您有事吩咐我，尽管打个电话过来就好了，还用得着你亲自跑一趟，太不方便啊。"李二顺边说边伸出双手用力握住薛承的右手。

"李经理好久不见！我刚好出差路过这里，顺道过来看看。"薛承客套道。

"薛总乃是建筑业的楷模，凡事亲力亲为！"李二顺恭维道。

对于李二顺这号人，薛承没什么好感，这人缺乏职业操守，唯利是图。他抬头看了下，佯装称赞："大厦建得不错，我们去里面参观一下吧。"

"您大老远地过来一趟，我得先给您接风，工程再看不迟啊。"李二顺拦在众人面前，笑呵呵地说。

"李经理太客气了，接风就暂免了吧。今天我带了两个新人过来，抓紧让他们学习一下。"薛承婉拒道。

第十八章 死里逃生

李二顺见薛承坚持，就不再强求，有些勉强地说："这样啊……那上里头看看！"

"今天甲方监管员在现场吗？"薛承看了看李二顺，问道。

李二顺眼中忽然闪过一丝不安，随即解释说："没有，今天他休班呢。"

"哦？"薛承若有所思地点点头。

"有什么问题需要跟甲方沟通吗？"李二顺的心里不免疑虑。

"那倒没有，不过有件事情我需要跟你先通个气。项目部周边的围墙，你必须尽快派人进行加固。这几年风调雨顺，你感觉天气宜人，保不准什么时候就会来一场狂风暴雨，到时候你想补救就来不及了，现在恰逢台风季节，我看你还是抓紧点为好。"薛承委婉地阐明了加固围墙的原因，而不是直接点破李二顺偷工减料的行为。

李二顺眼睛一转，立刻谄笑道："薛总，您的一番话点醒了我这个糊涂人，竟然把如此重要的事情给疏忽了，明天我就派人对围墙进行全面加固，一定会保证周边安全。"

薛承脸上露出一丝笑容，又强调一遍："我们建设项目一定要做到未雨绸缪，若真出了事情，那就不是小伤小病的事情，都是些人命关天的大事啊！千万不能存有侥幸心理，马虎过去！"

李二顺立马拍拍胸脯，信誓旦旦地说："在理！在理！您放心，我一定会在最短的时间里完工。"

"那我们进里面看看。"薛承听到李二顺的保证，心里稍微踏实了一些。

"您慢点，这现场有点乱。"李二顺立即在前面引路。

刚进大楼，薛承一眼就瞟到角落里有几捆钢筋用黑色篷布遮了大半，他没有过去看个仔细，直接往二楼走去，李二顺紧跟其后，宇桐则落在队伍的最后面。

"李经理，我记得这个项目的业主是个商会吧？"薛承问。

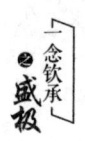

"是的,这个商会的成员都在云南经商,这两栋楼是会员集资建设的。"李二顺回答说。

"既然是这样,那基建的规格和要求都会比较高了?"薛承试探性地问。

"您说得没错,签署的合同里面都写得清清楚楚,我们一定会严格按照合同来建设。"李二顺保证道。

"这样最好,材料这一关可得管控好,不然真扯上官司的话,那就麻烦了。"薛承叮嘱说。这种挂靠的项目,采购权不在宏远集团,都是由承包商自己决定,然后由甲方监督抽检,今天甲方监管员不在,刚才角落的几捆钢筋看上去来历不明,薛承怕他在材料上动了手脚,所以给他敲敲警钟,提醒他别玩儿偷梁换柱的把戏。

"我明白!我明白!咱们用的都是合同上约定的规格。请您放心!"李二顺不停地强调说。

"呵呵,李经理是个明白人。"薛承似笑非笑。

"哐当!"突然从楼上传来一声巨响。

"不好了!有人受伤了。"几个施工员大喊道。

等薛承和李二顺跑到楼上,受伤的人员已经被他们抬到了楼梯口,他们一看原来是宇桐。

"赶紧打'120'!他怎么受的伤?"薛承着急地询问围观的人群。

"刚才室内的几根脚手架倒了下来,赶巧把他压了。"有人说道。

"快!快!抓紧送医院!"薛承喊道……

当医生从手术室里出来,薛承赶紧上前询问:"医生,他怎么样了?"

"不用着急,病人刚才只是被钢管砸晕了过去,我给他做了全面检查,目前没有什么大碍,留院观察一天,如果没有特殊情况的话,明天就可以出院。"

"那就好,谢谢医生。"薛承和叶亦双暂时松了口气。

第十八章 死里逃生

"谢天谢地,有惊无险!真是菩萨保佑啊!"李二顺大呼几口气,轻声祈祷说。

"李经理,脚手架垮塌肯定不是意外,你也不要在这里待着,马上赶回工地给我把脚手架从里到外、从上到下,仔仔细细地检查一遍,卡子必须重新固定一遍。"出了这样的事情,薛承怒不可遏,他不想再跟李二顺拐弯抹角地说话,工程质量出问题,该停必须停,该改必须改。

李二顺惶恐不安,偷偷擦了把汗,赶紧应允下来离开医院。

薛承跟叶亦双来到病房,见宇桐精神不错,便欣慰地问:"还好吧?"

"没什么大碍,薛总您放心。"宇桐一动,受伤的肩膀马上传来钻心的痛,令他龇起牙齿。

"好好躺着,你到底怎么受的伤?"薛承示意他不要动。

"当时我在三楼看到消防设备安装的位置不合理,就上前察看,不料,扶着的脚手架没有固定住,我一个重心不稳就扑了空,整个架子瞬间就垮塌下来,有几根砸在我身上把我砸晕过去。"宇桐心有余悸地说。

薛承气愤地说:"幸亏架子往另外一边塌去,不然后果不堪设想!这个李二顺,一定要重重处罚他才行。"

"薛总,我在一楼角落处还发现几捆来历不明的钢筋,全是非标材料,上面没有任何标记。"宇桐忍着疼痛,龇着牙说。

"刚才我就有所怀疑,果然在建筑材料上还存有很多猫腻。"薛承一脸愤愤不平的怒样。

"看来事情远比我们想象的要严重得多。"叶亦双义愤填膺地说道。

"必须要好好整治一下啦!"薛承坚定地说道,眼神中流露出整饬公司的决心。这次凶险万分的事件,让薛承发现了挂靠公司的诸多弊端。他下定决心要对所有的挂靠工程做一次全面检查,做到未雨绸缪。

第十九章
宽猛并济

财富大厦祸事发生后,薛承认为对挂靠公司的全面检查,已经到了刻不容缓的地步,他本想找叶宏远当面汇报此事的严重性和危害性,偏逢他又出差在外。他只好在电话里头简略地阐述了情况和处理方案,初步得到了叶宏远的默许。

薛承坐在办公室里,深深地吸了几口烟,又用力地吐出,考虑再三后对喻婧说:"你帮我发一封停工通知书给李二顺。内容就简单写:要求财富大厦暂停施工三天,进行机器设备检修,安全作业检查,三天之后由工程部检查验收。这份通知一定要发到李二顺本人手上。还有一件事,你马上通知各部门经理九点钟开会,不允许请假。"

"好的。"喻婧收到指示,赶忙出去落实。

上午九时,会议准时开始,无人缺席。

薛承表情严峻地讲道:"今天开这个紧急会议,不是讨论工程项目,我们只讨论安全问题,做到如何安全预防和如何安全生产。这次我去巡视几个项目,发现了诸多问题,严重存在着安全隐患,假如我们还是安之若素的话,必将酿成严重后果!今天不管是哪个部门,不管是否涉及施工基建,都必须给我认真对待,明白吗?"

"明白。"大家异口同声地回答道。

薛承扫视全场,见大家神情严肃地望着他,便继续说:"经过此次巡

第十九章 宽猛并济

视,我发现几点普遍存在的问题。第一点,某些挂靠公司管理混乱,技术生疏,完全就像一只临时组建的队伍。第二点,偷工减料现象严重,不管是主要的还是次要的建材,能省则省。第三点,也是最主要的问题,就是对建材偷梁换柱,以次充好。这些完全是不负责任的行为,利欲熏心,道德沦丧。这些挂靠公司频发安全问题,我认为你们也要负一定责任,是你们对他们的监管不严所致!我还发现公司里自下而上形成事不关己的放任态度,如此一来,倒真成了承包商无德、监管方无能的局面。这三点还只是浮在表面的问题,我深信还有更隐秘的问题存在,亟待我们发现和解决!"

薛承用凌厉的眼神扫过每个人的脸,又说:"你们的工作岗位可能离危险还有一定的距离,因此不用顾虑安全问题。但你们想过另一个问题没有,你们的亲朋好友也许会生活在其中一栋带有安全隐患的大楼里面,谁也无法预料到会出现什么样的后果。干基建行业必须做到慎终如始,仰不愧于天,俯不怍于人!因此,我们必须及早拟订方案,防微杜渐!"

薛承的话鞭辟入里,令人振聋发聩,会场一片沉寂。过了好一会儿,工程质量部的经理谢志勇首先开口道:"薛总,我有一个想法不知是否可行。"

"请讲!"薛承肃穆的神色微微舒展开来,内心又稍稍松了口气。

谢志勇提了口气看看各位,才说:"我认为针对这些问题,应该由总部尽快派人进驻现场监督并改正。再抽调各个项目经理进行互相检查,并做好书面文字记录,这样会有效地发现隐患问题,并且在相互监督的过程中及时消除安全隐患。"

薛承听完,带头鼓起掌,表扬道:"非常好的想法!谢经理,你在会后拿出个详细的计划给我,你的建议值得在全公司推广!"

谢志勇得到了全场的热烈掌声,马上挺直身躯激动地说:"请薛总放心,我会尽快完善这份方案!"

"薛总,我也有个想法。"工程质量部副经理宇桐接着说道。当天他

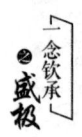

受伤后，检查下来除了部分软组织受伤外，并无大碍，所以他出院后就直接回到公司工作。

"说来听听。"薛承对着宇桐一副期许的表情。

宇桐正了正身子："我认为应该对挂靠公司的建筑工人建立个人档案，针对没有施工经验的工人，由我们组织他们进行基础知识培训。再由宣传部制作安全宣传和现场事故等视频资料，安排每位管理人员和施工人员观看和学习。我们一定要把安全生产这个理念深入人心，这样才能起到积极预防的作用。"

薛承高兴地鼓掌道："你的想法非常好，可以做到未雨绸缪，在源头上消除隐患。我需要你制订详细的方案，越快越好！"

"制定施工奖罚制度，让每位工人成为监督者，让他们成为自己人身安全的守护者！"稍后，李菲儿也说出了自己的想法。

李菲儿的建议同样得到了全场的掌声，薛承满意地冲她点点头。

这次安全会议，在座的人员几乎都发表了自己的一些预防措施和处理方法。能得到大家的积极响应，并且踊跃地参与进来，让薛承倍感欣慰！

不过坐在角落边的叶亦双没有发表个人观点，她觉得自己不熟悉业务，没有必要去参与讨论，自己多看多听便是。她在会上，更多的时间是在关注薛承，这个比自己大几岁的男人在工作上的专注，和透露出来的职场精神令她着迷，她看着他，仿佛看到了未来。

会后，叶亦双独自来到了薛承的办公室，她也不知道为什么会去，去了又该说什么，但鬼使神差地还是走了过去，可能她想再多了解他一点，或者想多听听他的声音。

"亦双，你怎么来了，有什么事吗？"薛承正伏案工作，看到她过来有些意外。

"也没有什么特别的事情，就是对于上午的安全会议我想再听听你的

第十九章 宽猛并济

意见,让我学习学习。"她赶紧编了个理由。

薛承放下手中的笔,微笑说:"你想了解哪一方面?"

"我……我对这些业务不熟悉,哪会晓得是关于哪方面呢。"她变得有点语无伦次,连自己都不知道想表达什么意思。

薛承想了想,反问道:"你觉得今天的会议重要吗?"

"那当然了!人命关天啊!"叶亦双的声音忽然一高。

"我开会时勃然大怒,你认为妥当吗?"薛承收起笑容,继续问。

"他们做事太马虎,别说发脾气,就算对他们采取更严厉的处罚也是应该的。"叶亦双激动地说。

"对!有奖有罚才是健全的管理制度!对于工作懈怠者,必须严惩不贷!"薛承神情严肃,然后又说:"那你觉得今天的会议,大家的积极性高吗?"

叶亦双摸不准薛承的心思,便如实回答说:"那当然,那场面简直就是个小型辩论会,大家的积极性非常高。"

薛承依旧一副打哑谜的样子,继续问:"开会讨论出来的意见,有些是精华有些是糟粕,哪些是你想要的,哪些又是你需要丢弃的呢?"

"嗯……让我想想。"叶亦双努力回忆刚才的场景,开始对众多建议逐条筛选,最后说:"我觉得谢志勇的建议最靠谱,还有宇桐的也不错。"

薛承忽然笑了,赞许地说:"你分析得对,他俩熟悉建筑行业的安全、品质、结构等方面,由他们制订的方案可行性大。因此,我们接下来实施的预防措施,将会以他们的方案为主。"

当薛承说出用意,叶亦双这才恍然大悟,并开心地说:"原来如此啊!薛哥,那你有自己的想法吗?"

薛承大笑一声,说:"很抱歉!我没有。"

叶亦双瞪大眼睛,惊讶地说:"不可能吧?"

薛承收起笑容,认真地说:"我是一名决策者,作为公司的负责人,我的职责是在危急时刻能够及时介入,在事件未造成重大危害之前,把

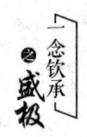

风险降到最低。比如这次突发安全事故，我便立刻采取应对措施。第一步，要求财富大厦项目部停工三天进行自查，并且派工作组进行全面检查。第二步，要求各个分公司立即对施工中的项目进行安全检查，落实预防措施。第三步，召开安全会议，集思广益，建立可持续性的安全生产方案，做到未雨绸缪。"

叶亦双听完薛承的总结后，情不自禁地伸出大拇指，说道："厉害啦！我的哥！"

薛承谦虚地说："我们必须要综观全局，提纲挈领，在最短的时间里做出最有效的决策。"

"薛哥，你真是天生的领导者！"叶亦双崇拜地说。

薛承笑笑："我也不是生来就会这些，你待久了自会总结出管理心得。"

叶亦双乖巧地点点头："请薛哥多多赐教。"

"嗯！你还有其他事情吗？"薛承问。

"没有了！你先忙，我晚点再来请教。"叶亦双明白他这个问题的用意。

"那行。"他手头活儿很多，不想花太多时间在她身上。

几天之后，薛承前脚刚踏进办公室，喻婧后脚就跟了进来，手上捧着一沓资料。

喻婧露出迷人的笑容，打了声招呼："薛总，早！"

他看到喻婧喜笑颜开的样子，便问："今天可有什么喜事？"

她摇了摇头，然后把资料递给薛承，说："这是工程质量部对财富大厦的验收报告。"

"通过验收了吧？"他赶紧翻开资料查看。

"上次会议提及的安全隐患已经消除，检查组也没有发现后续问题。"喻婧一边汇报一边给他冲了杯茶。

第十九章 宽猛并济

"这个李二顺，动作倒挺利索的，他这心思花的地方就不对。早先把工作做到位，也不至于发生这种事情。"他批评道。

"薛总，您打算怎么处理这事。"喻婧问。

薛承皱起眉头，思考了片刻，然后说："既然通过了检查，就通知他恢复施工吧。不过出了这种事情，说大不大，说小不小，不惩罚他一下，若传出去了，大家就都认为这些不算事了。要不这样吧，你按公司的名义，发个文件给他，就这样起草：关于财富大厦的基建事项，经过工作组仔细检查后，达到了安全施工标准，即日起对其恢复建设。由于财富大厦项目部管理不到位，引起安全事故，决定对其进行处罚，处罚标准按公司有关规定执行，追加保证金二百万元，罚金十万元。"

"明白了。"喻婧快速地把薛承的话记录下来。

"你稍后整理出个样稿给我，我再仔细琢磨一下。"他认为特别是针对挂靠公司的处罚不能过犹不及，必须做到宽猛相济。处罚过重，会让以后的合作商萌生退意；也不能太轻，太轻就显得公司对他们过分迁就，怕别的挂靠公司不会引以为戒。

"好的，我马上去办。"喻婧随即匆忙离开。

喻婧离开没多久，门外传来一阵敲门声。门开后，薛承一看是叶亦双，便问："有什么事情吗？"

叶亦双轻轻地关上门，笑嘻嘻地说："也没有什么特别的事情，我爸不是交代我要多跟你学点本事，我现在得空了，就过来看看有什么事可以帮得上忙。"

"看不出你还挺有上进心，董事长若知道了你的学习态度，肯定会高兴。"薛承夸赞道。

"那你就在我爸爸面前表扬我一下，假如是我跟他说这些，就显得我自卖自夸了。"叶亦双俏皮地说。

薛承被她的表情逗乐了，笑着说："最近在企划部过得如何？"

"说真的，非常不习惯啊！企划部的工作特别多、特别烦琐，还经常

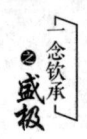

加班加点。我如果能重新选择，肯定不到那里工作。"叶亦双一副夸张的样子。

薛承苦笑道："天将降大任于斯人也，必先苦其心志，劳其筋骨。"

叶亦双马上反驳说："你看我这细胳膊细腿的，哪受到了这番折磨呢！"

薛承见她一脸委屈状，心里不免觉得好笑，于是宽慰道："你是临危受命，重任在身。你现在融入基层，可以了解到他们的工作情况和心里的想法，这对于你以后的管理，必将大有裨益。"

"知道了。"叶亦双不情愿地嘟着嘴应付道。

"不过我现在说这些话，还为时过早，你也别有压力。你觉得企划部的工作环境还适合你吗？"薛承见她情绪有些低落，马上委婉改口。

叶亦双淡淡地说："还算不错吧，同事之间相处得比较随和。尽管工作紧张，但大家还是一副朝气蓬勃的样子。"

薛承说："李菲儿是个非常有能力的部门经理，你跟着她能学到不少东西。"

"李菲儿工作认真，性格开朗，思路敏捷。跟她学习是一种不错的选择。"叶亦双对李菲儿赞不绝口。

"李菲儿这人以后对你会大有帮助的。"薛承笃定地说。

"有薛哥在就行了。"叶亦双这话一说出口，两颊立马飞来一抹红晕。

薛承指着自己说道："我？"

"是啊，我就相信你。"她坚定地注视薛承，忍不住急着问："难道你还有别的打算？"

薛承随之一笑，坦然道："宏远是家大企业，以我一己之力去推动它还远远不够。必须要有更多有才华的人加入其中，才能把它运转得更快，我和李菲儿都只不过是其中一分子而已。"

叶亦双若有所思地问："薛哥，那我还可以信赖谁？"

薛承笃定地说："宇桐算一个！他胆识过人、眼界开阔，以后必将是你不可或缺的左右手。至于其他人，你要多多接触，并逐步去了解他们的性格脾气、才华胆识，是否能为己所用。假如我单纯地说谁可大用，谁只能小用，这就太片面了。我个人的主观想法，会误导你的思维与用人标准，因此，你要站在客观的角度去发掘他们的优点，欣赏他们的才华，发挥他们的长处，如此一来，你既可得到他们的心，又能得到他们的尊重。"

叶亦双听完后，一副茅塞顿开的样子，打了个比喻说："这就好比这双鞋子，至于合不合适，只有自己的脚穿过后才清楚。"

"孺子可教也，一点即通。"他装作老师的口气夸赞她。

"承蒙薛老师的谆谆教诲，小女子感激不尽！"叶亦双打趣道。

薛承笑着说："刚好这里有份财富大厦的资料，你拿过去看看。"

叶亦双接过资料，认真地翻阅起来，嘴唇微动，念念有词。

薛承坐在对面，仔细打量她，内心想：同样的家庭环境，叶宏远的一双儿女差别竟是如此之大，妹妹如邻家小妹般给人一种亲切感和喜悦感；而哥哥玩物丧志，堕落得不成样子。宏远集团的未来必须要交到这个女孩子手上，公司才有发展之日，否则，宏远集团必然危矣，他甚至都不敢去想象。

过了片刻，叶亦双看完手中的资料，紧蹙的眉头随之舒缓，笑盈盈地说："这样处理再好不过，双方都迅速又巧妙地解决了这个矛盾。"

"这个只是处理结果，但接下来该如何收尾呢？"薛承忽然提问。

"你说的是处罚李二顺的公司？"她反问道。

"不罚不行，你认为呢？"薛承问。

"做事情必须奖罚分明！奖励，能起到鼓舞推动的作用；处罚，能起到惩戒遏制的作用；过重，会望而生畏；过轻，又无济于事。所以这处罚力道必须要拿捏得准、恰到好处，一棒打出去只伤皮不伤骨。"叶亦双眼神淡定，娓娓道来。

叶亦双的一番见解，有理有据，逻辑分明，令薛承对她刮目相看，

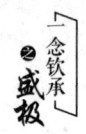

他真没想到她瘦弱的外表下还藏有大智慧。

"那你认为如何处罚？"他平静地问她，并未对她的优秀表现而喜形于色。

"我还没有想好！"叶亦双不假思索地回答："我也不清楚建筑行业的诸多潜规则，更没有接触过类似的案例。我还是听你的决定吧，想必你已经成竹在胸了。"

叶亦双不仅睿智，还有敏锐的观察力，这令薛承真心感觉到之前小瞧了她，于是，他毫无保留地对她说出了自己的处罚决定。说完后，他问道："你有什么不同的意见吗？"

叶亦双听完后陷入了思考当中，过了好一会儿，她才抬起头看着他，自信地说："薛哥，我认为既然都准备打板子了，为何不各打五十大板呢！"

"说说看。"薛承几乎猜出了她的意思，赞许地点点头示意她继续说。

"尽管李二顺的项目部只是个挂靠公司，跟我们是一纸合同的关系，但是他们用的手续可是宏远集团的，在理论上讲受宏远公司监管。被管一方出了事，监管方自然要问责，不然，这杆秤会向一边倾斜。如此一来，公司员工对待工作都会敷衍了事，我认为有必要趁这个机会整治一下，坚定公司的立场，绝不容忍粗心大意、工作懈怠！"

"这么做也算平衡内外。"薛承赞同道，他对叶亦双的才华有了进一步的认可。

"咯咯，你这算是认可了我的想法吗？"叶亦双开心地发出银铃般的笑声。

"既然你认为需要对公司内部人员进行处罚，那这个处罚文书就由你起草吧。"薛承说。

"这样合适吗？"叶亦双小心地说。

"再合适不过！"薛承鼓励说，他的心中已然充满惊喜！

第二十章
出乎意料

今天是百里焱的酒吧开业之日，薛承推了所有应酬赶去庆贺。他十分支持百里焱的第一份事业，如今，念雅在他的劝导和影响之下，逐渐改变了原来的想法，也开始支持起弟弟的这次创业。

当百里焱见到薛承过来了，顿时眉开眼笑，笑嘻嘻地说："欢迎！欢迎！"

"恭喜！恭喜！祝你开业大吉，顺风顺水！"薛承恭贺道。今天的他着一身休闲装，看上去像个邻家小哥，阳光帅气。

这时，又来了好些客人，百里焱看见后，赶紧对薛承说："有几个朋友过来捧场了，我先过去打声招呼。"

"好，你先去忙吧。"

等百里焱走后，薛承想去找念雅，但想想她可能在帮忙，于是就点了杯酒，坐在那里自饮自酌。

忽然，从他背后传来女子的声音，并喊着他的名字跟他打招呼。

他回头一看，只见一位长发及肩、美艳动人的女子正朝他微笑，他惊喜地说："萧羽仫！"

萧羽仫朝他摇摇手，开心地说："嗨！许久不见啦，大帅哥。"

薛承微笑说："好久不见，萧大美女！"

萧羽仫优雅地走到他旁边落座，又对酒吧扫视一圈，然后称赞说：

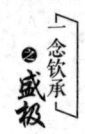

"这个酒吧装修得非常有特色，肯定深受年轻人的追捧。"

薛承点头表示赞同："这里的氛围很棒，很适合约三五好友，小饮几杯。"

"我就喜欢这样的音乐酒吧，不会感觉太聒噪。"

"最近过得怎么样？"薛承问道。

"生活上没起色，事业上面临走下坡路。"萧羽忾自嘲道。

"外围经济太差了，各行各业都在想办法过这个冬季，能熬过就算不错了。"

"做我们这一行，面临的风险太大，一步走错可能就会满盘皆输。"萧羽忾感喟说。

"风险跟收益都是成正比，必须步步为营！况且你的避险能力在圈内可是首屈一指，我相信你肯定没问题。"薛承鼓励说。

"就是这个名声太过沉重，压得我好累。"她苦笑。

"这也不是什么坏事，人都是先有成就后有名声。"

萧羽忾呡了口酒问："你呢，过得怎么样？"

"生活有了着落，事业并没有什么起色。"薛承诙谐地说。

"怎么不带你的女朋友一起过来喝几杯呢？"

"可能在忙吧？"薛承指了指拥挤的酒吧。

"她在酒吧忙？"不明就里的萧羽忾感到一丝疑惑。

"她是小焱的姐姐。"薛承解释道。

萧羽忾立马笑道："真是近水楼台先得月啊！有机会一定要认识一下！"

"萧总，您好啊！"正在他们聊得正欢的时候，有位中年男子过来跟萧羽忾打了个招呼。

萧羽忾看到中年男子，马上站起来微笑说："原来是于总啊，您好！"

"萧总，许久不见，真是越来越漂亮了。"于总笑起来，眼睛眯成了

第二十章 出乎意料

一道缝。

"于总真会开玩笑,您请坐。"萧羽忾给他倒了一杯酒,然后介绍说:"这位是宏远集团的薛总。"

"宏远集团,那可是家大企业啊!"于总一边打量着薛承一边说。

"于总,好久不见,我先敬您一杯。"萧羽忾优雅地举杯道。

"初次见面。"薛承也一同举杯敬道。

"谢谢,干杯!"于总豪爽地一口喝完。

"于总,最近生意如何?"萧羽忾问。

"度日如年呐!"于总一声叹息,摇摇头苦笑道:"萧总,你呢?肯定比我们好吧。"

"您真是抬举我了,我可不敢以五十步笑百步。"萧羽忾揶揄地说。

"萧总真是幽默风趣,看来咱们的日子过得都是艰难无比。不过,我听说祁阳有个人很厉害,就算在这次的金融风暴中,他也赚了个盆满钵满,他好像姓纪。"于总拍拍后脑勺,始终想不起具体的名字来。

"他叫纪凡,是一家跨国投行中国区的经理,他的背景无人知晓,挺神秘的!"萧羽忾接话说。

"他叫纪凡?"听到这个名字,薛承大为吃惊。

"不错,就叫纪凡!怎么,你认识他吗?"萧羽忾狐疑地看着他。

"不敢确定!曾经有位故人也叫纪凡!"薛承着急地向于总问道:"你是否知道他的具体情况?"

"不清楚!"于总遗憾地说。

"羽忾,你呢?有没有关于他的消息。"薛承又急切地问道。他的内心是多么期盼能从萧羽忾的口中听到肯定的答案。

萧羽忾摇摇头,表示没有接触过,当她看到薛承失落的眼神时,又安慰说:"大家都是同行,找他应该容易一些,我明天就帮你打听一下。"

薛承立马投来感激的眼神:"有劳你了!"

"萧总我先告辞了,哪天有空了上我那里喝杯茶,大家一起研究下金

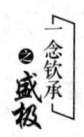

融形势!"于总起身说。

"我一定会去。"萧羽仳等于总走后,抬手看了看表,然后说:"时间不早了,我得先走一步,明天一早还要赶飞机。"

薛承看看表,又叮嘱道:"既然明天还要出差,那你早点回去休息吧,不过酒后切勿开车!"

"酒后不开车,开车不喝酒!"萧羽仳露出浅浅的酒窝,走之前,她又宽慰他说:"纪凡的事,我会尽快给你打探清楚。"

"一有消息马上给我来电。"薛承感激地说。

刹那间,薛承又回想起他们三个人的快乐时光,如今,一个与世长辞,一个杳无音信,既然有了纪凡的消息,他无论如何也要找到他问清楚当日不辞而别的原因。

正当他陷入回忆中,念雅迈着轻盈的脚步来到他身旁,突然一下子搂住他的脖子,开心地说:"你是什么时候过来的,怎么也不打个电话通知我一声。"

薛承温柔地握住她的手:"本来想找你的,猜想你应该比较忙,所以就坐这里等你喽。"

"真乖!"念雅用手指点了点他的鼻尖。

薛承深情地看着她:"忙了一晚上了,坐下来休息一下吧。"

"真是累死人了!我几乎整晚都待在厨房里帮忙。"念雅伸伸懒腰,又用手捶捶自己的胳膊。

"这段时间真是辛苦你了,回家一定亲手炖盅爱心燕窝给你补补。"

念雅开心得像个小女生一样蹦起来,接着打趣道:"为什么不多约几个朋友过来喝几杯呢,一个人坐在这里多冷清呀,莫非是想吸引美女过来!"

薛承轻轻敲了一下她的额头,笑着说:"想象力倒挺丰富的。最近一直忙着应酬,好不容易能够清静一晚,一个人不也挺好的。"

念雅嘟起小嘴说:"你可要好好保重自己的身体,他现在可是属于我的，必须得健健康康。"

正在这时，百里焱和珂儿应酬完，一起过来向他们俩打招呼。

念雅看到百里焱面红耳赤、身形飘忽，于是关切地说："你少喝些酒吧！"

晚上开业，百里焱显得尤其亢奋，他高兴地说："晚上过来捧场的朋友比较多，一时贪了几杯。"

念雅摇摇头一脸无奈，她转而对珂儿吩咐道："你照顾好小焱，我看他已经喝醉了。"

"请您放心，我会好好照顾阿焱的。"珂儿乖巧地说。

"这家酒吧对你和小焱而言，都是一次不错的机会，一定要用心经营，我们会全力支持你们。"念雅一脸诚恳地对珂儿说道。她的话一语双关，希望他们会理解她的意思。念雅认为酒吧只是弟弟成长路上的一块磨刀石，酒吧是否盈利对百里家来说根本无关紧要，提升百里焱的能力才是意义所在。不过，对珂儿来说，酒吧就是她能否过上美好生活的重要所在。

"谢谢您的支持！我会好好经营酒吧。"珂儿信誓旦旦地说。

几个人正说着话，这时又走过来一个穿着时髦、帅气硬朗的年轻人，他对百里焱祝贺道："祝您生意兴隆，财源广进。"

百里焱面带几分醉意，有点口齿不清地对薛承说："这位是谭乐，他是珂儿的表哥，也是酒吧的营销经理。"

"薛总您好，请多多关照。"他双手举杯向薛承敬酒。

"谭经理，以后可要辛苦你了。"他也举杯示意。

"谭乐，辛苦了。"念雅同时举起酒杯说。

"你们言重了，这些都是我的分内事，我会尽心尽力帮阿焱经营好酒吧。"谭乐胸有成竹地说。他混迹娱乐场所十多年，管理这样的酒吧还是很有信心的。

"以后酒吧就靠你们了。"念雅鼓励道。

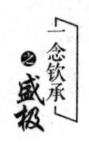

"请大小姐放心,我会尽力而为。"谭乐谦虚地说。

正聊时,突然从门口拥进来一群人,为首之人身材微胖,嗓门洪亮。谭乐回过身见到这群人,马上堆起笑容前往迎接。

"这个人是谁啊,年纪不大派头倒不小。"念雅疑惑地问。

其实薛承老早就看到了走在最前面的年轻人,心里隐隐不快,他对念雅轻声说道:"他跟你们都一样,是个富二代,他是宏远集团的大公子。"

"怪不得能被一群人前呼后拥!不过,我们跟他可是截然不同,看他的样子就喜欢仗着家里有钱,吃喝玩乐,不务正业;我们百里家的孩子都是循规蹈矩,老实本分之人。"念雅轻瞟一眼,一副不屑一顾的样子。

"百里念雅才是个端庄女子。"他忽然捧起她精致的小脸赞赏道。

"看你的表情,让我感觉到心口不一呀,难道我说的不是实话吗?"念雅一副不依不饶的样子。

"我们百里家族的子女,个个品行优良,作风稳重!"百里焱自豪地说。

"听说这位公子哥坏事做尽,思想龌龊、行为卑劣!看来你们董事长肯定操碎了心!"念雅幽幽地说,然后她又搂住百里焱的肩膀,高兴地说:"还是你乖,给百里家争气。"

百里念雅的酒量本来就不好,喝过几杯洋酒后,就有些醉醺醺了,于是便没了往日的淑女样,行为举止略显浮夸了一点。

"你是不是喝醉了?"薛承搂住念雅问。

"我怎么会喝醉呢,难道我说的不对吗?"念雅对着众人指手画脚,大声嚷道。

薛承怕她在公共场所口无遮拦,招来不必要的麻烦,立即用手封住她的嘴巴,并小声提醒她:"我的大小姐,就算你说的都很正确,也不必大声昭告天下吧,这家店可不是别人开的啊!"

他的话令念雅顿时酒醒一半,她瞬间捂住了自己的粉唇,惶恐地看看四周,然后轻声地嘀咕道:"不好意思,一时没稳住情绪。"

百里焱红着脸,一脸醉意地在那儿摆摆手,示意无所谓。

薛承听了,没好气地说:"这饭可以乱吃,但话不能乱讲!不然会出大麻烦的!"

念雅吐吐舌头,转而举杯喝酒。尽管百里念雅的话句句属实,但在这种场合中若被传到叶潇耳中,那不是无端生事嘛。叶潇成了一个纨绔子弟,他替叶宏远感到痛惜。同时,他在想,宏远集团若被叶潇掌权,前途必定多舛。他希望叶宏远的想法是正确的,叶亦双能够撑起宏远集团的未来。

第二十一章
独坐愁城

"什么！你又要出差！"当百里念雅听完薛承的出行计划后，杏眼一睁，立马发起牢骚来："全公司就属你薛总最忙，我看以后想见你一面也必须要提前预约了。"

两个人刚刚结束了一轮鱼水之欢，正抱在一起享受激情后的余温。待薛承把出差行程说出口，前一秒还活泼欢快的念雅，后一秒就表现出了极度不满的情绪，皱起眉头进行抗议。其实也不能怪念雅不通人情，这段时间，薛承频繁出差，一走就是个把星期，难得回家一趟也几乎是在公司里面度过，这让泡在爱情甜汤中的她非常恼火，免不了要发顿牢骚。

"乖了，宝贝！等忙过这阵子，我们一起出去旅游，我会好好补偿你的。"薛承紧紧抱住她，又不时地亲吻她的脖子，使出浑身解数哄她。

"这次又要去哪里？需要待几天？"念雅转过身噘着嘴问。毕竟男人以事业为重的道理，她是懂的，刚才她也是发泄下情绪而已，事业与生活孰重孰轻，她能掂量得出。

"还是要去趟祁阳市，大概也就四天的时间吧。"薛承用力地亲了亲她的小嘴，开心地说："老婆！你太善解人意啦。"

"少拍本小姐马屁，请你放一千个心，少不了会惩罚你的。"念雅企图挣开他的怀抱。

第二十一章 独坐愁城

"你想怎么罚,我都会快乐地承受着。"薛承扬起嘴角,带着一股坏坏的笑容。

"你可别后悔哦!"念雅看到他的样子,浑身打了一个激灵,双手紧紧护在胸前。

薛承忽然一个翻身压在她的身上,在她耳边轻轻地说:"那我现在就先惩罚你!"

"坏蛋!"还未等念雅说出话,她的嘴唇已经被他封住了。

两个人最近聚少离多,仿佛是久别重逢,如漆似胶地缠绵了整个上午,直到薛承接到电话,才依依不舍地启程赶往祁阳市。

薛承离开后,念雅就像一根绷紧的绳子突然被人松开了一样,瞬间无比失落。她左思右想,还是去找百里焱打发时间。

"姐!你怎么来了?"百里焱看到念雅出现在酒吧,非常惊讶。

"给我倒杯酒来。"念雅的神情有几分落寞。

"这大白天的,你干吗又要喝酒呢?"百里焱紧紧盯着她,心中颇为不解。

念雅懒得回答,拖着慵懒的身子来到吧台前,倒了杯啤酒一饮而尽,然后舒展眉头说:"爽快!"

百里焱呆呆地看着念雅的古怪行为,赶忙问:"你是否跟阿泽吵架了?"

念雅又倒了杯啤酒,一口气喝完,打了个嗝,然后才幽幽地说:"你瞎想什么呢!我们两个现在见个面都要凑一凑时间,哪还有工夫去吵架啊!"

"瞧你这副样子,是个正常人都会往坏处想。"百里焱嘟囔道。

"你就是一个俗人,永远想着芝麻绿豆点大的事!"念雅眉毛一挑,调侃说。

"这嘴皮子功夫真是见长啊!对了,这么早来我这里有何贵干?"百

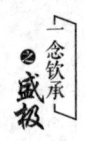

里焱歪着头问。

"过来看看你呗!"念雅自个儿把玩起酒杯来,一副心不在焉的样子。

百里焱看她的心思显然不在这里,于是打趣说:"最近很少看到姐夫他本尊啊!"

念雅白了他一眼,幽幽地说:"他出差去了!"

百里焱依葫芦画瓢,学着念雅的口气说:"唉!这个社会又多了位怨妇!"

念雅杏眼一瞪:"百里焱!你说话要注意点。"

"我挺佩服阿泽的勇气,他时常出差在外,留你独守空房,咋就那么放心呀!"百里焱调侃道。

"在这世界上还有比我品行更端正的人吗?"念雅皱着眉,反驳道。

"那丁迪算是怎么一回事?"百里焱讥笑道。

"他……"伶牙俐齿的她,瞬间就说不出话了。当她听到这个名字时,犹如被人点了穴道一样,浑身上下无法动弹,甚至连血液都凝固了。

"你看你的样子,一提起丁迪就像被电流打到了一般。"百里焱嘲笑道。

"我有吗?我凭什么呢?"念雅试图掩饰,但她发现解释显得苍白无力。

"不用跟我装模作样,你们到底发展到什么程度了?"尽管他反感丁迪,但忍不住好奇心的驱使,又穷追不舍地问。

念雅回过神来,马上凶道:"什么跟什么啊!你再乱说,我真要揍你啦!"

"如果你再对我凶巴巴,不爱护我,我想我有必要把我知道的事情告知阿泽,反正我是支持他这边的。"百里焱一副淡定的样子,优雅地给自己倒了杯酒。

"你敢!算了,告诉你也无妨。"她正在琢磨着如何开口,但又感觉舌头打了结一般,难以出声。

百里焱注视着她,聚精会神地听,见她半天吐不出一个字,便问:"你们两个不会真的是在交往吧?"

"你胡说什么啊!我怎么可能背叛阿泽呢!我只是跟丁迪出去吃了个便饭而已。"念雅甚至不敢看着百里焱的眼睛,低着头弱弱地说。

"只有吃顿饭这么简单?少来了!大姐!你这是在哄小孩子吗?"百里焱冷笑道。

"我也是没有办法啊,老爸看得紧!他隔几天就关注我的动向,逼得我很被动啊。丁迪约我吃饭看音乐会,我能拒绝吗?"念雅眼神黯淡,无奈地说。

"百里念雅!"百里焱大喊一声,非常生气地说:"你这是脚踏两只船!你这是在玩火自焚,别到时候把自己也给点燃了!你就不能跟老爸摊牌吗?"

念雅重重地叹了口气,忧伤地说:"你以为我不想啊,但老爸什么样的脾气你又不是不知道!"

百里焱见念雅愁眉苦脸,忙献计道:"要不我去找老爸,跟他说说你的事情?"

"你准备怎么说?"念雅冷笑道。

"这……"

"你就别再意气用事了。这是一场劫,姐姐得渡!"念雅仿佛看透了一切,一副大无畏的样子。

"我去把你的心思告诉老爸,让他倾听一下群众的呼声,你看怎么样?"百里焱轻声问。

"估计老爸还未等你把话说完,就会反问你的情况,轻了训斥你几句也就罢了;或者,你就得老老实实地坐下来听他上教育课。"念雅悻悻地说。

听了她的话,百里焱默不作声了。念雅说得丝毫不差,他在父亲面

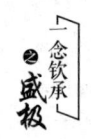

前太过渺小,对他的话无从辩驳。

"劫呐!"念雅悲壮地大喊一声。

"我们得从长计议,好好商榷,总会有解决的法子!"百里焱也不知从哪里涌来的勇气,一脸信心十足的样子。

"难啊!早知今日,何必回国!我只要待在英国不回来,轮到他们求我回来,那我不就牢牢地占据了主动权!我这是自作自受啊!"念雅带着哭腔,拉长了嗓音。

百里焱捂住耳朵,告诫道:"我可告诉你,别这么快就屈服在他们的淫威之下!你若跟那个四眼丁迪走到一块儿了,你的婚礼我可绝对不参加!我是个有头有脸的人,丢不起那脸面,何况我心里就挺阿泽,别人门儿都没有!"

"阿泽!阿泽!到底是你嫁给他,还是我嫁给他!"念雅没好气地说。

百里焱憨憨地摸摸头,傻笑一声:"当然是你。"

念雅正了正身子,教训道:"你啊!解决事情的方法没有,煽风点火倒是有一套,跟你说了我现在是走一步看一步,老扯那些没有用的干什么,你说你到底想干吗?"

百里焱像个犯错的小孩子,轻声地说:"我就是看不惯丁迪那小子。"

"难道我就看得惯了!我这样做也是为了应付老爸而已,这是缓兵之计,懂吗?"念雅不屑地说。

百里焱被念雅的几句话训斥得服服帖帖,赶紧讨好说:"老姐,您这留学回来的脑子就是不一般,太好使了!"

"少给我溜须拍马,你也是个海归,为什么差别会如此悬殊!"

"您是'海龟',我是'海带',不在一个档次上。"百里焱恭维道。

"算你还有点自知之明,以后别这么轻佻浮躁,越棘手越淡定!懂吗?"

"听君一席话,胜读十年书啊!"百里焱奉承道。

"算了,不谈这些了,我也不指望你能帮上忙!"念雅用手指敲了敲酒杯,继续说:"这段时间生意如何?"

百里焱一听到这个问题,顿时自信满满,他声情并茂地说:"目前只能用一个火字来形容,每晚都是座无虚席!"

念雅夸赞道:"总算没让人失望,看不出你小子还挺有些经商头脑的呀!"

"我也是在不经意间发挥出了自己的长处而已!"百里焱得意地说。

"得了吧,给你点颜色,你倒开起了染坊。"念雅嘲弄道,然后又问:"谭乐怎么样?"

"他的业务能力很强,事无巨细,总能圆满完成!"百里焱夸赞道。

"他的为人怎么样?"念雅继续问。

百里焱高兴地说:"特别仗义,人缘也特别好,酒吧里的人都挺喜欢和他相处。"

念雅瞧见百里焱扬扬得意的样子,忍不住给他泼了一盆冷水,说:"路遥知马力,日久见人心,结论不要下得过早。"

百里焱嘟囔一声:"他确实很能干嘛!"

念雅扫视了整个酒吧,问:"珂儿呢?"

"她每天晚上都要熬夜加班,这会儿应该还在补觉吧!"

"看不出她年纪轻轻,事业心还是很强的,你啊,别辜负了她!"念雅用手指戳了戳百里焱的头。

百里焱指了指自己和念雅,然后诙谐地说:"这种事情还是留给老爸做决定吧!你和我说的话都不算数!"

念雅轻叹一声:"唉!命啊!"

这对姐弟的话题,在不经意间又聊回到了原点上,就仿佛地球为什么是圆的一样,解释不了。他们对自己的婚姻暂时还做不了主,若想自己争取爱情和幸福,看来还需要颠簸一段漫长的路才行!

第二十二章
朋心合力

俗话说，这人一想到什么事，它准会来什么事。昨天她还跟百里焱讨论着如何避开丁迪这个瘟神，今天一大早就接到了他的邀约电话，念雅本想找个借口推脱，但一想到父亲的严苛厉责，瞬间就像只泄了气的皮球，极不情愿地答应下来。

就在昨天，她还想到了几十种借口以备推脱之用。可是今早，她竟连一条借口都没有用上，就稀里糊涂地答应了他的邀约。她自我挣扎一番，丢了几个靠枕算作发泄。她担心此事再继续下去，迟早会东窗事发，就算他跟丁迪的关系是清白的，万一传了出去，就会变得不清不楚，就像被泼上了黑墨一般，再想洗白，难矣！

一大清早，她就被丁迪的电话搅得心烦意乱，这心里面兜着事，再继续睡觉，就变得辗转反侧了。薛承又不在家，念雅索性拿定主意，约几个朋友喝茶聊天。她回来这么久，几乎都把时间贡献给了薛承的爱情和百里焱的事业，反而跟她的几个闺密还没有好好相聚过，她准备今天做东宴请她们。

恰逢周末，她打电话跟几位闺密约好时间和地点，就悉心梳妆打扮一番出了门。念雅来到市中心的百盛大厦顶层英欧咖啡馆等候她们，过了好一会儿，她的三位闺密才姗姗而来。最先过来的女孩叫苏姝，身材中等，面容清秀，是一家外贸公司的小白领。而后一起过来的两人叫敏俐和白晓露。敏俐身材高挑，妆容浓艳，是位二流模特。白晓露个子娇小，青春朝气，是家演艺公司的舞蹈演员。四个女人一台戏，那话匣子一打开，就像泄洪一般。

"百里大小姐，今天能受您邀请，荣幸之至！"敏俐的开场白，是她一贯的抑扬顿挫的腔调。

"俐俐，许久不见，你又变漂亮了。"念雅笑呵呵地说。

"真的吗？晓露。"敏俐转过头来问白晓露。

白晓露看看念雅，又看看敏俐，然后十分认真地说："经过我的仔细观察，我发现小雅的观察力特别敏锐。"

"俐俐，你的皮肤看上去非常水嫩，而我总感觉自己的肤色越来越差了。"念雅双手摸着自己的脸羡慕地说。

敏俐听罢，优雅地从包里掏出镜子，左右照看起来，说："其实我也没有刻意去保养，顺其自然啦！"

念雅和白晓露见她的自恋症又犯了，吐吐舌头，相视一笑。

"苏姝，你的脸色看起来很差，整个人都消瘦了一圈，有什么心事吗？"念雅见苏姝脸色憔悴，一副闷闷不乐的样子，立即关切地问。

经念雅这么一说，白晓露跟敏俐的视线随即落在苏姝身上，两人颇有同感，连忙追问原因。

"唉！不胜烦恼，成天感觉晕乎乎的！"苏姝哀怨道。

"我记得你没有男朋友呀，怎么会变成这个样子呢？"白晓露表示不解。

"你是唯爱主义者，心里想的事情全离不开爱情二字，拜托你能想些别的事情吗？"苏姝说。

"这个要求比较不靠谱！"敏俐幽幽地插上一句。

"苏小姐，你是遭遇了何种磨难，竟落得如此哀伤的地步呢？"念雅诙谐地说。

"一言难尽啊！现在公司不归老板管了，新来的老板娘好像看我不顺

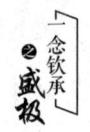

眼似的，一个劲儿地把工作分派到我身上，我快被压得喘不过气来了！"苏姝耷拉着头，抱怨道。

"老板娘？你的老板娘不是貌如东施，形如村姑吗？怎么会有那么大的能力管理起公司了！"白晓露睁大眼睛，疑惑地问。

"还不是小三逆袭嘛！"苏姝一脸不屑。

"又一个成功转型的例子！"念雅笑道。

"你命好，只有你想不到的，没有你得不到的。"苏姝羡慕地说。

"别吃酸葡萄了，我老早就跟你说过，让你从了你老板，走条捷径，你就是誓死不从，一副高傲冷艳的样子。要不然，今天坐在那个位置上、可以任性地指手画脚的人，就是你苏老板了。"敏俐露出一副恨铁不成钢的样子，没好气地说。

苏姝听了敏俐的话，一下子就不淡定了，激动地说："让我做小三！假如我沦落到那个地步，我自己都不好意思再活着。"

白晓露笑着接话道："小三这个头衔确实不好听，但是，这个社会做小三的人也不少呀，不多你一位吧！"

念雅幽幽地说："可以尝试去拼一把。"

"你老板又不是个糟老头子，他长相端正、事业有成，我认为完全可以考虑一下！"白晓露说。

"连糟糠之妻都可以轻易抛弃，太不靠谱了！"苏姝鄙视道。

"这女人啊，就像个陀螺一样围着男人转。十八岁时憧憬爱情，二十岁时遇见爱情，到了二十五岁时又深陷爱情。但是，那些都是在白费功夫，老老实实守着存折才是一辈子的幸福！什么靠谱不靠谱，闭上了眼睛，还不是那样！"敏俐一字一句地说完，就像个哲学家一样，给众人开解。

"我觉得俐俐的话句句珠玑！"白晓露赞扬道。

"总是用金钱来衡量爱情，实在是可悲至极！"苏姝反驳说。

"现实早已把我们的道德窗纸捅破，让活在这个社会上的人裸奔在外，你还要用你那卑微而又单薄的想法憧憬爱情吗!"敏俐的话一针见血,犀利无比。

"没有爱情基础的婚姻,犹如一张白纸,你画得好可以珍藏,你画得不好就要丢弃。"苏姝还是坚持己见。

"如此说来,小姝的坚持也是正确的选择。"白晓露听完她们的争辩,脑袋突然大了许多,她感觉双方说得都很有道理。

"小姑娘!"敏俐故意拉长声音,淡淡地说:"白纸上的画,你若自己去画,兴许会画差了;但是花些钱下去,你可以在白纸上画出任何想要的图案。"

"许久没有和你做深层次的聊天,今天才发现你满腹经纶、才高八斗啊!"念雅对敏俐由衷地佩服道。

"小雅,这社会的阴暗面就像一只亏损的股票,正把敏俐深度套牢,让她斩仓不舍,持仓难受。"白晓露咧着嘴笑道。

"白晓露!你这是什么乱七八糟的逻辑啊。我看你才是被深度套牢,最后熬成了股东!"敏俐立刻反驳道。

"你俩干吗说到股票上去了,现在是给苏姝解决问题,别跑题了!"念雅见她俩斗起嘴来,赶紧制止道。

"我看呐,让小姝直接炒了那小三的鱿鱼,受死也比受气强!"白晓露一股子快刀斩乱麻的口气。

"好不容易熬到了今天,就这样轻易地放弃了吗?那我接下来该怎么办呢?"苏姝绝望地问。

"我给你两个选择,要不你去抢了那小三的位子,你上位坐正;要不然你就自己出来单干,反正你手上有丰富的客户资源,不怕没有业务。"敏俐给苏姝指点迷津道。

"对!就听俐俐的话,另起炉灶!"白晓露说道。

"妥吗?"苏姝迟疑不下。

"小雅,你觉得呢?"白晓露转而问念雅。

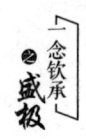

敏俐和苏姝又同时看着念雅,期待她有更好的想法。念雅面对她们三人期盼的眼神,顿了顿,委婉地说:"我认为还是要小姝自己决定该如何处理此事,反正不管她怎么做,我都会第一个支持她。"

白晓露是个性格爽直,刨根问底的人,见等不到自己想要的答案,于是干脆说:"小姝这人没有主见,既然我们情同姐妹,不管如何,我们至少要帮她拿个主意,一起帮她解决难题。小雅,你说对吧!"

白晓露的话让念雅听起来有几分尴尬,不过她的话确实在理,朋友之间必须要互相帮衬。她面对三人的期盼眼神,想了想,然后才说:"选择做小三,我看还是算了吧。这就像过街老鼠一样人人喊打,我最不想看到你们三个人遭遇任何不利之事。俐俐提议说自立门户,我觉得这个想法值得尝试一下,毕竟你熟悉业务、客户资源丰富,何不自主创业呢!"

白晓露得到了想要的答案,欢快地说:"既然俐俐和小雅都觉得你可以单干,那我也支持你哦!"

"我可以吗?"苏姝一想到要辞去多年的工作,明显底气不足,从小到大,她还没有做过如此重大的决定。

敏俐见她一副优柔寡断、全无底气的样子,就想给她吃一颗定心丸,于是提议说:"小雅至今没有创业,也没有工作,要不你俩就合伙好了,说不定还能倒腾出一番事业来。"

白晓露一听,马上兴奋地对念雅说:"那就太好啦!如此一来,小姝就可以满血复活了!都是好姐妹,你可一定要支持小姝创业哦。"

念雅没想到绕了一大圈,结果把自己给兜了进来。她想想自己的现状,觉得无所事事,何不趁这个机会寻找点精神寄托。她抬头看看苏姝和白晓露祈求的眼神,也就点头应允下来。

敏俐见到念雅领首点头,顿时替苏姝松了口气,白晓露和苏姝见此更是开心不已。接下来的话题,顺理成章地变成了创业前期的各种筹备,这又是一场聊不完的聚会。

第二十三章
节外生枝

夜幕降临，念雅最终还是接到了极不想见之人的电话。丁迪在电话里头不停示好，他要过来接她，但被她婉拒了，她不愿跟他在两个人的空间里多待一分钟。答应跟他吃饭或者做其他事，实在是碍于父亲的威严，况且她觉得跟他的交情也只限于在公共场合交际。

她们四个好友在用过下午茶后就分开了。周末的晚上，除了苏姝，另外两位都有约会。念雅去薛承家里休息了一会儿，当接完丁迪的电话后，她简单整了下妆容就出了门。

她独自开车到了约定的饭店，这是一家国际连锁的高档西餐厅，环境优雅，音乐柔和，是个约会的极佳去处。丁迪早就候在那里，一见念雅过来，立马起身为她移座，并绅士般地微笑说："谢谢你能应约出席，不胜荣幸！"

念雅整整裙摆落座，轻声地说："谢谢！"

点单时，丁迪想了解念雅的口味和喜爱的菜肴，偏偏念雅就是不提供半点建议，最后，丁迪只好自己做主选配了几样特色菜。

"小雅，你对这里的环境感到不适吗？"丁迪细心地观察到念雅微锁的眉头，于是关切地问。

"我没事。"念雅淡淡地回应。

"没事就好。"丁迪有些不知所措。

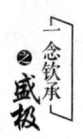

　　两个人坐在那里相当冷场，丁迪想找个话题缓和下气氛，不停地扯些话题聊天，而念雅却有搭没搭地回应，这令他很苦恼，找不到共同的话题切入进去，以拉近两人的关系。

　　正当丁迪陷入尴尬的场面之时，他的手机恰到好处地响起来，丁迪朝念雅微笑一下，示意接个电话。打电话过来的是丁迪的母亲应丽俪女士，她跟百里念雅的母亲汪瑞芳怀着同样的想法，急于促成这门亲事，打个电话过来也是确定他们两个是否在约会。丁迪跟母亲简单地说了几句，就挂了电话。

　　"念雅，你最近都在忙什么呢？"丁迪接完电话后，重新换了个话题。

　　面对面坐着，场面异常冷清，令念雅也觉得浑身不自在。若对他完全爱理不理，怕免不了又要招来父母的一次促膝长谈，她只好微笑说："也没有吧，正准备跟朋友合作开家外贸公司。"

　　见自己爱慕的女人露出笑容，丁迪仿佛见到光明一般，愉悦地说："好啊！听起来不错，准备得怎么样了？"

　　"还在前期筹备中，我也没有这方面的经验，对这个行业不太了解，一切还在摸索中！"念雅诚实地回答。

　　丁迪鼓励道："慢慢来，我猜想你的朋友应该比较了解这一行？"

　　念雅的心中顿时一亮，脱口而出："对呀！她一直从事外贸工作，算是行家。"

　　"以你的学识和能力，再加上她的经验和技术，你们两个配合起来肯定会天衣无缝！"丁迪恭维道。

　　念雅一想到自己和苏姝在生意场上是两只"小白"，忍不住吐槽说："都说商场如战场，听了怪吓人的。"

　　丁迪开心一笑："在战场上，你丢的可是性命，商场上你丢的也就是金钱，俗话说钱乃身外之物，不必过分在意，这两者完全不能相提并论！"

第二十三章 节外生枝

"你倒像个哲学家!言之有理。"念雅愉快地说。

"哲学家!我有那么正言厉色吗?"丁迪笑着说。

念雅微微一笑:"不过你这位哲学家倒平易近人。"

"承蒙夸奖!"丁迪堆满灿烂的笑容。

一番交谈之后,念雅感觉丁迪的为人睿智从容,也挺懂得人情世故,于是继续请教道:"我这次也是受朋友之托才筹备这家公司,以前看过很多影视作品,几乎都反映朋友之间合伙经商,这层关系处理起来会非常微妙,有些人甚至会为了利益反目成仇,我觉得挺担心的,你认为呢?"

丁迪交叉双臂,微笑说:"其实答案浅显明了,唯不求利者为无害!你从商是为了友情,而朋友间反目往往是因为利益分配不均,没有因哪来果,所以你不需要担心那些问题。"

看到念雅一副认真听讲的样子,丁迪继续说:"公司的盈利亏空对你来说不值一提,但对你的朋友而言可能就是头等大事,所以,你也需要多费心思去经营。人事非历练不能通晓,只有你自己去摸索过才明白事情本质,电视上放的内容都是为了凑剧情,不值得顾虑。"

"从闺密一下子变成股东,这角色转变得太快,我都感觉跟不上节奏了!"念雅表现出一丝忧虑来。

丁迪立即安慰说:"朋友之间共同创业,并且成功的例子比比皆是,你不是第一个吃螃蟹的人,无须担忧。我还是那句话:无利无戾。友谊是可以依靠的,也是值得尊重与信任的,你跟她分工明确,互不干涉,而又互相商榷,谦卑相让,我敢保证你们的合作会像一场蜜月之行,只有腻着不会产生分歧。"

念雅扑哧一笑,竖起大拇指说:"听君一席话,胜读十年书。"

此刻,她内心对丁迪的排斥,经过刚才的对话,已经消除殆尽,她想假如能做成朋友,也算是一种不错的选择。

受到念雅的夸赞,丁迪心里一阵窃喜,最起码他们不用再像以前那般拘谨,也不会再出现尴尬的场面。原先,他们就算面对面坐着,距离

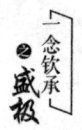

只隔一尺，但交流起来相差甚远；现在，从彼此的欢笑声中能反映出来，他们的友谊递进了一步。

这餐饭两个人谈笑风生，俨然一对多年好友。稍后，丁迪在征求念雅的同意后，共赴下一场节目。

当念雅来到目的地，一看到大门外的海报，抑制不住内心的喜悦，绽放出春天般的璀璨笑容，激动地说："哇塞！想不到在小城市里也能看到话剧！"

"呵呵！"丁迪看着她开心的模样，笑了笑，他在心里留给她的位置也越来越大。

"怪不得你连半点消息都不肯透露给我，原来藏了那么大个惊喜呀！"念雅调皮地指着丁迪说。

"说了结果，最多是欢喜，不说却有惊喜。"丁迪看着她，含情脉脉地说。

念雅面对那双勾魂的眼神，浑身打了个激灵，急忙避开。她看看海报内容，高兴地说："不管是欢喜还是惊喜，首先要感谢你的入场券。"

原来，念雅早年留学英国期间，迷上了话剧。她感觉到话剧的魅力，可以通过话剧、通过这方小小的舞台，表达出尘世间的悲欢离合，人与人之间的爱恨情仇。话剧不需要复杂的布景和夸张的妆容，只需要演员的姿态、动作、对话，甚至独白，就能给观众带来酣畅淋漓的视觉感官和心灵上的冲击，这也是她热爱它的缘由。

回国之后，她仿佛也跟话剧做了告别，国内喜欢话剧的人不多，市场也不大，演出自然不多。何况，高雅的话剧基本就在一、二线的大城市里会有，看一次比较费周折，因此，她的热情逐渐冷却下来。这次能够在家门口看一回正宗的英式话剧，可想而知，她的内心多么激动。

"你我之间就不说客套话了，时间差不多到了，一起进去吧。"丁迪温柔地说。

念雅乖巧地点点头。顺着人流，他俩检票入馆，在人多拥挤的检票口，丁迪可能出于保护她的缘由，顺势把手搭在念雅的臂膀处。他的举动令她一惊，马上巧妙地躲避开，如此一来，丁迪识趣地再也不敢有别的动作了。

可能话剧对这个城市的人而言有些神秘感，或许宣传中的英伦范比较吸引眼球，反正晚上过来欣赏话剧的人，不管是打酱油的或者是尝鲜的，爆满了整座场馆，座无虚席。

当晚的话剧演绎的主题是爱情，讲述了两位来自不同信仰种族的少男少女，冲破了一切阻碍，殉情在了一起，结局非常悲惨。两个多小时的演出，让在座的许多人几度潸然泪下，剧终后，看懂的和似懂非懂的人，无一例外地站起来，对演员们报以热烈持久的掌声。

出了场馆，看着念雅双目盈泪，丁迪抽出一张纸巾递给她，心疼地问："怎么样，还好吧？"

"晚上的演出实在太精彩了，是我入戏太深了。"念雅低着头擦着眼泪。

"喜欢就好！刚开始我还担心我的安排不够精彩呢。"丁迪又递上一张纸巾。

"我可是话剧的忠实粉丝！读大学时还参加过学校的话剧团，它是我整个求学时期不可或缺的组成部分，我热爱话剧。夸张点说，就是我的生命已经被它彻底地渲染了。"

丁迪在汪瑞芳那里得知了念雅的爱好，可没有想到她会迷恋到这种狂热的程度，他马上说："假如你愿意，我会经常陪你去看话剧。"

"好啊！"她不假思索地回答道。对念雅而言，就看话剧一事，不存在非要跟谁去看演出。只要熟悉的人带她去追剧，她便欣然前往，她不需要找对的人，只需要做对的事。

"百里小姐？"在念雅的身后，忽然传来一声女人的声音。

念雅转过头一看，此人似曾相识，一时回忆不起来，便愣了愣。

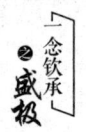

"百里小姐，您好啊！我是喻婧，还有印象吗？"喻婧刚开始怕认错人，所以试探性地打了一声招呼。

念雅瞬间想起来，淡淡一笑："喻小姐，你好。"

"真巧，能在这里碰见您，看来百里小姐也喜欢话剧哦。"喻婧甜甜一笑。

"对啊，真巧。"念雅撩撩被风吹散的刘海，心里骤然紧张起来。

"那我就不打扰您了，有机会再见。"喻婧说完，又打量了站在念雅身边的丁迪，一脸疑惑地走了。

念雅捕捉到了喻婧微妙的表情，突然感觉百口难辩。虽然喻婧跟她只是一面之缘，她犯不着跟她解释什么，但她心里总感到一丝不安。待喻婧走后，她马上跟丁迪告辞，匆匆忙忙离开。今晚，她原本很乐意接受丁迪这个朋友，但戏剧性的遭遇后，她由开心变成了担心，最后又演变成对今晚之约的无限懊悔。

第二十四章
意外之喜

"薛哥！我晚上出席宴会，你看我穿这身衣服是否得体？"叶亦双扑闪着一双大眼睛，盯着薛承问。

他循声望去，对叶亦双打量一番后，赞赏道："锦罗玉衣，光彩照人！"

叶亦双听了，双颊泛粉，莞尔一笑："谢谢！"

"何事这么开心？"薛承被她的傻笑弄得一头雾水。

叶亦双赶忙掩饰说："刚才忽然想起一件事情来，感到很好笑！"

"莫名其妙！"薛承一脸茫然，又嘱咐道："等一下见到客人时，不许再一副无厘头的样子。"

叶亦双嬉笑道："知道！我会十分敬重他老人家的，你看我多么注重穿着呢！"

薛承看了她一眼，笑而不语。

"薛哥，这些天你带我接触的人也不少了，他们个个笑脸相迎，诚意满满，让我觉得祁阳市到处充满友善之情。"

薛承笑道："你这是雾里看花。"

叶亦双扑闪着一对大眼睛，争辩道："不是说耳听为虚，眼见为实吗，我现在就是依据事实讲话呢。"

薛承笑了笑，轻吟道："为学日益，为道日损，损之又损，以至于无

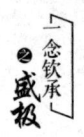

为，无为而无不为。"

叶亦双一脸困惑，嘀咕道："又是一堆千年古训，您老就不能直接明了地跟我讲真理吗！"

"有些事情看破不要说破，跟政商界人士接触多了，自然会明白，慢慢体会吧。"薛承的话一语双关，希望叶亦双自己去琢磨。

"我爸要求我抓紧跟你学习，你倒让我慢慢体会，你说我该听谁的呢？"叶亦双嘟起小嘴说。

"此彼非彼，董事长的意思是告诫你不要浪费青春，我的意思说经商修为是水到渠成的事情，不应操之过急，明白吗？"

"不明白！"叶亦双确实听得云里雾里。

"不懂没关系，假以时日你自会明白，你的年龄本应该享受青春的愉悦时光，现在真是难为你了。"薛承意味深长地拍了拍叶亦双的胳膊。

"又是文绉绉的一段话，我压根就跟不上你的节奏，总感觉跟你说话要带本《新华字典》。"叶亦双气呼呼地说。

"太夸张了。"薛承尴尬地笑笑。

"这位贵客性格和脾气会是如何呢？会不会很严肃呢？"叶亦双突然自言自语说。

薛承自顾开车，没有回应她的话题，他认为这些疑问应该由叶亦双自己去摸索和诠释，从而锻炼出掌握人物性格脾气的本领来，不应该由他的主观评价去主导了她的感观，这也是他需要重点培养她的一种鉴别能力。

"薛哥，你能说说看吗？"叶亦双还是忍不住想打探一番。

"待会儿相处过了不就知道了，我还得再次提醒你，言行举止要得体。因为我会向他介绍你的身份，是宏远集团董事长的千金叶亦双。"薛承郑重地说。

叶亦双瞬间又产生了许多疑问，侧着头问："他不知道吗？为什么又要恢复我的真实身份？这不是你一直以来对外隐瞒的事吗？会不会带来

第二十四章 意外之喜

麻烦呢?"

"十万个为什么吗?"薛承对叶亦双的诸多问题招架不住,耐下性子解释说:"我们在祁阳的所有发展都需要仰仗他,包括以后你管理了公司,更需要与他建立起友好的合作关系。记住,对荣辱与共、统一战线的朋友,我们不必隐瞒真相。"

"真朋友要坦诚相对嘛!"她有所感悟地说。

"可以这么说吧!"

"好吧。我明白了。"叶亦双乖巧地说。

大概过了半个小时,他们到了南明山庄,崔明博早一步到了那里。两个人许久没见,这次照面,免不了一番寒暄。

"欢迎来祁阳。"崔明博满脸笑容地说。

薛承用力地握住崔明博的手,说:"你现在也算半个祁阳人了。"

"自从接手这边的工程后,我是落地为家了,真算得上是半个祁阳人喽!"崔明博自嘲道。

"辛苦你了!时势所迫,我们都能理解你现在的处境。"薛承的眼神充满了感激与信任。

"作为建筑商,早已习以为常!"崔明博爽朗地笑道。

"我给你介绍一下,这位是董事长的千金叶亦双。"薛承侧过身子说。

"你好!大小姐。"崔明博得知她的身份后吃惊不小,紧紧盯着她看。

"亦双,这位是宏远第五分公司的总经理崔明博,也是祁阳项目基建的负责人。"薛承介绍说。

"你好,崔经理!感谢你的辛苦付出。"叶亦双友善地说道。

"大小姐言重了!在其位谋其政,我们理应如此。"崔明博谦逊地说。

"明博,亦双此番来祁阳是受董事长的指示,目前她在总部挂着企划部副经理的头衔,没有人知道她的真实身份。"薛承简单地说了下情况,他深知崔明博是个聪明人,一听便懂。

"董事长真是用心良苦,我知道该怎么做。"他一下子就猜到了叶宏远的用意。

晚上与客人的会面，薛承刻意安排崔明博陪同，一方面是出于他跟对方的熟识，另一方面是为了叶亦双着想，希望她能得到他的大力支持。

"明博，董事长之意，你我都是股肱之臣。"薛承坦率地说。

"我必竭尽全力拥护她，请放心。"崔明博一脸真诚，直率地表明了自己的立场。

在几个人的共同努力下，会面取得了不错的效果。

第二十五章
经营擘画

薛承这趟出差，本来预计是四天时间，谁知当他回到家时，已经整整过去了一个多礼拜。延误了几天时间，自然少不了念雅的一阵抱怨，还有两人如漆如胶的缠绵。

早晨，当薛承醒来看到依偎在身旁的念雅，情不自禁地搂过她来。

正在美梦中的她，缓缓睁开眼睛，睡眼惺忪地看看他。

薛承闻着她身上散发的淡淡的香味，温柔地说："宝贝！"

"干吗抱得我这么紧呢。"念雅贴在他的怀里，幸福地感受着他的心跳。

"这样才不会让你跑掉呀！"薛承轻轻地吻了吻她的额头。

"那你以后不许再出去那么久，绝对不许！"念雅娇嗔道。

"我努力做到！"薛承觍着笑脸保证道。

"又是哄我吧！"念雅嘟嘟嘴，稍作挣扎。

"这次是特殊情况，我保证以后会准时回家，哪怕世界末日也会准时回来。"薛承举起双指，信誓旦旦地说。

"都末日了，你还回来干吗！"她佯怒说。

薛承继续又抱紧她，不时地亲亲她的小脸："这几天过得还好吗？"

"过得太轻松了，不用去想你！"念雅赌气地说。

"口是心非。"薛承笑了笑。

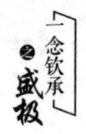

"我告诉你一件事哦，我准备跟苏姝合伙开办外贸公司，你觉得如何？"念雅拨开薛承那双不老实的手，认真地问。

"怎么忽然想起经商来了呢？"薛承深知念雅一直反感经商，他很想知道是什么原因让她改变初衷。

"这当然不是我的本意了，我创业无非是为了苏姝。"念雅说。然后，她把那天的事情，原原本本地告诉了薛承。

薛承听完苏姝的遭遇，颇为同情，一声叹息："世事难料啊！"

"她几年的努力竟然换来这样的结局，我也感觉她挺惨的。"念雅蹙起眉头，一脸惋惜的样子。

"这就是尔虞我诈的办公室文化，你们千金小姐是无法体会到的。"薛承说。

念雅诧异地看着他："有那么复杂吗？那你呢，总不至于被人如此刁难吧。"

薛承无奈地笑笑："我也是在普通岗位上一步一步做起，你认为不一样吗？"

念雅听出了话外之意，叹气道："唉，这人与人之间的信任都去哪儿了呢？"

"别太纠结这个问题，每个人都有自己的社会分工，你乖乖当好千金小姐这个角色即可。"薛承打趣道。

"听了你的话，我倒感觉自己像条寄生虫。"念雅撒娇地说。

薛承温柔地抚摸她温嫩的肌肤，笑道："你的主职是相夫教子，养家糊口，不是还有我嘛！"

"此生，我有你就够了。"她深情地注视着他，一脸柔情。

他亲了亲她的脸颊，赞赏道："我支持你帮助苏姝创业，谁都有遇到困难的时候，朋友之间需要互帮互助。"

"你无法了解我此刻的心情，非常复杂。"念雅担忧道，瞬间表现出一副落寞的样子。

第二十五章 经营擘画

"为什么?"薛承看着念雅难过的样子,有些心疼。

"忐忑不安,万一失败了,我该如何面对她们呀!"念雅袒露心声,眼神略显不安。

薛承摸摸她的秀发,苦笑道:"你们还没有开始创业,就急于得出结论,这不是庸人自扰吗?"

"我是未雨绸缪呀,苏姝可是把全部的希望都押在这家公司上了。俗话说不怕一万,只怕万一,这万一要是出现变故,那后果真不敢想象呢!"念雅表现出一丝焦虑来。

"好了,别想那些乱七八糟的事情了,只要是自己认为对的事情,就要义无反顾地去拼搏、去奋斗。有我在,不用怕!"薛承鼓舞道,他用笃定的口气给念雅吃下一颗定心丸。

"对哦!差点忽略了你的存在!经营这种小公司,对你而言还不是手到擒来的事情。"念雅兴奋地说,精神一下子抖擞起来。

看着念雅忽然像打了鸡血一般,薛承迷惑地看着她,说:"我不是很明白你的意思!"

"你智商高,随便想想就明白了!"念雅嬉皮笑脸地说。

薛承拍了拍自己的嘴巴,佯装懊悔地说:"你不会是想让我帮你经营公司吧!"

"你的脑子就是好使,一想即通!不过,咱们之间也不用捅破窗纸说明白吧!"念雅古灵精怪地说。

"百里念雅!原来你是在这里等着我啊!去国外留学几年,倒学会了洋人的套路了。"薛承故意扭曲英俊的脸孔,佯装生气地说。

"干吗说得这么严重呢,咱俩谁跟谁呢。"念雅嬉笑道。

"问题是你伤害到我了呀。"薛承委屈地说,装作一副痛苦不堪的样子。

"你堂堂一个集团副总经理,有那么脆弱吗!既然这样,那我们先把事情捋一捋再说。"念雅轻轻捶了一下他的胸膛。

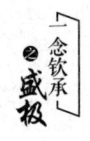

"那你说。"薛承故作严肃状。

念雅收起笑容,想了想:"我是不是你最亲密的人,你是不是非常爱我?"

"你这是在打感情牌吗!"薛承避开她的问题。

"你别打乱我,我问什么你就要回答什么,不然本小姐会生气,后果很严重。"她板着脸说。

"行,行,我惹不起您,请您继续。"薛承一脸无奈地说。

"先把第一个问题给我回答清楚。"念雅凶巴巴地说道。

"百里念雅是我薛承这辈子最亲密的爱人,至死不渝!"说完,他又顺势亲了她一口。

念雅稍作挣扎,娇羞道:"正经点,严肃点,我在问话呢。"

"你不给我亲,我就不配合。"他一副痞子样。

念雅瞅了他一眼,继续问:"苏姝是我的好朋友,她碰到棘手的问题,我是否应该挺身而出,帮她渡过难关?"

"理所当然!"

"我在经商方面是否像一张白纸?"

"毫无争议。"

"你是不是我最坚实的依靠,包括我的一切,你都会给我永恒的承诺?"念雅步步紧逼道。

"至死不渝!"

念雅听完他的话,心里阵阵窃喜,她努力不让自己喜形于色,继续问:"我需要帮助朋友,可我心有余而力不足!而你是我坚实的后盾,我完成不了的事情,理应由你替代。这个逻辑有什么问题吗?"

薛承看着她扬扬得意的样子,索性让她继续开心下去,他思考半晌,装作一副恍然大悟的样子,说:"你的话令我醍醐灌顶,我必须要对你们伸以援手。可是,毕竟宏远集团还有那么多事情需要我去完成,你可要合理安排我的时间哦。"

第二十五章 经营擘画

念雅认为自己胜利了，喜笑颜开："让你意识到参与的重要性，挺费周折的。其实我也没想拖你的后腿，我的庙小怎么能够容得下你这尊大佛呢！"

薛承佯装迷茫的样子，不解地问："那您的意思是什么呢？"

"笨蛋！让你给我们出点子呀！我现在就授予你首席顾问的荣誉称号！"念雅欢快地说道。

"绕了一大圈，就为了这个啊！"薛承一下子觉得自作多情了。

念雅讥笑道："那你以为呢？你不会还想做公司的 CEO 吧！"

"小人不敢奢望！"面对可爱单纯的爱人，薛承的心里实在想狂笑一番。这女人天真起来的时候，真是魅力无限。

"严肃点，说着正事呢。"念雅一本正经地说。

"收到，百里总裁。"薛承拼命忍住，不让自己笑场。

"既然职务都给你安排好了，那你即刻入职吧。我先问你一个问题，开公司的第一步应该做什么？"她转而又温柔地问。

"场地、设备、人员、职务。"薛承简单地回答道。

"至于场地，我们前两天去交了订金，位置不错面积也够用，目前正筹备装修一事；职务嘛，这就简单了，差不多就是我跟苏姝两个人的事情；还有人员方面，苏姝招来了几个旧同事，想必凑齐了；最后设备这一块，我们都已经选定好。"

薛承嬉笑道："按目前的进度，可以说万事俱备，只差装修了。那我得提前恭祝你事业顺利，财源广进！"

念雅杏眼一睁："你还没给我具体意见呢！"

薛承的表情立马变得认真起来，说："我倒认为职务一事非常关键，必须赶在公司成立前处理好。因为各行各业都只有一名领导人，可能方式不一样，但本质绝对是一样的，那就是金字塔式的模块，一层一层管理下来。苏姝这人我接触过几次，以她的性格脾气和认知能力，只适合当一名执行者，而不是决策者。"

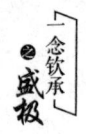

"她为什么只适合当一名执行者?"念雅忽然打断了他的话。

薛承笑着说:"换个角度跟你说吧,她的经商谋略不足,只能奋斗在一线岗位上,做个被管理者。像金字塔尖的位置,她没有能力去涉足,除非她任性想过把瘾,最后毁掉你们的公司。"

"有这么严重吗?"念雅将信将疑地问。

薛承自信地说:"缺乏主观意识和核心价值观,缺少竞争理念,盲目随流,我可以用上述观点来评价她。但我不否认她的认真努力和刻苦勤奋,她拥有了一个优秀员工该有的品质,却缺乏一个领导者该有的心智,公司里有这样的人,是公司之大幸,假如被这样的人领导,那实则不幸。"

念雅认真听完薛承的话,又仔细比对了苏姝的性格脾气,还真感觉他分析得准确无误,苏姝确实属于那种很被动的女孩子,于是她又问:"那你认为怎么安排合适?"

"现在的公司结构,普遍由一种合作模式构成,那便是以股东的投资额决定公司的持股比例。既然你的目的是帮助她,那我建议你出资百分之七十,她出资百分之三十。但是,为了平衡你们之间的关系,你就送给她百分之十五的干股,可以作为她的技术和资源入股。这样你还有百分之五十五的股份,她却有百分之四十五的股份,你们之间就均衡了合作关系。按持股比例计算,公司实际上还是由你控股,自然而然由你担任公司总经理。再则,哪天真被你不幸言中公司亏损,那对她造成的损失也不会很大。最后,她既然是股东,肯定要有个职位,我觉得公司副总经理兼业务部主任这个头衔挺适合她。"

"你太厉害了!分析得如此透彻!"念雅的心中油然而生一种高山仰止的感觉,她崇拜地看着他,继续问:"然后怎么做呢?"

薛承轻轻拍了拍她的脑袋,揶揄道:"接下来,自然是找业务赚钱啊。"

"好吧,今天就暂时问到这里。"念雅收获了答案,满心舒畅。

"那你又该如何答谢我呢?"薛承一脸坏笑地看着她。

念雅主动凑上小嘴,说:"奖励本小姐的香吻!"

第二十六章
反复推敲

今天,薛承难得放假一天,便陪同念雅前去甄选装修方案,他们接上苏姝一起去了装修公司。这家装修公司的规模不算大,但设计理念非常前卫,老板是个三十出头的年轻人叫艺涧。他是敏俐的老朋友,早些年他俩谈过恋爱,后来感情变淡,又分开了,想不到最后却成了好朋友。

等他们三个人到达装修公司时,敏俐正跟艺涧在聊天。一看到他们进来,立马笑脸相迎。她看到薛承,故作妩媚状,打招呼道:"嗨!大帅哥,好久不见!"

"好久不见。"薛承淡然一笑。

念雅进门便把薛承和艺涧互相介绍一下,然后问敏俐:"有没有帮我挑选好设计图呀?"

"艺涧亲自操刀的作品,任何一幅都是精品,我有选择性困难症,爱莫能助。"敏俐抱歉地摊摊手。

"你品味好,眼光独特,一定要给我们拿拿主意!"念雅用手肘推了推站在旁边的苏姝。

苏姝立马心领神会,赶紧表现出一副可怜兮兮的样子,对敏俐说:"俐俐,公司的事情,你可一定要帮我们拿主意啊。"

"真受不了你们俩!"敏俐利索地把身旁的电脑推到她们面前,指着屏幕说:"你俩先看看设计效果图,然后再讨论选哪个款式吧。"

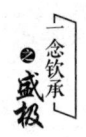

"你们坐下来慢慢挑吧。"艺涧说。

念雅打开图片,与苏姝一同仔细观看起来,这一遍浏览下来,她俩对每一幅作品都感到十分满意,一时间竟挑不出最佳作品来。

"每一套设计都很棒,真的太难选啦!"苏姝又重新看了一遍,结果还是无法定夺。

"艺涧的作品就像一个迷宫,进去了就很难出来。"敏俐深情地看着他说。

"确实让人难以选择!你觉得哪款比较好呢?"念雅开始求助薛承。

薛承抱着手思考片刻,然后说:"我觉得第一幅和第三幅设计图相对较好,你们可以着重比对一下。"

"薛总真是好眼光!我个人也觉得这两幅设计图比较突出一些。"艺涧面带喜色,仿佛遇到了知音一般。

"既然帅哥们的眼光一致,那不如任选其一好了。"敏俐提议道。

"俐俐,要不你来定一个好了。"苏姝哀求道。

敏俐托着腮,反复观看了几遍,然后说:"第一幅设计图,颜色过于暗沉,会影响工作心情,第三幅设计图让人感觉舒畅,要不然就选它吧。"

"OK,我没有意见!"念雅首先表态。

"我都听你的。"苏姝欢快地说道。

"那就按第三幅设计图进行装修,给我姐妹的活,一定要讲究精细。"敏俐像一位领导一样,对艺涧吩咐道。

"OK,我会让最好的施工队进驻,放心好了!"艺涧笑着说。

这时,薛承的电话响了起来,他走到旁边接听,稍一会儿,眉头便凝在了一起。电话是喻婧打过来的,说公司突发急事,需要他回去处理,薛承听完电话,马上跟大伙打了声招呼就匆忙离去。

敏俐看着行色匆匆的薛承,对念雅幽幽地说道:"你的大帅哥真是个大忙人啊,过来才一会儿工夫就急着赶回公司去。"

念雅无奈地叹口气:"没有办法,他事情太多,我也只能将就着呗。"

"假如是我的男人,我就会牢牢地拴住他。"苏姝嬉笑道。

"这就是你到现在还是孤身一人的原因。"敏俐调侃道。

"哼!那是我不给他们机会。"苏姝瞥了她一眼,反驳道。

"男人理应以事业为重,我喜欢的就是他的那股钶劲儿!"念雅一脸柔情似水的样子,犹如盛开中的花朵。

"你家男人就算没有那股冲劲,凭借出色的外表也能迷倒一大堆少女呢。"敏俐戏谑道。

"俐俐,薛承不会把你给迷倒了吧?"苏姝狡黠地问道。

"俊俏才子,淑女好逑,能迷倒我有啥好奇怪的。况且,薛承聚集了各种优点,是个正常女人,都会把他列为择偶的第一人选。"敏俐流露出钦慕的眼光。

"你说得也太夸张了点吧。"苏姝蹙然道。

"薛承是名草有主,我心无杂念!若有朝一日让我遇见这样的优质男,就算再难,我也要嫁给他。"敏俐用坚定的口气说道。

"薛承不是我的菜,我喜欢的是韩版欧巴。"苏姝面露几分羞涩。

"你看你的花痴症又复发了,还怀着少女的春梦!"敏俐讽刺道。

"那是我年轻!您老人家羡慕不了的。"苏姝不依不饶地反驳道。

"年轻又能怎样!还不是在受到伤害的时候要死要活,有本事你狠下心来给我看看。"敏俐讥笑道。

这两个人经常会为一个问题抬杠,苏姝有点认死理,自己认为合理的事情就会坚持到底,而敏俐年龄稍长,自我感觉阅历丰富,并且死要面子。所以,只要两个人对同一个观点持不同意见,就会出现争执不下的局面。不过,她俩嘴上斗法,却丝毫不会影响到她们的姐妹情深,今天白晓露不在,只好由念雅站出来结束这场毫无意义的辩论赛。

"停!停!你们两个说得都对,小姝追求个性,俐俐考虑实际,谁也不碍谁,更没有对错。"念雅赶紧出来调解道。

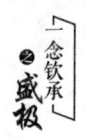

虽然艺涧熟悉敏俐的脾气,但也没想到会发生拌嘴这一幕,他看着苏姝一副文文弱弱的样子,但论起理来也是嘴上不饶人,他赶忙制止道:"百里小姐说得对,你俩没有对与错,只是还没有碰到对的人而已。"

敏俐和苏姝每次斗嘴后,都会沉默不语地坐上片刻,但是谁也不会怄气离开,这是她们几个闺密默认的消气方式。

"我仔细看了看这幅设计图,总感觉像是缺了点东西?"念雅突然嘀咕道,但一时又说不出不足之处来。

艺涧一听,随即就盯着眼前的设计图琢磨。他是个极度追求艺术品质的人,他以前玩摄影,后来又迷恋上空间设计,他想把摄影艺术结合到空间设计中,因而,他很看重作品的独特性和完美性。刚才念雅的喃喃自语,让他不禁心中一动。

"我认为这幅设计图,已经完美无瑕了。"苏姝说。

"完全挑不出任何缺点来!"敏俐也跟着说,念雅的一句话无意间打消了俩人之间的斗气。

"我也是随便说说而已,能有这样的设计方案,我心满意足了!"念雅赶紧解释道,她可不想被误认为是在吹毛求疵。

"不!不够!"默默观看的艺涧突然开口道:"这幅设计图确实还缺少点东西。"

"还是那么执着!"敏俐抱怨说。

"酷!"苏姝看到艺涧的表情痴痴地说。

"你们再坐一会儿,我去办公室重新看看样稿。"艺涧说完,就捧着电脑独自离开。

"艺涧对待工作的态度,真是一丝不苟啊!"念雅赞许道。

"他这是过犹不及,是一种病态!几年过去了,还是没有丝毫改变。"敏俐突然间有些怅然若失。

"执着的男人太有范儿了,你怎会舍得与他分手呢?"苏姝扼腕叹息道。

敏俐深吸一口气，仿佛极不情愿地回忆起以前，她顿了顿，说："就在刚才，我为当初离开他的决定，感到十分庆幸。"

念雅一听，满脸疑惑地看着敏俐："我看艺涧是个挺难得的好男人啊，待人热情，对事又认真。"

"这是为什么呢？"苏姝问。

"几年前，在我遇到艺涧时，一眼就认定他是我这一生不可或缺的伴侣，我们两个人一见钟情。现在回想当初的事情，感觉挺疯狂的，我们刚认识不久便情定终身，谁想蜜月期过后，他就开始陶醉在他的摄影当中，一出去采风便是几天不见人影，连电话也打不通。我跟他吵过架甚至动过手，但是他的性格摆在那里，你是无法撼动的。直到后来，他开始到处旅行，到处采风，我们相处的时间越来越少，自然而然就分开了。分手后，我才醒悟过来，他只是我的咖啡伴侣，只是给我平淡的人生加了点精彩而已。"敏俐说到伤心处，眼眶微微泛红。

"过去的事情就让它过去吧。"念雅挽住敏俐的手臂，安慰道。

"俐俐，你千万别难过啊，你难过我也会难过的。"苏姝慌忙说。

敏俐使劲吸了下鼻子，勉强露出一个微笑，大声说："我才不会呢！我们现在各自过得挺好。"

过了一会儿，艺涧开心地抱着电脑出来，一脸喜悦地说："我终于发现了问题所在！"

"真的！"念雅暗自惊讶，她刚才只是随便说说而已。

艺涧指着设计图，兴高采烈地说："就是这幅背景，我加了点色彩进去，给视觉增添了几分活力。"

"果然看上去生动了几许！"念雅赞叹道。

敏俐看着神采奕奕的艺涧，无奈地笑了笑，这似曾相识的场景，唯独缺了爱情，这辈子他俩注定有缘无分，爱情不再相见。

"那就拜托你了。"苏姝开心地说。

"只要方案定好，其余事情就包在我身上了，敬请拭目以待吧！"艺

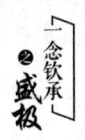

涧笑嘻嘻地说。

敏俐不想在这里多待一分钟，刚才的回忆勾起了她的伤心往事，她伸伸懒腰，说："既然方案定好了，咱们逛街去吧。"

"好！逛街去！"念雅和苏姝几乎是同时回应道。她俩对敏俐的想法，举双手赞成，在与艺涧打了声招呼后，三人随即就离开了。

第二十七章

水落石出

从装修公司那里出来,薛承就急急忙忙地赶回办公室,喻婧的电话像根针扎在了他的心头。他让喻婧不要走开,等他回来,他迫切需要弄清楚事情的原委。

当薛承回到办公室时,喻婧早已候在那里,他紧蹙眉头,神情严肃地问:"到底是什么情况?"

喻婧赶紧把文件递给他,说:"这是董事长亲自签发下来的通知,各个部门应该都收到了这份文件。"

他立即翻开文件,仔细阅读起来,表情变得越来越凝重。

这份文件是叶宏远亲自拟定,下发给各个子公司的,文件内容非常简短,主要是对财富大厦事件做最后的处罚决定,内容显示:经过董事会讨论研究,决定给予财富大厦项目部罚款人民币两万元,直属公司第七分公司通报批评。希望各子公司、各项目部吸取事故教训,定期开展安全检查。

薛承一看完文件,猛地拍了下桌子,发怒道:"这么轻的处罚,能起到什么警示作用!"

喻婧从来没有见过他如此动怒,站在一边不敢发言,过了片刻,她才轻声说:"薛总,会不会是搞错了呢?"

"发生这么大的事竟然当儿戏般处理,以后谁还会循规蹈矩,这种方

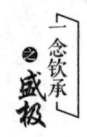

式太危险了！"薛承低吼道。

"既然董事会都决定了，我们也没有办法去改变呀！"喻婧小心翼翼地说。

薛承怒目一睁："什么狗屁董事会，还不是董事长说了算！"

"那……"喻婧明白薛承的话，但是她不知道该如何宽慰他。

"规章制度和奖罚制度形同虚设，真是可笑至极！"薛承哀伤地说。

"通告已成事实，您别再动怒了。"喻婧安慰道。

薛承痛苦地闭上眼睛，甚是绝望，喃喃自语道："但愿不会引起更严重的后果。"

他靠在沙发上，第一次感觉到心力不及。他很惶恐，他担心这件事情会持续发酵，会成为一根导火索，他无法预测到会出现何种后果。心情平静后，他感觉这件事情不会这么简单，叶宏远是个心思缜密的人，他能想到的后果，叶宏远肯定也能想到，他想去求证，他需要一个合理的解释。

稍作思想斗争后，他还是叩开了叶宏远的办公室。叶宏远正在办公，看他来了，和蔼地招呼了一声。

"董事长。"他的心里正在盘算着如何切入话题。

叶宏远仿佛看穿了他的心思一般，微笑道："刚好准备找你聊些事。"

"您有什么事情吩咐吗？"薛承毕恭毕敬地问。

叶宏远没有正面回答他，反而问一些无关紧要的事情，他问："小双在公司有段时间了，这丫头肯定给你添了不少麻烦，真是辛苦你了。"

"这都是我应该做的！"薛承嘴上应付说，心里还在想着如何开口。

"她的能力如何，还适应吗？"叶宏远淡淡地问。

"亦双机灵聪明，见解独特，在交际方面游刃有余，在工作方面随机应变，若假以时日，绝对能成为商界的新星。"薛承称赞道，接着他又详细地讲述了这段时间发生的事情，还有叶亦双的睿智以及管理能力。

叶宏远听完后，心情大悦，笑着说："小双果然没让我失望啊！"

第二十七章 水落石出

薛承赞赏道："她很优秀。"

叶宏远转而肃然道："她离独当一面还有一段不小的差距，你务必对她严厉要求，人只有在艰难困苦中，才能玉汝于成。"

"我定当尽力而为。"薛承真诚地说。

"亦双是我的希望，也是公司的命运所系，但愿一切安妥！"叶宏远仿佛忽然想到了什么，悲伤起来。

薛承看他一脸惆怅，便关心地问："董事长，您怎么了？"

叶宏远眼神迷离，叹了口气说："人生如白驹过隙，匆匆而逝，想着眼前所拥有的一切，转眼可能烟消云散，唏嘘不已！"

薛承见状，心有戚戚。

叶宏远陡然一笑："像我这样的人，已经没有资格再谈青春，只能回首岁月。或许有一日就跟着太阳一起落下，永远地埋入黑夜之中。"

"您多虑了。"薛承轻声地说。

叶宏远爽朗一笑，转而换个话题说："你们的祁阳之行，崔明博已经跟我具体汇报过了，他把接下来的工作部署也同我沟通过。祁阳无疑是我们今后的工作重点，公司的一切资源应该优先供给祁阳的基建。我决定把祁阳的所有事务交由你和崔明博两人全权负责。你俩务必要做到滴水不漏，万无一失！"

薛承听完，精神为之一振，并感激道："谢谢董事长的信任！我计划在祁阳筹建一个独立的企划部，抽调各个部门的精英前往，这个团队专门负责祁阳项目的运作。"

叶宏远赞赏道："这是个好计划。"

薛承压低声音说："据我得到的可靠消息，祁阳这几年的建设规模非常庞大，金额将达到上千亿元。以我们公司目前的进度，估计能拿下百分之三十的市场份额。"

"太好了！"叶宏远听闻这个好消息，高兴无比，他对薛承表扬道："你真是位不可多得的帅才！"

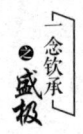

"您过奖了,我只是动用了公司的资源,去找对的人办了件正确的事情而已。"他谦逊地说。

"这就叫天时地利人和!"叶宏远开怀大笑道。

"您说得是!"

叶宏远突然收住笑容,感触道:"你和叶潇同样是而立之年,真是天壤之别啊!"

"叶潇可能是一时贪玩而已!"薛承试图安慰道。

"他这个人无药可救了,由他吧!"叶宏远平静地说。

叶宏远的话令薛承产生了几分困惑,叶潇年轻有钱,这吃喝玩乐、性情恶劣也实属正常,为什么会被叶宏远嫌弃到这般地步,这其中必定有原因。他一个外人不好深入询问,只好象征性地说些宽慰之类的话来安慰叶宏远。

叶宏远静默一会儿,然后问:"你刚才找我有什么事吗?"

薛承正了正身子,问道:"关于那则通告是否太轻率了,如此处罚,集团下面的分公司,包括分公司下面的挂靠施工队,我怕会……"

"你怕以后会有人僭越公司的规章制度,对吗?"叶宏远神情肃然地说。

"挂靠公司是安全事故的源头,若不加以重视,我怕以后会出现更加严重的后果。"薛承忧虑地说。

叶宏远神色黯然,缓缓地说:"两害相权取其轻,我这么做实属无奈。"

"但我认为此事会损害到公司的利益,造成管理危机,我们必须要采取相应的措施,以防事态延伸!"薛承谨慎地说。

"尽管安全措施做得不到位,毕竟没有发生重大事故,你也不必小题大做!"叶宏远冷冷地说道。

薛承听了,心里十分不快,他无法在对的事情上妥协下来,他又严肃地说:"假如那根钢管再往前面挪五厘米,工程部的宇桐可能就罹难了。对于安全生产一事，哪怕再小也是天大的事！您如此处罚，就不怕出现第二个李二顺吗？"

叶宏远面对薛承咄咄逼人的话语，不悦地说："你的想法我能理解，我有我的顾虑！"

"假如当时出了人命，公司还能担当吗？"薛承控制住情绪，冷冷地问。

"这……"叶宏远无言以对，他耷拉下眼皮，纠结了好一会儿，随即沮丧地说："薛承，我之所以做出这个艰难决定，是因为我的时日不多了。"

薛承骤然一惊，睁大眼睛说："我不明白您的意思！"

叶宏远突然间变得十分悲伤，仿佛丢了魂一样，而后缓缓地说："就在上个月我被确诊为肝癌晚期，留给我的时日不多了。在这段时期内，我一心只求稳住公司，不希望看到'丢下石头激起千层浪'的局面。"

"董事长！"薛承一下子惊呆了，久久说不出一句完整的话来。

叶宏远看着他，一脸痛苦的表情，然后和盘托出："财富大厦不是李二顺一个人的工程，里面牵扯到公司的几位经理，如果我处罚过度，可能会留下后患。倘若我死了，岂不是给小双留下了几颗定时炸弹，以她现在的能力和人脉，根本无法掌控全局，到时候肯定会掀起一场轩然大波。"

薛承在得知叶宏远的病情后，内心五味杂陈，他的愤怒瞬间化为了悲怆，他听了叶宏远的顾虑之后，顿了顿，终于问道："叶潇是叶家长子，您为什么却要选择亦双继承公司？"

"我是个将死之人，有些事情就跟你明说吧。"叶宏远脸色苍白，一脸痛苦不堪的样子，他思索半晌，才艰难地说道："当初给公司造成巨大损失的天目湖项目，就是因为叶潇犯事才被迫放弃了。这个孽子竟然涉毒，却不巧，被天成公司的徐永成抓到了把柄，徐永成借此事威胁我，逼我放弃天目湖的项目。当时，我一心只想挽救叶潇，不管以多大的代价都愿意交换。直到后来，我才发现我的想法是错误的，哪怕我把整家公司拱手相让，也救不了他啊！"

叶宏远痛苦地说完，嘴角不停地微微颤抖，他每说一个字都倍感痛心。一个人最痛苦的事莫过于老来丧子，而他现在承受的煎熬与丧子没有区别。薛承压根没想到，所有的事情竟然祸起叶潇。他开始同情起眼前的这位老人，但毕竟这些是叶家家事，他一个外人除了同情，也无法帮上忙。

"宏远集团看似强大，实则危殆！我现在唯一的目标，就是赶在离世之前，稳定住大局！"叶宏远正言道。

薛承望着头发花白、憔悴羸弱的叶宏远，顿时沉默了。此刻，他心乱如麻，叶宏远的病情对他来说简直是个晴天霹雳。如今，叶亦双能力不够，叶潇只顾玩乐，叶家的命运突然变得暗淡起来，宏远集团的未来又该何去何从！

第二十八章
真知灼见

自从薛承得知了叶家一系列的真相后,他感到事情变得复杂而又严峻。按照叶宏远的计划进行下去,可能会发生同室操戈的悲惨结局。叶潇作为长子,又是叶家的唯一男丁,按理是继承人,岂会甘心屈居叶亦双之下。薛承担忧事态会恶化,担忧叶家会发生变故,而他力所不及。如今,他唯一能做的就是基于大局考虑,尽快培养好叶亦双,让她能够独当一面。

"薛哥,你找我来有什么事情吗?"叶亦双刚踏进办公室,便愉快地问道。

薛承见叶亦双过来,停下手头的事情,朝她点了点头,然后又陷入思考当中。

"薛哥?"她感到有些莫名其妙。

"有件事情需要跟你商量一下。"他起身给她倒了杯水。

"谢谢!"叶亦双接过杯子,温柔地说。

"前段时间我们考察了祁阳市,想必你对那里的情况有所了解吧。你能跟我总结一下吗?"薛承问。

叶亦双思考一下,然后简练地概括道:"祁阳的市场前景无限,机遇难得,我们应该优先策划,尽量抢占市场!"

薛承听后,欣然一笑:"你说得不错,以后的工作重点必将是在

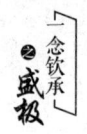

祁阳！"

叶亦双被薛承弄得有些糊涂，扑闪着一双大眼睛，问："薛哥，你就别卖关子了，找我来有什么要紧事吗？"

薛承认真地说："关于祁阳市的发展前景，我们的朋友透露的消息非常明确，早上我也收到了相关资料。之前，我曾酝酿组建企划二部的计划，终于可以实施了。我将精挑细选少数精英进入这个部门，专门负责祁阳的事务。"

叶亦双听完，佯装生气，责怪道："薛哥，你也太不够意思了吧！我随行多日，你还对我如此保密！"

薛承一脸茫然地问："我怎么对你保密了！"

"之前你为什么对我只字不提，起码我们是在同一阵线上的战友，必须坦诚以待。"叶亦双嘟着嘴说。

"呵呵，我们什么时候又成为了战友呢？"薛承看叶亦双耍着小性子，感觉好笑。

"我们经历了财富大厦的险情，又历经祁阳之行，革命友谊早已茁壮成长，如今，成立新部门一事你还找我商榷，足以说明我在你心目中的地位，非常之重要吧！"叶亦双机灵地说。

对于叶亦双似理非理的一通分析，薛承竟然找不到反驳的理由，他觉得女人论起歪理来，可能都一样。他又想到了念雅，她跟眼前的女人很相似，漂亮、活跃、欢快，最主要的是论辩起来，理由充足而又霸道，让你毫无还口之力，眼睁睁地看着她们夺取胜利。

"行了，你说得对，我们已经成为了战友！不管现在，或是将来，友谊之火永不熄灭！"他不想再纠结下去，把时间浪费在这件无厘头的事情上。

"能让你明白这个道理，也算大功一件了！"她还不忘取笑一番。

薛承无奈地笑了笑，他忽然想到一件事，便问："既然你刚才提到财富大厦一事，那我给你看份文件，谈谈你的看法！"

第二十八章 真知灼见

叶亦双接过文件，快速浏览起来，只一会儿工夫，就憋红了脸。

"怎么样？"薛承观察到她的面部变化，随即问道。

叶亦双用力合上文件，气呼呼地说："太便宜李二顺了！你曾经把你的处理方案告诉过我，为什么跟这份文件截然不同呢？"

薛承笑着说："不同的人有不同的想法而已！"

"不同的人有不同的想法？这话说得很蹊跷呀！"叶亦双细细揣摩薛承的话意，挠挠前额，猜测道："假如不是你的决定？魏叔又不在公司，莫非是我爸爸的意思？"

薛承没想到叶亦双仅凭一句话就能推测出结果来，他暗自惊喜，却平静地说："你先甭管是谁，我想知道你对这个处理结果的看法！"

叶亦双收起笑容，略带怒气地说："还用得着想吗，做错事只受到轻微处罚，以后谁还会在乎对与错呢。我认为事关重大，必须慎重考虑，不然后果不堪设想。"

薛承点点头表示认同，他用赞许的眼神示意她继续说。

叶亦双心领神会，从容地说："我敢肯定这份文件是我爸亲自拟定的，这种事情只有他能如此淡定。"

薛承称赞说："你猜得不错，这正是董事长的决定。"

"想必这件事情定有隐情，既然我爸做了这样的决定，我们遵照便是。"叶亦双淡定地说。

薛承原本只是想用这件事去试探叶亦双的反应而已，谁料她仅凭他的一句话就猜出始作俑者，而且淡定自如，并从客观方面切入分析，讲出问题所在。仅凭这一点，他越来越觉得她非池中之物。

"你的推断非常正确，不过这件事情的处理方案已经对外公布，此事到此为止。面对这种大事，想不到你还能够从容分析，这值得表扬！"他笑着说。

"薛哥，你的套路有点深啊！"她反讥道。

"我做的一切都是为了你好！"薛承淡淡地说。

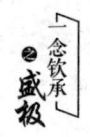

"真的吗!"叶亦双轻声应着,耳根不自觉地红了起来,刚才薛承随口说的一句话,其实是对叶宏远的承诺,而她不知其意,觉得这句话犹如蜜糖,令她浮想联翩。

"我们言归正题吧,关于祁阳企划部一事,我的计划是以你为核心开展业务!"薛承说。

薛承的话一下子把她的思绪从九霄云外拉了回来,她回过神来,急忙说:"这样安排不妥吧,我资历尚浅,专业知识又不足,担此大任恐怕难服众人!"

"你确实没有资历,也缺乏经验,而且专业知识又贫乏,但你有一个优点,是别人无法企及的。"薛承以坚定的语气赞叹道。

"我有吗?"叶亦双随着他的话,忍不住对自己的身体多看了几遍,还是疑惑地摇摇头。

薛承忽然一笑:"那就是你与生俱来的身份,仅凭宏远集团大小姐这个身份,就可以毫不费力地拥有各种头衔。"

叶亦双顿时感觉薛承的玩笑很冷,她故意打了个冷战,抖擞几下,然后自嘲说:"如果做不好无法服众,我可不想成为众矢之的。"

"在公司里,谁敢逗口舌之非!"薛承严厉地说。

"干吗一副凶巴巴的样子,我们是战友,对待战友要和蔼可亲。"叶亦双噘起小嘴说。

薛承刚才声色俱厉的样子,确实也吓到了叶亦双,看着她委屈的样子和滑稽的辩驳,他揶揄道:"实在抱歉,刚才把联盟一事给忘了,以后我会尽量注意的,让你充分感受到战友的温暖!"

"以后一定要牢牢记住!"看到他迷人的笑脸,她心里美滋滋地认为只要有眼前这个男人陪伴,那她做什么事情都是有意义的。

薛承见她露出笑容,于是嘱咐道:"你在新部门任经理一职,工作不会烦琐,你只需要与祁阳政府的相关人员沟通好即可,其余的事情自会有人去打理。"

第二十八章 真知灼见

"那你呢？"她一下子就脱口而出问道，她可不想因为进入新的部门，就远离了他的视线，她需要他的关心和照顾。

"我自然是统筹整个部门呀，至于招标项目涉及的行政、预算、管理、设计等，都会有专员负责，你不必担心。"薛承马上解释道。

叶亦双听了，心情顿时舒畅无比，她愉快地说："依照你的计划，我是否只需跟祁阳的有关领导结下深厚的友谊便可？"

"理解正确！你的任务看似简单，实则重大，关系到整个工程能否顺利完工，切不可粗心大意。我负责总调度，崔明博负责工程建设，你负责公关；我们三人分工明确，相互联系，缺一不可。"薛承说。

"我明白了，一定不辱使命。"叶亦双郑重地说，她瞬间就明白薛承的用意何在，古灵精怪的她转而又问："上次的祁阳之行，没有给你丢脸吧。"

"谈何丢脸，简直有企业家的风范！"薛承夸赞道。

"嘻嘻！"叶亦双没想到薛承会给她这么高的评价，心中一阵窃喜。

薛承继续说："我准备让宇桐也加入这个部门，让你跟他学习国外先进的建筑理念。"

"能把他调过来，那太棒了！"叶亦双对此非常开心。

"那我们的计划就这么定了！如今，你的身份已不同往日，肩负的任务必将特殊而又繁重，请务必谨言慎行，记住我的话：多听寡言，多留一心！"薛承语重心长地说。

叶亦双调皮地眨眨眼，又拍拍薛承的肩膀，打趣道："看你一本正经的样子真像我的大学老师！你的教导，我会谨记于心，并时刻提醒自己。"

薛承微笑道："总有一天，你自己也会完成角色的蜕变。"

薛承最后说的话让叶亦双的心头莫名地蒙上一丝伤感来，假如真有那么一天，他们之间是否会因此而变了味呢！但愿不会吧，她也只能这样安慰自己了。

第二十九章
显露端倪

又到了周末,这一天对念雅而言,是最美好的时光,是属于她跟薛承两个人的浪漫时光。跟往常一样,他们一起做了一顿属于他俩的丰盛晚餐。

在淡黄色的烛光下,两人相视而坐,耳边响起轻柔的音乐,浪漫温馨的气息弥漫在每个角落里。

两人借着幽暗的光线,互相望着,含情脉脉,少顷,薛承吟诗道:"眉将柳而争绿,面共桃而竞红!"

念雅听了心花怒放,笑嘻嘻地说:"嘴巴如抹了蜜一样,真甜。"

薛承举起酒杯,深情地说:"敬生命里有你。"

念雅动情地说:"敬爱情!"

薛承浅浅地喝了一口酒,问:"你知道人生中最幸福的事情是什么吗?"

念雅思忖几秒,愉快地说:"健康。"

薛承摇了摇头,继续微笑。

"团圆!"念雅又猜道。

薛承一脸深情地说:"我最大的幸福就是你能坐在我的面前,而我能看着你的笑容就餐。"

"哄女孩子的话倒是越来越动听了。"念雅含羞道,烛光下的她早已满脸绯红。

"这辈子，我非你不娶。"薛承说。

"我非你不嫁。"念雅含情脉脉地说。

两人说了一些甜言蜜语后，便开始扯开话题聊家常，薛承想到了百里焱，便问："你最近见到了小焱吗？"

百里念雅愣了一下："经你这么一提，我倒想起有好几天没见过他了。"

"你怎么会几天没有见过他呢？"薛承一脸疑惑。

"我哪有时间去看他啊！公司里头忙着装修和采购，感觉乱成一团了。"念雅幽怨道。

"快要当老板了，忙点也是应该的。"薛承揶揄道。

念雅面露难色："一想到我另起炉灶，就觉得特别对不起我老爸。"

"其实你跟小焱的性质差不多，就是为了历练，为担起百里集团的重任打基础。"薛承安抚道。

"得了吧！百里集团的重担我可不想挑，不然，人生就失去了很多快乐。"念雅满不在乎地说。

"真是饱汉不知饥汉愁，有多少人做梦都想拥有这样的机会。"薛承讥嘲道。

"我若肩负起那个重担的话，就要像个陀螺一样，必须不停地旋转，才不会倾倒。我的时间几乎贡献给工作，可能吃顿晚餐都要提前预约了。我爸爸妈妈就因为忙于事业，就算我们同住一个屋檐下，也不是每天能见上一面。"念雅失落地说。

薛承连忙安抚说："他们事务繁忙，身不由己吧。"

念雅嘟起嘴，惆怅地说："饥汉们不知道，这优越的条件是需要付出莫大的幸福才能换来的。"

薛承微笑道："你爸上了年纪，盼着早点退休享享清福，便想找个人接替他，可惜小焱童心未泯，因此，你要多理解他一下。"

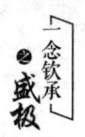

念雅嘀咕道："怎么感觉若有其事似的。"

百里家的状况让薛承忽然想起了叶家的难处，他意味深长地说："家家有本难念的经啊！"

正当两人聊得兴起，念雅放在旁边的电话突然发出刺耳的铃声，嘹亮的歌声一下子把温馨的气氛震得支离破碎。念雅起身去拿手机，当瞥到号码时，立刻就僵住了，内心一阵发怵，血液却不合时宜地开始沸腾，耳根不自觉地红了起来。

她不敢看薛承，怕他的眼睛能洞穿她的心思，她迟疑了一下，然后佯装烦恼地说："又是推销电话，一天接好几个，烦人！这资料都是谁泄露的，电信公司也不管一管。"

"你现在的身份不一样了，是企业法人喽，业务自然就多了起来！"薛承打趣道。

"如今这个社会，毫无半点隐私可言。"念雅指责道，顺手把铃声调成了静音。

"别管这些琐事了，吃完饭，我们去小焱那里玩会儿。"薛承说。

见薛承换了话题，念雅稍稍松了口气，一脸高兴地点头道："那就大快朵颐一番再去看他。"

"干杯！"两人同时举杯道。

"在线酒吧"的回旋长廊是项经典工程，类似迷宫一般，四周全是不锈钢镜子，顶上描绘着雅典诸神，线角处闪烁着五彩缤纷的灯，人若进来，仿佛有种步入幻境的感觉。

他俩穿过回廊，进入酒吧内部。光怪陆离的灯火，妖艳迷人的侍从，抒情柔和的歌曲，言笑晏晏的顾客。尽管才晚上九点钟，但里面差不多已经坐满了人。

正在酒吧里忙活的百里焱瞧见他俩过来开心不已，赶紧上前打了个招呼，并给他们安排了一个雅座。

第二十九章 显露端倪

几个人落座后,薛承环视一周,称赞说:"酒吧经营得不错,看上去有条不紊,管理很到位。"

百里焱听到他的夸赞,忍不住露出自信的表情,开心地说:"酒吧步入了正轨,也用不着我操心了。"

"真是长进了不少。"念雅面带喜色,表扬道。

百里焱谦虚地说:"我一直在学习,一直在超越!"

"看来这份事业让你受益匪浅。"薛承笑着说。

百里焱愉悦地说:"我也这么认为,现在的我真正明白了一句话:读万卷书,不如行万里路!只有真正融入这个社会,才能开拓人生。"

"你能有这样的觉悟,那就不辜负父辈们的期许了。"薛承真挚地说。

百里念雅听了弟弟的几句肺腑之言,对他刮目相看,高兴地说道:"看你长大喽!"

百里焱挺了挺胸膛,故作神气的样子,然后问:"这里是否吵了一点,要不给你们转到包间里去?"

"这里气氛挺好。"薛承看看四周,简单地说。

"他这人不喜欢待在幽静的空间里,就在这里听听歌,感受下青春活力吧。"念雅挽着他的手臂,宛如一个小女孩。

"晚上想喝点什么?"百里焱问。

"黑方。"薛承说。

念雅一脸幸福的样子,因为她喜爱这款来自英伦的酒。

"酒吧各方面都稳定吧?"薛承问百里焱。

"你指的是哪方面?"百里焱问。

"管理和安全方面,毕竟酒吧是个鱼龙混杂的地方,形形色色的人都有。"薛承说。

百里焱一边给俩人倒上酒,一边笑着说:"没问题,都有专人负责。"

"那就好,酒吧的顾客群体复杂,切不可马虎大意。"薛承叮嘱道。

"我时常也会被这些问题搅得心神不宁。"念雅坦言道。

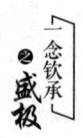

"你俩放心吧,没人敢来这里闹事,谭乐的圈子挺广,大家都会给面子。"百里焱笑着说。

"看来谭乐的能力非同一般啊。"薛承一副若有所思的样子。

百里焱点点头表示同意,然后又说:"听说你最近很忙,都脱不开身了。"

"他现在是个来鸿去燕之人,难得见到一面。"念雅幽怨地说。

"最近接了几个新项目,忙得不可开交!"薛承解释说。

百里焱立马接话,一副深有体会的样子:"以前我体会不到这种滋味,现在才发现,创业是一段恓惶的奋斗历程,忙碌、艰辛、不安。"

念雅听了百里焱的话,不禁想起自己的诸多事情,顿生同感,她悻悻地说:"与君共勉吧。"

薛承看着这对姐弟无奈的样子,笑着举杯说:"祝你们事业顺利!"

正在他们把酒言欢的时候,谭乐走过来,满脸笑容说:"薛总、大小姐,你们好!"

"酒吧经营得有声有色,谭经理功不可没啊。"薛承称赞道。

"我只尽了一点微薄之力而已。"谭乐谦虚道。

"谭乐真是个不可多得的人才,酒吧在他的管理之下,井然有序,而且生意也是越来越好。"百里焱赞不绝口。

"术业有专攻,行行出状元。"薛承说道。

"你们过奖了!目前的娱乐市场环境好,我只是借力使力、顺势而为。"谭乐谦虚地说。

谭乐的能力和态度令念雅非常满意,她高兴地向他敬酒,说:"辛苦你了。"

正在这时,酒吧来了七八个人,他们的行为举止、高声阔谈,在进门后便引起很多人的关注,谭乐见状,马上堆起无比热情的笑容,跑过去迎接。

念雅睥睨一眼,鄙夷地说:"宏远集团的公子哥,这排场就是不

第二十九章 显露端倪

一样!"

"他可是我的大主顾!"百里焱高兴地说,眼神却充满鄙视。

"他经常来这里吗?"薛承问。

"隔三岔五来,每次过来都是前呼后拥。"百里焱说。

"不愧是个纨绔子弟。"念雅嘲笑道。

"他是相当阔气豪爽!每次过来必点最豪华的包厢和最贵的酒水!"百里焱喜笑颜开。

薛承瞧见百里焱一副贪婪的样子,讥笑道:"你又不差钱!"

百里焱冷笑一声:"赚他的钱,我会有种无法形容的快感。"

薛承厌恶叶潇浪荡不羁的行为,眼前蓦然浮现叶宏远惨白的脸,他寒心地叹气道:"命运真会捉弄人!"

"假如叶宏远真把集团交到叶潇手上,那公司迟早要被他败光。"百里焱嘲笑道。

念雅好奇地问:"什么意思?"

百里焱用手遮了遮嘴角,一副保密的样子,然后压低声音说:"叶宏远可能得了绝症,命不久矣,叶潇是嫡长子,是宏远集团唯一的接班人。"

念雅一脸惊讶地说:"你都听谁说的?"

百里焱得意地说:"小道消息。"

"那叶宏远也怪可怜的。"念雅同情道。

百里焱转而问薛承:"假如你们公司换了董事长,你是不是就不干了。要不,你索性来百里集团得了,我爸肯定十分欢迎你!"

薛承喝着酒,心不在焉地听他说话,忽然间,他看到一个熟悉的身影从门口进来,径直往 VIP 房走去。他连忙问百里焱:"刚才进来的三个人,你可认识?"

百里焱指了指:"前面那个是天成公司的老总徐永成,左边拿电话的是天成公司副总经理,后面一个偶尔也会来这里玩,但不认识。"

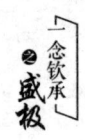

"你是怎么认得他的?"

"他们都是谭乐的朋友,经常过来捧场,喝过酒。"百里焱说。

"那他们知道你的背景吗?"薛承警觉地问。

"我从来没说跟任何人提起过,也交代过谭乐别泄露,至于他们是否知道我的身份,我就不得而知了。"

"你一定要跟这群人保持距离。"薛承叮嘱道。

"有问题吗?"百里焱不解地问。

薛承忽然神色严峻起来:"总觉得其中肯定有问题,你记住我的话便好。"

"明白。"百里焱点点头。

薛承紧追着问:"这徐永成也经常来这里玩吗?"

百里焱风趣地说:"是的,他也是我的财神爷。"

薛承心里一惊,立马有股莫名的担忧涌上心头,他赶紧问:"那叶潇和徐永成认识吗?"

"何止认识,简直像对多年的朋友。你在这里看不到VIP区的位置,所以不清楚,徐永成每次来这里都是直接去叶潇的包厢,有一次谭乐邀我去敬酒,看到他们玩得不亦乐乎,我才知道实情。"百里焱说。

"岂有此理!"薛承愤怒地说。

"你生那么大的气干吗?"念雅不明就里,一头雾水。

薛承的眼里迸射出愤怒的火光,他压低声音,一字一句地说:"这徐永成可是宏远集团的死对头,如今叶潇与他寻欢作乐,这不是天大的笑话吗!"

"原来如此。那这个叶潇做的事情就太出格了,指不定里面藏着不可告人的秘密。"念雅猜测道。

"叶宏远的半条老命,迟早要葬送在他这个宝贝儿子的手上。"百里焱嘲讽道。

薛承心里一沉,看来宏远集团即将面临大变故。他悄悄跟百里焱说:

"你帮我多多留意这两个人的动向。"

"小事一桩，包在我身上。"百里焱痛快地应承下来。

"那我们先走一步，免得碰到这两个人，引起他们的警觉。"薛承说完，便牵着念雅的手离去。

"说走就走。"百里焱看着他俩离去的背影，嘀咕道。

第三十章
千里之任

自从跟叶宏远汇报完工作后,薛承就着手建立新部门。由叶亦双担任部门经理,成员包括喻婧、宇桐,还有另外几位老员工。这份名单是他权衡利弊之后拟定的,喻婧,公关能力突出,善于交际,文案功底深厚,深得薛承的信任,她的优点将对亦双今后的管理起到很大的作用。宇桐,为人诚恳,拥有国外丰富的建筑学理念,对宏远集团的壮大,将起到无可替代的作用。另外,还有做了几十年测绘工作的老李,从事工程预算的范姐,从事设计规划的张杰,老牌项目经理人周围等。薛承的构想不单是局限在祁阳这个市场,他想借此给叶亦双培养出一支非常全面的团队。这支队伍中的任何成员,空降到各个部门,都可以胜任部门经理。

今天,薛承召集成员开会,宣布新部门成立。他表情穆然,内心喜悦,嗓音洪亮地说:"今天是个值得庆祝的日子,我宣布宏远集团企划二部正式成立,并从今天开始正式运作。"

当听到这个消息时,与会人员都非常激动,热烈鼓掌,脸上充满自豪。

薛承待掌声停顿后,接着说:"企划二部的成立,标志着我们新一轮的战略部署拉开序幕,这个部门在整个宏远集团里,都有着举足轻重的地位,肩负着特殊使命!我挑选你们加入这个重要的部门,因为你们是

第三十章 千里之任

公司的精英，是专业人才，你们是壮大宏远集团最坚实的力量！"

薛承情绪激昂地讲完这段话，会议室中立马又爆发出一阵热烈的掌声，大家喜气洋洋，自信饱满。

"组建这支队伍之前，我已经挨个找你们谈过，想必你们也都知道了自己的职责和这个部门所承接的工程。在这里，我必须再重申一遍，祁阳的市场巨大，大家必须要充分发挥自己的优势，团结一致，要用集体的力量和智慧，创下辉煌的业绩。这不仅是你们的职责所在，也是无上的荣誉。"薛承严肃而又坚定地说道。

"为了荣誉而努力！"宇桐带头鼓起掌来。

叶亦双也激动地说："物质可以衡量，荣誉才是至上！"

"有些人追求物质享受，有些人追求精神沐浴，我的目的是让你们名利双收。公司给你们搭建更广阔的平台，给你们创造更优越的条件，希望你们能够大显身手，取得骄人成绩。你们过去行，或者现在行，但我要求你们将来必须要更加优秀。"薛承说到这里，略微停顿，慢慢扫视一周，然后继续说："建筑行业是一个没有硝烟的战场，竞争激烈，尔虞我诈，斗智斗勇。在这场战争里，我不仅需要你们发挥长处，还要求你们必须耐得住性子，沉得住气，我需要的是一个厉兵秣马、厚积薄发的团队。在未来的残酷竞争中，我衷心希望你们不被困难吓倒、不被充满荆棘的道路阻碍，我需要你们团结一致，互相砥砺，成就宏远集团的鼎盛，创造我们的辉煌人生！"

"努力！加油！"全体人员几乎是异口同声地爆发出洪亮的声音。

"非常好！斗志高昂！"薛承夸赞道，他用笃定的眼神继续扫视全场，转而说："毕竟任务艰巨，工作会异常艰辛，在未来的岗位上，我对大家寄予几点希望：一、工作之际，要保持身体健康，健康才是万事之本。二、互相团结，互相沟通，互相配合。三、严守部门秘密，恪守职业操守。四、能者居上，毋有怨言，正面沟通意见，背后勿再嚼舌。五、一切都要服从公司的决定。以上几点我希望大家能时刻谨记，切勿越雷

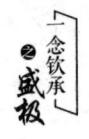

池半步。"

"没有规矩,不成方圆!我们会恪守公司的规章制度。"叶亦双代表全部门人员,坚定地说道。

对于薛承的原则性,大家的态度还是足够坚决,纷纷表示会遵守,这让他非常满意。他继续说:"你们当中有共事多年的同事,也有只照面几次的同僚,那么就在接下来的时间里,由你们开展自我介绍,让同事们都清楚你擅长的领域,博采众长,更加有效地促进工作上的合作。"

叶亦双是第一个做自我介绍的,她把薛承给她的一份资料,流利地背了出来。待大家详细地介绍完毕后,薛承带头鼓起掌来,并邀请叶亦双讲话。

叶亦双清清嗓子,亲切地说:"有幸担任这个人才济济的部门负责人,我感到非常荣幸。同时,身上所肩负的重担,让我感到如履薄冰。我必须要做得更好,才能获得你们的信任,我希望能在未来的日子里,能得到你们的鼎力支持,共同乘风破浪。"

叶亦双的话迎来了大家的掌声,她谦卑地朝大家点头致谢,便继续说道:"你们丰富的阅历和过人的技能,令我十分敬佩。这正是我需要不断学习的地方,能者为师,我希望在座的各位不仅能成为我工作上的朋友,也能成为我学习中的导师。我希望能与你们携手前进,荣辱与共!"

叶亦双话毕,薛承立即带头热情地鼓起掌来,他激动地说:"叶经理的肺腑之言和谦卑之心,令人动容。她的诚恳、务实、谦虚、好学的态度,值得我们学习,我希望大家在今后的岗位上时刻保持严谨的态度!最后,让我们共同祝愿企划二部能够创下辉煌的业绩!"

薛承话音刚落,会场又是一阵经久不息的掌声。

会后,薛承通知叶亦双去他的办公室谈事。他见到她过来,便放下手中的工作,坐到茶座前开始泡茶。

少顷,叶亦双接过一盏茶,微笑道:"薛总,真是闲情逸致呀。"

"此茶如何？"薛承微笑道。

叶亦双舒展眉头，仔细观察杯中茶，稍后又闻了闻香味，浅浅呷了一口，然后说："此茶汤色金黄似琥珀，闻其天然馥郁、清香扑鼻，如空谷之兰清冽沁人，入口甘韵绵长，回味无穷，仿佛有一股气息直冲灵台。"

"还不错，对茶有一定的认识。"薛承淡淡地说，顺手擦掉洒出的茶滴。

"你让我过来，不会是陪你品茗聊天吧。"叶亦双注视他，神色讪讪。

薛承显得不慌不忙，给她续了杯茶，然后慢悠悠地说："中国的茶文化源远流长，博大精深，跟我们的生活亦是息息相关，对浮躁的情绪，能起到很好的抑制作用。"

叶亦双不解地问："茶文化？"

薛承闻着茶香，一副陶醉的样子，轻轻地说："品茶就是一种科学的释压方式，通过沏茶、赏茶、闻茶、品茶、饮茶等一系列过程，缓缓地放空心里的烦恼与聒噪。"

"可以吗？"她盯着如蜜蜡般的茶水，细细品味他的话。

薛承端起紫砂杯，轻轻一闻，吹了吹，一口饮尽，缓缓呼出一口气，然后极尽享受般地说："俗话说：北方人的生意在酒场上，南方人的生意在茶桌上。几千年的文化沉淀，在南方区域形成了特色鲜明的茶文化。以茶言商，在精湛的茶道中笑谈生意，促成成千上万的业务。一言蔽之，今天我摆茶的目的，知茶是其一，重视茶文化是其二，淡然是其三。"

"原来今天茶道的精髓在于此。如此看来，祁阳的政商界都是些爱茶之人。"叶亦双跟着呷了一口茶，猜测道。

"你的智商绝对不用再充值。"薛承诙谐地说，他早已预料到聪明的叶亦双能够揣摩出他的用意。

"虽是好话，但我怎么听起来怪怪的。"叶亦双皱皱眉。

薛承收起笑容，话锋一转，说："聊得也差不多了，我们该来谈谈正

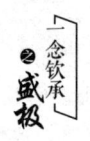

事了。"

"什么事情?"叶亦双两眼注视着他,倾耳聆听。

薛承认真地说:"祁阳那边有个项目马上要招标了,经过我和明博的前期准备,这个项目可以说是我们的囊中之物。不过最近又调过来一位新领导,他对项目有审核权,若跟他的关系处理不好,可能会发生变故,这几天我思前想后,决定由你出面去打点一下。"

"原来是需要我去公关啊!"叶亦双说。

"对!这就是你要完成的第一件任务。我们必须要保证那个项目百分百成功,哪怕是百分之九十九的成功率,都要想方设法争取那另外的百分之一。"薛承双眉凝聚,坚定地说。

"我一定完成任务!"叶亦双自信地说。

"这次前往祁阳,我让喻婧陪你去,明博也会在那里照应你。"薛承吩咐道。

"你不去吗?"叶亦双脱口而出,她略有些失望。

"我要跟魏总一起去考察一个水电项目。"

叶亦双控制住失落的心情,问:"那我们什么时候去祁阳?"

"你手头上若没有其他重要的事情,我建议明后天就出发。"

叶亦双想了想,然后说:"时间就定在明天吧,此事可大可小,赶早落实为好。"

薛承用赞许的眼光看着她,点点头说:"我打听到那位新来的领导,特别喜欢乌龙茶,你就投其所好吧。"

"原来如此。"叶亦双瞬间就明白了他下午泡茶的原因,是对她茶道的一次考验。

薛承笑笑:"预祝你一切顺利。"

"借你吉言。"叶亦双笑道。

当叶亦双离开后,薛承随即起身前往喻婧的办公室,他认为有必要跟她聊聊有关叶亦双的事情。

喻婧正在工作,见薛承突然来找她,小吃一惊,立马问:"薛总,您有什么事情吗?"

薛承并未正面回答她,反而问道:"你在忙什么呢?"

喻婧顿了顿:"我在修改祁阳市政工程的计划书。"

"快好了吧,我有件事情想跟你聊聊。"薛承一脸轻松地说。

喻婧放下手上的文件,帮薛承泡了一杯咖啡,然后问:"是什么事呢?"

薛承说:"想必你的心里有个疑问吧,为什么叶亦双刚入职不久,却可以担任核心部门的经理。"

喻婧不假思索地说:"的确不可思议,她的跳跃性升职让许多人都觉得疑惑。并且在她工作的这段时间里,我特地留意过,敢肯定她是个行业新手。既然没有工作经验,那就是有社会背景。"

"干吗不去了解下情况呢?"薛承问。

"公司既然这样安排肯定有其原因,我一个助理何必庸人自扰呢!可如今却不同了,毕竟在一个部门工作,心里总会好奇,又怕'好奇害死猫'。"喻婧真诚地说。

"'好奇害死猫',太有意思了。"薛承爽朗地笑道。

"既然您谈及这个问题,那您能透露一二吗?算是了却我的一桩心事。"喻婧委婉地请求道。

薛承颔首点头,神情严峻地说:"叶亦双是我们董事长的千金。"

尽管她心里有所准备,还是大吃一惊,她盯着他,满是惊讶的表情:"真是没想到她会是叶家大小姐!"

"此事关系重大,务必要保密。"他叮嘱道。

她点点头,说:"董事长如此安排,定有玄机。"

薛承真切地看着她,说:"我有一事需要拜托你。"

喻婧看到他的眼神,猜测此事非比寻常,便问:"您需要我做什么?"

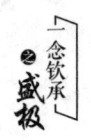

"我们在祁阳市的一个项目遇到了麻烦,公司决定让叶亦双去协调,我需要你一起陪同,协助她解决。"薛承说。

喻婧看着他神情严肃,眼神透露几分忧虑,于是宽慰道:"公关而已,放心吧,我一定会给您办得妥妥当当。"

薛承见喻婧信心十足,高兴地说:"有你随同,此事定能事半功倍!"

"借您吉言吧。"得到他的夸赞,她的心里还是偷偷地在高兴。

"这次的情况特殊,务必争取一次性解决好。事成之后,我一定给你摆庆功宴。"薛承说。

喻婧微笑道:"一言为定!"

有了喻婧的协助,薛承悬着的心,总算可以稍稍平复下来。他舒展眉头,安逸地靠在沙发上,无意间瞄到了案几一角的海报,便好奇地问:"你也喜欢这些?"

喻婧看了看,眉毛一扬:"对呀!从大学开始就非常喜欢舞台剧呢!"

"这么巧!"薛承低声道。

"巧?"喻婧揣摩了一下,接着说:"您指的是百里小姐吧!"

"你怎么知道?"薛承惊讶地看着她。

喻婧立马说:"说来也巧,前不久我们这里演出过一场舞台剧,我恰好碰到百里小姐和她的朋友一起看演出。"

"她朋友?"薛承低头琢磨着。

"这人看上去挺有气质,高高瘦瘦,白净文雅。"

"哦!那人应该是她的表哥吧。"薛承淡淡地说,心里闪过一丝不安。

喻婧一副恍然大悟的样子,愉快地说:"原来如此,怪不得看上去挺亲昵的……"

至于喻婧后面说的话,薛承一句也没有听进去,他的思绪早已被诸多疑问给紧紧缠绕住。他再次对喻婧叮嘱一番后,就借故匆忙离去,他也不知道该做些什么,或该想些什么,还是希望这一切都是假象,随风而去!

第三十一章
万事俱备

经过多日的连续作业，百里念雅的外贸公司基本成型，装修也进入了收尾阶段，马上就可以正式营业了。

等两个搬运工人把最后一尊雕塑摆放在门口显眼处后，白晓露惊喜地说："不愧是高雅的艺术品，这尊雕塑往门口一摆，装修的整体效果，立即显得高大上了！"

"总算大功告成了！"苏姝亢奋地喊道。

敏俐搭住艺涧的肩膀，豪迈地说："我给你记头功一次。"

"不会像网上说的那样，五百元再加一面锦旗吧！"艺涧戏谑道。

敏俐伸手摸摸艺涧的脸蛋，换了副极尽温柔的表情，妩媚地说："不管是精神上，还是肉体上，我都可以奖励你！"

"哎哟！这股骚劲儿真是与生俱来的。"白晓露抖抖身上的鸡皮疙瘩，嘲笑说。

"不懂情调，这叫亲昵。"敏俐反驳道。

"辛苦你了，终于圆满完工了。"念雅对艺涧感谢道。

"真舒服啊！"苏姝斜靠在沙发上，慵懒地说。

艺涧慢慢环顾自己亲手设计的工作室，仿佛在欣赏一件珍宝，然后满面春风地对念雅说："好久没有出过这么满意的作品了！这回还真是要感谢你！"

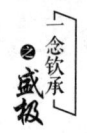

念雅惊奇地指着自己,说:"我又没有出过半点力!"

艺涧面对四位女人异样的眼光,高兴地说:"就是因为你的灵光乍现,让我抓住了突破自己的机会!"

"我还以为是什么呢。"白晓露一副汗颜的神情。

"艺术非常神奇!可能就在某个瞬间的灵光一现,便创造出传世的作品来!"艺涧夸张地说。

"又来了!"敏俐摇摇头,睥睨一眼,又嘲笑道:"听完艺涧的理论,小雅你也可以尝试走艺术这条路线了,指不定哪天就能成为著名的艺术家。"

艺涧拍手称好,说:"俐俐的提议正确!艺术之路永无止境!"

念雅自嘲道:"算了吧!我这辈子最大的遗憾就是跟艺术无缘。"

艺涧马上说:"艺术的起点不重要,重要的在于你是否有创作的灵感。"

敏俐立刻打断他,佯怒道:"艺总监!我们四人这辈子都跟艺术无缘,你就打住吧。"

"可惜了!"艺涧大叹一声。

念雅说:"余款我明天转你账上。"

"钱不急!没有别的事情的话,我就先走了,手头还有几件作品要完工。"艺涧抬手看了看腕表。

"好的,你慢走。"念雅说。

"电话联系。"敏俐朝他抛了一个媚眼。

等艺涧走后,白晓露开心地说:"开业在即,预祝百里老板和苏老板财源广进,事业红火!"

"恭喜发财哦,两位老板!"敏俐祝贺道。

"小雅,谢谢你!"苏姝感激地拉着念雅的手,又对其余俩人说:"没有你们,我真不知道该怎么办了。"

"好姐妹一场,肯定要互相照应的啦!别说这些见外的话,目前我们

第三十一章 万事俱备

最主要的目标就是办好公司!"念雅握住苏姝的手,郑重地说。

白晓露和敏俐同时把手伸过来,温情地握在上面,给了苏姝无比的信心和勇气,并一同喊道:"姐妹同心!"

念雅跟着喊道:"姐妹同心!"

"姐妹同心!"苏姝非常感动,眼眶满含泪水。

"不过话说回来,公司成立了,你俩准备如何运行呢,可有什么计划吗?"少顷,白晓露冷不丁冒出这句话,硬生生地打碎了这个感人的场面。

"晓露说得没错,经商策略非常重要,说来听听呗。"敏俐好奇地问。

"这……我也是第一回,哪里有什么计划和策略。"苏姝脸蛋微红,有些不知所措。

"我跟小姝都没有做过生意,哪来的什么计划啊。何况又不是上战场,要什么策略呢?"念雅说。

"你们必须要制订个计划,我看别人做生意之前都是那么操作的。"白晓露提醒道。

"那你俩给个意见呗!反正我跟苏姝没经验,要不然就依葫芦画瓢,按照你们的想法经营!"念雅摊摊手,表示无奈。

"算了吧,找我们两个出主意,你还真敢拿公司的前途去尝试啊!"白晓露笑着说。

"你的男人呢,他那么有才华,只要把这尊大佛请过来,何愁香火不旺!"敏俐灵机一动,高兴地说。

念雅一声叹息:"我原本也是指望他能给我开辟出一条明路来,不过,最近他实在太忙了,我们几天都见不上一面,我最后想想还是放弃这个打算吧。"

"寂寞少妇,独守空房。"敏俐打趣道。

"不用靠别人!就靠我们自己的力量,会把这家公司给撑起来的!"念雅忽然信心百倍,她用坚毅的眼神看着她们。

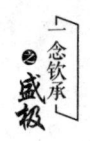

"我赞成你的想法！我手上有一批稳妥的客户资源，只要跟他们建立好关系，公司运作肯定不成问题！"苏姝有了念雅的鼓励，信心爆棚。

"满满的正能量，满满的自信心，我忍不住开始崇拜你们了。"白晓露揶揄道。

"我也有同感！"敏俐佯装一本正经地说，她一副逗趣的表情，终于引起白晓露的一阵笑声。

念雅白了一眼，嗔怒道："我跟苏姝如此真挚诚恳的宣言，你俩总得配合一下气氛吧。"

"一点也不正经！"苏姝埋怨道。

"我马上纠正态度，我跟俐俐会尽力来帮你们的忙！"白晓露收起笑容，抿着嘴说。

"我有几个做外贸的朋友，改天带过来跟你们谈谈合作，反正她们拿的是提成，哪边给不都一个样。"敏俐说。

"那太好了。"苏姝欢呼雀跃。

"念雅，你家的企业这么大，你随便动动小心思，外贸公司的订单肯定如雪片一般飞来。"敏俐说。

"对呀，俐俐说到点子上去了！同样是两个肩膀扛着一颗脑袋，俐俐的就是比别人的好使！"白晓露恭维道。

"馊主意！"念雅冷冷地说。

"只要百里集团肯出手帮忙，那我可以断言，你们就高枕无忧了。"白晓露耸耸肩膀说道。

"俐俐说得很有道理。"苏姝一脸期待，对她们的意见非常赞成。

"我看你们三人的智商都消耗完了，变成了负数！我得买几张充值卡给你们挨个充值一遍。"念雅皱起眉头看着她们。

"您老先别动怒，都是自家的资源，为什么就不能共享呢？"白晓露问。

"我爸三番五次要求我回公司工作，都被我找理由搪塞过去。如今，

第三十一章 万事俱备

我突然跑去跟他说,我在外面自己创办了公司,需要您来支援我,你们说我爸会如何做?"念雅生气地说。

"你爸会怎么做?"苏姝侧着头问。

"他会把我关在家里,这家外贸公司肯定是开不成了。"念雅说。

"俗话说虎毒不食子,我认为用不着太担心。"白晓露满不在乎地说。

"我能理解你的心情。"苏姝握住念雅的手。

"看来此路也是行不通了。"敏俐幽幽地说。

"你可不要有心理负担,我们靠自己的努力肯定也可以的,姐妹同心呀!"苏姝对念雅抚慰道。

"姐妹同心!"念雅握着苏姝的手,坚定地说。

"你俩有完没完,怎么又开始煽情了,我都掉一身的鸡皮疙瘩了!"白晓露夸张地抖动全身。

"我也抖抖,真受不了你俩!"敏俐说。

"要不我们重来一遍,腻死她们。"念雅对苏姝说。

正在这时,念雅的电话响了起来。她掏出电话,看到熟悉的电话号码,脸上闪过一丝惶恐,随即转过身子接起电话。

她刚听完对方的话,脸上的尴尬表情立马变成了喜悦,她无视周围姐妹的存在,激动地问:"这场演出什么时候开始?"

就在念雅接通电话的同时,白晓露三个人一起凑了上去,悄无声息地贴在她的背后偷听,不过,任她们凝神屏气,还是听不到电话里头半点声音。才几分钟时间,念雅便开心地挂了电话,转过身来看到几个人偷听的样子,脸上蓦然一惊,随即表现得非常生气。

"喜事将近,春风得意哦!"白晓露搂住念雅的肩膀,一脸坏笑。

念雅看见她们不怀好意的眼神,慌忙解释说:"几天后将有一场舞台剧要开演,朋友给我弄了张票!"

"什么朋友呢,知道你这个爱好的人可不多哦。如此上心,看来是居心叵测喽?"白晓露故意冲敏俐和苏姝挤眉弄眼,又不免讥嘲一番。

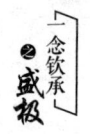

"不会是男的吧！"敏俐故意试探一下。

苏姝见念雅心不在焉，问："你在想什么呢？"

念雅正在想着如何应对这几人，她顿了顿，马上责怪道："你们都在瞎扯什么啊！就是一位普通朋友而已！"

"小雅，你可要把握好分寸，千万别引起薛承的误会哦。"白晓露善意地提醒道。

"你们都瞎猜什么呢！既然有这份闲情，那一起帮忙把东西整理完，这些杂物全部得扔。"念雅大声说，她故意岔开话题。

"这是最后的冲刺啦！干活吧，少女们！"苏姝见没什么好八卦的，于是顺着念雅的话说。

"千金的身子，奴隶的命！"敏俐幽怨一声，引得大家哄堂大笑。

第三十二章
功亏一篑

立秋那天，百里家的别墅里灯火辉煌，百里华一家四口正在享用晚餐。忙碌的四个人难得凑在一起吃个晚饭，场面还是有一种温馨的感觉。

百里华体贴地夹菜给汪瑞芳，然后对儿女说："最近很难看到你们的身影，都很忙吗？有时间要多陪陪你妈妈。"

"爸爸，我公司的生意挺好，事情千头万绪，一忙起来就忘了。"百里焱低声地解释道，甚至连正眼都不敢对着父亲。

"小焱长大了，他懂得分寸。"汪瑞芳替儿子说好话。

"不管多忙，也要合理分配时间。咳咳！咳咳！"百里华刚说了一句话，就咳嗽得厉害，他不得不深呼一口气，拍拍胸口。

"爸爸，您哪里不舒服吗？怎么咳得那么严重？"念雅关切地问。

"你爸这几天频繁咳嗽，让他去检查下身体，又老推托。"汪瑞芳担忧地说，她赶紧起身给百里华抚摸后背。

"您再忙也要去检查身体呀。"念雅一脸焦急的样子。

"爸爸，您一定要抽时间去趟医院。"百里焱关切道。

百里华脸色蜡黄，看上去一副很难受的样子，他稍稍调整下呼吸，又不悦地说："每次检查下来就要花费几天时间，我假如离开了，你们说公司怎么办？"

"孩子们不也是为你的身体着想嘛！"汪瑞芳见百里华板着脸，想打

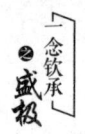

个圆场。

"你们两个都到了成家立业的年龄了,应该对未来有个规划,不能把时间浪费在没有意义的事情上面。"百里华神态逐渐严肃起来。

"你认为怎么办?"汪瑞芳见女儿和儿子不作声,气氛有些紧张,便问百里华。

百里华看看低头沉默的儿女,沉重地说:"我的身体每况愈下,精力大不如前,对许多事情,我是心有余而力不足。但是,百里集团是一家特级企业,是一家拥有几万人的企业,它必须要有个年轻有活力的掌舵人,带领公司发扬光大。"

汪瑞芳见百里华面带愁云,但儿子和女儿还是闷声不响,于是说:"爸爸的身体透支过度,他一个人精力非常有限。为了他的健康着想,你俩该回家帮你爸打理生意了。"

念雅听完母亲的话,心里顿时就明了了。父亲想趁身体抱恙之际,督促她跟百里焱尽早回来打理家族生意,她赶紧朝坐在对面的百里焱使了使眼色。

百里焱又不傻,他听懂了父母亲的意思,于是低声说:"妈妈,我的事业刚起步,而且发展得相当不错,这可是爸爸亲口答应我,允许我在外创业,锻炼自己的能力。如今,事业刚有点起色,您总不能让我半途而废吧,况且爸爸经常教导我们,做事情一定要持之以恒!"

百里焱说的话句句在理,他故意面对母亲讲话,实则说给父亲听。

念雅听了心中窃喜,赶紧夸赞道:"我可以保证小焱的事业经营得非常好,连薛承都说百里家的继承人越来越能干了。"

"就算我答应你在外历练,但总得有个期限。我可以给你留个时间,让你自己决定何时回来帮我。"百里华沉默了片刻,平静而具威严地说。

"爸爸……"百里焱顿时怔住了,他不知道该如何挽回被动的局面。

念雅见百里焱处在下风,便帮他说:"爸爸,您说的话的确很民主,但是令小焱非常为难。他的事业好不容易进入正轨,现在放弃了,不仅

第三十二章 功亏一篑

可惜，也枉费了很大的心血。"

"现在是小焱的问题，等一下才轮到你的问题。"百里华看似平静的一句话，在念雅的心里激起波澜，她突然有种大祸临头的感觉。

"姐姐说的都是我的心里话。"百里焱见念雅说话起不了作用，便想自己争取机会。

百里华见儿女对自己的主张持排斥态度，有些生气，一脸不悦地训斥百里焱："你目前做的事能算作事业吗！弄个鱼龙混杂的场所，招来一帮身份不明的人，成天弄得乌烟瘴气，这种行业，不是百里家族应该碰的！"

"你就听你爸的话，这样的生意不适合你去经营，外面已经有风言风语传到你爸的耳朵里了，非常难听。"汪瑞芳耐心地规劝儿子。

"我的生意不会有问题，请你们放心。"百里焱争辩说。

百里华见儿子还辩解，态度执拗，他的心里火冒三丈，用不容商量的口气，严肃地说："该断不断，必受其乱！既然你不舍得放弃，那就由我给你定个期限。我再给你五个月的时间处理酒吧的相关事务，到时候，我希望你能自觉地回到百里集团来，公司才是你最该花费精力的地方。"

"您给的时间也太短了吧！这可是我辛苦创造的成果啊。"百里焱面露难色，又不敢放肆。

"就这么定了！"百里华一脸威严，不容百里焱反驳。

"爸爸！"百里焱一脸茫然，不敢再争辩。

"你爸都是为了你好，成天跟些三教九流的人混在一起，指不定哪天就被他们带坏了，听你爸的决定是不会错的。"汪瑞芳见儿子十分沮丧，满是心疼地说。

"咳咳！咳咳！"百里华刚才用气过度，忍不住又是一阵剧烈咳嗽。

"爸爸，我陪您去做个身体检查吧，您的病耽搁不得。"念雅心疼地说。

"这样也好，小雅陪你去，我也放心一点。"汪瑞芳温情地看着百

里华。

百里华对女儿的态度一向和蔼可亲,他问:"小雅,你回国也有一段时间了,还是由爸爸给你安排工作吧,你正处在谈婚论嫁的阶段,得有个身份。"

"老爸,我可不是无业游民呢。"念雅咧咧嘴,撒娇道。

"说来听听。"百里华面带笑容,好奇地问。

"我的好朋友遇到了前所未有的困难,这段时间里,我一直在帮她的忙。"念雅认真地说。

"朋友有难,理应相助。"百里华赞许道。

"你朋友怎么了?"汪瑞芳问。

接下去,念雅把苏姝的遭遇一五一十叙述出来,并适当地夸大一点。当然,其中她入股一事,没有透露丝毫,她可不想重蹈百里焱的覆辙。结果,反而博得了父母的极大同情,纷纷表扬她做事有情有义。

汪瑞芳同情道:"苏姝的遭遇是这个社会阴暗面的缩影,世界上不知有多少类似的情况发生。既然你身边的朋友遭受了此种困难,你就该好好帮她一把。"

"其实我也挺为难的,我既想帮助她,又想多陪陪你们。"念雅无奈地说。

"在大义面前我们不能含糊,你妈妈的意见,我非常赞成。"百里华说。

"爸爸和妈妈都是至善之人,令我感到十分自豪。"念雅开心地说。

汪瑞芳和蔼地说:"人而好善,福虽未至,祸其远矣。你们要记住,行善能改变命运。"

"明白!"姐弟俩异口同声道。

"你去把你朋友的事情妥善解决好,我晚点再给你安排工作,不管如何,你跟小焱一样,不能再离开百里集团了。"

百里华严肃的表情,令念雅不敢拒绝,她索性爽快地同意道:"爸

第三十二章 功亏一篑

爸,我听您的安排。"

百里华满意地点点头,爽朗地笑起来:"甚好!"

这时,汪瑞芳忽然问道:"小雅,你一个人住在外面,没有照应,要不就搬回来住吧?"

"这么多年来,我一个人住习惯了!况且我有时回来得比较晚,怕吵到你们。"念雅早就想好了不回去住的一万个理由,她自顾低头吃饭,不敢抬头看他们。

汪瑞芳说:"原来如此,我跟你爸还以为你有了男朋友,不方便回家住呢。"

念雅一听这话,耳根立马红起来,她突然感觉浑身像着了火一般,她赶紧稳住情绪,说:"你们想到哪儿去了呢,假如我有男朋友了,肯定带回家给你们过目。"

"俗话说:男怕入错行,女怕嫁错郎!你的婚姻还是由我们帮你把关为好,活了大半辈子了,容易看清人。"关于女儿的婚姻大事,百里华既谨慎又紧张。

"小雅,你爸说的是实话,你可要认真听。"汪瑞芳不免忧虑起来,她转而又问:"你跟丁迪谈得怎么样了?这个小伙子,心眼好,人勤快,家庭条件优越,自己本事也大,跟我们百里家简直是门当户对。"

"千万别错过了这么好的姻缘!"百里华再三嘱咐说。

"你们总得让我先跟他接触一段时间吧,谁知道是否合适呢。"念雅幽怨地说。

"我觉得这个丁迪表面功夫做得很好。"百里焱嘀咕道。

"你知道什么!"百里华一声斥责,当场就令百里焱低下头不敢再说话。

"爸爸,让我再相处一段时间吧!"念雅委屈地恳求道。

"你也别给小雅太大压力,婚姻总归是两个人相处一辈子的事,我们只能把关,不能把持。"汪瑞芳对百里华责备道。

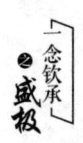

百里华轻轻叹口气:"现在的年轻人呐,真是不知足。哪像我们那一辈人仅凭父母之命和媒妁之言,就得成家,哪有选择的余地。"

"按你的意思,你娶我还委屈了你,是没有选择的余地喽!"汪瑞芳生气地说。

"瑞芳!这么多年了,你还不清楚我的心意吗!"百里华赶紧解释道。

"表里不一。"汪瑞芳嗔怒道。

"今生得此贤妻,夫复何求!"百里华见汪瑞芳一脸怒气,又哄道。

"孩子都在场,也不知羞!"汪瑞芳心里愉悦,嘴上又责怪道。

一家人,你看看我,我看看你,忽然大笑起来。

第三十三章
处心积虑

在这个深秋,叶宏远的别墅显得格外寂寥冷清,房前屋后的树木尽显颓败之势,一阵寒风卷过,就会飘落数不清的枯叶,给小径和草坪披上残败枯黄的外衣,一派肃杀的景象。外墙、窗台处也有点点斑驳,一缕夕阳从窗外照了进来,照在两张脸上,一张是苍白的、哀伤的脸,另一张是红嫩的、轻狂的脸。

此时,私人医生李岳恒刚给叶宏远诊断完病情,从二楼下来回到了大厅。

"李医生,宏远的身体状况如何?"卫贤君见李岳恒下楼,马上站起来轻声问。

"不容乐观,卫总。"李岳恒神色凝重,轻微地摇了摇头。

"李医生,你就不能说具体些吗?我爸到底怎么样了?"叶潇低头把玩手机,对李岳恒正眼也不瞧。

"李医生,宏远的病到底恶化到什么程度了?"卫贤君说话的声音开始略微颤抖。

"留给董事长的日子最多还有几个月吧。"李岳恒艰难地说出几个字后,遗憾地低下头。

卫贤君听了,刹那间便哽咽住了,原本就泛红的双眼,终于滑落了两滴泪水,她勉强镇定下来,从喉咙处发出声音,说:"怎么会剩下几个

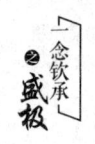

月了。"

"李医生,你的诊断是不是有误啊?"叶潇听到这个噩耗,方才抬起头盯着他问。

"刚才我仔细给董事长检查过身体,再加上X光片上的显示,诊断肯定不会出错。董事长的病情恶化加速,比预期的严重。"李岳恒一脸严肃的样子,而内心却十分纠结,他既对自己的医术充满自信,又对叶宏远的病情恶化感到束手无策。

"宏远他知道情况了吗?"卫贤君轻声问,她拼命地克制住自己的情绪,尽量冷静地处理此事。

李岳恒摇摇头,然后又关心地说:"卫总,您一定要保重身体,您还没有完全康复。"

卫贤君点了下头,颓丧地坐了下来,表情痛苦不堪。

"老妈,我看您的脸色不大好,要不让李医生看看吧?"叶潇说。

"卫总?"李岳恒轻声提醒她一下。

"什么?"卫贤君忽然回过神来。

"您脸色很差,要不我给你检查一下吧?"李岳恒问。

"不用了,我没事。"卫贤君有气无力地摇摇手。

"既然没什么事情,那我就先回去了。"李岳恒说。

"嗯。"卫贤君已然说不出多余的话了,她的内心焦灼痛楚。

叶潇待李岳恒走后,马上把肥胖的身躯移到卫贤君旁边,急迫地问:"老妈,您说爸的病情这么严重,那我们应该怎么办好啊?"

对于叶宏远的绝症,卫贤君早就六神无主,她的内心备受煎熬。丈夫还有几个月的时间,扳着手指头也能数完,在她数完之后,他们这辈子乃至下辈子都不会相见。就算叶家有钱有势,但在疾病面前,根本就是微不足道。这生老病死的自然规律,任谁也无法逃脱。她现在能做的只有烧香拜佛,求个精神上的慰藉,至于叶宏远的病情,就看造化了。

"老妈,您倒是说句话啊,都到火烧眉毛的地步了,您就别只顾着盘

第三十三章 处心积虑

手串了。"叶潇见母亲不搭理自己，性子渐急。

"叶潇，你爸都病成了这样子，你还要胡闹，太不像话了。"卫贤君愤然作色，异常严肃。

"我咋胡闹了，我也不想老爸生病，您总不能让我整天哭丧个脸面对别人吧。"叶潇反驳道。

"你……"卫贤君听了叶潇大逆不道的话，气得连话也说不出来，靠在沙发上全身微颤。

叶潇看到母亲脸色苍白，呼吸急促，一脸怒气的样子，便又识趣地讨好道："妈，李医生交代过您千万别动怒，您一定要保重自个儿身体！"

"唉！"卫贤君痛心疾首地看了看叶潇，轻叹一声。

叶潇沉默了几分钟，等卫贤君脸色稍缓，又轻声问："老妈，有件事情我不明白，爸爸病重也算是非常时期，我认为有必要弄清楚。"

"说吧。"卫贤君冷冷地说，看情形她已经原谅了叶潇说忤逆的话。

"就是……就是公司里头的事情。"叶潇盯着她，啜嚅道。

"你什么时候变得吞吞吐吐了，公司发生了什么事？"卫贤君正色道。

叶潇暗自吸了口气，看看母亲还算平静的表情，然后说："李医生刚才说了，留给老爸的时间不多了，接下去，他的身体状况会时好时坏，假如老爸真有个三长两短，那公司可怎么办是好？"

卫贤君对他冷眼相看，并冷淡地说："你今天回家的目的就在于此吧。"

叶潇赶紧狡辩道："我今天回家，是因为惦记爸的病情。赶巧听到李医生的诊断，我认为事情严重。而且，公司的现状也令我惶恐不安。"

"是吗？"卫贤君狐疑地看看他。

"千真万确！我确实为叶家大局考虑，爸爸虽然是宏远集团的法人代表，但公司并非是他一人创建，况且，拥有公司股份的人也不只叶氏

193

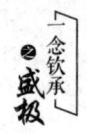

一家。目前，老爸还在世，大家当然要对我们毕恭毕敬。但是，要是我爸万一不在了，谁能确保这些人不会对叶家构成威胁？谁也确定不了！"叶潇说完，偷偷瞄了母亲一眼。

"宏远集团是我们叶家的心血，也是你爸奋斗一生的成就，谁也别想拿走，谁也没胆拿去！"卫贤君的心原本就在痛苦中，一听叶潇的话，立马怒火中烧，斩钉截铁地说道。

"我爸若在公司的话，谁也不敢僭越！但我爸要是撒手人寰，他们就会毫无顾忌，夺权之心昭然若揭。我敢打赌这群人之中，相当一部分人是心怀不轨的。老妈！你总不希望宏远集团被这些人弄得四分五裂吧，这可是你们毕生的心血啊。"叶潇口若悬河，说话有理有据，相当有说服力。

"这……"卫贤君越听越觉得叶潇说得有理，一时间陷入思考当中。

叶潇见自己的话起了作用，便继续说："假如爸爸走后，您的身体又不好，这管理公司一事，您可能变得心有余而力不足，如此一来，公司被分化的可能性就很大了。"

叶潇说的话一针见血，让卫贤君认真考虑起来。一直以来高强度的工作，令卫贤君积劳成疾。这几年，她的身体每况愈下，精神不济，所以她在一番权衡之后，不得已才退出了公司的领导层。不管任何人，一旦离开工作岗位，赋闲在家，那思想和节奏就跟不上时代的变化。这么多年过去了，就算让卫贤君重新掌管宏远集团，不仅会让她的身体吃不消，思路和决策方面也已不太适应。她一直忽略了公司的存在，直到听完叶潇的分析后，方才察觉到事态严重，已然到了刻不容缓需要介入的地步。

卫贤君怒目一睁，拍一下茶几，严厉地说："谁敢有这么大的胆子去分裂公司，叶家的企业当由叶家人做主。"

"老妈，如今老爸的病情已经众人皆知，觊觎我们叶家产业的人不在少数，我们必须要做到未雨绸缪，防患于未然。"叶潇一副义不容辞的

第三十三章 处心积虑

样子。

卫贤君正容亢色，厉声道："何须未雨绸缪，叶家就你一个公子，宏远集团理应由你继承下去！不管是谁，都没有资格去插手叶家的事！"

听了卫贤君的话，叶潇心里偷乐着，他转而又低声问："老妈，那是您的一厢情愿呢。那爸爸有跟您交代这些事情吗？"

卫贤君忽然眼神黯淡，几分痛心："你爸都病成那个样子了，我哪还有心思问这些。"

叶潇马上焦急地说："这可是关乎到公司生死存亡的事情，您可一定要问个清楚啊。"

"你别道听途说，把事情严重化了！公司还没有走到那个地步，你担忧什么呢！"卫贤君开始有些不耐烦了。

叶潇见母亲动怒，立马换了语气，转而说："老妈，就算我想多了，您总该要知道遗嘱的内容吧。您可是我爸最亲近的人，您理应是第一个知道的人，除非老爸不想告诉你。"

卫贤君顿了顿，说："遗嘱的问题，我会找个机会问清楚，你爸不告诉我肯定有他的道理。"

"可能吧。"叶潇嘀咕道。

卫贤君又语重心长地说："你啊，应该收心了，别成天在外游玩。早点回公司帮你爸打点事务。"

"家里出了那么多事，我哪还有心思在外玩呢。"叶潇狡辩道。

"我希望你能好自为之。"卫贤君说。她看上去羸弱不堪，在儿子教育的问题上，她跟叶宏远之间分歧很大，曾多次发生争吵。

"可是，老妈，那遗嘱的事情，我认为您得赶紧弄个明白啊。"叶潇又扯起这个问题。

"好了！别再提这件事情了，我心里有数。我头有点痛，你让我清净一会儿。"卫贤君不想在这个问题上纠缠下去，她索性闭上眼睛，不去理睬叶潇。

195

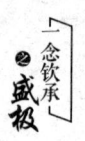

叶潇见母亲故意躲避他的问题，内心不免失望，他不开心地说："妈，那您好好休息吧，我先出去了。"

说罢，叶潇拿起外套就往外走。当他打开大门的瞬间，一阵寒风猛然间刮过，令他打了个冷战。他竖起衣领，双手裹紧衣服，缩缩头就大步而去。他没有回头再看一眼憔悴的母亲，也没有上楼看望病榻上的父亲，他渐远的背影，在萧瑟的寒风中，越显孑然。

第三十四章
沆瀣一气

当晚，叶潇又聚集了一帮人去酒吧逍遥快活。他一进酒吧就骂骂咧咧，并大声嚷道："他妈的！都到这个时候了，还不把公司交给我。"

"少爷，您消消气，估摸也快了，老爷子的身子骨一天不如一天，您是家里的长子，这公司不是您的，还会是谁的？您再耐心地多等几天，千万别生气，别跟自己的身子过不去。"尾随的男人赶紧劝说道，一副谄佞的样子。

"你小子说得有几分道理，只能再等它几日，到时候，我看他们要央求我去接手公司吧！"叶潇恨恨地说，他点上一根烟后，转过头来说："晚上一定要喝个痛快，不然消不了这口气，待会儿你给我多叫几个小妞过来喝酒。"

"收到！一定让她们陪您玩儿尽兴。"男人谄媚地说。

"妈的，晦气！"叶潇啐了一口痰。

跟在叶潇后面点头哈腰的人叫刘朝汕，绰号刘鬼。此人跟随叶潇多年，外表帅气十足，内心却邪恶无比，而且点子多、反应快，深得叶潇器重。

这边，谭乐一见叶潇前呼后拥而来，立马小跑过去接待，一边递烟，一边笑着说："叶总！您来了，包厢已经给您准备好了。"

"给我叫几个能喝酒的来。"叶潇对着谭乐一副颐指气使的样子。

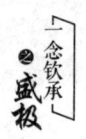

"没问题，马上就给您安排过来。"谭乐谄笑道。

"谭总，晚上的妞，你可得亲自把好关！一定要讲求质量。"刘鬼忙插上一句。

"刘兄放心，肯定差不了。"谭乐会心一笑。

"不仅能喝，还要放得开，伺候得了人。"刘鬼凑近谭乐耳边，坏坏地笑道。

"明白了，活儿包好。"谭乐心领神会，保证道。

今晚，百里焱正好陪着念雅在角落的雅座上聊天，位置恰恰对着大厅的出入口，所以叶潇一干人的一举一动，全被他俩看在眼中。

念雅瞅这群人动静挺大，指着领头人鄙视地说："这个胖墩是不是宏远集团的那位公子哥？"

"这么大的排场，不是他还会是谁！"听到"胖墩"两字，百里焱感觉很好笑。

"一看样子就像个土鳖。"念雅厌恶地说。

"土鳖！"百里焱干笑几声："照你这么说，我这里像他这样类型的土鳖多了去了。"

"你看看，这一圈数下来，着实不少。"念雅用手随便指了几个跟叶潇类似的人。

"你那么讨厌他干吗？他又没有得罪过你。"百里焱说。

念雅简单地说："我是'恨屋及乌'嘛！"

百里焱思考了一下："前段时间，阿泽还让我多关注他的动向，想必是有原因的。"

"我从来不过问他公司的事情，反正他让你监视，你就帮他多看着点呗！"念雅轻松地说。

"我听说叶宏远得了绝症，可能随时会死。"百里焱用手遮住半张嘴，附在念雅耳边低声说。

第三十四章 沆瀣一气

"真的假的，说得那么严重！"念雅看看他，一脸怀疑的样子。

"谭乐偷偷告诉我的，应该八九不离十了，现在外面鲜有人知道。"百里焱神秘兮兮地说。

念雅听了，生气地说："叶宏远病危，叶潇还能来这些舞榭歌台之地花天酒地，简直是禽兽不如！"

百里焱笑道："你可别太激动，叶家的事跟我们连半毛钱的关系都没有，就算他家的天塌下来了，也压不到百里家的屋顶，你还是淡定为好。"

"我是看不惯他这样的行为，并非个人恩怨。"念雅揶揄地说。

"我也看不惯这种人，不过人家毕竟是我的金主，倒要留一丝情面。"百里焱悠悠地说。

"见钱眼开！"念雅睥睨一眼。

百里焱反驳道："拜托你千万别把枪口对准我，我可是个正直的商人。"

念雅说："那继续保持吧！"

百里焱嘀咕道："叶潇的家事，也不知道阿泽是否知情？"

"还是知会他一声吧。"念雅催促道。

"对了！他晚上怎么没有跟你一起过来？我看你过来时耷拉着脸，不会是小两口吵架了吧。"百里焱讥笑道。

"乌鸦嘴！假如我们分手的话，肯定是被你诅咒出来的。"念雅白了他一眼，又失落地说："他出差去了，说是要一个礼拜的时间。"

"他也太拼了吧！连家里的美娇娘也不顾了！"百里焱打趣道。

"少来阴阳怪气！他这是有担当，哪像你啊！"念雅说。

"别拿我跟他比较，好歹我现在也是事业小成的男人。"百里焱一脸痞笑。

"你厉害喽。"念雅慵懒地说。

"不过话又说回来，阿泽拥有一身才华，假如他来百里集团工作，那

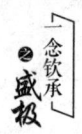

对公司来说简直是如虎添翼。"百里焱高兴地说。

"说得没错。"念雅托起下巴说。

百里焱赶紧说："那你要想办法策反他。"

念雅叹气道："说得倒轻巧，他是个原则性很强的人，怎么会背信弃义，跳槽到百里集团呢！"

"按理说是这样，但如今的情况不一样啊，你俩终究要结婚。那来百里集团工作，不是天经地义的事情吗？"百里焱辩驳道。

"结婚还早着呢！就爸那个态度，谁知道其中还有什么曲折离奇的事。别忘了，他们心中的未来女婿是那个有权有势的丁迪。"念雅颓丧地说。

百里焱想了想，脑筋一转："我觉得你们还是直接去领证得了，等生米煮成熟饭，老爸也奈何不了你们。"

念雅敲敲桌子，无奈地说："老爸是那种随便就可以糊弄过去的人吗！不用说生米煮成熟饭，哪怕煮成猪肉饭，也必须得过他这一关。"

"啥是猪肉饭？"百里焱顿住。

"就是生小孩子的意思，蠢。"

"老姐，你太有才了！"百里焱笑得前仰后合。

"不过你倒是提醒得对。以阿泽的才华和能力，就算以后跟老爸摊牌时，也会是个大筹码。"念雅开心地打了个响指。

百里焱说："倘若阿泽真到百里集团工作，我想老爸肯定会热烈欢迎。"

"老爸那是求贤若渴。"念雅说。

"徐永成！"百里焱忽然一愣，轻声喊道。

"谁？"念雅见百里焱笑容僵住，便对人群左右张望。

"建筑行业的另一个无赖。"百里焱搂住念雅的肩膀，悄悄指向前方。

"你怎么关心起这种人来了？"念雅不解地问。

百里焱淡淡地说："我怎么可能去关心这些人，他也是阿泽要监视的人。这个徐永成经常跟叶潇一起醉生梦死,阿泽感觉里面定有猫腻。"

"这还用得着说,一个无赖之人和一个无耻之徒凑在一起,能有什么好事。你还真要多多注意,千万别让这帮人玷污了这个地方。"念雅看着徐永成,一脸鄙夷的样子。

"我是十分困惑,这外界一直传闻天成公司和宏远集团在业务上发生过冲突,可以说到了水火不容的地步,为什么他俩反而厮混在一起?"百里焱疑惑地说。

"这还用得着想吗!俗话说没有永恒的敌人,只有永恒的利益,他们之间肯定有着不可告人的秘密,所以才走得这么近。"念雅笃定地说,一副侦探推理的专注神情。

百里焱困惑地摇摇头:"也许你说得对,这俩人在密谋什么见不得人的事情。"

念雅的脑中忽然闪过一些场景,她灵机一动:"你就不能学学电视上的那些桥段,安装个微型窃听器,那样不就一清二楚了。"

百里焱无奈地回答:"能想过的办法都尝试过了,可是环境实在太嘈杂,根本起不到效果。电视剧里的情节尽会瞎扯,也就你天真会相信。"

"那阿泽交代你的事情不就一无所获了?"念雅着急地问。

"也并非完全不知情,还是打探到了一点消息。刚开始时,我是想从谭乐那里打听消息,但是无果,我感觉他在故意遮掩。后来我就单独找包厢的少爷,给了他一笔钱,让他给我盯紧这伙人,果然有效。"百里焱高兴地说,他为自己的睿智感到一丝得意。

"谭乐不会跟他们是一丘之貉吧!"念雅的脑中顿时又闪现这个疑问。

"应该不至于吧,他是个局外人,况且娱乐业跟建筑业根本不搭边,没有利益冲突。我猜想谭乐只是想伺候好几位金主,把酒吧的业绩提上去,他不想蹚这浑水而已。"百里焱思考片刻,分析道。

"你说得有道理,谭乐应该不可能跟他们沆瀣一气。那你通过侍从打

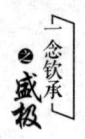

听到什么消息了吗？"念雅问。

"只打听到他俩准备联手开发项目，至于其他的事，就一概不知了。他俩每次挨在一起附耳密谈，警惕性很高，少爷近不了身，所以获得的线索不多。"百里焱遗憾道。

"这其中必有玄机，你跟阿泽提过这些事情没有？"念雅赶紧问。

"没有呢，他一直没来酒吧，我觉得这些消息没有多大的价值，就没有告诉他。"百里焱说。

念雅沉思片刻，说："事无巨细，你得抓紧告诉他！"

"有必要急于一时吗？我还没有打听到实质性的东西呢。"百里焱说。

"这些消息可能对他很有用，你赶快打个电话给他吧。"念雅催促道。

百里焱点点头："那我现在就去办公室给他打电话。"

"好！"念雅看着百里焱离席，开始托腮而思。

第三十五章

纵横捭阖

薛承和公司总经理魏和出差利州市，已经有一个多礼拜了，直到上午签完最后一份合同，他俩才如释重负。经过多天的博弈和谈判，他们代表宏远集团跟开发商签订了价值二十多亿元的合同，涉及承建住宅区、园林绿化、大型写字楼等项目。合同签订成功，魏和显得尤其开心，国外工程的失利对他造成的影响巨大，如今，他算是打了个漂亮的翻身仗。

"这趟出行收获颇丰啊！"魏和坐在沙发上跷起二郎腿，脸上堆满笑容。

"想不到这几单合同，全部被您争取了下来。"薛承愉悦地说。

"回去一定要好好庆贺一下！"魏和难掩喜悦之情。

"签订二十多亿元的合同，您真是了不起啊！"薛承恭维道。

"这可不是我一个人的功劳，里面也有你的不少功劳嘛！"魏和笑道。

"都是为公司做事，您过奖了。"薛承谦逊地说。

魏和赞许道："薛承，你胆大心细，沉着稳重，以后必有大成，我对你抱有很大的期望，宏远集团的未来就看你们这一代人了。"

"魏总，您的期望太高，我怕有负重望。况且还有你们这些长辈在，公司肯定会发展得更好。"

"我们啊，年纪已经不允许了，应该要急流勇退，享享清福了。"魏

和说。

"您这是老当益壮,这次的合同就是最好的证明!"薛承奉承道。

魏和爽朗一笑,高兴地说:"趁还有点时间,我想跟你推心置腹地聊一聊。"

薛承转眼看到魏和收起笑容,顿感事情的重要性,他马上坐正身子说:"魏总,您请说。"

魏和停了几秒,然后诚恳地说:"这件事情至关重要,我希望你无所保留,能够说出真心话。"

"请您放心,我必会坦诚相告。"薛承回答道。

魏和点点头,对他报以信任的眼神,然后说:"宏远的病情,你应该知道了吧?"

"董事长告诉过我他的病情!"

"我前两天接到贤君的电话,她告诉我宏远的病情急剧恶化,已经超出了我们的预期,他身上的癌细胞全面扩散,病情根本无法控制住。换句话说,他已经到了弥留之际,留给他的时日不多了!"魏和沉重地说道。

"怎么会变得如此严重呢!"薛承吃惊道。

"谁也没有想到如此健朗的人说倒就倒,真是世事难料啊,病来如山倒。"魏和痛心地说。

"魏总,您没事吧!"薛承见他两眼通红,神情痛苦,不免担忧起来。

"我跟他打小一块儿长大,可以说经历过同穿一条裤子的艰苦岁月,最初一起打工,一起当小包工头接小活。后来工程量慢慢变多,越来越大,直至创立了宏远集团。辛苦了这么多年,眼看就要退休享福了,结果他却……"说到最后,魏和哽咽住了。

"魏叔,事已至此,您不必过度悲伤,千万要保重身体。"薛承表情凝重,安慰说。

第三十五章 纵横捭阖

"一回想起过去的事情,我就感到无限的惋惜。这生老病死,谁也避免不了,我这人想得很开,但人啊,总是逃不开'情义'两字,身边的亲人或者挚友即将离自己而去,难免就会悲伤不已。宏远跟我不仅是挚友,也是历经过磨难的亲人,他病了,他快要走了,我确实太难释怀了!"魏和偷偷拭去眼角的泪水。

"魏叔!"薛承被魏和的话感动得热泪盈眶,但又不知道该如何去安慰他。

"你不用担心我的身体,想到宏远的情况,我感觉难受而已。"魏和稍微调整下情绪,悲伤地说。

"我能理解。"薛承见魏和伤心不已,自己的心里也备受煎熬。

魏和自嘲道:"我这个老家伙,今天让你小子看笑话了。"

薛承幽默地说:"您是真性情!"

"不提这些了,我们继续刚才的话题!"魏和抹了抹眼角。

"您请说!"

"常言道国家不可一日无君,公司不可一日无主,宏远假如真走了,你认为谁去继承叶家产业比较合适?"魏和看着薛承,眼光异常犀利。

"魏总!这……"魏和的问题如此直接,令薛承一时反应不过来。

"但说无妨!你是公司高管,有必要为公司的未来说句良心话。"魏和紧接着说,他不想给薛承思考的余地。

"魏总,叶家的事情,应该由叶家成员决定,我不应该掺和进去,以自己的主观意识去乱加评论。"薛承委婉地避开问题。

"宏远早就把亦双托付给你照顾,想必你已经明白他的用意吧!"魏和说。

"董事长确实有交代过。"薛承回答道。

"你我都清楚叶亦双和叶潇的差别,一个上进,一个懒散,宏远作为父亲又怎能不知呢!他既然把亦双安排在公司细心培养,他的目的和决心已经非常明了,他之所以隐瞒亦双的身份,就是不想让任何人知道他

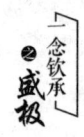

的用意,也不想受到一些动机不纯的人的阻挡。你清楚这一切,但你不说是想明哲保身吗?"魏和毫不留情地指责道。

"魏总,您言重了。"薛承没有正面回答问题,虽然他认可叶亦双,但事关重大,他不敢轻易表露心声。尽管他敬重魏和,但尚不清楚他偏向谁,多年的商海经历,令他不敢轻易就蹚进这浑水。

"你刚才还信誓旦旦说知无不言,怎么到这节骨眼上就不敢言无不尽了!"魏和步步紧逼,语气咄咄逼人。

"叶家的公司,当由叶家人继承,无论是叶亦双还是叶潇,我一个局外人无权干涉,也没有资格去评头论足。"薛承继续与他周旋。

"你小子开始跟我打上太极了。"魏和撬不开薛承的嘴,便打趣道。

"我岂敢跟您玩套路,我只是在其位谋其职,至于其他的事情,顺其自然罢了。"薛承睿智地回答道。

"按你的意思,那是我多管闲事了。"魏和诙谐地说。

"您误解了,您是宏远集团的创业元老,对公司的重大事情理应过问。"薛承恭敬地说道。

"我们这些黄土埋到胸口上的人,说话不管用啦,年轻人哪能听得进去!"魏和意味深长地叹气道。

"您指的是叶潇吗?"薛承忽然反问。

"你认为呢!"魏和淡然一笑。

"叶潇可是您看着长大的,叶魏两家犹如宗亲,您更是他的长辈,他岂能不尊重您。"薛承好奇地问,他开始试探性地找问题,以此打探出魏和的心思放在哪个人身上。

"这个人不务正业,只晓得吃喝玩乐。宏远躺在病榻上,他也不知道收敛,真是令人失望透顶。"魏和无比痛心地说道。

"他也不至于如此不长进吧。"薛承说。

"他若有你一半品行,公司交给他也行啊!"魏和失望地说。

"魏总,听您的意思,公司的继承者已经选定了吗?"薛承谨慎

第三十五章 纵横捭阖

地问。

"刚才我一直激你,就是想让你说出真实的想法,想不到你的嘴巴还真严实,果真沉得住气。"魏和笑着说。

"您误会我了。"薛承尴尬地笑笑。

"在商海中保持高度的警惕性,那是非常必要的,刚才的事证明我跟宏远没有选错人,把亦双托付给你,是正确的选择。"魏和欣慰地说。

"看来董事长把亦双安排在我身边工作,是你们共同商量好的事情。"薛承淡定地说。

"不错!我俩甄选过名单,最终确定是你。你为人谦逊、睿智、沉稳,让你做亦双的领路人,最合适不过了。以后再由你来辅佐她管理公司,不是更加得心应手吗!"魏和道。

"谢谢你们的信任!"薛承明白在这场权力纷争中,他只是颗棋子,他若站错了队伍,那就会被踢出局。尽管谁也不喜欢自己被当颗棋子摆弄,但你的价值摆在那里,就是被当权者利用的。他有时候觉得自己很无奈,身不由己。

"你不要有所顾虑!换个角度说,我们选择你是对你的信任,最终还是想把公司交给你们管理。"魏和说。

"我能理解。"薛承平静地说。

魏和笑了笑,说:"能理解最好,不能理解以后自然也会理解,我这个人不喜欢拐弯抹角,但最终的目的,就是希望宏远的继承人能够更加出色。"

听了魏和的话,薛承的心里基本有了结果,他问:"是叶亦双吗?"

魏和忽而激动地说:"让叶潇这样的人去管理公司,不出几年,宏远必垮!叶家有男丁,却让次女掌权,于情于理都不妥,但在权衡利弊后,我们决定反其道而行!亦双好歹知道肩负重任,叶潇却只知花天酒地,拙能补,懒无救啊!"

薛承听完魏和的肺腑之言,感触颇深,他终于向魏和袒露心声,诚

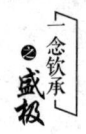

实地说:"亦双为人谦卑,工作勤奋,我相信她有能力管理好公司。我会倾我所学教她,只要假以时日,她必会大放光彩,若她成为继承者,公司肯定会有所发展。"

魏和爽朗地笑道:"你终于表露了自己的立场,其实我早就知道你的想法。古人云:言必信,行必果,我就是让你自己说出合适的人选,担起这个重任!"

"魏总!看来就算我是孙悟空,也逃不出您的五指山啊!"薛承打趣道,达成共识后的他一身轻松。

"由亦双继承公司,肯定会受到外界阻挠,往后你要加倍小心。"魏和嘱咐道。

"我一定会慎终如始。"薛承坚定地说。

"非常好。"魏和赞许地点点头。两人对视一眼,眼神都很坚定。

第三十六章
争分夺秒

几天之后,薛承乘坐的航班降落在丽温市的潜龙潭机场。薛承跟魏和在利州市签下大合同后,就暂时分开,魏和继续留在利州市开展前期工作。薛承则改道去了阳成市,处理一桩复杂的工程纠纷,经过多日的激烈谈判,才勉勉强强解决了争端。

这次由喻婧前往机场接机,当她看到薛承出来,立马接过他手中的行李箱,并恭喜道:"薛总,祝贺您大获成功。"

薛承笑了笑,谦虚地说:"总算不虚此行,有魏总操持这件事,真可谓事半功倍。"

"您太谦虚了。"喻婧微笑说。

"只要事情办妥便好,其余都是次要的。"薛承说。

等上车后,喻婧露出浅浅的酒窝,问:"您有什么事情需要吩咐我去做的吗?"

"就是想跟你聊聊天而已!"薛承说。他在登机前,特意打电话给喻婧要求她来接他。

"聊聊叶经理吗?"喻婧直接问道。

"我还有什么心事,是你猜不出的吗?"薛承佯作无奈地笑笑,打趣道。

"那要看您以后藏得深不深了!"喻婧诙谐地说。

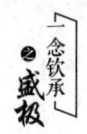

"这次你俩去祁阳总算不负众望,公关做得非常出色。"薛承夸赞道。

"有叶经理在掌控全局,事半功倍呢。"喻婧甜甜一笑。

"学得倒挺快,不过亦双的能力我还是能掂量出的,这事的头功非你莫属。"薛承看着她表扬道。

"士为知己者死。这就是我一直跟着您的原因。"喻婧因为受到薛承的夸赞,倏然感动。

"叶亦双的功劳声扬在外,你的功劳只能留在这里。"薛承指着自己的心窝,一脸诚恳。

"我能理解,那些都是小事情,不值得提,能记在您心里,我很满足了。"喻婧动容地说。

"我欣赏你的张弛有度。这段时间,祁阳的事情一直由你们跟进,跟我说说具体情况吧。"薛承话锋一转。今天他让喻婧过来接他,就是急于想了解祁阳的具体情况。

喻婧点点头,然后说:"我们抵达祁阳后,没有急着去拜访那位新晋领导,而是把工程涉及的大小人物,重新梳理了一遍,主次归类,从上到下再次巩固关系。在这个过程中,我们非常幸运地得到一位朋友的帮助,并由他牵线搭桥,逐渐摸清了这位新领导的底细,最终获得了对方的信任。"

薛承赞赏道:"干得漂亮!你的公关技巧炉火纯青,令我折服。"

喻婧谦虚地说:"我也是遵从了这个游戏规则而已。"

"其实这就是个游乐场,假如你按规矩来,你会玩儿得得心应手,跟你玩儿的人也会越来越多。假如你背道而驰,运气好,你自己跌出了游乐场;运气不好,你这辈子也就玩儿完了。"薛承意味深长地说。

"薛总,您是感触良多啊!"

"如履薄冰。"薛承双手枕在后脑勺上,一副深陷其中的样子。

"您休息一会儿吧!"喻婧看着薛承满脸倦容,关心地说。

"我没事,这次祁阳之行,我们的叶经理表现得如何?"薛承又问。

第三十六章 争分夺秒

"她的能力可以，虽然在专业上略显生疏，但交际方面游刃有余，言谈举止中透露出一种高贵气质，不愧是大户人家的千金。"喻婧说得很中肯。显然，叶亦双的能力和人品已经征服了喻婧的心。

"只能说亦双的投胎本事强。"薛承调侃道。

"咯咯！"喻婧被薛承的幽默逗笑。

"我们都得好生伺候，将来是她的股肱之臣。"薛承又诙谐地说。

"听你一说，公司将由她接管喽？"喻婧侧着头，望着他问，内心不免一阵惊讶。

"她将是宏远集团的下一任总裁。"薛承笃定地说。

喻婧立马高兴地说："她当董事长也不错，这几天跟她单独相处后，发现她很热情随和，压根儿就没有富二代的那种娇气和矫情，以后肯定深受员工爱戴。"

"这已经是定局了。"薛承淡淡地说道。

"董事长不是还有位公子吗？这妹妹继承公司，反而这位嫡长子落选了，这不是有悖常理吗？况且他肯定不会甘心的呀！"喻婧对宏远集团的继承问题，倍感困惑。

"我也担心这点，自古以来，争权夺位之事必会掀起一场腥风血雨，估计宏远集团也幸免不了，就是无法揣度事情会恶化到什么程度。"薛承朝喻婧忧虑地看了一眼。

"那我们该怎么做？"喻婧一听他的担忧，顿感惊恐不安。

薛承顿了顿，神情凝重地说："我们既然选定了立场就没必要退缩，不如坚定决心，支持叶亦双上位。我在魏和面前明确过立场，这令我无路可退。但你不一样，没人知道你的情况，目前也不会引起外界的猜疑。因此，我需要你暗中照顾亦双，助她一臂之力。特别是祁阳的诸多项目和涉及的人物，一定要严守秘密！指不定哪天，祁阳会成为我们最后的退守之地。"

"事态会发展到如此严重的程度吗？"喻婧不禁担忧起来。

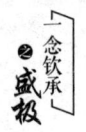

"但愿不会,不过多留个心眼多留条路,总归没有坏处。"薛承淡定地说。

"明白了,我会按您的意思去做的。"喻婧略微镇定下来。

"往后,你自己要时刻保持警惕,公司内部肯定会变得越来越复杂,一旦到了势如水火之际,我怕有些人会铤而走险。"薛承叮嘱说,眼神中流露出一丝恐惧。

"我会警惕的!"喻婧定了定心神说道。

"下午的部门会议都通知下去了吧?"薛承转而问。

"是的,已经通知完毕。"喻婧说。

"争分夺秒啊!"薛承一声叹息。

"您都出差半个多月了,应该好好休息一天。"喻婧关心地说。

薛承闭上眼睛,轻声地说:"留给亦双的时间不多了,我要尽可能地为她争取更多的机会。"

"哦!"喻婧似懂非懂地点点头。她深情地看了一眼闭目养神的薛承,不再说话,她怕打搅他休息。车子离公司已经不远了,他需要那点宝贵的休息时间。

下午,宏远集团的小型会议室里坐满了各级别经理,薛承用炯炯有神的眼光,扫视会场一圈,然后说道:"今天,我召集你们过来,有几件事情需要跟你们讲,事情不多,占用的时间不会很长,但本次会议的精神和意义,我需要你们务必领会!"

大家在鼓掌之余,也都端正身子开始认真听讲。

"首先,我要宣布一件值得全体人员庆贺的喜事,那就是由魏和总经理带领的团队,在利州市取得了价值二十多亿元合同的巨大成绩!这份合同的签订,意味着我们多元化发展又递进了一步,意义非凡!尽管魏总无法出席我们今天的会议,但我们还是要把最热烈的掌声送给他,感谢他为公司所做出的贡献。"薛承激动地说。

第三十六章 争分夺秒

薛承的话，引发会议室里雷鸣般的掌声。

待会场安静下来，他继续说："这第二件事情，我得树立个典型。这个'典型'是贬义的，是需要批评的，需要全体职员引以为戒的！那就是发生在阳成市的工程纠纷，我猜在座的各位，都听说过事件发生的具体原因，以及所造成的恶劣影响了吧。在这里我就不再详细叙述，因为我不愿再次揭开这块旧伤疤，但是这块伤疤必定会留下痕迹，它代表了耻辱，代表了这些人的无能！如今，事情已经平息，公司该处理的也都处理了，没有能力处理的，国家也处理了！我树立起这个典型，就是让你们谨记前事，不要再犯同样的错误，不要再拿自己的余生去赌一时的贪婪！"

薛承说到激动处，气愤地拍了拍桌子，使得在座的人无不悚然一惊，会议室里鸦雀无声，静得可怕。

他看大家连头都不敢抬，仿佛正在深思，他停顿几秒钟后开始讲第三件事情。他说："知耻而后勇，我不希望看到你们因为个别人的犯错而变得有所畏惧，胆大心细才是我们工作的座右铭。这第三件事情，我要表扬一个人，树立一个值得表扬的典型，她就是叶亦双经理。她自从进入公司以来，一直努力工作，兢兢业业，获得了不俗的成绩；她帮助公司拿下了几个至关重要的项目，让公司的业绩提升了不少；她所参与的项目，也都进展良好；她所提供的建议，有很大的参考价值。总而言之，她的进步和她的能力，有目共睹，值得我们学习。我相信在她的带领下，企划二部将会取得更加骄人的成绩！"

几乎是同时，全场的目光都聚焦在叶亦双的身上，羡慕、嫉妒、尊重、崇敬，各种眼神都有。

薛承今天召开的这场会议，着重点便是第三件事。他争分夺秒的目的，就是为了把叶亦双干练的正面形象深入民心。叶宏远随时可能病逝，所以留给他们的时间真的不多了。

第三十七章

临危受命

老天爷留给叶宏远的时间确实不多了,曾经叱咤风云的他,如今孤独地躺在床上,形容枯槁、眼窝深陷、肌肤蜡黄,整个身体都仿佛萎缩了一般,完全失去了往日的风采。

他就像一支快要燃尽的蜡烛,随时可能熄灭。世界上最好的医疗团队,最昂贵的药物都无法延续他的生命了。房间里没有其他人,他静静地躺在柔软的床上,只能微微地小幅地转动脖子,他拼命地睁开眼睛,看看窗外开始泛黄的风景。他混沌的眼睛跟洁净的窗户,形成了鲜明的对比。

他看到有几片枯黄的树叶凋落下来,在凄凉的秋风中,树叶仿佛在拼命挣扎,仿佛不想就这么轻易地被大树抛弃。但它们所做的努力都是徒劳的,最终还是无奈地接受落地的命运,变成下一片腐叶。叶宏远叹了口气,开始了短暂的回忆,他回忆起人生的辉煌时刻,回忆起事业中的坎坷磨难。他的眼角流下了几滴眼泪,在苍白的脸上滑出两道痕迹。他感到不甘心,怨恨上天不公,自己努力半生、拼搏几十年,却悲凉收场。

他不想做凋零下来的枯叶,他叹息生命的脆弱,他痛恨疾病的凶险。但他无能为力,此刻的他连眼皮抬久了都觉得累,更别提抬动手脚,或者起床行走。

第三十七章 临危受命

他太渴望能够恢复健康,太渴望有奇迹出现,期盼自己在睡梦中醒来,就像电视剧里播放的那样,疾病突然就好了。他是个性格刚强、意志坚定的人,一直以来,他都是凭着顽强不屈的拼搏精神成功地解决了一个个难题。但现在的他没有办法再那么从容淡定了,假如他还有余力,他肯定会狠狠地发泄一通,把这满腔怨恨通通宣泄出来。他才不管自己是否理智,只要能让他康复,让他拿什么交换,他都会心甘情愿。

"爸爸。"就在他的思绪飘忽不定的时候,叶亦双推门进来,轻声地说。

他觉得连说话的力气都被病魔剥夺了,只是微微转动下脖子,算作回应。

"爸爸!"叶亦双上前坐在父亲的病榻前,紧紧握住叶宏远枯瘦的双手,眼泪控制不住地顺着脸颊流下来,她望着弥留之际的父亲,心痛不已。

"亦双,你来了。"叶宏远努力地睁开眼皮,冲女儿微微一笑。

"爸爸,您觉得好点了吗?"叶亦双轻轻抚摸叶宏远瘦骨嶙峋的双手,眼泪终于成了线。

"扶我起来。"叶宏远虚弱地说,他企图用尽最后的力气,挣扎起来。

"爸爸,您慢点。"叶亦双小心翼翼地托住父亲的后背。

在女儿的帮助下,他勉强坐起来,安详地说:"让爸爸仔细看看你,小双真的长大了。变得成熟稳重了,可以成家立业了。"

"爸爸,您得快快好起来,您还要看着我成家呢。"叶亦双擦擦眼泪,佯作调皮地说,她想把气氛调节一下,让人感觉不那么凄苦。

叶宏远从病容中挤出一丝笑容,问:"小双,你有意中人了吗?"

叶亦双顿时羞红了脸,一副忸怩的样子。

"快告诉爸爸,是哪家的公子?"叶宏远脸上的愁云,瞬间就消失了一半。

叶亦双调皮而又含蓄地说:"不!等您身体好起来了,我就告

215

诉您！"

看着古灵精怪的女儿，叶宏远拍拍亦双的手说："一言为定，爸爸一定康复起来！"

"爸爸，您是宏远集团的旗帜！您不能轻易地就被病魔打败！您肯定能战胜它们的。"叶亦双似乎拥有无穷的信心，她也希望通过自己的鼓励，减轻父亲的心理负担。

"爸爸不会被打败的！"叶宏远坚定地说，他咳了几声，又轻声道："小双，宏远的大旗必须要易帜了，因为爸爸老了，身体吃不消了，再扛起这面旗帜太困难了。"

"爸爸，您说什么呢！"叶亦双慌忙打断父亲的话。

"小双，你听我说，就算爸爸不离开你，但爸爸的这副皮囊已经没用了。公司是我毕生的心血，在我有生之年，我只希望它能够发扬光大。现在的我完全拖累了它的进度，因此必须要给它注入新鲜血液，这样，它才会有源源不断、勇往直前的动力啊。"叶宏远一字一句缓慢地说完，显得极度虚弱。

"只要您能健康起来，要我拿什么换，我都愿意！"叶亦双忍不住哽咽。

叶宏远眉头一皱，脸色一沉，不悦地说："你若这样，那爸爸可得生气了。生老病死，谁都逃不掉，我是凡人之躯，怎能避免。人固有一死，但精神可以永恒，公司就是爸爸的精神，你务必要做到宏远之气永世长存，这也是对我最好的安慰了。"

"嗯！"叶亦双点点头，又不断地流下眼泪。

"丫头，真难为你了！像你这样的年龄和条件，本可以无忧无虑地生活，想做什么就做什么。可惜，未来却要活在钩心斗角的世界里了，是爸爸对不起你！"叶宏远悲伤地说，几滴眼泪又顺着原先的痕迹，滑落下来。

"爸爸，我会好好工作，努力把公司发展起来。经过这段时间的接

第三十七章 临危受命

触,我发现经商并没有想象中那么恐怖,我甚至觉得会有一种愉悦感。"叶亦双看到父亲落泪,赶忙安慰说。

"商场如战场,凡事要谨慎。你一定要谨记一句话:讷于言而敏于行。"叶宏远刻意叮嘱道,他的眼神中流露出一丝担忧。

叶宏远尽管病重,但心如明镜,他清楚女儿刚入商界,对许多事情都抱有新鲜感。有了新鲜感,就有冲劲儿,有冲劲儿就有愉悦。况且她一入职就有个高平台,受人尊敬,手上又有丰富的资源任她调遣。但她没有经历过商场的残酷,不懂其中凶险,因此,叶宏远只能再三叮嘱她谨慎行事。至于往后的路,是凶是险,只能由她独自面对了。

"讷于言而敏于行!"叶亦双反复念叨这句话,并应承道:"请您放心,我一定会铭记在心。"

"我一直认为给你找个好归宿,组建个幸福的家庭才是头等大事。现在,我真的后悔了,我后悔没有把我毕生的学识和经验早点传授于你。如今,时间不够了,老天也不会给我重新来过的机会了。"叶宏远痛苦地说。

叶亦双见父亲的脸因为伤心而扭曲成一块,连忙说:"爸爸,我以后会经常陪在您身边,向您学习,听您教诲,我们共同把公司打理得更好。况且还有哥啊,我们可以齐心协力啊。"

"叶潇!"叶宏远皱皱眉头。一提起他,叶宏远的心里五味杂陈。本来是望子成龙,却失望到万念俱灰。他拼命不去想他,免得自己失落、绝望。他尽量让自己心里装满女儿,为的就是寻找一点慰藉。

叶亦双看不出父亲内心的变化,紧接着又说:"哥是家里的长子,以后会像爸爸一样能干,成为这个家的顶梁柱。"

"亦双,我准备把公司交给你,而不是交给叶潇。"叶宏远握住女儿的双手,忽然说道。

"啊!怎么可以!"叶亦双听到这句话,顿时花容失色,她难受地说:"哥哥理应承担起这项重任啊!"

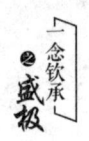

"他根本不配!"叶宏远蓦然发火,他仿佛在用尽最后一丝力气燃烧起怒火。

"爸爸,您千万别生气。想必其中有什么误会呢。"叶亦双赶紧说道。

"我亲眼所见的事情,何来误会!"叶宏远由于过于激动,大口喘着气,似乎让整个身体都处于摇摇欲坠、随时崩塌的地步。

"爸爸,您没事吧!"叶亦双见此情形,立马停止提问。

叶宏远转过头,缓了一会儿,稍微调整下情绪,然后才说:"以后公司就由你管理,我把一切的希望都寄托在你身上了!"

"爸爸!"叶亦双迫于无奈,顺从地点点头,又问:"那哥呢?叶家也需要他啊。"

叶宏远顿了顿,落寞地说:"公司如果交到他手上,肯定死路一条!所以公司的核心业务必须由你控制,我把其他产业交给他打理。如果他还有一丝上进心,自然会发展起来,如果他继续顽劣不堪,那对公司也不会有所损失。"

"不管哥现在的行为如何,并不代表他以后都会继续下去啊,您的这个决定是否对他有失公允啊!"叶亦双还想劝说父亲改变主意。她深知父亲的这个决定会毁了整个家庭的和睦。

叶宏远再一次激动起来,怒斥:"公平!当年我创业的时候,哪来的公平!这本来就是个弱肉强食的社会,你不遵守优胜劣汰的自然规则,你就会被别人打败。若你当公司董事长,公司可能还会前进,最差也不至于倒退。假如叶潇当董事长,不出五年,整家公司必被败垮。况且我留给他足够的资金和资源,他假如能够改掉坏毛病,那余生肯定衣食无忧,他若继续这样,那我留给他再多的钱财,最终也会被他败光。"

叶亦双赶紧揉揉父亲急促起伏的胸部,不免委屈地说:"您这样的安排,让我以后如何面对他呢。"

"我也不愿意看到这个局面,这对我而言,是一种从未有过的煎熬!"叶宏远潸然泪下。

第三十七章 临危受命

"爸爸!"叶亦双痛苦地说。

"自从宏远集团成立的那天起,我的命运就不再掌握在自己的手中,我得为公司一万多名员工负责。就算自己的家庭发生不可挽回的败局,但跟这么多人的命运相比,那也是轻于鸿毛!如今,你的命运再也不是你自己的啦,以后你一定要以员工的利益为先,把他们的命运放在首位!"叶宏远坚定地说。

叶亦双乖巧地点点头:"我懂了!就如范仲淹所说的:先天下之忧而忧,后天下之乐而乐。"

"如果一家企业不看重员工的利益,只注重一己之利,那这种企业肯定长久不了。"叶宏远深沉地说。

"我会谨记您的教诲!那哥哥他知道您的决定了吗?"叶亦双问。

"现在还不是告知他真相的时候,何况也没有必要去跟他说这些。"叶宏远冷淡地说。

"那哥要是知道了真相,不是……"叶亦双一想到后果,后脊背阵阵发凉,显得惊慌失措。

"我还活着,谅他也不敢!你就别想太多了,我自会安排一切。"叶宏远宽慰道。

"爸爸!"叶亦双始终觉得父亲的安排欠妥,但她又无法忤逆病重父亲的遗愿。她明白,若答应父亲的要求,意味着会跟叶潇决裂。她开始觉得这件事如芒刺在背、如骨鲠在喉一般。她觉得无力去反抗,她开始忌惮这场风波了。

第三十八章
扬帆起航

　　经过几个月的筹备，念雅跟苏姝合伙开办的外贸公司，终于开业了。百里焱不知道从哪里弄来几串电子鞭炮，放在写字楼里"噼里啪啦"地一阵乱放，结果引来好几家公司投诉，让开业之喜变得好事多磨。

　　"不好意思，打搅大家了，请见谅！"等发完最后一份喜糖后，念雅和苏姝才把悬着的心放下来，舒了口气。

　　念雅一进门便大声吼道："百里焱，好事没有你的份，坏事倒来一箩筐！"

　　"我也是一片好心嘛！为了给你增添一些喜庆的气氛呐。谁知道这群人会这么小气，发牢骚还不够，竟然打电话投诉！"百里焱气愤地说："碰到这群人，真是倒霉透了！"

　　"好啦，小雅，这就是好事多磨！"敏俐赶紧出来打圆场道："今天是开业大吉，鞭炮响起，财运亨通！"

　　"百里少爷也是一片好心！"苏姝也替百里焱辩护道。

　　"开业喽，开业喽，恭喜发财，财源广进！"白晓露欢快地说道。

　　"谢谢！谢谢！"念雅的脸上立马恢复了笑容。

　　"恭喜发财！苏姝。"百里焱朝苏姝抱拳道。

　　"谢谢！谢谢！"苏姝开心地说。

　　正在这时，薛承手捧鲜花，提着蛋糕进来了。他把花送给念雅，顺

第三十八章 扬帆起航

便亲了亲她的脸颊,温情地说:"祝你开业大吉!事业红火!"

薛承本来答应念雅,今天陪她一起揭牌,后来临时有急事,所以耽搁到现在才过来。今天公司开业,念雅并未通知朋友过来捧场,她喜欢简简单单,不想劳师动众。

"大帅哥!家中有喜,你竟然姗姗来迟,着实是诚意不足啊。"敏俐调侃道。

白晓露见敏俐首先发话,马上附和道:"就是嘛!一盒蛋糕、一束鲜花就算完事了?这份诚意显然不够啊!"

"开业这么喜庆的事情,怎可用一束花和一盒蛋糕就结束了呢。我早就安排好了,等你们下班后,我请大家吃大餐,龙虾鱼翅随便点,怎么样?"薛承爽快地说。

白晓露竖起大拇指,兴高采烈地说:"哇塞!大帅哥真是豪气冲天啊!"

"谢谢薛老板!"敏俐同样朝薛承竖起大拇指,称赞道。

"哇!谢谢薛老板。"苏姝拍手叫好。

念雅挽起薛承的手臂,甜蜜地说:"这还差不多。"

百里焱打趣道:"不罚不足以平民愤。"

"我知错必改,等以后念雅和苏姝再开分公司了,我前一天晚上就住在公司里,这样保证不会耽搁。"薛承自嘲说。

念雅见大家调侃起薛承,就出来袒护道:"你们的嘴巴就是不饶人,还是先尝尝蛋糕吧。"

"哟!护起他来了,重色轻友!"白晓露起哄道。

"护了又怎么样?"念雅吐吐舌头,做个鬼脸。

"走,我们吃蛋糕去。"敏俐拉上苏姝围到桌子旁。

"少爷一起吃吧。"苏姝朝百里焱说。

"好嘞。"百里焱赶忙挤上去凑热闹。

正在大家品尝蛋糕的时候,门外来了几位快递员,送来了一对大花

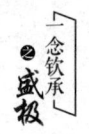

篮和一束蓝色妖姬手捧花。其中一个手上拿着签收单问:"请问哪位是念雅小姐?"

"我是。"念雅看到这些东西,暗吃一惊。众人也纷纷停止聊天,围上来一看究竟。

"有位顾客订了这些花,现在给您送来了,请您签收一下。"快递员毕恭毕敬地递上单据。

"我的?"念雅有些云里雾里,一脸疑惑的表情。她看看单据,又看看礼物,然后飞快地签下名字。

"谢谢,再见。"快递员微笑说。

念雅却心不在焉地跟他们招了招手,耳根泛红,眼神露出几分尴尬。

刚开始念雅还为礼物感到惊讶,随即,当她看到花篮上的名字,赫然写着"丁迪"两个字时,她突然心跳加快、血液沸腾。不是因为她开心,而是心慌意乱,并带点天旋地转的感觉。花篮事小,但妖艳的蓝玫瑰手捧花,令她进退维谷。蓝玫瑰所代表的含义,太过暧昧,只要是一个有正常思维的人,都能联想到。最要命的是薛承还大方地冲她微微一笑,这下就算她解释一万遍,估计也是徒劳的。

念雅恨不得把这些东西碾轧成齑粉,她在心里骂道:这个浑蛋丁迪,送什么不好,偏偏送这种东西。她目前唯一能做的就是淡定自如,脸上装作若无其事的样子。其实,当鲜花送进来的时候,全场的气氛就显得诡异,大家几乎是不约而同地表现出无比惊讶的神态。顾及到薛承在场,大伙只好憋着不敢说出口。

"大家吃完蛋糕了吧,那抓紧开始工作!今天开业大吉,可有好几个单子要完成。"念雅突然转移话题,大声吩咐道。

"好的,老板娘!"员工们心知肚明,识趣地拿走蛋糕回到办公桌前工作。

念雅又踌躇满志地对苏姝说:"我们的创业之路正式启航喽,预祝我们顺顺利利!"

第三十八章 扬帆起航

"我们一起加油!"苏姝激动地说。

"你们要多给我们介绍些客户过来!"念雅给在场的人分配任务。

"收到了,老板娘。"大家齐声说。

"明儿我一个朋友就会送一笔订单过来。"百里焱讨好道。

"一个不够,多介绍几个。"念雅一笑。

"谢谢少爷!"苏姝感激地说。

"你看人家苏姝,温柔贤淑,礼貌有加,你们以后是搭档,我真心希望你能近朱者赤。"百里焱冲念雅打趣道。

"用不着你费心,本小姐已经名花有主了。"念雅自傲道,一脸幸福。

"你们两个肯定是前世有仇,奈何桥上没有喝过孟婆汤,今世又成了冤家。"敏俐开玩笑说。

"肯定是我前世欠了她,这世来还债。"百里焱撇撇嘴道。

念雅瞥视一眼:"没大没小,我比你早来一步,哪有我来讨债的道理。"

"真是没完没了。"薛承苦笑道。

"一对冤家。"敏俐笑道。

薛承走到百里焱身边,轻声说:"我们去那边坐会儿吧,趁今天有空,问你些事情。"

"恰好我也碰到个棘手的问题,需要你指点迷津。"百里焱点点头说。

等两人落座,薛承问:"最近店里生意怎么样?"

"经济形势不好,相比之前差了许多。"百里焱老实地说。

"大环境不好,这是无法避免的,只要能盈利便可。"薛承安慰说。

"你说得对。"百里焱笑笑。

"叶潇最近还来酒吧吗?"薛承聊了几句,便切入正题。

"来!比以前来得频繁,不过有个事情令我捉摸不透。以前他都会叫上一大帮子人陪酒,最近却没有几个人了。"百里焱困惑地说。

薛承听着,也感到十分不解,又问:"那徐永成呢?他最近有没有

出现?"

"他来得也比较频繁,有时候叶潇没有来,他也会带人过来玩。"

"还有别的情况吗?"薛承赶紧问。

百里焱想了想,摇摇头说:"自从上次跟你通过电话后,我总觉得他俩变得神神秘秘,好像在密谋什么事情似的。"

"我只是让你多留意他俩,你千万别把自己弄得神经兮兮的。"薛承打趣道。

百里焱一拍大腿,如梦初醒般,惊叹说:"可能真被你说中了,我变得有些神经过敏了。"

"放松些。"薛承笑道。

"薛总、少爷,你们的咖啡。"此时,苏姝送了两份饮品过来。

"苏姝是个好女人。"百里焱看着她离去的背影,夸赞道。

"念雅跟她合伙,我比较支持。"薛承笃定地说。

"值得放心。"百里焱坚信道。

"那个送花的丁迪是谁,你知道吗?"薛承从容地端起咖啡呷了一小口,一脸笑容,赞赏道:"咖啡不错,这花也挺养眼的。"

百里焱一下子就僵住了,他真不知道该从何说起,于是委婉地说:"也算是念雅的朋友吧,丁迪的父亲跟我爸的关系不错。"

"原来是朋友,怪不得会搞些恶作剧。"薛承故作轻松地说。

"他就是蠢货一个。"百里焱骂道。

"其实都是些小事,不足以计较。"薛承笑着说,转而又扯开话题:"有空去看看外婆,老人家念叨过你好几次了。"

百里焱失落地说:"再过段时间我就有空了,可以经常去看望外婆了。"

薛承见百里焱一副魂不守舍的样子,连忙问:"出什么事了?"

"我爸不允许我再开酒吧了,勒令我回百里集团打理公司,他给我的五个月时间快要到了。"百里焱哭丧着脸说。

薛承宽慰他说:"百里集团的未来就是你的未来,也是你与生俱来的使命。经营酒吧只是你人生中一个微不足道的插曲。况且,经过这一年的锻炼,你成熟了,还学到了很多东西,足够让你独当一面了。"

百里焱惆怅地说:"让我放弃酒吧,真的舍不得。"

薛承拍着百里焱的肩膀,语重心长地说:"君子有所为有所不为,有些东西仅是过渡,你必须学会放手,要不然会成为你事业上的绊脚石。"

百里焱绝望地说:"时间到了,我会退出来。"

"调整好心态,重新开始!"薛承鼓励道。

百里焱勉强挤出个笑脸,仿佛释怀了一般,说:"始终还是要跨过去的。"

薛承赞许地点点头,意味深长地说:"白云苍狗,世事难料,人生来得诸般不易。"

第三十九章
别有用心

今天,薛承又特地召开了一次会议。最近,薛承经常召集大家开会,主要目的还是想把叶亦双尽可能地推到公众的视线中去。这次会议的性质与往常一样,依旧以叶亦双为主。

薛承见人员到齐,清了清嗓子说道:"前段时间,在叶经理的带领和全体成员的共同努力下,我们在祁阳市获得了阶段性的胜利,我代表公司向你们表示祝贺!公司会向你们兑现当初的承诺,颁发物质奖励和丰厚的奖金!"

"好!"薛承话音刚落,会议室马上爆发出雷鸣般的掌声和欢呼声,一个个听说有奖金拿,无不喜上眉梢。

薛承示意大家安静下来,又说:"你们不仅要感谢公司,同时也要感谢叶经理,她不仅是个努力上进、值得信任的领导。更重要的是,她向公司争取了丰厚的物质奖励。"

"叶经理是个好领导。"周围带头欢呼道,引得大家哄堂大笑,笑过之后也都投来感激的眼神。

"只要你们工作勤勤恳恳、尽心尽力,奖励只会更多。你们能够取得非凡的业绩,那是你们努力的成果,在这里,我要向你们表示隆重的祝贺,同时,也希望你们能够再接再厉!"薛承赞扬道。

等大家掌声落下,薛承脸色一沉,话锋一转,凝重地说:"由于祁阳

第三十九章 别有用心

市的几个部门没有衔接妥当,部分项目可能要延后,具体时间我们暂且等待通知,因此祁阳的相关工作,可能要暂时搁置。"

"刚铆了把劲儿,就碰到这种事情。"宇桐抱怨道。

"这些部门的做事效率真够低的!"会场一片抱怨声。

"大家不要气馁,更不要埋怨。你们别被这些外来因素影响到情绪,祁阳的事情只是暂时搁置而已。趁这段空档,我和叶经理去考察了另外一个项目,我们争取拿下它。至于项目的情况,就由叶经理给你们详细介绍一下吧。"

"叶经理。"喻婧轻声唤道,她见身边的叶亦双分了神,立马用手肘微微推了她一下。

叶亦双猛然间回过神来,一脸尴尬,随即正正身子。

"亦双,你把我们考察的项目跟大家介绍一下。"薛承提醒道。

"好。"叶亦双快速打开投影仪,说道:"本项目位于本市城北板块,主要针对旧村改造,涉及九肖村四分之三的面积。工程已经立项,目前还在做整体拆迁及安置工作。本次项目是惠民工程,以及城市文明建设工程,所以也引起了各界的普遍关注。工程主体建设的预算达到了三亿元,这次项目的资金来源分三部分,第一部分由村民自筹资金,其中占了最大比例,第二是村委会集体资金,第三是政府文明工程补贴资金。因此,从根本上来讲,尽管这项工程投资不大,但建设资金有保障,不会存在拖欠,理论上说是一项优质工程。"

"我们需要对前期的拆迁和安置做计划吗?"宇桐首先提问道。

"这个不需要我们参与其中,政府会出面协商。本案的另一个优势就是工程虽然要公开投标,但决定权依旧掌握在九肖村村干部手上,政府会适当指导,绝对不会干涉。这就给我们打开了方便之门,只要能摆平村干部,也就意味着能拿下工程。"叶亦双认真地回答道。

"项目不错,有活干喽!"周围笑道。

"公关工作就交给喻婧和周围两个人,其余的人会后就可以开展前期

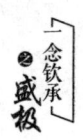

工作了。期间有任何疑问，随时向我汇报，我会优先解决。我们只有一个共同目标，就是拿下项目。"叶亦双用坚毅的眼神向大家表明心志。

等叶亦双说完，薛承带头鼓起掌来，说："想必大家都清楚了吧，那我们就努力一把，争取顺利地拿下工程。"

"好！"大家众志成城，信心饱满地说。

"薛哥，你找我过来有什么事情吗？"会后，叶亦双被薛承叫到办公室里，她进门便问："还是我刚才在会议上说错了话？"

"看你一副心事重重的样子，碰到什么麻烦了吗？"薛承开门见山地问。

叶亦双神色凝重，不知从何说起。

"刚才在会上，我看你走神了几次，到底发生了什么事？"薛承盯着她问。

"嗯！我……"叶亦双嗫嚅道，眼神中藏满心事。

"到底怎么了？"薛承又问。

叶亦双深吸一口气，说："是关于叶潇的。"

"叶潇？他该不会知道什么隐情吧？"薛承的内心陡然一颤。

叶亦双摇摇头，低声说："昨天晚上，叶潇找我商量公司的事情。"

"他是怎么说的？"骤然之间，薛承变得敏感警惕起来。

叶亦双稍稍整理下思绪，便原封不动地把整个经过说给薛承听。

昨天晚上八点钟左右，叶潇独自来到叶亦双的寓所，还带了很多水果和零食。

当叶亦双打开门，看到笑嘻嘻的叶潇，当即一愣，忙问："哥，你怎么过来了？"

"我在附近办点事情，顺道来看看你呗。"叶潇嬉笑道。

叶亦双赶紧说："进来坐会儿吧。"

第三十九章 别有用心

"这些水果特地给你买的。"叶潇扬了扬手中的吃的,笑着说。

"这么多啊,我一个人哪吃得完。"叶亦双惊讶地说,心里一阵愉快。

"没事,多吃点对身体好。"

"这么晚了,你过来找我有什么事情吗?"叶亦双接过零食,好奇地问。

叶潇在沙发上坐下,跷起二郎腿笑着说:"也没有什么特别的事情,就一丁点小事需要拜托你帮忙。"

叶亦双性格耿直,立马大方地说:"哥,你有什么事情尽管开口,我肯定会帮你办好。"

"够爽快,那哥就直说了。事情是这样的,前几天我去看望老爸,他的情况非常糟糕,医生说老爸只有几个月的时间了,我当时就吓傻了,看到老爸连床都下不去,我的心里比谁都痛苦。"叶潇说了几句,便神色黯然起来,仿佛有道不尽的哀伤。

"爸爸!"叶亦双一听父亲病入膏肓,眼泪扑簌簌就往下掉。

叶潇转而又安慰说:"小妹,你不必太悲伤,生老病死谁都避免不了。爸爸重病在卧,我们作为叶家子女,必须要振作起来,不然爸爸辛苦建立的公司怎么办?"

叶亦双小声抽泣:"哥,你想说什么就说吧!"

叶潇搓搓手,提了口气:"是这样的,如今爸爸病情严重,没有精力再去管理公司。尽管公司有完善的运行机制,但交给别人管理总归不妥。都到这个时候了,我们作为叶家的子女,有必要为接手公司早做准备,你说我考虑得对吧?"

叶亦双疑惑地说:"哥,你绕了一大圈,就是说管理公司的事情啊!"

"这是件大事,关乎叶家的荣辱兴衰,不可小觑!"叶潇焦急地说。

叶亦双无心跟他辩驳,便顺着他说:"你说得有道理。"

"既然你也觉得我的想法是对的,那我们顺理成章要接管宏远集团

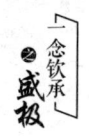

了！"叶潇激动地说。

"你说该怎么做呢？"叶亦双敷衍了事般随意问道。

叶潇立马表现出愤愤不平的样子，埋怨道："我听说你在公司上班，还当了个小经理！怎么回事呢，按理说，你最起码要当集团的副总经理，只有这种级别的职位才配得上你的身份。"

"我倒觉得没什么，反正是学习，无所谓头衔了。"叶亦双谦卑地说，一副毫不在意的样子。

叶潇立即打断她的话，愤然道："不管怎么说，你可是宏远集团的千金小姐，怎么可以纡尊降贵呢。"

叶亦双忽然想起父亲的话，灵机一动，她想趁这个机会劝导叶潇，便诚恳地说："我觉得你也应该回公司工作，跟着前辈们多学些知识，这样对你以后管理公司会大有好处。"

"谁说我没有呢！别看我不在公司，我在外面照样能学到东西。咱们不着急聊这个，还是先说说公司的事情吧。"叶潇狡辩道。

叶亦双无奈地说："那好吧。"

"你在公司里待着也好，有你在，他们起码不会肆无忌惮地乱来。"叶潇说。

"你指的是谁，我怎么越听越糊涂了。"叶亦双反问道。

"这个你不懂了吧！"叶潇换了换二郎腿，一副厘清局势的样子，笃定地说："谁不想手中的权力变得更大，但老爸就好比一顶紧箍咒，令他们不敢放肆。目前老爸病重，假如念经的人没有了，那他们没了顾忌，势必会心生歹念。因此，为了公司、为了叶家，我们必须要时刻保持警惕。"

"哥，你是否想得太多了？"叶亦双听完，困惑地看着叶潇，觉得他的想法有些不可思议。

"我也是为叶家好，你就听我一回吧。"叶潇恳求道。

她不想因为这事让两人产生矛盾，便违心地顺从了。

第三十九章 别有用心

"目前的形势很微妙,你一定要支持我顺利地接管公司。"叶潇真诚地说。

"我肯定支持你,公司本就应该由你接手。"叶亦双不假思索地说。

叶潇用力拍拍胸脯,高兴地说:"等我当了董事长,一定不会亏待你,首先就把你提上来当总经理,我们一起来管理公司。"

"我当什么都没有关系,只要你能好好管理公司,珍惜爸爸几十年积累下来的成果,我就心满意足了。"叶亦双善良地说。

"这个你大可放心!我一定会把公司发扬光大的!"叶潇雄心勃勃地拍拍胸脯。

"你想让我怎么做?"叶亦双问。

"请你在老爸面前帮我多说些好话,给我树立正面形象。"叶潇一本正经地说。

"就这些?这个简单嘛!"叶亦双一口应诺。

"暂时就这件事情。"叶潇兴奋地说:"哥以后肯定不会亏待你的!"

……

叶亦双几乎是一口气把昨晚发生的事情告诉了薛承。

薛承听完觉得局势到了十分危险的地步,他沉思片刻,担忧道:"看来叶潇已经开始行动了。"

"我是真心不想跟他争夺公司的主权,他想要公司,那就给他好了。"叶亦双沮丧地说。

"别说傻话,别让感情蒙蔽了你的理智!你个人的情感跟公司的未来相比,不值一提。"薛承严肃地说。

"唉!"叶亦双轻叹一声,她感到左右为难,很是无助。

薛承又和蔼地说:"别多想了,有些事情不是我们能够左右的。"

叶亦双喃喃自语道:"希望一切不会变得最坏吧!"

第四十章

寻踪觅迹

　　随着祁阳布局告一段落，薛承也给自己放了几天假，他想借此机会好好陪陪念雅，前段时间发生的送花事件，在他的心头蒙上了一层阴影。今天，他带着念雅来到一处民宿，面朝大海，惬意无限。他特地租下了二楼带露天阳台的豪华海景房，可以俯瞰整座海港，迎着海风，聆听海浪，让人心旷神怡。

　　傍晚时分，两人在"濒海餐厅"，静静地享受烛光晚餐。

　　念雅情意绵绵地望着薛承，优雅地端起酒杯温柔地说："干杯！"

　　"干杯！"薛承轻举酒杯，深情地说。

　　"今晚好浪漫啊！"念雅低头闻着桌上的玫瑰花香，开心地说。

　　薛承微笑道："今生，我能得你所爱，是我莫大的荣幸！"

　　"真的吗？"念雅含羞道。

　　薛承动情地说："这段时间一直忙于公司事务，没有好好陪你，真心感到亏欠了你。"

　　"知道就好。"念雅一想起这事，嘟起小嘴，佯装生气。

　　"爱情和事业难两全，有时候，我真的很迷茫，不知如何是好。"薛承动容地说，一脸愧疚。

　　"看在你今天晚上如此有心的份上，我可以既往不咎。但是下不为例，事业固然重要，但我更重要吧！"念雅见薛承左右为难的样子，又

第四十章 寻踪觅迹

有些心疼。

"你是我的一切,我的生命正因为有了你才变得精彩。"薛承信誓旦旦地说。

"油嘴滑舌。"念雅轻声道,她很享受他的甜言蜜语,心里早乐开了花。

薛承真诚地说:"我希望这一辈子,都能跟你一起看日出日落!"

念雅娇羞地说:"其实我也能理解你的身不由己。听说叶宏远病得很厉害,可想而知,像你们这些公司的高层人员,肯定会更忙。你鲜有时间陪我,我不怪你,反而觉得你有担当。"

薛承深情地望着她,感激地说:"得此贤妻,夫复何求!"

"但是你要分清楚,我理智的时候可能会理解你的身不由己,但我大部分时间是处在不理智的时候!"念雅瞬间就佯装翻脸道。

薛承打趣:"你这变化也太快了点吧,翻起脸来犹如翻书啊。"

念雅忽而又认真地说:"我想问你一个问题,你要如实回答。"

薛承马上说:"我对你绝不会有所隐瞒。"

念雅满意地笑笑,问:"假如有一天你在宏远做得不开心了或者不顺利了,那你会辞职吗?"

"暂时没有考虑过。"薛承脱口而出,他停顿几秒,又说:"但真如你说的那样,我会毫不犹豫地辞职。"

"那你会去做什么?"念雅紧接着问。

"跟你一起做外贸生意啊!妇唱夫随呀!"薛承不假思索地回答道。

念雅嗔怒:"正经一点,我的庙太小,容不下你这尊大佛。"

"那我们去海边租个商铺,做点小买卖,与这大海为伴。"薛承指了指眼前一望无垠的大海,喜悦地说。

"假如你不在宏远集团了,可以来百里集团吗?"念雅转而一脸正经地问。

"这……"薛承一时怔住,他没有想过这个问题,真不知该如何

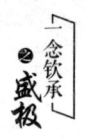

回答。

"假如是我爸爸亲自邀请你呢?"念雅马上又问。

"我从来没有考虑过这个问题,容我日后想想。"薛承巧妙地回避话题。

"那假如是为了我们的爱情,为了我们的将来,甚至我们的孩子呢?你会来百里集团吗?"念雅步步紧逼,不给他思考的机会。

"孩子?你有了我们的孩子?"薛承突然反问道。

"去!别给我绕开话题,我们以后结婚了,自然就有了孩子。"念雅没好气地说。

"这个问题比较复杂,需要顾及很多方面,容我考虑后,再给你准确的答复,可以吗?"此刻,薛承的内心开始不安起来,在这个问题上,他有些迷茫。

"我这不正给你时间考虑和选择吗?"念雅说。

"此刻你非要让我回答,我会违心地给你答案,这对你不公平。但我可以明确告诉你,为了你,无论让我做什么,我都会心甘情愿,哪怕赴汤蹈火,也在所不辞!"薛承一脸真情地告白道。

"我相信你!"念雅听了薛承的解释,感到心满意足,不打算再刨根问底了。

正在此时,薛承的手机恰合时宜地响了起来。薛承一阵暗喜,他庆幸这个电话来得非常及时,化解了他的尴尬处境。

他掏出手机一看,来电显示是萧羽伈,便打开免提:"羽伈。"

萧羽伈一接通电话,马上高兴地说:"我告诉你个好消息。上次你让我打听的这个人,有眉目啦。"

"真的吗?太好了!"薛承一阵激动,接着他立即说:"电话里头说不清楚,你晚上有空吗?我们见面详聊。"

"可以。"萧羽伈爽快地回答。

"那我们九点钟,约在小焱那儿谈,你看这样方便吗?"薛承焦急

第四十章 寻踪觅迹

地问。

"行！顺便去看看他，那我们见面再聊。"萧羽伈说。

"好。见面聊。"薛承高兴地挂掉电话。

念雅等他们通话结束后，才好奇地问："你们提到的纪凡，是你的那位同学吗？"

"正是他。"

"他不是失踪了多年吗？现在被你们找到了？"念雅觉得有些不可思议。

薛承感叹一声："看来这个世界真不算大，哪怕大海捞针，也是有成功的概率。"

"瞧你的开心样，像捡到宝似的。"念雅嘟起嘴说。

薛承忽而肃然道："这个压在我心头多年的困惑，终于可以水落石出了！"

"那我们赶快过去吧。"念雅突然对此事很感兴趣，立马催道。

"该来的不会跑，总得让我们先享受完这顿烛光晚餐吧！"薛承笑道。

"讨厌！"念雅娇嗔地举起酒杯。

"干杯。"俩人一同说。

薛承和念雅在九点之前赶到了"在线酒吧"。他们前脚刚进包厢，萧羽伈后脚就赶到。薛承率先冲她打了声招呼

萧羽伈微微一笑，说："好久不见了。"

"这位是我的女朋友百里念雅。"薛承起身，郑重地向萧羽伈介绍道。

"久仰芳名！你好。"萧羽伈露出迷人的笑容。

"你好！羽伈，我经常听阿泽提起你哦。"念雅微笑道。

萧羽伈揶揄道："我一直在好奇，会是什么样的女子，能把薛承迷得神魂颠倒！今日，总算见到庐山真面目啦！"

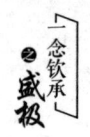

"见笑了。他多次在我面前提起过你,夸赞你巾帼不让须眉。"念雅一笑。

"他真敢当着自己女朋友的面夸赞其他女子啊,那我太佩服他的勇气了!"萧羽仳打趣道。

"我像是不讲理的人吗。"念雅轻松地说。

"看我一个不小心就说错话了。"萧羽仳自嘲道:"念雅莫见怪哦。"

念雅宛然一笑:"我开玩笑的!你是阿泽和小焱的朋友,往后我们就以姐妹相称。"

"十分荣幸能有你这个姐妹。"萧羽仳高兴地说。

薛承被她俩冷落在一边,完全无视。他看着这对女人从相识,又到结亲,仿佛有说不完的话,只好打断她们说:"你俩暂且停会儿,等我把事情问完了,你们两个再促膝长谈也不迟,哪怕是秉烛夜谈,我也没有半点意见。"

萧羽仳笑着对念雅说:"我们等一下再继续畅聊,我先把正事跟他说了。"

"你说纪凡有消息了,他现在何处?"薛承赶紧问。

"我不仅知道他在哪里,而且还与他有过一面之缘。"

"真的!"薛承惊愕。

"上次你托我打探纪凡的消息,我就在行业里四处打听,终于得知了一些消息。他现在是一家跨国投行驻祁阳的负责人。我起初不敢确定,毕竟耳听为虚。结果,机缘巧合下,我收到了祁阳经委会的一封邀请函,邀请我参加为期两天的省内杰出人士金融峰会。凑巧的是纪凡竟然是本次会议的特邀嘉宾,后来我在他上台演讲时,对比了照片,确定是他无疑。今天一回到丽温市,我就马上通知你了。"萧羽仳几乎是一口气说完全部过程。

"真是太好了!谢谢你!终于找到这个家伙了。"薛承长吁一口气。

"也算了却了你的一桩心事!"萧羽仳体贴地说。

第四十章 寻踪觅迹

就在这时,百里焱拿了瓶好酒进入包厢,神采飞扬地说道:"羽伈,好久不见了!"

"正因如此,所以晚上特地来看看你。"萧羽伈巧妙地说。

百里焱豪情四起,宣布道:"晚上难得聚在一起,不醉不归!"

薛承拍拍百里焱的肩膀,喜形于色:"羽伈找到纪凡了!"

"纪凡?他不是消失了吗?"百里焱顿时感到十分错愕。

"他现在就在祁阳!"

"这家伙,真是让我们一番好找!见到他本人,我一定要好好跟他算这笔账!"百里焱气呼呼地说。

"这两天我准备去趟祁阳,届时你跟我一同前往。"薛承说。

"好!一起去把这个家伙揪出来。"百里焱爽快地答应道。

"既然此事已经明朗,那是否暂时放一边呢!"萧羽伈提议道:"晚上我们要大肆庆祝!祝贺你们找到了失散多年的兄弟,祝贺我们这对姐妹相识相逢。"

"羽伈的提议非常好,我们要不醉不归!"念雅开心地说。

"小焱,赶紧开酒!"萧羽伈催道。

"晚上不醉不归。"薛承说。

"一言为定!不醉不归!"众人大声说。

第四十一章

真相大白

从萧羽伈那里得知纪凡的消息后，这件事就一直困扰着薛承。人往往越到揭开真相的关键时刻，越会在那里胡思乱想。只要空闲下来，他就情不自禁地回忆过去，猜想纪凡隐匿的缘由，他似乎克制不住自己的思绪，直到想得头痛欲裂为止。

今天，他来到公司，把手头的工作安排一番，忙碌了多日，他无力地靠在皮椅上，迷迷糊糊地望着天花板上的吊灯。他决定明天无论如何也要去一趟祁阳，解开困扰多年的谜题。

他继续盯着吊灯发呆，他又想起他的奋斗历程，一路披荆斩棘，才取得今天的成就。前几天念雅说的话，犹如千层骇浪在他心里汹涌翻滚。如今，宏远集团的形势波谲云诡，从里到外透着一股诡异的气息，没有叶宏远坐镇，许多人都在观望，或者敷衍了事。董事长职位的争斗，就好比封建社会的皇位之争，必然会凶险万分。

他认为前几天叶潇夜访叶亦双居所之事，即出现了兄妹阋墙的端倪。叶潇托词是假，真正的目的是确定叶亦双的真实想法。叶亦双在公司里混得风生水起，建立了广泛的人脉与威望，肯定会让叶潇感觉受到了威胁。叶潇此行暴露出一个问题，他开始担心叶亦双会对他的继承造成阻碍。何况，他对父亲的想法至今琢磨不透，也无法获知遗嘱内容。叶潇把这些事情综合起来分析，肯定能察觉到隐藏其中的不利因素。

第四十一章 真相大白

薛承还担忧公司里广泛存在的叶氏家族的封建思想。宏远集团是家族企业，领导岗位上随处可见叶姓高管。他们的思想非常传统，讲究传嫡不传庶、传男不传女、传长不传幼。就算叶潇再无能，就算叶亦双再能干，但在继承这个问题上，封建思想不可能有丝毫让步。若男性当家，传承下去的依然是叶氏企业；若女性当家，传承下去的就是外姓企业。这是他们无论如何都无法接受的。何况这股封建力量非常强大，凭他一己之力简直是螳臂当车，哪怕凭借魏和的势力，也很难阻挡。他们只能暗中扶持叶亦双，积蓄更多的力量，以保证叶亦双顺利继任。庆幸的是目前有叶宏远在掌控大局，万一他撒手人寰，这天一塌下来，谁又有能力去顶着呢。

如此一来，念雅的问题又缠绕在他心头。假如局势失控，局面倒向叶潇那边，像他这样站错队伍的人，首当其冲会被淘汰出局。从客观上讲，他必须要认真考虑念雅的问题，是该重新规划下人生了。百里集团可能是个好去处，也可能会出现悲惨的下场，对于未来发生的事情，他阻止不了，只能谨慎行事。

第二天一早，百里焱开着跑车来到了薛承家楼下，他一身黑色套装，戴着黑色银边墨镜，颇有一股明星味。昨天，薛承约他一起去祁阳，他显得很激动，他跟纪凡的感情没那么深厚，旁人也不知道他为何如此高兴。

他看到薛承一脸憔悴，眼圈发黑，赶忙问："怎么，昨晚没睡好吗？"

"嗯，事情多了。"薛承慵懒地回答。

"多注意休息，别把身体累垮了，我姐还年轻呢。"他龇着牙嘲笑道。

"已经垮了。"薛承苦笑道。

"改天我给你弄些好东西来，保证吃了生龙活虎。"百里焱坏坏地笑道。

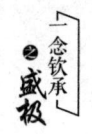

薛承扬了扬眉毛,把钥匙丢给百里焱:"开我的车去。"

"难得出趟远门,也不拉风一把。"百里焱嘀咕道。

"这次不行,赶紧上车吧。"薛承催促道。

百里焱又轻声嘟哝几句,才极不情愿地开上薛承的车。这一路上,百里焱一会儿猛踩油门,一会儿急踩刹车,硬生生地把越野车开出了跑车的风范。薛承一路闭目养神,由他任性。

两个多小时后,百里焱伸伸懒腰,大声道:"我们到祁阳了,这会儿先去哪里呢?"

薛承脱口而出:"直接去国贸金融。"

"我们就这样去找纪凡啊,他消失了这么久,不晓得还认不认得我们呢!"百里焱打打哈欠,一副困倦的样子。

"他不是这样的人,直接去吧。"薛承简练地说道,脸色严峻。

"好吧,你说了算。"百里焱猛地踩下油门,车如箭一般冲出去。

当薛承不顾工作人员的劝阻,强行闯进会议室时,二十多双眼睛齐刷刷地看向了门口。纪凡正在给他们分析当前的经济形势,随着大门被粗暴地打开和嘈杂声骤起,薛承和纪凡的眼光刹那间就碰撞在了一起,两个人蓦然一怔,彼此的眼神立马显得复杂起来。

"纪总,他非要闯进来,我们阻止不了,对不起!"工作人员用力地抓住薛承的一只手臂,粗着气解释道。

纪凡挥挥手,示意他放开,然后对底下的职员说:"今天的会议先到这里,你们都出去吧。"

"是,纪总。"会场人员收到命令便鱼贯而出,经过薛承身旁时,又偷摸着打量他一番。

"坐吧。"当最后一个人把门关上后,纪凡冷冷地说。

薛承好像没有听见似的,站在那里无动于衷,狠狠地盯着纪凡,眼睛里射出一道道寒光,令人战栗。

第四十一章 真相大白

纪凡缓慢地走到薛承面前,沉默不语,多年没有见面,谁也想不出那句开场白该如何说起。

"啪!"薛承抡起拳头打在纪凡的右脸颊上。

纪凡立即用手捂住右脸,由于疼痛,脸都扭曲到了一块。他紧蹙眉头,不反抗也不说话。少顷,薛承突然跨前一步,给了纪凡一个紧紧的拥抱。

纪凡回过神来也用力地抱住他。此时无声胜有声,任何言语都显得苍白乏力,只有男人之间的真情拥抱才是最真实的内心写照。多年的失联,因为这个拥抱,使他俩感觉兄弟之间的情谊依然存在……

故友重逢,不管是纪凡、薛承,还是百里焱,每个人的脸上都洋溢着喜悦之情。纪凡尽显地主之谊,给他俩接风洗尘。晚宴刚开始,纪凡就站起来,郑重地说道:"我敬你俩一杯!"

百里焱正准备起身,被薛承喝止:"坐下。"

百里焱马上领会了他的意思,便顺从地坐下来。

纪凡明白薛承的用意,无奈地笑笑,一饮而尽。他对百里焱说:"时隔多年,跟我记忆中的那个学生小弟真是判若两人了。这些年过得怎么样?"

"去年开了家音乐酒吧,生意还不错。"百里焱说。

"你没有回百里集团工作吗?"纪凡惊讶地问。

"我觉得在家里做事有些压抑,仿佛整个人都被紧箍咒套住,自由不得!现在才好,有自己的事业,有创业的成就感,自由自在。"百里焱愉悦地说。

"韶华易逝,在条件允许的情况下任性一回,也算不枉青春。而且,你能创造一番事业,非常了不起。"纪凡赞赏道。他点上烟,猛吸一口,又意味深长地说:"不管做什么事,没有遗憾就是最大的幸运。"

百里焱谦虚地说:"跟你们相比,我只是小打小闹罢了。假如有一

天我也像你们一样,在事业上能获得被认可的成就,我爸定会对我刮目相看。"

"我们只是获得了小成绩,而你爸获得了一种社会成就!我很崇敬你的父亲,他的成就和社会责任心,让我高山仰止。"纪凡说。

关于纪凡的言论,百里焱似懂非懂,他没有步入精神建设这一层面,还停留在物质享受的阶段。他无法真正理解成就、责任和社会这些错综复杂的概念。

这时,一直沉默的薛承开口道:"我有很多问题憋在心里已久,它们一直困扰着我。都说好奇害死猫,今天哪怕弄死只老虎,我也必须一解多年之惑。"

"不要板着脸,严肃地跟审犯人似的。你我之间,没有什么好隐瞒的。既然你找来了,不跟你说清楚,你也不会死心,这就是命吧。"纪凡平静地说。

薛承冷峻地说:"少跟我玩深沉,还是给我个不辞而别的解释吧!"

纪凡微微昂起头,枕住双手,似乎不愿勾起回忆,他停顿片刻,才艰难地说道:"当日,卫皓遇害后,我陷入了极度哀伤之中。突然失去了一位亲如手足的兄弟,这种切肤之痛,根本无法形容,仿佛坠入了无底深渊,暗无天日。我非常的自责和愧疚,当初,若不是我强行出头,也不会断送了卫皓的性命。特别是看到外婆伤心的样子,我越来越觉得自己罪孽深重,不可饶恕。后来,我没日没夜地失眠,眼睛一闭就是卫皓的愤怒,以及外婆幽怨的眼神,还有旁人的指责,我几乎快崩溃了。"

薛承看到纪凡一脸的痛苦,连忙递了杯水给他,示意他休息片刻。

纪凡眼眶湿润,仿佛在经历一个痛苦不堪的轮回,他用力吸了口气,继续说:"那段时间,我如同行尸走肉一般,经常不吃不喝,不眠不休。我一味地把自己关在房间里,什么事情也不做,只对着墙壁发呆。我感觉自己除了心还会跳外,其余的根本没了知觉。"

"算算那段日子,我应该去了外省。"薛承自责道。

第四十一章 真相大白

"后来,我父母想送我出国,给我换个环境,那些天,我妈妈整日以泪洗面。我心疼我妈,不想让她陪我受罪,于是我同意了这个决定。当时,我去找过你,准备跟你做个短暂的告别,结果你外出了,我想想就算了,电话里的告别太苍白,我也不知道该说些什么好。走之前,我去看过外婆,看着她大病一场后憔悴痴呆的样子,我的心好像被万把尖刀扎了一样痛。我跪在外婆跟前,紧紧握住她瘦骨嶙峋的手,眼泪如线般往下坠。我的内心有说不完道不尽的话,但是,却说不出一个字来。"纪凡一副极其悲伤的样子,让人感觉他正经历着一场烈焰灼心的磨难。

薛承和百里焱表情沉重,僵坐在那里,同情地看着纪凡。

纪凡沉默片刻,抹了抹眼角,继续说:"我在父母的安排下去了澳洲,没有跟别人提及。我想,既然换了一个环境,就不应该再把以前的痛楚带到新的环境里去。过了一段时间后,我开始慢慢适应澳洲的生活,然后,我又去亲戚的公司里上班,他是当地有名的金融大鳄,没有子女,他把我当自己的亲生孩子一样善待。他一点一滴地教我金融知识,带我入行,给我一个全新的开始。大概过了一年多时间,正当我展望新的人生时,我的家庭出现了重大变故。我爸因为经济问题,被双规了,结果,他竟然跳楼自杀了。我才从困境中艰难走出来,想不到又陷入另一个失去至亲的绝境。当得知这个噩耗时,我感觉整片天都塌了下来,我完全不知道该如何支撑下去。我想回国送我父亲,却被我母亲阻止了,她怕我回来有生命危险,她已经失去了丈夫,不想再失去儿子。"

说到这里,纪凡几度哽咽住。他的脸上布满无尽的苦楚,眼泪早已模糊了整张脸。薛承赶忙上前拍拍他的肩膀,轻声说:"不要再去回忆了,一切都过去了,就此结束!"

纪凡昂起头闭上眼睛,不让眼泪继续滑落下来,他声音变得颤抖,痛苦地说:"我的心痛啊!我一个大男人在这种情况下,竟然什么事情也做不了,任由我母亲独自承受一切痛苦。我变得郁郁寡欢,感觉对生活没有任何盼头,我想去找我爸,但我实在不忍心让我母亲再经历一次白

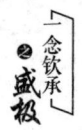

发人送黑发人，假如我发生不测，她肯定也会绝望而去。时间就这么过去，直到有一天，我跟母亲通了好久的电话，我幡然醒悟，我如此沉沦是对父母的不孝，我必须要振作起来，我一定要好好活着，精彩地活着。我想到'天将降大任于斯人也，必先苦其心志'，生离死别我都经历过，还有什么事情能够击败我。"

薛承擦了擦眼角，轻声问："伯母现在可好？"

"不在了！"纪凡终于忍不住悲伤，失声痛哭起来。

"兄弟！"薛承上前搂住纪凡的肩膀，任由眼泪掉落下来。

"纪哥，我们错怪你了。"百里焱使劲咬住牙关，不让自己哭出声来。

"过去了，一切都过去了！以后我们这些兄弟就是你的家人，我们不离不弃！"薛承说。

"对，不离不弃！"百里焱郑重地说道。

"最困难的时候我都活了下来，以后不会轻易就陷入痛苦之中。我很庆幸你们还接受我这个兄弟！"纪凡故作轻松地说，仿佛放下了所有心障。

"兄弟就是一辈子的情义！"薛承安慰说。

然后，他们又同时举起酒杯，互相看着，一言不发，仿佛把所有的兄弟情义和豪情壮语都放入杯中，停顿数秒后，他们痛快地一饮而尽。

第四十二章
阴谋诡计

　　自从宏远集团的董事长叶宏远重病以来，他已经无法亲临公司管理，几乎与外界断绝联系。总公司自上而下，弥漫着一股死气沉沉的气氛。社会上谣言四起，传叶宏远已经不省人事，甚至有个别人飞短流长，谣传宏远集团面临破产、公司内部要进行大洗牌。总之，话题越是对公司不利，影响越恶劣，就传得越凶。

　　这段时间，公司内部如外界所传那样，局面开始不稳定。比如，以前激情高昂的工作氛围完全消失殆尽，办公室里出现颓废之势，越来越多的人开始敷衍了事，对工作漫不经心。就算上班时间，职员们也会三五成群地聚在一起嚼是非，互相打探公司的最新情况。公司的管理人员，显得谨慎许多，他们彼此防范，不敢多言。俗话说：一朝天子一朝臣，在这种家族企业中，指不定自己的稍许偏差或一句言论，就让自己深陷泥潭。何况隔墙有耳和落井下石，一向是防不胜防的职场陷阱，谁也不想被别人抓住把柄，成为第一个撞上枪口的人。

　　就在前不久，叶潇绕过叶宏远和董事会的人事任命，在母亲卫贤君的操持下，进入了公司工作，被任命为公司副总经理，职位与薛承相当，分配了单独的办公室，暂时未配备助理。他的工作性质，名义上是协助总经理魏和工作，实际上是受卫贤君之意，监视公司领导层的一举一动。

　　而这边，叶亦双受到父亲重托后，兢兢业业、努力奋进，在魏和、薛承

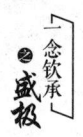

等人的协助下，拿下了几个大工程。简而言之，她正在为继承公司做充分的准备。

叶亦双经过这段时间的努力，在她周围聚集了一股以她为中心的力量。不过在这些人之中，除了喻婧等极少数人外，其余人还不知道她的真实身份，聪明的人会揣度叶亦双的神秘背景，但也只限一时的猜测，他们根本没往集团继承人方面联想。根据同姓叶氏和高平台起步的情形，他们几乎认定，叶亦双无非是董事长的近亲，仅此而已。

暗推叶亦双继承公司一事，进行得并不乐观。叶潇不知道从哪条渠道上得知了一丁点关于妹妹叶亦双继任的消息，开始对她有了警惕之心。自上次去过她的寓所之后，叶潇就再也没有去过她家，哪怕是在公司或在家里碰到叶亦双，叶潇也是露出一副皮笑肉不笑的表情来，兄妹之间的亲昵感，仿佛一夜之间就消失了。

他俩从小就由于家庭原因而天各一方，并非一起成长，兄妹之间的情谊自然没有多深。叶亦双从高中开始几乎都在国外度过，兄妹之间连见面的机会都不多，一年之中叶亦双偶尔回国一趟，兄妹俩也是各玩各的，只在一家人聚餐的时候才沟通一下，这种环境之下，兄妹俩的关系越来越疏远。如今，两人为了公司利益，连仅存的感情也变成了一种敷衍。

叶亦双打心里不想这样，甚至厌恶和痛恨这种状态，在她心底还是相当敬重叶潇，她认为兄妹之间就算感情不深，或者缺乏沟通，但总归流淌着一脉相承的血液，这是永远无法改变的事实。她和哥哥之间，不应该为了这些财富和权力闹到不可开交、同室操戈的地步。他们的命运不该如此，这不是旧社会的政治斗争，需要闹到尺布斗粟的结果。她伤心难过，她是被迫无奈而为之，父亲那期盼的眼神和哀求的嘱托，不时地呈现在她的脑海中，不停地鞭策她，令她进退维谷。她感觉这副重担压得她喘不过气来，她想放弃算了，她甚至认为不应该为了公司将就自己的命运，她觉得自己不是伟人，没有像父亲那样宽厚的肩膀，可以不

第四十二章 阴谋诡计

管不顾。但是，当她面对父亲沧桑的面容和无尽的哀伤时，她再也没有勇气去拒绝这个使命。对她而言，命中已然注定，现在全部的寄托只有放在工作上，还有她钦慕的薛承身上。

叶宏远迟迟不公布遗嘱，让叶潇大为恼火。他为继承一事煞费苦心，没想到四处奔波后，还是一无所获。

这天，叶潇带了几个人去喝闷酒，一进包厢，便怒不可遏地骂道："这个老东西，到现在还守着秘密，他是不是病糊涂了，我可是他唯一的儿子！"

"少爷，您消消气，您生气也是无济于事，万一气坏身体，那就得不偿失了。"刘鬼赶忙递上香烟，谄媚道。

"这个老东西，命都快没有了，还守着那些宝贝！呸！"叶潇一副怒气冲天的样子，把手中的打火机用力砸出去。

"啪"的一声闷响，打火机直接在墙壁上爆裂开来，着实把刘鬼吓了一跳。刘鬼看叶潇勃然大怒，马上讨好道："少爷，您是老爷子唯一的公子，这公司不留给您，还会留给谁呢！您就再耐心等上几天，等老爷子眼睛一闭，公司还不是您说了算。"

叶潇听得不耐烦，眼睛一瞪："屁话！我再继续等下去，公司就真的是叶家人的了，而不是我叶潇的！"

"少爷，您这话是什么意思？"刘鬼赶紧问。

叶潇又瞪了刘鬼一眼，骂道："他妈的！据我得到的消息，说这个老东西可能另有安排，最大的可能性就是把公司留给我那个妹妹，他可能会让叶亦双继承企业。"

"啊！不会吧！叶亦双只是一介女流之辈，怎么可以坐正呢？这也太不符合规矩了吧，叶家儿女双全，不可能传女不传男吧。这若传出去，老爷子不是自己打自己的巴掌吗！"刘鬼一脸诧异，忍不住评头论足起来。

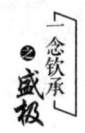

叶潇听了气不打一处来，一指戳在刘鬼的脑门上，厉声道："每个人都称赞你有军师之才，智比吴用，我今儿看你也就是个榆木脑袋，毫无用处！你说现在都什么年代了，你还在想传男不传女这么老套的思想，我说你这脑袋里装了些什么东西。"

"少爷，您也别生气了，我刘鬼虽然谈不上有旷世之才，但肚子里多少还是有些办法的！"刘鬼指指肚子，略显得意地说。

叶潇忽见刘鬼一副胸有成竹的样子，缓了下口气，颐指气使道："你若把事情办成了，我自然奉你为上宾，荣华富贵、金银财宝必定少不了你。但是，你若把事情搅黄了，我就把你开膛破肚，我倒要看看里面装的，到底是墨水还是肥油。"

刘鬼一听，马上承诺道："若事情败了，我也不用少爷亲自动手，我自己就学小鬼子那套，把肚子剖开，以死谢罪。"

叶潇开心地拍了拍刘鬼的肩膀说："你这种态度，我很欣赏！"

"少爷，关于叶亦双继任的消息，能断定确有其事吗？"刘鬼问。

叶潇沉吟了半晌，最后摇摇头："我也是听人议论过这件事，现在老头子没有明确表态，谁也不清楚他心里在想什么。"

刘鬼想了想，谄笑道："那也好办，我们可以来个一石二鸟之计，肯定能试出个子丑寅卯来。"

叶潇一听有戏，竖起耳朵，赶紧问："怎么个一石二鸟，快说来听听。"

刘鬼马上说："我们先来一招投石问路，探探虚实。您现在还不确定叶亦双真正的动机，何不请她去叶董事长面前一表真心呢。"

"如何办？"叶潇问。

刘鬼得意地说："您约她一起去见老爷子，到时候，您表现出十分想替老爷子分担公司重任的决心。然后，您要求叶亦双在老爷子面前，装作一副不堪重任的推诿之心，让她着力把您推上去。假如叶亦双无心争权，必然会配合您，按您的要求去做。如此一来，既让老爷子明白您是继承公司的不二人选，我们也清楚了叶亦双的真实想法，可能还会化解你们兄妹之间的矛盾。"

叶潇听完后，开心大笑，大加赞赏道："这办法实在是妙！这哪是一石二鸟，这简直是一箭三雕！刘鬼啊刘鬼，你还真是块做军师的料啊！"

"少爷，您过奖了，我也希望您能早日当上董事长，我也好借个光，混出个人模人样。"刘鬼阿谀奉承道。

"今天我就许诺你，只要事情成了，你要啥有啥。"叶潇豪爽地说。

"那我就先恭喜少爷，祝您早日荣登大宝！"刘鬼趋奉道。

叶潇高兴地笑道："今晚爷高兴，多叫些人来，一起喝个痛快。"

第四十三章
一脉相承

经过几天的商量,叶潇和刘鬼终于制订了完整的计划,包括如何从叶亦双处入手,如何在叶宏远面前表现等。刘鬼不愧是以心计见长,给叶潇策划了每一个细节,还建议他换种生活方式,每天务必回家一趟,看望叶宏远和卫贤君,务必做到嘘寒问暖、关心体贴,给亲人们一种脱胎换骨、浪子回头的感觉。

这边,叶亦双受到叶潇的托求之后,困扰多日。之后,叶潇的孝顺让她的心里发生了微妙改变,他诚挚的眼神在她脑海里萦绕不去。叶潇能够幡然醒悟、洗心革面,她比任何人都开心,假如叶潇可以承担重任,她就彻底解脱了。尽管她的希望非常美好,内心却异常复杂,开心而又纠结。开心的是感觉人生马上就会豁然开朗;担心的是叶潇本性难移,表里不一。她不再是当初刚入职场的小丫头,一年时间的历练,她受到商战的洗礼,深深体会到人与人之间假仁假义、钩心斗角之事,既伤情分又万般无奈。

经过激烈的思想斗争后,她下定决心帮助叶潇,她抱着乐观的态度,决定赌一把,就算最后掉入万劫不复的深渊,她也认栽了。

这天恰逢周末,也是叶潇与叶亦双约定的日子,他俩计划去向父亲表达意愿。一大早,叶潇就到叶亦双寓所接她,这让她有点受宠若惊。

叶亦双原本想自己开车去父母那边,结果,叶潇坚持要接送她,言

第四十三章 一脉相承

语诚恳、态度坚决,让她不好推辞。这些天,叶亦双很开心,她越来越感受到亲人的温暖,这令她相当受用,她几乎断定自己对叶潇的宽容和支持,是非常正确的选择。

同时,她对薛承产生了愧疚之心,她既然选择了亲情,那只能辜负友情。前几天,薛承还向她问及叶潇之事,她向薛承撒了谎,说叶潇压根就没有再找过她。薛承为此还颇为焦虑,他担心叶潇获知了继任者一事,正酝酿计划从中作梗。除此之外,叶亦双还觉得愧对父亲,她的行为与叶宏远的初衷已经背道而驰。这段时间,她不断地自我安慰,拼命找各种理由支持自己的决定。今天,她终于迈出帮助叶潇这一步,忽然间,她反而觉得轻松了很多。

此时的叶潇完全像变了一个人似的,对叶亦双关怀备至,就连早餐都给她准备好了。叶亦双吃着热乎乎的早餐,心里像涂了蜜似的。多年来,她终于感受到长兄如父般的温暖,她又在为自己的决定感到庆幸。在车上,叶潇表现得极其绅士,兄妹俩一路畅聊。半个小时之后,他们到了家门口。兄妹俩推门而入,一眼便看到倚靠在沙发上的母亲,她正在闭目养神。

叶亦双蹑手蹑脚地走到她面前,轻声唤道:"妈妈。"

卫贤君睁开眼睛,看到儿子和女儿一块儿回家,脸上立马露出慈爱的笑容,问道:"你俩今天怎么一块儿过来了?"

"今天是周末,特地跟小双一起回家过周末,也好陪陪您跟爸爸。"叶潇真诚地说。

卫贤君见叶潇如此有孝心,难掩心中喜悦,高兴地说:"难得一家人都在,是该好好过个周末。"

"爸爸还在休息吗?"叶亦双轻声地问母亲,她尽量压低声音,仿佛怕惊醒父亲一样。

"你爸这两天精神好了很多,这会儿应该在书房吧。"卫贤君笑着说。

"爸爸也真是的,身体才刚好点,又开始工作了。"叶亦双嘟起嘴,

不满地说。

卫贤君责怪道:"你爸的脾气一向很倔,只要我说他,他就嫌我唠叨。反正他现在的精神状态不错,就由他吧。"

"我也提醒过他,医生叮嘱他要好好休息才行。"叶潇关心道。

"那我先上楼去看爸爸了。"叶亦双说完,开心地发出银铃般的笑声。

"老妈,我也去看看老爸。"叶潇赶紧跟上叶亦双的步伐,快速向二楼走去。

卫贤君看着兄妹俩的身影,满眼慈爱,笑道:"这两个顽皮的孩子!"

叶亦双轻轻地推门进去,步子轻盈,她看到父亲正在书桌前坐着,轻声唤道:"爸爸!"

叶宏远摆摆老花眼镜,抬头一看,笑容可掬地说:"小双,你来了。"

"爸爸,我来看看您!"叶亦双三两步跳到书桌前。

"好,好!"叶宏远眉开眼笑道。

"爸爸!"叶潇紧随其后进来。

"嗯!你也来了!"叶宏远点点头,笑容瞬间就消失了一半。

叶亦双凑近父亲,关切道:"爸爸,您在忙什么呢?您的身体刚刚恢复过来,医生特意叮嘱过您千万不能累着,要好好休息。"

叶宏远挺挺胸膛,精神抖擞地说:"我的身体很健朗,不碍事。"

"爸爸,您还是得遵医嘱才行。"叶亦双又绕到叶宏远身边,挽起他的手臂,问:"您在忙什么呢?"

"这些天,我被困在这儿,哪里也去不了,真是把我闷坏了。我让李夏送了些材料过来,打发一下时间。"叶宏远苦着脸,无奈地说。

"这样安排也是为了您的健康着想哦。等您身体康复些,我就陪您和妈妈出去走走!"叶亦双乖巧地说。

叶宏远见女儿如此懂事,高兴地握住她的手,感喟道:"人生真是太短暂了,忙忙碌碌几十年,大半辈子就过去了。现在回想起来,我跟你

第四十三章 一脉相承

妈妈还真没有好好享受过人生,以前身体好的时候总嫌没有时间,现在时间倒是一大把了,可惜身子不争气了!"

叶亦双见父亲神情沮丧,赶紧宽慰道:"这也是暂时的,医生都说过了,这病肯定能治愈,就是治疗周期比较长,需要很大的耐心才行。等您身体再好些,我们全家就一起出去旅行。"

"人生如戏,深感遗憾啊!"叶宏远叹息道。

"爸爸,等您身体康复了,我跟亦双陪你们周游世界!"叶潇轻声道,他一脸诚恳、孝心满满。

"好,好,一起周游世界去!"叶宏远高兴地说。

"爸爸,您工作了好一会儿,休息一下嘛!"叶亦双关心地说。

叶宏远点了点头,合上文案,深呼一口气说:"休息一下。"

"爸爸,您有什么事情就交给哥哥去办嘛,干吗凡事都亲力亲为呢!"叶亦双见父亲心情大好,巧妙地提议道。

"爸爸,如果您有什么事情要办,我随时听候差遣。"叶潇机灵地补上一句。

叶宏远看了看儿女,淡淡地问:"你们两个都可以为我分担工作了吗?"

"爸爸,我一直在努力学习,我相信我可以做到。"叶潇立马信誓旦旦地说。

"哥哥确实很努力地工作,我相信他能做好。"叶亦双真诚地说。

叶宏远微蹙眉头,问叶潇:"可有此事?"

其实,叶潇最近的一举一动,李夏都跟叶宏远如实汇报过。包括卫贤君私自把他安排到公司里工作,叶宏远也早已获悉。只是他是将死之人,不想把精力浪费在这种小事上。他认为继承人已定,结果肯定不会改变,叶潇忽然变得勤奋起来,他的目的是什么,他能猜出个一二。叶潇的改变,不管基于什么目的,对一个父亲而言,都是值得宽慰的。叶宏远也强迫自己不要往坏处想,他期待叶潇真的是浪子回头。

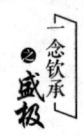

"爸爸，我深知我以前太不懂事，经常惹您生气，时至今日，我才发现自己浪费了太多的时间和精力。我明白，如果不是因为家庭优越，我甚至无法自力更生。我现在必须要努力学习，努力工作，做一个对公司对家庭有作为的人。"叶潇自责道，一脸懊悔的样子。

叶亦双见父亲有些动容，赶紧附和道："哥哥的确进步很快，公司里有很多人夸赞他，纷纷断言哥哥能把公司管理得更好。"

"你能够及时醒悟，是件好事！"叶宏远表扬道，他注视叶潇几秒，转而又严肃地说："善始者实繁，克终者盖寡，你若想改变自己，必须要抱着坚持不懈的态度。今天，你能够迷途知返，这是对你自己的前途负责。你懂得奋发图强，这是对你自己的人生负责。但你必须要做到谦卑于己、礼貌待人；必须要学会静以修身、俭以养德。"

叶宏远的大道理对叶潇来说确实深奥了点，他茫然地点点头，又郑重地说："我会严格要求自己的！"

"叶家的男人一定要有担当！"叶宏远一脸肃然。

"爸爸，让哥哥帮您多分担些工作嘛，这样您才能好好调养身体。"叶亦双觉得时机成熟，便开始向父亲举荐叶潇。

叶宏远立刻就听懂了叶亦双的言外之意，他隐隐有些不快，又不好在叶潇面前发怒，只好暂时压住怒火，准备另择时间训斥她。少顷，他严肃地对叶亦双说："我心里有数！你先做好自己的本职工作，切勿逾越。至于其他事，我自会安排。"

叶亦双不傻，一下子就听出了父亲是在呵斥她，便怔在了那里，不敢再言。

叶潇是个局外人，听不明白父女俩的言外之意，他还对叶亦双的仗义、心存感激。他见父亲没有表态，便识趣地说："爸爸，我会继续努力，请您放心！"

叶宏远点了点头，然后起身说："我累了，要休息一下，你俩先回去吧。"

叶亦双明白自己的话惹怒了父亲,她装作若无其事的样子,对父亲说:"那您先休息一会儿,我们去陪会儿妈妈。"

而叶潇当真以为父亲累了,需要休息。他还对着父亲离去的背影,关切地说:"请您好好休息。"

第四十四章
暗度陈仓

时光荏苒，百里焱离回家工作的日期越来越近，他实在不甘心就这样轻易关停酒吧，毕竟这里凝聚了他一年多的心血。后来他想了个两全其美的办法，既不用关闭酒吧，也不用撤资。他计划从台前转入幕后，准备把酒吧交给谭乐打理，自己就做个投资商。反正父亲只让他回百里集团做事，没有强制性要求他必须把酒吧处理掉。他为自己的睿智感到沾沾自喜，开始逐步安排后续事项。

百里焱要尽快实施计划，赶在五个月的约定期限之前，能够使自己顺利抽身。他所做的一切，若想取得成功，首先要获得女朋友珂儿的支持。他在说服她的过程中，颇费周折。起初，珂儿听到这个计划时，与他闹起别扭，产生强烈的抵触情绪。后来，经过百里焱几次三番的恳求，并动之以情、晓之以理，才勉强使她应允下来。当百里焱说服了女朋友之后，就开始酝酿跟谭乐的合作事宜。

这天早上，百里焱约了谭乐到办公室商量事情。百里焱一进办公室就看到谭乐已经候在那里，冲他打了声招呼。

谭乐见老板来了，立马站起来，打了声招呼："找我有什么事情吗？"

百里焱示意他坐下，开口就表扬道："我这个月经常不在公司，酒吧里的诸多事情全部压在你的身上，真是辛苦你了！"

第四十四章 暗度陈仓

原来，在这之前，百里焱并未向谭乐透露过他离开酒吧的想法。他在这个月当中，隔三岔五地借故离开酒吧，外出几天，目的就是想知道把酒吧完全交给谭乐管理后，会不会正常运行。事实证明，酒吧已经步入正轨，有着健全的运行机制，不管他在与不在，酒吧都会正常营业。

"说得这么客气干吗？这不是我的工作吗？"谭乐疑惑地看着百里焱。他感觉今天的气氛有些怪异，百里焱的语气跟平常不太一样。

"看来酒吧的管理模式已经非常成熟了。"百里焱自语道。

"百里，有什么事情吗？"谭乐好奇地问，他越来越感觉到他的举止怪异。

百里焱笑着说："就算我不在酒吧，这个月的营业额也有所提升，酒吧能稳步运行，我感到高兴。"

"酒吧拥有健全的机制，公司给每个人都分配好了工作任务，只要大家按部就班地去完成，那酒吧的运作自然不会偏离轨道。"谭乐轻松地说。

"这主要的功劳还是在于你，假如不是你在管理，那酒吧的运行和收入可能就不会稳定。"百里焱夸赞道。

谭乐立马谦虚地说："这些都是我的分内工作，谈不上有什么功劳。"

百里焱高兴道："你知道吗？我就欣赏你的这种性格，谦虚、自信！"

"承蒙夸赞了。"谭乐笑了笑。

"今天，我让你过来，还有一事要与你商量。"百里焱说。

"有什么事情需要我去办的？"谭乐马上问。

"公司蒸蒸日上，运作平稳，我准备制订一些计划，好让公司的体制更加完善。"

"什么意思？"谭乐不解。

百里焱看到谭乐疑惑的眼神，一本正经地说："为了奖励你为酒吧做的贡献，我准备送你一些干股。"

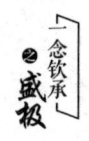

"送我股份?"谭乐惊讶万分,不敢相信自己的耳朵。

百里焱诚恳地说:"我准备送你百分之二十的股份,让你成为酒吧的股东。另外,你的工资照发,待遇不变,你看怎么样?"

"百分之二十的股份!"谭乐吃惊地伸出两个手指头比画,他做梦也想不到,突然之间会获得一笔巨大的财富,他的心里犹如中了头彩般激动。

百里焱拍拍他的肩膀,认真地说:"不错!这百分之二十的股份由公司奖励给你,当作你一年多努力的回报。"

"谢谢!谢谢!"谭乐回过神来,连忙感激不已。

"阿乐,恭喜你成为了酒吧真正的主人。从今往后,你不再是为我工作了,而是为自己打工了,你要再接再厉了!"百里焱揶揄道。

"百里,谢谢!太感谢你了!突然收到你的这份大礼,我都不知道该说些什么好!谢谢!"谭乐惊喜得语无伦次,平常麻利的舌头仿佛打了结。

百里焱顿了顿,转而有些失落地说:"以后,我不会参与酒吧的日常管理,有事情你做主便是。"

"你这是什么意思?"谭乐觉察到百里焱的失落,连忙收起笑容。

"我父亲早在几个月前就要求我回百里集团做事,现在差不多到时间了。假如我回到百里集团工作,就没有时间打理酒吧了。"百里焱无奈地说,情绪显得低落。

"怎么会这样!"谭乐听了这个消息,不知道该说什么好,毕竟以百里焱的特殊身份,蛟龙岂会浅滩游。

百里焱无奈地笑笑,自我安慰道:"其实也没有关系啦,只要有你和珂儿在,肯定能把酒吧打理得更好。"

"可是……"

谭乐正想说话,却立马被百里焱打断:"这是我爸的决定,谁也改变不了,我们不去做徒劳无功之事!"

第四十四章 暗度陈仓

谭乐点了点头，他能理解百里华的决定。百里焱肩负着与生俱来的特殊使命，这是其他人无法替代的。谭乐失望地说："我能理解你的苦衷，但你把酒吧交给我管理，我怕有负你的重托！"

"你就不要再作推辞，我相信以你的能力打理酒吧绰绰有余。酒吧只有在你的管理下，我才能安心回百里集团做事。"百里焱真诚地说。

"既然你如此信任我，那我一定不会辜负你的期望，我会好好帮你打理酒吧！"谭乐承诺道。

百里焱诙谐道："不是帮我，是帮我们呢。"

谭乐忙笑道："不错，是给自己打工了。"

百里焱淡淡地说："这下我就放心了，以后，酒吧就辛苦你了！"

"我必定好生看管！"谭乐郑重地说。

百里焱刚把酒吧的事情托付给了谭乐，立马就接到了薛承的电话。薛承通知他，纪凡过会儿就到丽温，让他一块儿过去接他。

他们提前守在高速出口，等候纪凡到来。约莫半个小时后，纪凡的车才出现在他们的视线中，薛承和百里焱赶紧下车迎接他。

三个男人紧紧拥抱在一起，纪凡深深吸了口气，感喟道："终于又回到了这片土地上！"

"纪哥，这次回来多住几天，好好逛逛，丽温市如今已大变样了！"百里焱笑着说。

"是要好好看看！"纪凡意味深长地说。

"走吧，先回去再说。"薛承说。

"走！"

一路上，纪凡望着车窗外面，沉默寡言，不时闪过的高楼大厦让他陷入了对往事的回忆。

薛承看到他一脸凝重，便笑着说："是否感觉眼前的一切完全变了样？"

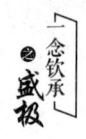

"人是物非啊。"纪凡轻声道。

"无论如何,这里自始至终还有一群欢迎你归来的朋友在。"

纪凡侧过头看着薛承,感激地说:"谢谢!"

"兄弟之间何需言谢。"

"想不到丽温市发展得那么迅猛,整座城市几乎重建了一遍,许多熟悉的建筑只能在记忆中捕捉了。"纪凡感慨道。

薛承问:"难道你一直就没有回来过吗?"

纪凡轻声道:"没有,就算回来也不知道干什么!"

"一切都过去了!"薛承淡淡地说。对于纪凡的家庭变故,他觉得任何的安慰之词都显得太过单薄。

纪凡喃喃自语:"都过去了!这么多年来,连回忆也不敢奢望!"

"你没事吧。"薛承轻声问。

纪凡自嘲道:"不该再去揭开这层旧伤疤了。"

"过去了那么久,都不一样了。"薛承安慰说。

纪凡重重地吸了口气,然后问:"我们现在去哪里?"

"先去我家休息一下,晚上给你接风。"薛承说。

纪凡思考起来,脸色凝重,仿佛在做一个艰难的决定。须臾,他才坚定地说道:"还是先去看望下外婆吧!"

薛承沉默一下,然后说:"是该去探望老人家了!"

车子飞速行驶,转眼之间就到了养老院。薛承领着纪凡来到外婆的寓所门口,给他使了个眼神,小声说:"这会儿,外婆应该在阳台晒太阳。"

纪凡点了点头,轻轻推门进去。

临近正午,初冬的太阳从玻璃窗照射进来,给人一种慵懒、舒适的感觉。老人家正闭着眼睛躺在摇椅上,享受太阳带来的温暖。她的身边放着唱机,唱机里传来优美的京腔,老人家满头银丝、眼窝深陷,干枯

第四十四章 暗度陈仓

的脸上布满褶皱。他们蹑手蹑脚地走到外婆跟前,不敢出声,怕打扰了老人家的清梦。

过了差不多半个小时,音乐声戛然而止,此时,老人家才慢慢苏醒过来,徐徐睁开眼睛。首先映入她眼中的便是薛承的身影,她惊喜地说:"小承,你怎么有空过来了!"

"外婆,您醒了!"薛承微笑道。

老人家自责道:"人一老,耳朵就不好使了,连你们进来都不知道。"

"外婆!您看谁来了!"薛承说完,往后退了一步。

老人家揉揉眼睛,仔细辨认站在她眼前的年轻人。对她而言,此人似曾相识,却又一时间想不起来。

纪凡蹲下来握住老人的手,轻声道:"外婆,我是小凡。"

老人愣了一下,喃喃自语道:"你是小凡?"

纪凡看着眼前形容枯槁、满脸沧桑的老人,一阵酸楚,泪水立即噙满眼眶,他难受地说:"外婆,您还好吗?"

老人家看到纪凡,仿佛又看到自己的孙儿一般,立即高兴地热泪盈眶:"这些年你都去了哪里?杳无音信,你让我好担心啊。"

"对不起,外婆!让您担心了!"纪凡拼命地咬住嘴唇,不让眼泪滴落下来。

老人家摸摸湿润的眼眶,开心地说:"回来就好,回来就好!"

看到老人,纪凡又情不自禁地想起往事,他愧疚地说:"我一直感觉没脸再见您,时常想起您,又特别内疚。"

老人和蔼地说道:"事情都过去了那么久,早已尘埃落定,还想这些做什么。"

纪凡感激地点点头:"您身体还好吗?"

"身体好着呢,这些年多亏了小承的照顾。"老人开心地说。

"我们是一家人,理应照顾好您。"薛承淡淡一笑。

老人问纪凡:"这些年你都去了哪里?我知道小承找了你好久,却始

261

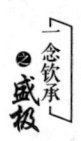

终找不到你。"

纪凡怔了怔,赶忙编了个善意的谎言隐瞒道:"我一直在国外生活,后来全家人都定居到了那里,故而跟朋友们失去了联系。"

老人打趣地说:"原来如此啊,你都漂洋过海了,怪不得小承怎么找也找不到你呢。"

纪凡微笑道:"我以后会经常来看望您的。"

"你不走了吗?"老人急切地问。

"不走了,再也不走了。"纪凡坚定地回答道。

"太好了,我又多了个孙儿。"老人爽朗地说道,脸上洋溢着笑容。

纪凡和薛承相视一笑。正午的阳光越发强烈,透过玻璃洒下了层层温暖,几人言笑晏晏,享受团聚后的温馨。

第四十五章
鞭辟入里

一大早，念雅就跑到薛承的住所，发牢骚道："这几天给你们兄弟俩单独相处的时间够多了吧。"

薛承见念雅的神色有些不对，马上讨好道："夫人几日来的体谅和大度，为夫感激不尽！"

念雅双手抱在胸前，白了他一眼，怒气冲冲地说："谁是你夫人啦！谁跟你笑啦！我没有你说的那般大度！"

念雅生气是有原因的，自从纪凡回来后，薛承就像打了鸡血一样，每天下班之后，约上一帮朋友吃喝玩乐，可谓夜夜笙歌。另外，薛承非要纪凡住在他家里，这么一来，念雅只得回家去住。因此，当纪凡回祁阳后，念雅就跟薛承来个秋后算账。

薛承心里明白念雅闹别扭的原因，故意揣着明白装糊涂，他上前轻轻抱住她，温柔地说："好老婆，你怎么了？我哪里做错了吗？你说出来，我改便是了。"

念雅佯装挣扎一番，然后气呼呼地说："你重友轻妻，我非常生气！"

薛承装作一副恍然大悟的样子，认错道："原来是这么回事，纪凡也是难得回来一次，您大人有大量，原谅我这一次喽。"

念雅嗔怒道："我算是看出来了，我在你心里就是个可有可无的人，

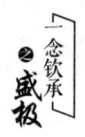

招之即来,挥之即去!"

薛承立即信誓旦旦地说:"怎么会呢,你是我这辈子最重要的人呢。您消消气,要不这样,我保证以后会尽量注意。"

"还有以后!我看你敢!"念雅杏眼一瞪,怒道。

薛承冷不丁亲了念雅一口,笑着说:"以后听您安排便是!"

薛承的亲昵行为让念雅笑逐颜开,她转而好奇地问:"这些年,纪凡为什么一直不肯回丽温呢?"

薛承怔了怔,当初他听了纪凡的遭遇后,心如刀割,仿佛自己也在经历这场劫难。对于此事,他不愿意再提及,又不知道该如何说起。

"你怎么不说话了,一副神神秘秘的样子!"念雅见薛承半天说不出一句话,便问。

薛承考虑片刻,决定和盘托出,他选择对念雅不做任何隐瞒,只是那种阐述的心情惆怅哀飒。

念雅听完,沉默良久,轻声叹道:"原来纪凡的遭遇如此悲惨!"

"相对我们而言,他一个人生活得太凄凉了。"薛承落寞地说,他轻轻捧起念雅的脸,深情地说:"在学生时代,我就像他的兄长一般,既然他回来了,我一定要给他家的温暖,我希望你能理解。"

纪凡的坎坷命运,令念雅心有戚戚,这种她只能在电视剧里见过的故事,竟然活生生发生在身边。她很同情纪凡,对薛承点点头,眼神坚定。

薛承情意绵绵地说:"老婆,谢谢你的包容与体谅!"

"以后我最多是睁一只眼闭一只眼吧。"念雅温柔地说。

薛承一把抱起念雅,开心不已:"老婆!你太贴心了!"

念雅尖叫一声,笑着说:"我话还没有说完呢。下次他过来,必须由我们俩人一起接待他,你不能丢下我!"

"得令喽!"薛承愉快地说。

"快放我下来,我们抓紧去公司吧。"念雅大声说。

第四十五章 鞭辟入里

"不忙!"他又抱着她快速旋转起来。

念雅和苏姝合伙开的外贸公司,在生意上并没有起色,尽管朋友们介绍了不少生意,但公司开发的新客户并不多。造成这个困境的主要原因还是外围经济环境恶劣,引起贸易市场萎靡不振。金融危机之际,许多企业都在破产边缘苦苦挣扎,倒闭歇业的比比皆是。念雅的外贸公司刚成立不久,像这种资源缺乏、结构单一的新公司自然难逃厄运。念雅想不出好办法去应付目前的窘境,唯有把希望寄托在薛承身上,请他来公司指导一下。

当薛承得知念雅的这个想法,感到十分滑稽,他对外贸根本不懂,纯粹是个"门外汉"。两个截然不同的行业,他拿什么知识去指导他们?他想推脱,免得误人子弟。可他经不起念雅的一番折腾,只好硬着头皮应允下来。这不,念雅等纪凡一走,马上就要拉着薛承去公司,帮她提升业绩。

他俩一到公司,苏姝马上过来向薛承打了声招呼。苏姝一脸笑容,对薛承毕恭毕敬。

一直以来,他在念雅闺密心中的形象都很高大,她们觉得他不仅才华横溢、足智多谋,还英俊帅气。

苏姝感激地说:"薛总,又要麻烦您了。公司的业绩持续下滑,我们根本不知道该怎么办才好。"

薛承露出热情的笑容,宽慰道:"现在的经济形势不容乐观,各个行业普遍出现经营困难的局面,你不要太焦虑,等熬过这段时间便会好起来。"

"金融风暴实在是太可怕了,公司里有很多欧洲客户,在这样的形势下,他们非常谨慎,宁愿歇业也不敢贸然投资。"苏姝一脸失望的样子。

"生意总有高潮期和低潮期,你不要太过悲观,不久后会有所改观的。"薛承安慰道。

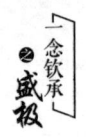

"但愿如此吧!"苏姝勉强笑了笑。

"要不要我叫职员们先过来开个会呢?"念雅心急地问。

"不忙,让我先看看公司的情况。"说罢,薛承各处巡看,念雅和苏姝就跟在他后面默不作声。

过了半个多小时,他才跟她们表示可以开个会。这里不像大公司,还有专门的会议室,开会也就是把人聚拢到办公室一角,大家围在一起听讲讨论便可。

薛承看看眼前围坐的七个人,清了清嗓子,表情轻松地说:"今天贵公司领导要我过来给你们指导工作,我总感觉很别扭,因为我从事的是建筑行业,而你们从事的是贸易行业,对我而言有点勉为其难。假如在建筑行业,我当然可以做你们的导师,但现在是贸易行业,按理说你们要做我的导师,你们的专业知识肯定比我丰富。所以,我今天万一讲错了,还请大家见谅,以后千万不要当作茶余饭后的笑料,因为我会经常来这里,免得来一次羞愧一次。"

大家听了薛承幽默的开场白,哄堂大笑起来,注意力也全被他吸引过去。

薛承停了几秒,继续说:"话又说回来,'三人行必有我师'!不管什么行业,不管什么人,都有值得学习的优点,博采众长嘛。俗话说:万变不离其宗。既然大家都是身处商海,追根究底,那些规律性的东西不会相差很多。有些行业规则,反而是门外汉看得更深远更透彻。这就好比你们站在门框里面看外面,只能看见屋内的景象和窗外的一小块景色,而站在门框外面的人,却能看到整座房子和窗外全部的风景。如此设想,我觉得我这个门外汉,也是可以站在台上给你们讲讲课,分享经商经验的。"

薛承说到这里,大伙都觉得很在理,于是一边鼓掌一边点头赞同。

"刚才我利用一点时间,在办公室里转了一圈,又跟几个同事聊了聊。我发现公司里存在几个严重的问题,我有必要说几句。首先,是信念问题。我发现有些人的信念非常薄弱，是一种盲目悲观的状态，缺乏正确的判断性。比如，一听到外界一丁点不好的信息，就会让自己陷入困境之中，裹足不前。现在的经济环境确实不好，但你要从客观方面考虑，寅吃卯粮之事又不是你们一家公司的个例，现在是非常时期，一些大中型企业都在勉强支撑，更何况是我们这些微型企业。所以，我认为你们首先得树立积极乐观的信念，一个有信念的企业才会持之以恒地发展下去。目前的经济已经处在谷底，你说它还能坏到哪里去，接下来的时间，经济必然会慢慢上升，就像波浪一样，有谷必有峰，我希望大家千万不要灰心，期待经济回暖。"薛承几乎是一口气说完，他说完又走到其中一个戴眼镜、看上去斯文柔弱的女子面前，赞许道："比如这位女同事，她在工作上的信念就很强烈。全公司里，只有她的办公桌是整齐干净的，屏幕一角还贴着'加油'的便签，这是时刻提醒自己要努力。假如每一位成员都跟她一样，公司何愁不会发展！"

薛承见大家沉默不语，稍停片刻，继续说："第二点，便是节约问题。我发现整个办公室存在着严重浪费的现象，大家都知道公司经营不善，你们为何不开源节流呢？换句话说，能省下一块钱，就意味着我们赚到了一块钱。大家千万不要小看，只要日积月累，小钱也会变成大钱。公司就是一个集体，大家必须要存在集体荣誉感，这样才会日渐强大。"

说完第二点，薛承停了一会儿，他见大家面露愧色，又说："至于第三点，是资源整合方面，这也是最重要的一点。我发现大家缺乏交流，各自为政，不懂得资源分享。比如，我刚才看到有个客户询价某样物品，因为外贸员不清楚，就直截了当地回绝了客户，她并未去咨询其他同事。可想而知，整个办公室的人都是以自我为中心，不晓得资源利用和分享。这是一个很可怕的现象，久而久之，你们公司的业务范围会越来越狭窄，缺乏竞争力，导致业绩下滑。我有个小小的建议，因为贸易种类繁多，你们可以归类下目录，由专人负责管理，如此，就不会碰到议价盲区。"

见大家仿佛陷入思考当中，薛承又对念雅说："最后一点，我想给念

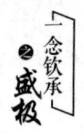

雅和苏姝一个忠告，你们是这家公司的股东，可谓灵魂人物，你们的眼光和格局是针对整个公司和整个市场，千万不要局限一隅，舍本逐末。小事，谁做主都一样；大事，必须团队决策，千万别把经商弄得跟买衣服似的，凡事非要凑在一块儿商量。"

看到大家纷纷点头赞同，薛承总结道："我讲的话可能会得罪人，但请你们务必要理解。尽管公司不景气，但我们的思想、态度和行为一定要摆正。一个有灵魂的公司，绝对潜力无限，目前，我们只是处在蛰伏状态，蛰伏期后势必会厚积薄发！"

薛承话毕，全场立即爆发出掌声，大家都向薛承投去赞许和感激的眼神。

第四十六章
一刀两断

鉴于薛承白天精彩的演讲，念雅决定晚上做顿美食好好犒劳他。外贸公司授课一结束，薛承就回到宏远集团。念雅特意提早下班去准备食材，一想到薛承届时惊喜的表情，她心里就感觉乐滋滋的。

傍晚，薛承下班回到家，听见厨房传来响声，他便蹑手蹑脚地走过去，突然给正在打电话的念雅一个意外的拥抱。

念雅冷不丁吓了一跳，回头见是薛承，赶忙关上还在通话的手机，神色显得有些慌张。

薛承笑着问："怎么了？"

"你怎么不出声呀，吓我一跳。唉！还不是公司的事情，实在是太烦琐了！"念雅立即责怪一句，接着又扯了个谎言掩饰道，内心却波涛汹涌。

薛承安慰她几句，然后用力一嗅，大声说："好香啊！"

"今晚给你一个大大的惊喜哦。"念雅扬扬得意地说。

薛承寻味到餐厅，看到满桌子的珍馐美馔，立马赞叹道："老婆真是上得了厅堂，下得了厨房啊！"

"知道我贤惠了吧。"念雅一副自鸣得意的样子。

"我已经无法用任何的赞美之词来称颂你了！"薛承高兴地说道，一副夸张的表情。

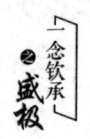

念雅开心地说:"快坐下来尝尝。"

薛承一副迫不及待的样子,兴奋地说:"看着就很馋人啊。"

"今天你的表现可圈可点,这顿晚餐权当是对你的奖励。"念雅夸赞道。

"这么说,我打肿脸充胖子,还给你长脸了!"薛承诙谐道。

念雅故作认真地说:"看你才思敏捷、口若悬河,我想邀请你来我这座小庙,定时开展授课和指导工作。"

薛承正在大快朵颐,一听念雅的话,差点把刚入嘴的食物全喷出来,他吃惊地说:"你这是跟我开玩笑吗!"

"你觉得我是在说笑吗?"念雅忽然一本正经的样子。

薛承赶紧说:"偶尔一两次的讲课,是一种精神指导。假如三天两头讲课,那就出问题了,一来没有那么多废话可凑,二来严格讲是在洗脑,跟传销没什么区别了!"

"这是你应尽的义务,你能干最好,不能干也得干!"念雅肃然道,一副霸气的样子。

薛承放下筷子,揶揄道:"莫非这就是所谓的'拿人手短,吃人嘴软'吗?"

"不错!你行使了吃饭的权利,就要担负授课的义务。"念雅说得振振有词。

薛承觉得十分滑稽,笑道:"你这是什么逻辑,完全不按套路出牌!"

念雅嘟起小嘴,嗔怒说:"反正你是没的选择,最好还是从了我,以后还有更多的口福。"

薛承双手举过头顶,笑着说:"我认输,我投降!"

"这样才乖!"念雅愉快地说,一副获胜的神气样。

薛承深情地看着念雅,突然十分认真地说:"我们结婚吧!"

念雅听到这话,一下子呆住了,少顷,才回过神来睁大眼睛问:

"你……你不是跟我开玩笑的吧？"

"我从来没有这么认真过！"薛承看着她，一脸真诚。

念雅停了几秒，勉强地笑道："你让人家大吃一惊了，真讨厌。"

其实对念雅而言，她十分渴望嫁给薛承。可真当幸福来敲门时，她又害怕退缩了，父亲的威严和决断，是她没有勇气面对的。

"嫁给我！"薛承又说，眼神充满柔情和真挚。

"你这样……太意外了。"念雅慌张地笑道，她的内心突然感觉苦不堪言。

"你不愿意吗？"薛承暗暗吸了口气，平静地说。

"不是……可是……"念雅吞吞吐吐，不知从何说起。

"你这是给我造句吗？"薛承开始产生了不满的情绪。

"不是你想的那样，可是现在还不是时候！"念雅终于憋出一句完整的话来辩解。

"你这算给我完成了造句吗？"薛承沉下脸来问。

"我该怎么跟你说好呢！"念雅无奈地说，一脸纠结的表情。

"是不是因为丁迪！"薛承死死地盯着她，冷峻地问。

"他？"念雅听到这个名字，蓦然呆住，仿佛被闪电击中一般。

薛承这下彻底沉不住气了，他感到怒火中烧，低吼道："百里念雅，我认识你这么久，没想到你还是个吃着碗里看着锅里的人！你这是当我是备胎，还是当他是备胎！"

"不是你想的那样！"念雅一下子就委屈地红了眼眶，她心乱如麻，无从解释。

"开业那天，他当着那么多人的面，送来蓝色玫瑰，我一笑了之。你跟他一起看话剧，我不去过问。你在家里鬼鬼祟祟与他联系，我也忍了。此刻我才发现，我的宽容是对你的纵容，我的体谅反而是你变本加厉的资本！"薛承怒气冲冲地大声指责道。

"我没有！"念雅捂住耳朵，大声喊道："不是你想的那样！"

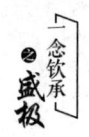

"你还想隐瞒我吗?事实摆在眼前,你还有什么可狡辩的。"薛承质问道。

"我没有!真的没有!他是在追求我,但我一直跟他保持着距离!"念雅无力地争辩道。

"笑话,天大的笑话!还保持着距离,难道你就没有跟他说明情况吗?你可是有男人的!"薛承冷冷地说。

"我……"念雅觉得非常委屈,一时哽咽住。

"你当我是什么人,我薛承还不至于沦落到当备胎的地步!"他一把甩掉餐具,恨恨地说:"你跟他认识才多久,却抹杀了我们十几年的感情,你真是让我刮目相看啊!"

此时的念雅早已泪眼盈盈,她委屈地说:"你以为我乐意啊,你以为我开心啊!这种偷偷摸摸的感觉,生不如死,我既要笑脸对他,又担心你察觉到,我好累啊。"

薛承用冰冷的眼神看着她,冷笑一声:"既然累,就不要做亏心事。"

"你心里不好受,我心里更像是被刀割一般。那是我爸爸的主意,我只能想办法应付一下。一边是我爸爸,一边是你,你说我该怎么办!"念雅使劲咬住嘴唇,结果,眼泪还是不争气地如线一般坠落。

"感情,真不值钱!想不到我薛承的感情,也就如同一张废纸!真是天大的笑话!"薛承自嘲道,他的心如同被狠狠地抽打一番,疼痛不已。

"我真的不想这样,我爱你,我只爱你一人!"念雅哭着说。

"我不需要你那卑微作呕的爱情!我要不起这种与人分享的感情!"薛承声色俱厉道。

"我……"念雅再也无从解释,一味地低着头呜咽。

薛承悲怆一笑,推开椅子起身便走,并冷冷地抛下话:"我已经看不懂你了,我也不敢高攀百里家族这棵大树,你可以继续你的游戏,恕我无法奉陪!"

"你就这样一走了之吗?"念雅伤心地问。

第四十六章 一刀两断

"我玩不起这种感情游戏!"说完,薛承便甩门而去。

"走吧!都走吧!"念雅一把推开眼前的菜肴,感到整个内心世界都已经崩塌,她号啕大哭起来。

争吵之后,薛承跟念雅就断绝了联系。尽管俩人并未分手,实际上已经莫名其妙地分了手。在人性面前,感情显得极其脆弱,前一刻的温馨浪漫,突然就会变成下一秒的绝情分离,甚至连一句告别的话都没有。在这段分手的日子里,念雅痛不欲生,仿佛被残酷地剥去了灵魂。她绝望、懊悔,像是掉入了地狱深处。

得知念雅和薛承分手一事,敏俐、白晓露、苏姝赶紧过来看望她,都想帮她解开心结,以防念雅想不开而伤害自己。

当敏俐看到念雅消瘦了整整一大圈后,心疼地说:"你看你的眼睛都肿成一条线了,脸色这么惨白,你干吗要这么折磨自己呢?"

一旁的白晓露忍不住惊呼道:"你这样下去可不行啊,这么俏的脸蛋,眼看着就要被毁了。"

"小雅,你要振作起来!千万要保护好自己的身体。"苏姝搂住她的手臂难受地说。

念雅神情呆滞,并未理会她们。

"你这个样子,我们非常担心啊,万一你做出什么傻事来,你说我们该怎么办?"苏姝说。

"呸!呸!呸!乌鸦嘴,谁会傻到为感情走上绝路呢。"白晓露嘴上安慰道,心里却没底。

敏俐见念雅无动于衷,忍不住呵斥道:"你还当自己是小女生吗?就分手而已,至于伤害自个儿身体吗?"

"凭你的条件,想找个比薛承好的男人,还不是分分钟搞定的事情。"白晓露宽慰说。

"绝对是分分钟的事情。"苏姝帮衬道。

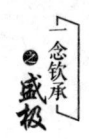

"何况早年你跟薛承不也分过手。严格来讲，你这是复合，都分过手了，还伤心什么呢？"白晓露又说。

"感情就是个不可靠的东西，你没必要与它较真。"敏俐劝道。在情谊面前，不可能存在是非曲直。就算是念雅的错，她们还是袒护她，不去劝闺密反求诸己。

念雅突然捂着耳朵，大声说："我的头都被你们三个人吵爆了！拜托能不能让我安静一会儿啊！"

瞬间，屋子里一片寂静，三人面面相觑，鸦雀无声。

过了一会儿，一向话比较多的白晓露，实在忍不住，开口道："我觉得你折磨自己也不会有什么结果的！"

"你跟我们出去透透气吧，窝在家里解决不了事。"苏姝见有人开口，立马轻声说道。

"都说女人的情伤，必须要用美食和购物来治愈，要不试一试？"敏俐又赶紧劝道。

"你现在只剩下临死前的皮囊和已经死去的灵魂，其实单身挺好，不用遭受烈焰的煎熬。"白晓露说。

"那是因为你没人要。"敏俐幽幽地说。

"谁说我没人要？是我不屑看那些凡夫俗子而已！"白晓露一副傲睨自若的样子。

"你准备不食人间烟火了吗？"苏姝对白晓露说。

白晓露白了她们一眼，说："打住！别扯到我身上。小雅还待我们拯救呢，你们别再瞎扯了。"

苏姝猛然醒悟，抱歉地说："不好意思啊，我们不该在你心情不好的时候开玩笑。"

念雅听到三人的调侃，扑哧一声笑起来，蹙着眉头埋怨道："你们是过来安慰我的，还是来演'三人转'的？"

苏姝见念雅神情好转，立即高兴地说："只要你开心，我们演舞台剧都没有问题。"

"你啊，太不珍惜自己的身体了，着实吓了我们一跳！"敏俐露出笑容责备道。

"可不是吗，我们想尽办法也不知道如何办才好。"白晓露说。

念雅听了，顿时号啕大哭。

"你怎么了？"几人赶紧问。

念雅抽泣道："我就是想哭！"

"失恋了都难受，想哭就痛快地哭出来吧。"敏俐说。

"不是……不是因为失恋想哭。有你们几个好姐妹在，我感动得想哭！"念雅抽泣道。

"不管如何，我们始终都在一起。"敏俐真诚地说。

"没错，姐妹情深！"白晓露和苏姝一同说道。

"谢谢你们。"念雅破涕为笑。

第四十七章
迎刃而解

发生这种事,对薛承来讲同样是痛苦不堪。他有自己的底线,他认为感情是件极其严肃的事情,绝对不能由人随意践踏。这几天,他心里背负了一个沉重的包袱,做事心不在焉,这一切,被细心的叶亦双发现了。

叶亦双找了个理由去他办公室探个究竟,她一进门就调侃道:"一向兢兢业业的薛总,想不到也有走心的时候!"

薛承看到她过来,淡淡地说:"你来了。"

"刚才开会的时候,看你一副心事重重的样子,发生了什么事情?"叶亦双关心地问。

"我有吗?"薛承看看窗外,刻意避开她的眼睛。

"全场的人都看在眼里,是你自己没有察觉。"叶亦双打趣道。

"可能是最近没休息好,容易走神。"薛承一口否认道。

"这个理由假如是宇桐这样的人说,我还能相信几分,可是从堂堂薛总嘴里说出来,那未免太低估我的智商了吧。"叶亦双诙谐道。

薛承尴尬地笑笑,不做解释。

叶亦双说:"有什么需要帮忙的,尽管开口!"

"谢了,我没事!"薛承婉拒道。

叶亦双望着他苍白而又憔悴的脸庞,蓦然有几分心疼。可她只能以

第四十七章　迎刃而解

朋友的身份关心他，或者帮助他，她突然觉得很不甘心，这样优秀的男人，应该要被人侍奉、体贴。

"你找我有什么事吗？"薛承淡然道。他不想再跟叶亦双继续聊关于自己的话题。

他的话把叶亦双的思绪拉回到了现实，她顿了顿，立刻说："我过来跟你商量一下九肖村的事情。"

"那边怎么了？"薛承皱皱眉头，警觉地问。

"管理工程的村干部，我们已经打理到位。本来也没什么事，但最近听说天成公司也在频繁活动，还扬言愿意付出任何代价拿下工程。"叶亦双轻声道。眼神里透出几分忧虑来。

薛承坦然一笑，讥讽道："挖墙脚这种事情，徐永成干得最拿手，你无须理会他们，把自己手头的工作做好便是。"

叶亦双略显担忧地说："听说有几位村干部，已经开始倒向徐永成了！"

"有这种事？"薛承暗自吃惊。

"据说市里头有人出面举荐。"叶亦双说。

"兵来将挡，水来土掩，心放宽点。"薛承一副胸有成竹的样子。

"那我知道该怎么做了。"叶亦双看到薛承一副有把握的样子，心也逐渐平静下来。

"还有别的事吗？"薛承看了看时间，又看了看她。

叶亦双立刻领会了他的意思，便起身说："那我先回去了，有需要帮忙的地方，尽管开口。"

薛承微微一笑，表示感谢。他清楚自己的处境，谁也帮不上忙。

像九肖村这样的项目，说大不大，说小不小，对薛承而言，还够不上极其重视的级别。他誓言争取这个项目，完全是为了成就叶亦双。这个项目是叶亦双全权负责，底下有那么多双眼睛盯着，万一发生变故，

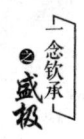

他不好向叶宏远交代。如今,中途又杀出个程咬金,他必须要亲自出马了。

他调查后得知,出尔反尔的是九肖村的村长肖建国和副村长林钟,他们两个人反水,又是因为市里头一位副市长牵涉其中,总之是纵横交错,复杂万分。薛承可不管天成公司背景如何厉害,反正跟徐永成已经结下梁子,就用不着再顾忌什么了,大家招来招去便是。他才不怕徐永成,毕竟宏远集团树大根深,关系网罗密布,不管斗法斗宝,较量一下便知结果。

既然徐永成通过副市长,强行疏通了与村干部们的关系,那他就计划请市委副书记出面,制止这种权利干涉商务的行为。再由他出面跟村长谈谈合作事项,薛承决定不管花多大的代价,势必要拿下这个工程。

重阳节前一晚,薛承约了九肖村村长等一干人,在一处农庄别苑里吃饭。当晚入席的有薛承、叶亦双、肖建国、林钟,还有一个九肖村委员。

开宴后,薛承首先客气地说道:"肖总和林总能在百忙之中抽出时间赴宴,我非常荣幸,也非常感谢你们给我这个面子。"

肖建国领教过薛承的实力,马上笑着说:"薛总言重了,就吃个便饭而已,干吗搞得这么隆重。"

林钟附和道:"我们都是老朋友了,简简单单就好,薛总太破费了。"

薛承面带笑容,和颜悦色地说:"我薛承是个重情重义之人,在九肖村改建的工程上,你们几位都出过力,这份情谊,我一定会记在心里。"

"薛总讲义气那是行业内公认的!"肖建国竖起大拇指,称赞道。

"对!对!对!"林钟立马奉承应和。

薛承肃然道:"我这人恩怨分明,你敬我一尺,我敬你一丈,肖总和林总,都是对我们公司有过帮助的人,日后必当重谢!"

"薛总,客气了,太客气了!"肖建国眉开眼笑地说道。

"就是嘛,举手之劳,何足挂齿。"林钟笑着说。

"我敬你们一杯！"薛承举杯说："感激之言就全部在这酒里面了！"

"薛总客气了！"肖建国等人一饮而尽。

薛承撂下酒杯，沉默了几秒钟，诚恳地说："我今天请你们过来小聚，确有一事相求，请在座的三位帮个小忙。"

肖建国冲林钟使了个眼色，然后说："有什么事情，薛总尽管开口！"

"只要我们能力所及，绝对是一句话的事。"林钟马上接话道。

薛承倏然正色："此事对你们来说，微不足道，是举手之劳。可是对我薛承来说，便是天大的事情。往后，我能不能在建筑行业立足，就看各位能否给我这份薄面了。"

肖建国和林钟一听这话，面面相觑，忙赔着笑脸："薛总请讲，既然事关重大，我们几个定当竭尽全力。"

薛承站起来，亲自给他们三人斟满酒，笑着说："有你们这句话我就放心了，我也不拐弯抹角了，就直截了当地说了。"

"咱们都是多年朋友，直接点好！"肖建国讨好道。

薛承见几人态度变得真诚起来，于是说："关于九肖村整体改造工程，我知道这份标书还握在三位手里。这个项目是交给哪家企业做，三位都能说得上话，本来以宏远集团的实力拿下这项工程绰绰有余。不料，半路又杀出个天成公司，这就不太好办了，肥肉只有一块，老虎却有两只。俗话说两虎相争，必有一伤，谁都不希望出现血腥的场面。我更不想看到鹬蚌相争，渔翁得利的局面出现。今天，我请你们几位过来，希望能共同研究出个方案，让大家都能和气生财！"

林钟听了，马上奉承说："薛总考虑事情，果然是面面俱到啊。"

"薛总所言甚是，和气生财！"委员应和着。

肖建国沉默了几分钟，仿佛敲定主意似的，叹气道："薛总！不瞒你说，你的提议正是我们几个人左右为难的事情！原本简简单单的事情，就因为徐永成的掺和，搞得我们非常被动！如今更是难以抉择，两边都

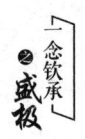

得罪不起啊!"

薛承点了点头,表示理解,他说:"本来这项工程是件利民的好事,现在倒好,成了吃力不讨好的苦差事了!"

薛承的话道出了几个人的难言之隐,林钟像找到了知音一样,大倒苦水:"薛总您是说到兄弟们的心坎上了,我们也被这事弄得焦头烂额,商量过多次,始终拿不出个解决办法来。"

薛承压低声音说:"咱们明人不说暗话,我知道你们也是受到了上面人的示意,所以才被徐永成搅成浑水。"

肖建国立即说:"薛总的消息真是灵通,看来谁想在丽温市搞点小动作,绝对逃不过薛总的耳目。确有此事,还是市领导亲自把电话打到我这儿,明确要求我们慎重甄选建筑公司,还提到天成公司的资质相当不错。您说,领导都这样发话了,我如果还拒绝他,那我真是不知好歹了!"

薛承见肖建国道出真相后,暗自窃喜,他看到一张联盟的大网正在慢慢铺开,便安慰说:"肖总不必多虑,若换作是我,也会爽快答应,都说官大一级压死人,何况我们是平头老百姓呢。他们能做官,说明他们的觉悟性和认知度比我们高,既然他们认定天成公司资质不错,那这家公司肯定差不了。"

三个人见薛承能够向着他们说话,顿时舒坦了许多,心里藏着的那种鸿门宴的感觉瞬间消散。肖建国感激地说:"薛总重情重义,感谢您能理解我们的苦衷。"

说罢,肖建国站起身来,双手举杯,郑重地说:"就冲薛总的这份理解,我要好好敬你一杯!"

"这样就显得拘礼了,请快快坐下!"薛承赶忙站起来说。

"我干了!"肖建国随即一饮而尽。

"爽快!"薛承也干了杯中酒。

"薛总真是豪气冲天。"林钟竖起大拇指赞叹道。

第四十七章 迎刃而解

"宏远和天成都有背景,这着实委屈了三位兄弟,让你们两头难做人。"薛承安慰道。

"唉!谁说不是呢!"林钟气愤地说:"这世道,连芝麻绿豆大的官也难当啊!"

"既然你我都当自家兄弟一样,那敢问,你们找到解决办法了吗?"薛承问。

肖建国摇摇头,一脸无奈,他说:"请薛总给兄弟几人指条明路。"

林钟赶紧向薛承请教道:"薛总若有法子,还请如实相告。"

薛承眉头拧紧,说:"这件事情关乎我薛承的颜面,谁不给我几分薄面,那我铁定要撕破他的整张脸。徐永成明知道,宏远集团已经跟你们达成了口头协议,竟然还用这种不入流的手段挖我墙脚。他不仁,就别怪我不义,他挖我墙脚,我定会拆了他的根基。你们三个不用担忧,我请你们来,就是为你们做了一个台阶,好让你们安然地从高台上走下来。"

肖建国赶紧说:"请薛总赐教!"

薛承笑着说:"其实办法很简单,你们根本不需要选择站边,只需公事公办。"

"这……"肖建国猜不出其中用意,愣在那里。

"我听不明白。"林钟抓抓头,一脸疑惑。

"放弃你们手中的决定权!"薛承简单地说。

"放弃?放弃!"肖建国嘴里反复念叨。

"这是为何?"林钟还是猜不透薛承的用意。

肖建国顿然醒悟,他大声赞叹道:"真是好办法啊,感谢薛总的提点!"

"肖总,怎么说?"委员不明就里,问道。

"薛总之意是让我们把这件棘手的事情推给别人去办,村里不是还有书记和其他村干部吗?如此一来,我们没权力管事了,不就是变相交差

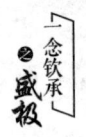

了吗!"肖建国说完,开怀大笑起来。

"可是那样一来,我们不是……"林钟忽然感觉自己说错话,马上闭口不谈。

薛承知其意,马上表态道:"林兄放心,既然我今天邀请你们过来,就绝对不会让你们空手而归。"

肖建国心领神会,冲林钟呵斥道:"薛总为人有情有义,做事有始有终,再谈别的就伤感情了。从现在起,我们三个人就不再管这些破事了!"

"爽快!我就喜欢跟直爽人打交道!"薛承举杯说:"合作愉快!"

"合作愉快!"几人异口同声说。

第四十八章
肺腑之言

随着天气渐冷,叶宏远的身体越来越差。前几日,李医生过来察看过他的病情后,遗憾地对卫贤君说他已经无力回天。这几天,叶宏远自己也察觉到命不久矣,所以,他想趁神志还算清醒,把该嘱托的事情尽快交代下去。眼前,他急需要见的人便是魏和,他有太多事情要托付给他了。

当他看到魏和到来,挤出一丝笑容来迎接他:"老魏,你终于过来了。"

"我一接到你的电话,就马不停蹄地从利州市赶回来看你,你感觉怎么样了?"看到叶宏远面色苍白,形销骨立,魏和的心里像被针扎了一样难受。

叶宏远挣扎着想坐起来,却又使不上劲,魏和赶紧上前去扶他一把。

"我这把老骨头,想坐起来都难了,看来老天爷想尽快把我收了。咳咳,咳咳!"叶宏远刚打趣几句,就一阵剧咳。

"宏远,你没事吧?"魏和见他直喘粗气,万分担忧起来。

叶宏远勉强坐好,长长地舒了口气,笑道:"这病真是没完没了啦,我斗不过它了。"

"你就安心养病吧,现在的医疗技术非常发达,用不着太担心,我相信肯定能治愈的。"魏和安慰道。

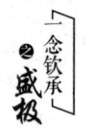

叶宏远轻微地摇摇头,吃力地说:"你也不用安慰我了,这病啊,异常凶险!每次发起病来,痛得我死去活来,我的身体实在吃不消了,还是早点结束最好。"

魏和握住叶宏远的手,责备道:"你从来不会说这些气馁的话,你这是怎么了!"

叶宏远叹了口气,然后自嘲说:"老魏啊,刚开始我也是信心饱满地与这病斗争着,当时我就想,我叶宏远能爬上今天这个高度,就是因为从来没有被事情难住过,我总感觉自己异于常人,就算生病了,肯定也能把这病给压制下去。谁知道我这回想错了,我们人太渺小了!"

魏和鼓励说:"你原先的想法是正确的,堂堂集团公司的董事长,自然要异于常人!不管如何困难,你一定要坚持住,事情肯定会有转机的。"

叶宏远又微微地摇摇头,一脸平静,仿佛早已看透了生死,他说:"可是越往后,我就越觉得不对劲了,这身体一天比一天差,几乎是每个器官都开始报警了,那种疼痛是极其难忍的,就算你有再好的意志力,也经不起它时时刻刻地折磨啊。"

魏和听了叶宏远的话,内心十分哀伤,望着病榻上的老朋友,他觉得很惭愧,自己只能眼睁睁看着他遭受劫难。

叶宏远休息了一会儿,继续说:"我实在想不通,它不就是病毒细胞吗,我有最好的医疗团队,我有最好的医疗设备,我甚至可以大把大把地砸钱下去,到国外找最顶尖的医疗机构,我就不相信治不了它!但不知道怎么搞的,这身体就是一天天地垮下去了,到后来实在没辙了,我才恍然大悟,就算天王老子,在病魔面前,也是微不足道,不堪一击啊。"

"咱们有资源、有渠道,国内不行,我们就去国外。宏远!你千万别放弃啊!"魏和表情凝重,不断安慰道。

叶宏远想到自己坎坷的一生,不禁老泪纵横,他凄凉地说:"老魏啊，迟了，太迟了！以前我们把最好的岁月奉献给了事业。现在回过头来看看，没有享过一天清福。如今倒好了，我算彻底放下了，在病榻上享受人生中仅有的几天清福！"

魏和偷偷地抹了抹眼角，哽咽道："我们历经千辛万苦才走到了今天这一步，宏远集团的未来还很远，还需要我们共同努力啊！"

叶宏远握紧魏和的手，感喟道："这一路上，有多少座险峻的大山被我们翻越，有多少条奔腾的大河被我们蹚过，公司能走到今天这般地步，我们吃了太多苦头，受了太多磨难。现在公司稳定了，我却没有享受的福分。老魏啊，你的年纪也大了，等公司交接后，你也带老伴出去走走看看，好好享受人生，别跟我一样，追悔莫及。"

"等你好了，我们几个老家伙就不再过问公司的事情，全部交给他们年轻人管理。我们组团去畅游世界，你也不用跟我推让，一切费用我包了。"魏和爽快地说。

叶宏远叹气道："我实在不甘心走，不是我畏惧死亡，而是我的心里挂念的事情太多了。"

"何尝不是呢。"魏和叹了口气，他能深刻体会到叶宏远内心里的失落、纠结和无奈之情。

叶宏远伤心地说："老魏啊，我心里苦啊，只能跟你说说话。我这一走，叶家也不知道会变成什么样子，假如因此一蹶不振，那我在九泉之下也不能瞑目啊！"

"我明白，这些事情以后再说，不管如何，眼下你好好养病才是最主要的。"魏和宽慰说。

"这病是没希望了，我也不打算再坚持下去了，以前跟人斗，现在跟病斗，我累了，不想再斗下去了。"叶宏远颓丧地说。

"宏远……"魏和悲伤无言。

"这几天，我身体好了很多，我估计我的时日所剩不多了。眼前，我最放心不下的就是公司和亦双。亦双天资聪明，但经商之道还远远不足，

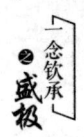

公司交给她我不太放心。"叶宏远缓缓地说。

"你真的考虑清楚了？考虑过这么做的后果吗？毕竟公司里面还有很多叶家人，我们这样做，万一……"魏和知道事态严重，不敢随意假想。

"我就一对儿女，公司要么传给叶潇，要么传给亦双，我能有第三个选择吗？"叶宏远问。

"但你传给亦双，就不怕引起叶家人的阻挠吗？"

"我最担心的就是这一点，我怕他们作梗，公司极可能会发生乱象，到时恐怕连个主持局面的人都没有。"叶宏远痛苦地说。

魏和赶紧说："我听说叶潇最近改变很大，工作用心，在员工中的口碑也不错。"

"我也有所耳闻。"

魏和眉头紧蹙，担忧道："自古以来，有悖伦常的传位之事，势必会掀起腥风血雨，引起局势动荡。倘若叶潇真心悔过，潜心学习，为何不给他一个机会呢？"

叶宏远坚定地说："你的话固然在理，但贤者居位，才能长久安治！我们必须要为公司的未来着想，亦双的品质德行是不二人选。"

"我是看着叶潇长大的，他这个人虽然顽劣，但本质不坏，如今，你跟贤君都患病在身，也许触动到他的内心，因此发愤图强。"魏和满怀希望地说，他还是抱着一丝侥幸的心理，期待叶潇浪子回头。

叶宏远顿了顿，痛苦地说："本来他性格顽劣，本质却不坏。我跟贤君一直忙于工作，对他疏于管教，结果，他自甘堕落，跟一些三教九流的人混在一起。所犯的事情简直可以说是丧心病狂、触目惊心，竟然连毒品都敢碰啊！"

"好好的一个人怎么会变成这副模样呢！"魏和痛心疾首道。

"我这个做父亲的，难辞其咎，假如我早点对他严厉管教，也不会发生这种事情。"叶宏远懊悔地说。

"现在也为时不晚啊。"魏和安慰说。

第四十八章 肺腑之言

叶宏远痛惜地说："晚了，太晚了！叶潇的心思，现在连我这个做父亲的也难以琢磨。前几个月他还是一副趾高气扬的样子，听不进我们规劝。从前不久开始，他竟然乖如孝子，对我们的话言听计从，完全像变了一个人似的。"

"这不是好事吗？兴许他知错而改。"魏和庆幸地说。

"这变化之快，快得让我无所适从。这人要是改变得太快，要么经历了大喜大悲，要么就是心怀不轨。他还未经历过考妣丧事，人生没有大起大落，你说他的变化是否值得我深思啊！这看不透他的内心，才是最可怕的事！"叶宏远冷冷地说。

魏和一听，倒吸一口冷气，顿觉疑点重重，他问道："此事很蹊跷，那叶潇是否还有别的异常行为？"

"我现在也没有心思去关注他，反正他沦落到什么程度也是命数，我已经无能为力。"叶宏远痛苦地闭上眼睛。

"叶潇啊叶潇，你怎可如此不争气！"魏和道。

"我不能把公司交给他，我必须要让亦双继承家业。这件事情无论如何艰难都不会改变，我们的信念千万不能动摇。"叶宏远笃定地说，眼神蓦然坚毅。

魏和郑重地点点头："我必定全力支持亦双！"

"希望一切平平安安吧！"叶宏远祈祷道。

"你放心吧，我们会全力维护公司的安定，绝对不会让血脉相残之事在叶家上演。"魏和承诺道。

"但愿如此吧！"叶宏远叹息道。

第四十九章
人命关天

就在刚才,薛承急急忙忙从叶宏远家赶回到办公室,半个小时前他接到了喻婧的紧急电话,说财富大厦出了大事情。喻婧在电话里简单地向他汇报了主要情况:工地的一部吊塔在装卸货物过程中,发生货物滑落,砸死了一名工人,重伤一人,轻伤两人。当时,他正在叶宏远房间里听叶宏远的嘱托,突然得知这个事情,顿时心急如焚。叶宏远听闻后,更是咳出几口鲜血,催促薛承赶紧回去处理。

喻婧看到薛承回来,一脸紧张地说:"是操作不当引起的事故,属于人为祸害。"

"那边情况现在如何?"薛承紧锁眉心,冷峻地问。

"李二顺打电话过来说伤员都已经拉到医院救治了,有一名确认死亡,有一名重伤,还在抢救中,一名手臂骨折,还有一名只擦伤了腿部。"

"现场呢?"

"现场被李二顺派人保护起来了,全部施工人员都暂时停工,回到宿舍等待进一步通知。他现在正在等您电话。"喻婧赶紧回答。

"这个该死的李二顺,终于还是闯了大祸!"薛承大骂道,他的眼中喷出一股怒火,只想狠狠扇他几巴掌。

喻婧见薛承怒不可遏,轻声问:"薛总,现在该怎么办?"

第四十九章 人命关天

"你赶紧准备一下,我们立刻去现场。"

"好的,我这就去准备。"喻婧急忙离去。

薛承思考好一会儿,才拿起电话打给李二顺,还未等他开口,电话那头就传来颤抖和急迫的声音,他说:"薛总,可算等到您的电话了!怎么办才好啊,出大事了!"

"李二顺,你个浑蛋,以前当我的话是耳边风,终于给我捅出了大娄子,你就等着坐牢吧。"薛承破口大骂。

"薛总,您消消气,我非常后悔没有听您的话!我知道错了,请您一定要想办法救救我,救救我啊!"李二顺哀求道。

"妈的!出了这么大事情,你让我怎么救得了你!"薛承骂道。

"我错了!我错了!薛总,看在我们多年的交情上,请您一定要替我想个办法啊!"李二顺苦苦哀求道。

薛承沉默片刻,努力克制住火气,压低嗓音说:"第一,你现在马上给我把现场封锁起来,不准任何人进出。第二,抓紧派人前往医院,先稳住伤员的情绪。第三,把亲眼看到事发过程的人给我集中起来,别让他们离开项目部。第四,把医院里的消息暂时封锁。迅速去给我办妥这几件事,我会尽快赶到现场。"

"是!是!我立刻按您的吩咐去办,谢谢!谢谢薛总!您的大恩大德,我李二顺至死难忘!"李二顺不停地讨好说。

"行了,行了,现在还说这些废话干吗!赶快去办正事。"薛承厌恶地说。

"是,是,我现在就去。谢谢!谢谢!"李二顺高兴地说,他稍微平复下情绪,能得到薛承的指点,他似乎感到绝处逢生。

"王八蛋!"薛承关上电话,恶狠狠地骂道。

喻婧用最快的速度准备就绪,包括提了一大包现金。宏远大厦离财富大厦有一个半小时车程,薛承坐在车的后排,表情肃然,眼睛盯着窗

外飞速而过的景色,脑海里情不自禁地闪过刚才他跟叶宏远谈话的场景。

叶宏远等薛承赶到,便开门见山地对他说:"今天让你过来,就是为了亦双和公司的事情。"

薛承看到眼前形容枯槁、呼吸急促的叶宏远,心里很不平静,他轻声说:"董事长,请您保重身体,有什么事情请吩咐。"

叶宏远微微一笑,由于身体疼痛,笑得很难看,他说:"我已经时日不多,这病恐怕治不好了,我还有几件心事未了,你一定要答应我,让我安心离去。"

薛承听着叶宏远一字一句地极度虚弱地说出口,他难受地说:"请董事长吩咐,我一定会帮您达成心愿。"

叶宏远满意地抬抬眼皮,微弱地吐出一口气:"我跟魏总商量过了,将公司交给亦双管理。但是,这恐怕会给她招来凶险,请你务必要保护好她。"

"请您放心,我会竭尽所能保她周全。"薛承一脸真挚地说。

"那我就可以宽心点了。"叶宏远略显高兴地说,稍后,他又问:"叶潇最近怎么样?有没有在外面惹事?"

薛承怔了怔,他看叶宏远病入膏肓,觉得还是不要告诉他叶潇跟徐永成沆瀣一气为妥,于是,他摇摇头:"暂时没有,听说他最近安分守己,在工作上也比较用心。"

"那就好。"叶宏远欣慰地舒了口气,过了片刻,他一副欲言又止的样子,低声道:"我还有个不情之请,希望你能成全。"

"您有什么事情,尽管吩咐便是。"薛承真诚地说。

"是关于亦双的人生大事!"叶宏远说。

"莫非亦双的婚姻有了合适的人选?"薛承马上问。

叶宏远面带微笑,看着薛承,又说:"这丫头对感情之事非常羞涩,又难以启齿。我认为亦双年纪也不小了,这男大当婚女大当嫁,是天经地义的事情,所以我想在走之前成全她。"

薛承高兴地说："想不到亦双性格外向，对感情之事如此怯懦。"

"当今这个社会，女孩子也有主动追求幸福的权利，既然她心有所属，我也支持她去寻找幸福。"叶宏远说。

"需要我抽个时间找她谈谈吗？"薛承问。

"这个……"叶宏远想了想说："前几天我还问过她这件事，她闭口不谈。这几天我再三思考，既然我不是一位称职的父亲，那我就想赶在临死之前，帮她追求幸福。因而，我找你来商量此事。"

"找我商量？"薛承重复道，他觉得有点云里雾里。

叶宏远停顿片刻，突然打定主意似的，眼神充满期盼地说："我这个不情之请，就是希望你能好好照顾她这一生。"

"董事长！"薛承大吃一惊。

"我是真心想把亦双托付给你，希望你能好好照顾她。"叶宏远认真地说。

薛承立马婉拒道："这件事情确实太突然了，我一直把亦双当作自己的亲妹妹一样看待，以后也会像亲妹妹一般照顾她。"

"薛承，我希望你能慎重考虑一下。"叶宏远恳求道。

薛承立刻说："我已经有女朋友了，我不可能辜负她！"

叶宏远一听这个消息，仿佛整个人的精神突然消散了，他喃喃自语："真是枉费了一片苦心，委屈这个丫头了。"

……

当薛承刚回想到这里时，喻婧小声提醒他已经到达财富大厦，她的话一下子把他的思绪拉回到现实当中。

薛承理了理思绪，从车里下来，一眼就看到李二顺正在办公楼前候着，耷拉着脑袋，一副颓丧的样子。

李二顺见薛承来了，赶忙小跑上去，一把握住他的手不放，慌张道："薛总，可把您盼来了，您辛苦了！感谢！非常感谢！"

"目前情况如何？"薛承没心情跟他寒暄瞎扯，立刻问道。

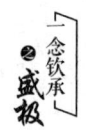

"我已经完全按照您的指示办妥了。另外，我也通过关系找到那位抢救室的医生，跟他通了气，反正人死在医院还是途中由他说了算。当时的情况，除了几位伤者清楚外，还有另外三位工人目睹了整个过程，一位工头，一位操作员，还有一位卸货工，我已经严厉交代他们不要乱说话，否则后果自负。"李二顺赶紧说明情况。

"受伤的几位员工是负责什么工作的？"

"死了的那个和重伤的那个是货物扎捆工，轻伤的两位只是路过现场。"李二顺连忙回答。

"真是责任事故猛于虎！"薛承痛心地说，转而又问："家属都通知了没有？"

"没有您的指示，我不敢做主。"李二顺轻声说。

薛承冲口而出："立刻去通知家属，特别是对死者的家属，一定要好好安抚，再找一下跟死者关系不错的工友，交代他们一起做家属们的思想工作，一定要稳住他们的情绪。"

"那……那请问薛总，赔偿的事情怎么办？"李二顺结结巴巴地问。

薛承一听，顿时就火冒三丈，他大声呵斥道："他们刚失去亲人，正处于最痛苦的时候，你现在跟人家谈赔偿，你这不是自己找抽吗！目前最重要的事情，就是想办法稳住家属的情绪，至于后续问题，尽量满足他们的要求便是。"

"知道了。"李二顺自知理亏，不敢再多吱声。

"报警了没有？"薛承又问。

"不敢报警！"李二顺抓抓头，惶恐道。

薛承双眼一瞪，愤然道："现在是法治社会，发生了这么大的事情，你还想隐瞒吗？纸包不住火，赶紧去报案。"

李二顺全身一颤，非常害怕，小声问："那我该怎么说？"

薛承呵斥道："捆扎员玩忽职守，结果货物滑落把自己砸死了。既然事情的经过是这样，你就实话实说！"

李二顺立刻领会，点头哈腰道："明白，明白，我马上去报案！"

　　待李二顺离去，喻婧忍不住问道："这李二顺不听您的话，才导致重大事故发生，您为什么还要帮助他？"

　　薛承叹气道："一荣俱荣，一损俱损！"

　　喻婧心领神会，生气地说："那岂不是太便宜了李二顺！"

　　"人命关天！岂能让他安稳渡过这个劫！这次，我定要让他吃个惨痛的教训。"薛承气愤地说。

　　喻婧愤愤不平地说："对付这种势利小人，就应该让他吃个惨痛教训。那我们接下来怎么办？"

　　"走，到医院去看望一下伤员！"薛承果断地说。

第五十章
生离死别

叶宏远经过财富大厦一事的打击,身子骨几乎处于崩塌边缘,不停地咯血,已然不能下床。他的神志时好时坏,有时哀号,有时昏迷不醒。有些经历过丧事的亲戚,就偷偷提醒卫贤君可以准备身后事了,推算叶宏远大限将至。这几日,卫贤君整天以泪洗面,叶亦双和叶潇孝顺地陪在父母身边。

这天,叶潇见家里只有母亲一人坐在沙发上休息,于是泡了一杯红茶,挨着她坐下,讨好道:"老妈,您喝杯茶暖暖身子。"

卫贤君见叶潇这段时间不仅孝顺而且体贴,心里颇感欣慰,她满目慈祥地说:"你这些天忙前忙后,累了吧?"

叶潇立马回答:"怎么会累呢,照顾爸爸,本来就是我这个做儿子应尽的责任。"

卫贤君略显高兴地说:"想不到你爸这一病,反而让你懂事了,知道为这个家分忧担责了。"

叶潇一本正经地说:"我是叶家的顶梁柱,必须要担起责任来。"

"以前我跟你爸担心你不懂事,看来是我们想得太多了。"卫贤君欣慰道,这几日她难得开心一回。

得到母亲的夸赞,叶潇很高兴,他自信满满地说:"老爸身体不好,我是家里的男子汉,必须要照顾你们。"

第五十章 生离死别

"以后你不仅要照顾这个家,还要管理好公司。"卫贤君说。

叶潇见母亲说到自己心坎上了,不禁窃喜,轻声问:"老妈,您觉得我现在有资格管理公司吗?"

"你不是已经在管理公司了吗?"

"也不知道老爸是怎么安排的。"叶潇嘀咕道。

"你爸应该有了周详的计划。"卫贤君简单地说。叶潇的问题难住了她,上次她跟叶潇聊过后,并未把遗嘱的事情放在心上,她心里装着的都是丈夫的病情和康复的希望。

叶潇见母亲对公司的事情不上心,赶紧压低声音,一脸焦虑地说:"您不出门没有听到外头的流言蜚语,实在是不堪入耳啊!公司里流言四起说我爸走了,公司可能就不是我们叶家的了!"

"谁敢这么说!"卫贤君倏然怒道。

"我也是听别人说的,这话值得推敲,无风不起浪啊。"叶潇轻声说完,又偷偷瞄了几眼母亲的表情。

卫贤君一脸严肃,厉声道:"虽然宏远集团的股权有一部分掌握在别人手中,但实际掌控权还是在你爸手中,他们这点筹码,撼动不了叶家的地位。"

叶潇赶紧说:"可是老爸他迟迟不表态,难免会闹得人心惶惶。"

卫贤君不悦地说:"你爸是公司之主,他如何安排,没必要告诉他人。那些逗口舌是非的人,都是居心叵测的小人,无需理会。宏远集团岂是那么容易就被他们翻起大风大浪的!"

"老妈,按您的意思说,不管以后发生什么事,公司的主权始终会握在我们叶家手里了?换句话说,公司就是我跟妹妹的产业吗?"叶潇问道。此刻,他的内心早已激动不已,只是不敢流露出来罢了。

卫贤君缓了缓口气说:"不是你们的,还会是谁的?我跟你爸辛苦一辈子,都是为了给你和亦双一个幸福的人生。"

叶潇抑制不住内心的激动,愉快地说:"您跟老爸是天底下最伟大的

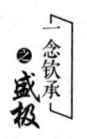

父母!"

叶潇的话让卫贤君很受用,她好久没有这么欢喜了,她笑着说:"你啊,少拍马屁了。只要你变乖了,我这心里就算踏实了,以后千万不能再跟不三不四的人混在一起,要好好管理公司。"

叶潇眉开眼笑,立即保证道:"您就放心吧,我老早就跟这些人断绝了关系,我现在唯一的目标,就是帮爸爸管理好公司,让宏远集团的名声更加响亮。"

"那就好。"卫贤君满意地点点头。

叶潇见母亲心情大好,便想趁这个机会探探口风,于是,他故作轻松地问道:"老妈,您刚才说了,公司以后肯定是我跟亦双的,那一个董事长、一个总经理,我跟亦双该怎么分配呢?我个人觉得谁当都一样,无所谓的。"

卫贤君立马严肃起来,正色道:"宏远集团董事长的任命,岂是小孩子玩过家家的游戏,这个职位是公司最高权力的象征,代表崇高的荣誉,必须慎之又慎。"

叶潇慌忙说:"我听说亦双会是集团的第二任董事长,她的成绩有目共睹。"

卫贤君怔了怔,问:"你是从哪里获得的消息,连你爸都没有说过此事。亦双这孩子,你让她管理几个部门兴许不错,但管理一个大公司就显得捉襟见肘了。一个女孩子,整天与人钩心斗角也不好,我最大的心愿就是希望她能够嫁个好男人,组建个幸福的家庭。"

叶潇听完暗自窃喜,表面却平静地说:"我资历尚浅,亦双又不堪大任,那公司怎么办呢?"

卫贤君没好气地说:"你啊,还不抓紧学习,别再耽搁了!"

叶潇立即信誓旦旦地说:"老妈,我会更加努力,一定不会辜负您和老爸的期望!"

卫贤君见儿子这么懂事,心里很是欣慰,前段时间笼罩在她心底的阴影,渐渐烟消云散。

隔日,叶宏远神志又恢复了正常,思路清晰,他便赶紧唤来卫贤君,想跟她聊聊家庭,聊聊公司。他深知自己已处在弥留之际,有点要交代身后事的意思。

卫贤君坐在叶宏远的病榻前,挨着丈夫,泪眼婆娑。夫妻俩双手紧紧地握在一起,深情相望,眼神中流露出依依不舍和无可奈何之情。

叶宏远见妻子的眼泪顺着脸颊滑落下来,费力地抬起手来轻轻擦拭,心疼地说:"看看你,都几十岁的人了,还是那么容易哭鼻子。"

卫贤君掏出手绢,转过脸去抹了抹眼泪,轻声问:"身体还痛吗?"

叶宏远立刻挤出一丝难看的笑容,安慰道:"今天好多了,这病就是一阵一阵地发作,没多大关系。"

"哪里还疼,我帮你揉揉!"她关切地问。

"没关系,这点痛算不了什么。"叶宏远虚弱地说,他又笑了笑,宽慰道:"想当年,挨过子弹的那种疼,才是钻心地像要把人撕裂般的痛。"

卫贤君轻轻抚摸他那布满针孔的手臂,心痛地说:"是,是,你就是嘴上逞强。"

叶宏远带着几分愧疚的表情,轻声道:"贤君,留给我的时间不多了,恐怕我这一走,整个家庭的重担就要落在你的肩膀上了,又要辛苦你了。"

卫贤君故意拉下脸,佯装不高兴地说:"你这样说,我就要生气了,不许你再胡思乱想,这病熬熬也就过去了。"

叶宏远露出痛苦的笑容,表情遗憾地说:"贤君,都到这个程度了,我不想不行啊。叶潇和亦双的心智还不成熟,行事不够稳重,以后就要靠你操持了,我有愧于你啊。"

卫贤君听出叶宏远似乎要告别的意思,眼泪又扑簌簌地往下落,她哽咽道:"宏远,你一定要振作起来,就算为了这个家,你也要恢复治疗

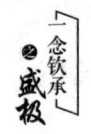

的信心。"

叶宏远被卫贤君沙哑的声音和哀伤的神情感染到,痛苦地流了几滴眼泪,伤心道:"我这辈子有愧于你,欠你太多了。以前条件不好的时候,让你跟我受尽苦难,如今条件好了,我却无法陪你到老!这辈子,我没有让你好好享享清福,我很惭愧啊。"他停顿了几秒,抹了抹渗出眼角的热泪,理了理情绪,然后继续说:"我们从相识到相恋,这一路走得非常坎坷,能认识你,是我莫大的福分。我经常在想,不管两个人如何相爱,这辈子过了,缘分也就尽了,下辈子不可能再续前缘了,所以我对待这份感情一心一意。有时候,我甚至觉得如履薄冰,我怕这辈子一说再见,我们下辈子就真的不会见了。"

卫贤君听了这番深情而又绝望的话,早已哭成了一个泪人,她痛心地说:"这辈子,我们的缘分没有走到尽头,上天必会怜悯我们,假如还有来世,无论如何我还要与你再做夫妻。"

"希望你的话,老天会听到。"叶宏远擦擦眼泪,痛苦地说:"真的太难为你了,整个家的重担要落在你的肩膀上了。"

卫贤君擦了擦眼泪,宽慰道:"自从你生病后,叶潇和亦双两个孩子,仿佛都长大了,特别是叶潇,进步很快,完全有了你当年的风范。"

叶宏远听到这个消息,宽心几许,喃喃道:"那就好,希望如此吧!"

这时,卫贤君突然想到叶潇提到的继承问题,于是问:"宏远,你和我的身体也不适合去管理公司了,你准备怎么办?"

叶宏远怔了怔,看着妻子一脸认真的样子,疑惑地问:"你怎么忽然问起这件事来?"

卫贤君赶紧解释说:"外面有些传言很难听,所以我想问你的想法。"

叶宏远并未追问原因,反而问道:"叶潇跟亦双两人,你觉得哪个更加优秀?"

卫贤君想了想,摇摇头表示不知。

"那你觉得亦双怎么样？"叶宏远问。

卫贤君仿佛猜到了叶宏远的一点心思，她转而说："我只想她能有个幸福的未来，组建一个美好的家庭，为人贤妻，相夫教子。"

叶宏远平静地问："那你觉得叶潇能力如何？"

卫贤君脱口而出："他将是叶家的顶梁柱，一定会青出于蓝胜于蓝。"

叶宏远当即明白了卫贤君的心思，他感到一丝为难，千算万算，结果少算了自己枕边人的想法。他一直以为卫贤君离开了宏远集团，不会再过问公司的事，而她却保留了一个做母亲的期许。他沉默几分钟，然后恳求道："我们只有叶潇和亦双这两个孩子，公司必将由他们两个继承和管理。亦双和叶潇各有所长，各有瑕疵，你容我再好好考虑一番，我会做出合理的安排，请你相信我！"

卫贤君看到叶宏远认真的眼神，情不自禁地点了点头。几十年的陪伴，让她坚信他的选择是正确的。她离开公司多年，原本就不想再管公司之事，而且，她认为叶潇是长子，是当之无愧的继任者，这事合情合理，也是命中注定。

"谢谢！"叶宏远感激地说。他紧紧握住卫贤君的手不肯放开，他怕一放开，就再也抓不住了。

第五十一章
与世长辞

　　叶宏远最终还是走了。他的离去对自己是一种解脱，对家人则是无尽的哀伤。

　　前些天，财富大厦发生的事故加剧了他的病情，让他昏迷了几天，醒来后没过多久，便带着无限遗憾离开了人世。叶宏远的病逝受到了社会各界的关注，开追悼会那天，建筑同行、事业单位、政府机构都派人过来悼念，黑压压的人群挤满了整个庭院。

　　叶宏远的死对妻子儿女都是一次无比惨痛的打击，对叶家产生的影响更是深远至极。随着叶宏远的病逝，他的遗嘱也成了许多人关心的和讨论的首要大事。特别是对叶潇而言，他迟迟见不到遗嘱公布，整日如坐针毡。尽管卫贤君已经说得很明确了，但父亲始终未提过半个字，再加上外界的传言，这些天最难熬的人就是他了，不过叶宏远的去世，也仿佛给他解除了一道魔咒，最起码他不用再严格约束自己了。

　　说来也怪，叶宏远都已经病逝了近半个月了，遗嘱还是没有对外公布。对于众人的质疑，律师的答复是叶宏远董事长生前交代过，宏远集团还是按照他患病期间的管理方式和管理阶层来运作，任何人不得进行人事变动，至于董事长的正式遗嘱，会在规定的时间里，由他们事务所代为公布。

　　律师把消息公布后，公司上下一片质疑声，特别是拥戴叶潇的内部

第五十一章 与世长辞

人员,抗议不断。反而卫贤君对此事持一副置若罔闻的态度,她还沉浸在巨大的丧夫之痛中,无暇理会其他事情。没过多久,遗嘱一事便慢慢平静下去,大家仿佛达成共识一样,都在静候这个消息的到来。

叶宏远的病逝对叶亦双而言,那种痛苦是深入骨髓的。薛承担心她悲伤过度,几次想找她聊聊,都不得机会。这天在会上,他见她一副憔悴不堪的样子,很是心疼。等会议结束后,他立即赶到她的办公室,进门就说:"看你的脸色这么差,要不回去好好休息一阵子吧。"

叶亦双独自站在窗边,看着窗外灰暗的天空,落寞地说:"一个人待在家里久了,想的事情会更多。"

"请节哀,现在是非常时期,你一定要照顾好自己的身体。"薛承关切道。

叶亦双微微点头,问道:"你找我有什么事吗?"

"刚才在会上看你状态不好,特地过来看看你。"薛承坦言说。

"谢谢关心,我没事。"叶亦双勉强挤出一个笑容,心里淌过一丝暖意。

薛承给她冲了杯咖啡,然后说:"你一定要振作起来,接下来还有很多重要的事情需要你去完成。"

叶亦双勉强打起精神,但是却掩盖不了失落的眼神,她笑笑说:"我没事,真的没事!爸爸都走了那么多天了。该带走的都带走了。"

薛承不放心地说:"你的状态看上去很差,这会让所有关心你的人担忧,认真考虑一下我的建议,给自己放个假,去换个环境生活几天吧。"

叶亦双点点头,答应道:"等过了这段时间吧。"

"有需要的话,我可以帮你安排一下。"薛承认真地说。

叶亦双感激地看着他,喃喃道:"这天气越来越冷了!"

薛承轻声问:"家里面,一切还好吗?"

"自从我爸过世后,妈妈伤心过度只能卧床休养。"叶亦双难过地说。

"需要我做些什么吗?"薛承关心道。

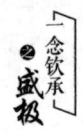

叶亦双轻微地摇摇头,说:"家里有人在照看。"

"叶潇最近怎么样?"薛承思考了好一会儿,还是忍不住问道。叶宏远去世后,他担心叶潇会做些出格之事。

叶亦双微蹙黛眉,脸上闪过一丝不快,她淡淡地说:"我父亲过世了,我哥很悲痛。"

寥寥数语,薛承似乎明白了叶亦双的几分话意,他不再追问下去,过了几分钟,他便起身告辞。临走前他又叮嘱她,家里需要什么帮忙的话,尽管与他开口。

叶亦双目送薛承离开后,捧起桌角一家四口的合影,心里一酸,眼泪扑簌簌地落下来。

在叶宏远过世四十九天之后,宏远公司律师团的陈律师,通知了公司的最高管理层以及叶家人,出席叶宏远的遗嘱公布会。

会议定在翌日上午九时召开,这是一场很特殊的会议,陈律师成了会场的主持人。

他见参会人员到齐,便从助手处接过一份未拆封的文件袋,当着底下二十多个人的面,亲自拆开,拿出公证过的遗嘱放在面前,神态庄严而又肃穆。少顷,他低沉地说:"各位叶总生前的亲人、朋友、同事,你们好,今天我是按照董事长的遗言代为召开这场会议,主要是将遗嘱公布于众,董事长再三交代过,不管遗嘱的最终结果如何,恳请你们严肃、认真、真诚地对待。本次会议没有别的流程,那我就长话短说,直接进入公布遗嘱的环节,请大家静默倾听。"

陈律师小心地拿起文件,端正体态,开始宣读:"亲爱的家人、朋友、同僚,你们好!当你们看到这份遗嘱时,我已经与世长辞,首先请接受我最真挚的歉意,我只能遗憾地告诉你们,余生我无法继续陪伴你们生活和工作了,请原谅我的自私行为。这一生能与你们一起生活、工作、奋斗,我感到无比荣幸,在这里我衷心地感谢你们,感谢你们对我

第五十一章 与世长辞

的包容和帮助。

"宏远集团发展至今，从一家只有几人的小包工队发展到两万多人的集团公司，这番巨大的成就并非我独自一人能够完成的，其中最大的功劳理应属于在座的各位同事和两万多位宏远人的共同努力。我无法用任何的溢美之词来感谢你们，只能用'谢谢'二字表达我对你们的感激之情。这一生，能与你们一起共事和奋斗，我觉得我的人生不留遗憾了；这一生，能看着宏远集团慢慢成长为一家特级公司，我觉得我们的努力和汗水，都是最完美的付出。在这里，请接受我在言语上的一个鞠躬，感谢你们的无私奉献！

"我最爱的亲人，请原谅我的不辞而别。人生最痛苦的事情莫过于生离死别，人的身体可以消亡，但人的精神不会磨灭。请你们记住，尽管我无法在以后的日子里，再同你们微笑和交流，但我爱你们的心是永恒不变的。我走了，带不走阳光和雨露，也不想带走你们的笑容与幸福，我在生命的最后一刻想到的就是你们的未来，真心希望你们能够平平安安地走下去，这也是我生前担心、死后担忧之事，请你们一定要帮我达成最后的心愿，开开心心地继续生活下去。

"也许大家很迷惑，为什么我走了，但遗嘱迟迟没有公开，我这样做也是基于大局考虑，我不想因为我的离去引起公司内部的动荡。我是想等事情渐渐平静下来再公布遗嘱，我想建立一个平稳的过渡期，以便公司能够更加顺利地交接。自从得知自己得了不治之症后，我就开始着手安排死后的一切，我必须谨小慎微地处理每件能够想到的事情，希望不要因为一时疏漏而遗憾九泉。生前，我兢兢业业工作；死后，我也希望我的安排能够顾及周全。但是毕竟一个人的思维能力是有限的，如果我的安排还存在些许偏差，请大家见谅，在这里我向各位道个歉，然后衷心希望你们能够尊重我的遗愿。

"我认为宏远集团的第二任董事长，必须是一个品行端正、清明在躬、深谋远虑之人，能够担当大任，能够吃苦耐劳。其实董事长一职并

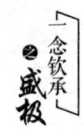

非是件美差，它的责任过于重大，它的所有决定不是一个人或是一家人的小事，而是关乎两万多人幸福的大事。在我荣任集团董事长一职期间，我一直是严以律己、战战兢兢，生怕自己的一个错误决定，造成不可挽救的恶劣影响。

"经过很长一段时间的思想斗争和细致观察，我认为叶亦双具备了一个领导人该有的沉稳、睿智和善良，因此，我决定把公司的管理权交给叶亦双，虽然这样的决定可能会考虑欠全，但我还是愿意用人格向各位担保，叶亦双将会是个优秀的继任者和开拓者。我同时也希望叶亦双能够向各位保证，对公司恪尽职守，对工作尽心尽力，对职员友好和善。既然我已经做了这个艰难的决定，那就请你们支持她、帮助她、宽容她。我相信假以时日，她会让宏远集团大放异彩，如月之恒，如日之升，请大家拭目以待，寄予厚望！

"永别了，我的亲朋好友，最后祝愿你们都有个美好的明天！"

陈律师念完这份遗嘱，眼眶已然泛红，心中涌现出一股难以释怀的悲痛。会场内有人抽泣，有人沉思，有人低头哀悼。陈律师沉默片刻，理了一下情绪，又沉重地说："叶董事长还有几句话托我转告各位，他的遗嘱可能会引起少数人的争议和不满，他希望你们能够谅解他一回。这里还有三份遗嘱分别是交给卫太太、叶潇和叶亦双，请你们节哀。"

话音刚落，叶潇愤然作色，并一脸怒火地说："你的遗嘱是真是假？"

坐在一旁的卫贤君随即呵斥道："叶潇，不能无礼！"

叶潇恶狠狠地看了一眼陈律师和叶亦双，首先板着脸离去。随即，会场内议论声骤起，疑问纷纷，参会人员也在一阵阵嘈杂声中陆续离去。

陈律师拦住刚要离开的叶亦双，靠近她压低声音说："叶董事长特别嘱咐过，假如遗嘱公布之后，若公司内部相安无事，那之前的人事安排，务必维持不变；假如事与愿违，那就找魏总商量，该断必断，不受其乱。"

叶亦双听闻后，若有所思地点点头，她想到父亲临终前的牵挂，痛苦地闭上了眼睛。

第五十二章
据理力争

　　这段时间,叶家风波四起,丽温市的另一家建筑大亨百里家也不太安宁。百里念雅自从和薛承分手后,仿佛在心灵上蒙上了一层阴影,悲伤绝望,足不出户。百里焱得知消息后,过来劝过她好几回。自打他们分手后,百里焱变得焦虑不堪,他想做个和事佬,撮合这对昔日恋人。

　　临近中午,百里焱又去了趟念雅的居所,他推门进去看到她蜷缩在沙发上,对着荧屏发呆,电视的声音却放得很响,有种震耳欲聋的感觉。他轻轻地走过去,冲她打了声招呼。

　　念雅冷不丁吓了一跳,骂道:"人吓人会吓死人,进来也不吭一声。"

　　百里焱一脸懵然,觍着脸说:"我给你带了些美食。"

　　"放那儿吧,我不饿。"念雅冷冷地说,继续盯着电视看。

　　百里焱大声说:"你总得吃点吧,好歹也是我的一番心意啊。"

　　"我说了不饿。"念雅不耐烦地说。

　　"真是热脸贴了冷屁股!"百里焱嘀咕道。

　　念雅转过头来,一脸冷淡地问:"你过来干吗?"

　　"过来看看你呗。早知道会挨骂,我就不来了。好心当成驴肝肺。"百里焱奚落道。

　　念雅瞥了一眼,说道:"我没事,这点小事还压不垮我。"

　　百里焱立即在心里痛骂了她一顿,然后问:"你就准备以这样的状

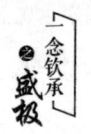

态继续下去啊？你大门不出二门不迈，待在家里生闷气，这迟早要憋出病来。"

"谁说我在生闷气，我是在静养。"念雅诡辩道。

"我是为你好，一个人幽闭久了，容易得心理疾病。"百里焱一本正经地说。

"你的好意我心领了，我在自我调整，你就别瞎想了。"念雅不耐烦地说。

"你这是在自欺欺人，你不吃不喝、不眠不休，再这样下去，身体能不出问题吗！"百里焱责备道，他白了她一眼，又说："身体发肤受之父母，你不善待自己的身体，就是不孝。"

念雅听了，抬起头看看他，像在看个陌生人一般，然后幽幽地说："在百里集团工作几日，这说话水平果然有所提升了，理论一套一套的。"

"我是受薛承的影响。"百里焱故意大声说出这个名字。

果不其然，这个名字击中了念雅的敏感神经，她瞪了他一眼，恨恨地说："少跟我提他。"

百里焱不管她是否发怒，继续说："我刚从他那里过来，我们聊了一上午，还聊了很多话题。"

念雅的内心渴望听到薛承的消息，她努力克制住自己的情绪，冷冷地说："你跟他聊天，关我什么事。"

百里焱见念雅说话的声音低了几个分贝，心里一喜，便说："你们分分合合也有几回了，难道你享受这个分离复合的过程吗？"

念雅杏眼一瞪："心理不正常的人才会喜欢这样。"

"你们以前分手，谁对谁错我不好说，但这次绝对不是他的错。我老早就跟你说过了，这是颗定时炸弹，随时会爆炸，你就是不听我的话。"百里焱生气地说。

"你干吗帮他说话？"

"别岔开话题，这件事本身就是你不对，是你背叛在先。"百里焱理

第五十二章 据理力争

直气壮地说。

"我……"念雅想辩解,又突然语塞,她想不出光明正大的理由反驳他。

百里焱又说:"上午我在他那里,一直在聊关于你的事。"

"聊我什么?"念雅马上警觉起来,她感到非常好奇。

"我俩对你都很失望。"

"别乱扯,说正事。"念雅大声道。

"他很惦念你,不想离开你,但他接受不了这种虚实难定的感情。他说感情的抉择权掌握在你的手中,他不想勉为其难。"百里焱声情并茂地还原薛承的话。

"他真是这么说吗?"念雅轻声问道,内心窃喜。

"爱信不信,这话我是传达到了,至于你要幸福还是辛苦,且行且珍惜。"百里焱悻悻地说。

念雅幽怨地说:"你以为我愿意啊,还不是因为爸爸从中干涉!"

百里焱立即责骂道:"老爸又不是个食古不化的人,你不去争取、不去表明立场,谁知道你心里在想什么。你若再犹豫不决、优柔寡断,不仅害了自己,还会损害到百里家族的利益。"

念雅听了百里焱的话,顿时犹如醍醐灌顶,她沉默了片刻,突然大声说道:"对,你说得很对!我不能认命,我要向全世界表明我的心意,我要为我的幸福努力,我一定要跟爸爸说清楚我跟薛承的感情。"

"这就对了,我会支持你。"百里焱鼓励道。

念雅高兴地说:"我要争取我的幸福!"

当晚,恰逢周末,百里家又跟平常一样,全家人聚在一起吃晚饭。在餐桌上,百里念雅一声不响地只顾自己吃饭,眉心沁着一层薄汗。百里焱同样不语,低着头只夹眼前的菜肴。与往常相比,今天少了言笑晏晏的场面,倒显得有些寂静肃然。

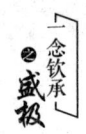

饭吃到一半时，汪瑞芳放下筷子，看看两个孩子，然后笑着说："晚上的气氛有点怪怪的，你们三人一声不吭，我倒觉得像跟木头人在一起吃饭似的。"

"晚上的菜味道很不错。"百里华偷偷朝汪瑞芳使了个眼神，他也觉得两个孩子的行为有点怪异。

汪瑞芳见女儿默不作声，一副心事重重的样子，就给她夹菜，笑着说："小雅，你在想什么呢？"

念雅突然回过神来，脱口而出："没有。"

汪瑞芳朝百里华看了看，继续问："看你吃饭魂不守舍的样子，是否有什么心事？"

"没什么呢，妈妈。"念雅嗫嚅道，脑子里却在苦苦思考如何开口。

"那就多吃点菜吧。"汪瑞芳慈祥地说，不再追问下去。

此时，百里华开口问百里焱："你进入公司也有一段时间了，学到了什么吗？"

百里焱的心思正在念雅身上，百里华的问题把他吓了一跳，他慌忙定下神来，回答道："学到了很多东西，特别是忠叔，他非常耐心地教我知识。"

百里华满意地点点头，然后又转向念雅说："你也抓紧回公司学管理，以后你们就是公司的中坚力量，百里集团的未来寄托在你俩身上。"

"我明白了。"百里焱和念雅乖乖地应允道。

"小雅，你朋友早前发生的棘手之事，现在都解决好了吗？"百里华看到女儿眉头不展，猜测她有心事，于是想拐弯抹角地打听一下。

"她自己出去创业，开了一家外贸公司，不过，公司经营不善，业绩并不理想。"念雅淡淡地回答。

百里华微笑道："经营公司不是光靠埋头苦干就能成功的，还要看计策、手段、机遇和关系，这些因素缺一不可。需要我帮忙吗？"

"谢谢爸爸，我们可以应付的。"念雅婉拒道。

第五十二章 据理力争

百里华吃了个闭门羹,又朝汪瑞芳使使眼色。汪瑞芳立即心领神会,朝女儿微笑说:"你跟丁迪接触有一段时间了,觉得怎么样,我跟你爸爸都觉得这小伙子非常优秀,跟你很般配。"

一提到丁迪,念雅就想起伤心事,她觉得很委屈,眼泪不争气地滚落下来。

汪瑞芳见此情形,慌了神,赶紧问道:"女儿,你这是怎么了?好端端的干吗哭了呢?"

百里华神色紧张起来,立即问:"是谁欺负你了吗?"

念雅并未回答,她垂下头,开始小声抽泣。

"小雅,你到底怎么了?"汪瑞芳着急地问。

百里华一脸严肃,问百里焱:"念雅这是怎么了,你可知道情况?"

百里焱刚想说话,看到父亲威严的表情,又把到嘴边的话吞了回去。

"小雅你先别哭,告诉妈妈,你受了什么委屈?"汪瑞芳追问道,她起身走到女儿身边搂住她。

念雅呜咽道:"妈妈,我不想嫁给丁迪,我不要你们给我安排婚姻。"

"这……你先别哭啊,这事咱们以后再说。"汪瑞芳连忙抚慰道。

"我不要以后,我心意已决,绝对不会嫁给丁迪。"念雅咬住嘴唇,停止哭泣,并斩钉截铁地说。

"这件事情由不得你做主。"百里华突然训责道。

"我要婚姻自由。"念雅低声反抗道。

"刚开始的时候,你为什么不表态?事到如今,你又反悔了,你让我们这些当长辈的尊严放哪里!"百里华怒斥道。

"我……我那时候也是被逼无奈!"念雅说着,又委屈地哭起来。

百里华火冒三丈,眼睛一瞪,呵斥道:"是谁逼你了,是打你了还是骂你了,一派胡言!"

"反正我是不嫁给丁迪,就算死也不会!"念雅大声反驳道。

汪瑞芳从来没见过女儿如此激动,她惊愕万分,赶紧出来打圆场道:

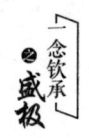

"小雅,这个事情关乎两家人的颜面,你给我们点时间,让我们商量一下如何办才妥当。"

念雅擦了擦眼泪,激动地说:"妈妈,您一定要帮我。"

汪瑞芳一脸忧愁,望着百里华说:"这该如何是好?该如何向丁迪的父母交代?"

百里华瞪了母女俩一眼,拂袖离去,走之前又丢下一句话:"我看你如何处理这件事!"

汪瑞芳看到女儿眼神中充满恐惧,赶忙安慰道:"没事的,你爸正在气头上,等他气消了,我再跟他说说这事。"

"妈妈,谢谢您!"念雅感激地说。

"傻孩子,跟妈妈还提什么谢谢呢。"汪瑞芳慈祥地说,然后又问:"你跟妈妈说句实话,你为什么排斥丁迪呢?"

"我……"念雅羞于启齿,她不知道该如何回答感情问题。

百里焱见父亲离去了,一下子就恢复了十足的底气,他抢先一步说:"老妈,因为姐姐心有所属了!"

汪瑞芳怔了怔,追问:"你说的可是真的?"

念雅抬起头白了他一眼,嘀咕道:"百里焱,就你多嘴。"

百里焱讥笑说:"都到这个时候了,你再不解释清楚,可别后悔哦。"

念雅沉默片刻,最后还是一五一十地把她和薛承的感情告诉了汪瑞芳。

汪瑞芳听完,面露喜色:"小雅,你早跟我说已经跟薛承私订终身了,那妈妈当然会支持你的选择了。"

"还是您深明大义。"念雅抹抹眼泪,开心地说。

汪瑞芳又数落道:"你爸就是刀子嘴,豆腐心,等一下我就跟他说这事,既然是薛承做他女婿,我看老头子也不会反对的。"

"老妈,您真开明!"百里焱奉承道。

"你啊,就少拍马屁吧。"汪瑞芳说完,笑了起来。

第五十三章
变生不测

百里焱早在几个月之前就把"在线酒吧"全权交给了谭乐管理，虽然珂儿也在酒吧，但实际上酒吧大小事务都由谭乐安排处理。不得不说，他确实有独当一面的能力。

这天晚上，谭乐临时有事外出了，酒吧自然就由珂儿管理。大概在十点多钟，VIP包厢的侍从呼叫总台，说客人非要点名谭经理过来陪酒，还说他喝了不少酒，正在发酒疯，砸坏了两支话筒。珂儿听闻，立刻赶到贵宾房内调解，当她看见宾客时，不由暗自叫苦。来人不是别人，正是宏远集团的大公子叶潇。

珂儿定了定神，堆起满脸笑容说道："叶总，您消消气，我们若有怠慢之处，还望多多包涵。"

自从宏远集团公布董事长一职后，叶潇就性情大变，每晚来酒吧醉生梦死，酒醉之后又发酒疯，不仅发脾气还砸东西，搅得酒吧人人躲他像躲瘟神一样。

珂儿的到来让已经醉酒的叶潇突然眼前一亮，他立即露出一副轻佻的样子，边动手边笑道："谭乐这小子不在，那就由你来顶替。"

珂儿轻轻推了推纠缠的叶潇，尽量克制住怒气，她微笑道："叶总，您喝多了，坐下来休息一下吧。"

叶潇一个趔趄，倒在沙发上，立刻扯开嗓门喊道："少啰唆，快过来

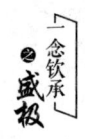

陪爷喝酒！"

叶潇是酒吧的常客，基本上都是由谭乐安排，珂儿跟他有过几次照面，虽说不熟，但也不陌生。今晚，叶潇喝了很多烈酒，又憋着一肚子火，管你是否认识，就是发酒疯。

"叶总，要不我给你安排几位小妹过来？"珂儿问。

"爷不要那些下三烂的女人，要不叫谭乐滚过来，要不就你干了这杯酒！"叶潇张狂道，他指示手下往杯中倒满烈酒。

机灵的侍从见老板娘受了欺负，挺身而出道："叶少爷，都怪我服务不周，我喝完这一杯酒向您赔罪。"

"你少给我啰唆，信不信我抽你！"叶潇恶狠狠地瞪了一眼侍从，然后冲珂儿邪笑道："只要你干了这杯酒，以后我叶潇的生意就定在这里了。"

珂儿见叶潇耍赖放泼，恨不得抽他两巴掌，但开门做生意，只能隐忍，于是她微笑道："承蒙叶总一直照顾我们的生意，令小妹感激不尽，这杯酒当我敬叶总您了！"说完，她一饮而尽。

"豪爽！不愧是女中豪杰！"叶潇看看左右，带头鼓起掌来。

周围一群人，也纷纷称好，欢呼道："好酒量，好酒量。"

叶潇岂会轻易放过美丽动人的珂儿，他摇摇晃晃地站起来，又亲手倒满一杯烈酒，笑着说："这一杯，是我祝你生意兴隆，财源广进。"

"叶少爷，老板娘不胜酒力，我替她喝。"侍从急忙上前拿酒杯。

叶潇眼睛一瞪，怒骂道："他妈的！放下，你算什么玩意儿，够资格喝这杯酒吗？再给我搅事，看我怎么收拾你！"

珂儿拿过侍从手中的酒杯，投去感激的眼神，又对叶潇说："叶总，您消消气。那我再敬您一杯，感谢您长久以来照顾酒吧生意。"

"爽快！"叶潇见珂儿一饮而尽，开怀大笑。

正在叶潇纠缠不清的时候，谭乐及时出现。他一进门就上来握住叶潇的手，抱歉道："叶少爷，我来迟了，突发事情，实在是不好意思啊，

第五十三章 变生不测

对不住,对不住。"

叶潇指指谭乐,大声笑道:"你小子总算出现了,给我自罚三杯再说!"

"刚才有事,来迟一步,请见谅,请见谅!"谭乐谄笑道。转而又轻声对身旁的珂儿说:"这里交给我吧,你去多安排些小妹过来。"

珂儿见谭乐出现,仿佛抓到了救命稻草一般,她赶忙向众人打声招呼准备离去,叶潇倒没有再继续为难她,任由她离开。

叶潇搭住谭乐的肩膀,扬起嘴角说道:"今天我带了好东西过来,算你一份。"

就在珂儿关门的一瞬间,她清楚地看到叶潇从裤兜里掏出一包白色粉末,这令她倏然一惊。至于后来在包厢里发生了什么事情,她大致能猜得出。

她回到谭乐的办公室,端着一杯热水,一边醒酒,一边在想如何处理这件事。她想了许久,觉得无计可施,又打定主意等谭乐回来先问个清楚。

约莫过去了一个多小时,谭乐才步履蹒跚地回到办公室。珂儿见他进门就急不可待地问道:"叶潇刚才拿出来的白色粉末是什么东西?"

谭乐暗暗吃惊,脸色一沉,便抵赖道:"什么白色粉末?我怎么不知道。"

珂儿训斥道:"你别给我狡辩,我看得清清楚楚,那小包里装的是不是毒品?"

"嘘!这些事情可不能乱说,搞不好,连酒吧都要关门。"谭乐神色慌张地说。

"你再不说,我就打电话给百里焱,让他过来处理这件事。"珂儿愤怒地说道,又情绪激动地掏出手机。

谭乐一把抓住她的手腕夺下手机,恳求道:"好好!你冷静一点,我告诉你,是那个东西。"

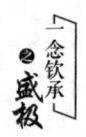

"你疯了吗!这是犯法的啊!我看你真是疯了!"珂儿气得大声喊道。

谭乐立刻做了个手势,压低声音吼道:"你小声点啊,你想让全天下的人都知道吗?这里是酒吧,是娱乐场所,不是教室,不是政府部门!来这里的人,三教九流,什么样的人都有。我们开门做生意,难道还要挑客户吗?有钱赚,睁一只眼闭一只眼就好,你懂不懂啊!"

"我不懂,我就算不赚钱也不想把这里变成藏污纳垢的地方。我看你真是财迷心窍!"珂儿骂道。

"怎么是藏污纳垢了,来这里的人无非为了玩儿,花钱买个尽兴。嗑药也不过是娱乐的一种,跟玩骰子扑克有什么区别。"谭乐狡辩道。

"我真不敢相信,这种害人犯法的事情,竟然被你说得如此冠冕堂皇。"珂儿失望地说,她感觉谭乐像变了一个人似的,心里十分难受。

"我也是没办法才这样做,我得保证客源,我得保证酒吧的生意。你只知道犯法犯罪,假如酒吧关门了,你还有这份心思去思考这个吗?"谭乐冷笑道。

"若像你这么说,全世界就没有一家干净的酒吧了,什么狗屁逻辑!"见谭乐还在狡辩,珂儿非常生气,她咆哮道:"谭乐!你清醒点吧!不是什么样的钱我们都能赚的!"

谭乐见珂儿不理解自己的想法,便生气地说:"你这么想,我也没有办法,酒吧有我在管理,你就别操这份心了。"

"我不能看着酒吧毁在你这种人手上,算我看错你了!"珂儿见他执迷不悟,失望至极,上前夺过手机就想打电话给百里焱,她又气愤地说:"我管不了这里,自有管得了的人。"

谭乐发了疯似的上前夺手机,凶神恶煞地说:"别给老子添堵,滚开。"

珂儿又气又恨,踮起脚拼命抢手机,口中不停地骂道:"我看你是鬼迷心窍了。"

第五十三章 变生不测

谭乐酒精上头,怒气冲冲地使劲推了她一把。结果用力过猛,珂儿一个趔趄,跌倒在地,头部刚好撞在桌角处,立刻昏厥过去。

谭乐看见她头上汩汩流下鲜血,浑身一个寒战顿时酒醒,愣在那里不知所措。几秒钟过后,他猛地反应过来,赶紧拨打急救电话……

百里焱心急如焚地赶到医院已经是两天后的事情了。望着眼前插着线管、毫无知觉的珂儿,他心如刀割。这么久相处下来,他确实爱上了这个活泼可爱的女孩子。

百里焱坐在病床前,眼眶微红,不停地喃喃道:"珂儿,你快点醒过来吧,你快点睁开眼睛看看我。"

他轻轻抚摸她那张苍白的脸,哽咽道:"前几天念雅跟我爸提到了婚姻一事,我父母后来妥协了,我正准备跟我父母说我要娶你。你开心吗?你快点醒来,我带你去见我的父母。"

无论百里焱如何呼唤,旁边的仪器依旧平稳地跳动着,珂儿紧闭双眼,像是在深度睡眠。进来之前,百里焱就从医生那里得知了她的情况:她的后脑勺碰到硬物,引起暂时性昏迷,目前无法推测她什么时候醒来。

百里焱从医院出来,已是华灯初上,他准备回酒吧,当面找谭乐质问清楚。刚进酒吧,他忽然感觉一段时间没来,这里变得物是人非了。服务员大多换成了生面孔,看上去无精打采的样子,这让他非常不满。当他找到谭乐时,看到他正跷着二郎腿哈欠连连,一副精神萎靡的样子。

谭乐一见百里焱过来,慌忙站起来说:"百里,你怎么有空过来了?"

百里焱看他消沉的样子,心里陡生怒火,冷冰冰地说:"我过来看看。"

谭乐谄笑道:"您放心吧,这里一切正常。"

百里焱一脸不快,呵斥道:"珂儿伤得那么严重,还怎么能说正常!"

谭乐忽然被百里焱的话噎住,他搓搓手,尴尬地说:"那是个意外,意外，谁也想不到会出那种事。"

"意外！你倒给我详细说说是怎么个意外法。"百里焱冷冷地说。

谭乐顿了顿，就把当晚发生的情形，一五一十地告知了百里焱，当中省略了他和珂儿吵嘴动手一事。百里焱听说这事的起因是在叶潇身上，顿时火冒三丈，拳头猛地砸在桌台上，骂道："王八蛋，敢欺负我的女人。"

谭乐着实吓了一跳，回过神来，赶紧劝说："百里，这事也怪不到叶潇头上，最主要还是珂儿自己不小心造成的。"

百里焱尽量压住火，问道："当晚的监控呢？我要看看到底发生了什么事。"

"很不凑巧，那几天监控坏了，还没来得及维修。"谭乐轻声地说。

百里焱拿叶潇没辙，正憋着一肚子火气，他一听谭乐这个回答，立刻勃然大怒道："这么重要的设备坏了几天没有修好！谭乐，你现在的管理很有问题！"

"我……"谭乐自知理亏，不敢过多辩解。

"算了，你先出去吧，让我一个人待一会儿。"百里焱觉得骂他也无济于事，想一个人静静。

"那您有事情随时喊我。"他说完就逃也似的离去，走之前又心虚地瞄了瞄百里焱。

百里焱毕竟不是以前那个玩世不恭、不谙世事的公子哥了，对于谭乐的话，他还是将信将疑。随后，他又详细询问了侍从和设备管理员，听到的经过与谭乐所说无差，这才勉强相信了他的话。

他呆呆地坐在那里，想起昏迷不醒的珂儿，想起陌生的酒吧，脑海中蓦然产生转让股权的想法。这个想法一闪而过，令他有些伤感。

第五十四章
晴天霹雳

酒吧出了那么大的事情，令百里焱感到六神无主。他觉得陷入了前所未有的困顿之中，非常迷茫，找不到正确的出口。他感到无所适从，单靠一己之力解决不了此事，于是，他去找薛承求教。

当薛承看到百里焱一副沮丧消沉的样子，顿生疑虑，他问道："怎么了，脸色这么难看。"

百里焱叹了口气，不知道应该从何说起，过了好一会儿才说："珂儿受伤住院了。"

薛承惊讶地问："现在怎么样了？"

百里焱捂着脸，痛苦地说："已经昏迷了好些天，我不知道该为她做点什么才好。"

"竟然伤得如此严重，到底怎么回事？"薛承大吃一惊。

于是，百里焱又把详细经过跟薛承叙述了一遍，表情中流露出心疼、无奈，还有愤怒。

薛承听完，马上担忧道："真的只是这样吗？"

百里焱顿了顿，狐疑道："我也觉得有点不可思议，但什么线索也没有，不好查证。"

"还是多留个心吧。"薛承叮嘱道。

百里焱点点头，又满腔怒火地说："事出叶潇之身，我一定要为珂儿

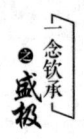

讨回公道。"

"叶潇工于心计,是那种睚眦必报的人,你还是少招惹为好。天道好还,自有他自食恶果的时候。"薛承赶忙劝道。他真怕百里焱被愤怒冲昏了头脑,干出一些后悔终生的蠢事来。

"我会给他点颜色看看的。"百里焱听了薛承的劝解,依旧无法释怀。

薛承赶紧又劝道:"你冷静点,不值得跟这种人较劲。换个角度说,珂儿身为老板,陪客户喝几杯酒不是很正常的事吗?你一定要想开点。"

百里焱痛苦地闭上眼睛,无奈地点了点头,少顷,他下定决心说:"我想把酒吧转让。"

薛承想都未想便点头道:"是该考虑了。"

"我这两天总有种不好的预感。当我回了趟酒吧后,更是加深了这种预感。"百里焱不无担忧地说。

"物物而不物于物,既然驾驭不了,那就果断放弃。"薛承笃定地说。

百里焱流露出无比惋惜的目光,难受地说:"我心有不甘!"

薛承拍拍他的肩膀,安慰道:"当初不是说过了吗?这是你的一次锻炼,仅此而已,现在已经到了抽身的时候了。"

百里焱一声叹气,悄然道:"真是一眨眼的工夫,已经过去了近一年的时间。"

薛承一脸肃然:"这个不是你该留恋的事业,尽早把它处理掉,免除后患。"

百里焱一副落魄的样子,喃喃道:"是该离开了。"

叶家和百里家在这冰天雪地的寒冬里,波澜不惊地过了几天太平的日子,最后还是出了大事。这件事情竟然同时牵涉两家豪门子弟,可以说震惊一时。

此事还要从百里焱的"在线酒吧"说起。当初谭乐管理酒吧,给涉毒人员打开方便之门。他自认为,娱乐场所有这些助兴的东西,是再正

第五十四章 晴天霹雳

常不过的事情了，而且这些东西还可以给酒吧带来充足的客流量和丰厚的利润。他是酒吧经理，可以不择手段地拓展渠道，只要能保证酒吧的营业额上升即可。他干这行非常隐蔽，除了自己带过来的几个亲信能接触到之外，其他人一概不知。

毒品，那是国家严厉打击的犯罪活动，政府的态度就是零容忍，其实谭乐的犯罪行为和酒吧的涉毒之事，公安部门早就从线人那里获悉一二，只是时机还未成熟，没有展开行动。这次的收网，是因为全面掌握了涉毒人员的完整信息和交易细节，才进行抓捕。

当晚，警方动用了三百多警力，把酒吧团团围住，在里面至少带走了三十多个人，其中就有谭乐、叶潇等人。不止如此，在外围行动中，又抓获了涉毒人员二十余人，几乎摧垮了整条贩毒链。

百里焱是在医院被警方带走的，他是酒吧老板，自然脱不了干系。这次的涉毒事件，人员涉及之广，令人咋舌。

百里焱被抓，震惊了整个家族，谁也想不到一向循规蹈矩的少公子，会跟这种砍头枪毙的事情扯上关系。后来经过公安局侦查审讯，证实百里焱虽为酒吧老板，并未参与涉毒违法。但是，这毕竟是捅破天的大事，百里焱跟它又有千丝万缕的关系，因而被限制了人身自由。幸而在百里华的疏通下，大事化小，交了一笔巨额保释金后，百里焱终于在年前被放了出来。

百里华做梦都没有想到儿子会牵涉违法犯罪，更没有想到起因竟是他三番五次责令他脱手的酒吧。他气得暴跳如雷，谁劝也不管用，他下定决心要好好管教儿子。百里焱被放出拘留所的那天，是母亲和姐姐去接回的。进门之前，汪瑞芳再三叮嘱，不管父亲如何责骂处罚，务必不要多说一句话。

百里焱一进家门，就看到父亲正襟危坐，神情严峻，瞪着的双眼充满血丝。他耷拉着头如做错事的孩子一般，胆怯地走到父亲面前，站立不动。百里华并未说话，盯了他许久，忽然站起来狠狠给了他两个巴掌。

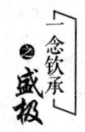

　　两声清脆的响声过后，百里焱白皙的脸上顿时留下了两个鲜红的掌印。这两下巴掌声惊呆了全家人，百里焱一个趔趄，后退几步，立马又站定，双手捂住双颊轻微抚摸几下，然后赶紧放下手站好，不敢发出半点响声。

　　百里华再次扬起手，手起一半又悬在空中，脖子上的青筋暴涨起来，一抖一抖跳得厉害，他的脸涨得通红，从脖子一直红到耳根处，鼓着腮帮，鼻翼一张一翕，眼睛瞪了几秒，指着百里焱就骂道："看你做的好事，你是要把我气死吗？"

　　众人都看得出，这是百里华愤怒至极的表现，犹如火山爆发般具有很强的杀伤力，百里家的人曾经领教过这种暴怒，所以包括汪瑞芳在内的人都不敢轻易上前劝慰，百里焱更是呆立在那里，胆战心惊，一动也不敢动。

　　"你知不知道你这次犯的不是错，不是说一句改正错误就能了事的，你犯的可是中华人民共和国的法律，你这是在犯罪，是要坐牢的。"百里华怒不可遏地骂道："我找你谈过几次话，明确责令你远离这种乌烟瘴气、藏污纳垢的地方，你怎么就听不进去！这种地方待的都是魑魅魍魉、牛鬼蛇神一类的人，你怎么可以跟他们混在一起！这种生意是我们百里家族成员该做的吗？你的脑子到底还在不在？你是鬼迷心窍了，听不进半句谨言。这次是你走大运，若你不是没有直接参与，你就准备坐穿牢底吧！"

　　停了几秒，百里华捂了捂左胸，大喘一口气，又怒吼道："你还跟谭乐这种三教九流的人混在一起，这个人是没用的，绝对要判死刑了！你到底是怎么结识这帮社会渣滓的！"

　　百里焱被骂得双腿直颤抖，轻声解释道："他是珂儿的表哥。"

　　"珂儿又是谁？"百里华怒目一睁，狠狠瞪着他。

　　"她……她是我的女朋友。"百里焱战栗地说道。

　　"什么？你竟然跟不三不四的女人厮混在一起，简直是丢尽了我百里家的颜面，你……"百里华一个趔趄，有气无力地瘫坐在沙发上，不停

第五十四章 晴天霹雳

地喘气。

"老头子，你怎么了？"汪瑞芳赶紧上前照看。

"爸爸！"念雅也顿时紧张起来。

"老头子，你消消气吧。小焱知道错了，这次的事件对他是个深刻的教训。你心脏不好，千万不要再激动了。"汪瑞芳连忙劝道，一副忧心忡忡的样子。

"爸爸，请您不要生气了！"念雅边说边朝百里焱使了个眼色。

百里焱马上心领神会，他声泪俱下，悔道："爸爸，我错了！我没有想到会闯下弥天大祸，请您再给我一次机会，我会吸取教训，保证不会再犯错误。这个教训我会铭记一辈子，时刻提醒自己不能违法犯罪。"

"如若再犯，你就别想再进这个家门……"百里华话还没有说完，就倾颓在沙发上，晕了过去。

这下子，吓坏了众人，一家人慌忙把百里华送往医院。

本市的另一个建筑大亨叶家，相对来说反响就没有这么强烈。叶潇只是吸毒，通过叶家亲友出面保释，很快就放了出来。叶宏远逝世多日，叶潇几乎是处于无人看管的地步，卫贤君对儿子非常溺爱，所以叶潇不管做什么事情都有恃无恐。叶潇比百里焱早几日放出来，只受到卫贤君的几句唠叨和责骂，不过出了丑闻，他自己感觉很没面子，倒也老老实实地待在家里不外出。

叶亦双正式上任董事长后，事务缠身，鲜有时间回家。叶潇出事后，她回过几次家，主要是陪陪母亲，怕她伤心过度，引发旧疾。叶潇放出拘留所那天，叶亦双在家里碰到了蓬头垢面的叶潇。她的心里怒火中烧，责备道："大哥，你怎么会堕落成这个样子啊！妈妈身体不好，你这么做会让她非常担忧的啊。"

叶潇瞪着她，恶狠狠地说："由不得你来教训我！"

"爸爸不在了，妈妈的身体不好，既然你做错了事，我就得给你指出

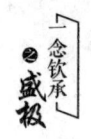

来。"叶亦双严肃地说，态度坚决。

叶潇冷笑几声，瞥了一眼，阴阳怪气地说："呵，我倒忘了你现在是堂堂的董事长啊，就算你权力很大，是不是也管得太宽了点啊。"

"你少扯开话题，我是你妹妹，我就有责任监督你。"叶亦双语气坚定地说，他看到叶潇无动于衷，又苦口婆心地说："爸爸尸骨未寒，你这样做，爸爸在九泉之下是不会瞑目的。"

叶潇怒目横眉，大声吼道："你少跟我提起爸，是他太偏心，什么事情都为你着想。"

叶亦双难过地说："你不能这样说爸爸，他也想你能把公司管理好。"

"住嘴！"叶潇咆哮道："他要是这么想，就不会把公司交给你啦！"

"唉！"叶亦双也不知道该解释什么好。她深知遗嘱公布后，她跟叶潇的裂痕已经无法弥补，剩下的只是名义上的情分了。

"被我说中了吧，没话说了吧！"叶潇嘲笑道，一副咄咄逼人的气势。

叶亦双叹息道："这些都是爸爸安排的，并非我愿。"

"呵，这么说，还为难你了。"叶潇冷笑道。

叶亦双无力辩解，沉默片刻，然后奉劝道："事已至此，我解释也没有多大意义。我只想劝你，为了这个家，请你不要再做伤害妈妈的事情了。"

"不用多说！"叶潇打断她的话，仇视地看看她，又绝情地说："从此以后，你走你的康庄大道，我走我的羊肠小道，咱们互不干涉。"

叶亦双痛苦地说："哥哥，你这是何必呢。"

叶潇未等她说完，已经负气离去。留下叶亦双独自坐在那里，心如滴血，眼中蓄满了泪水。

第五十五章
内外勾结

当初,叶宏远的遗嘱中有几条是这样规定的:一、宏远集团第二任董事长由女儿叶亦双担任,并管理公司全面事务。二、叶潇担任集团公司副总经理兼华北地区分公司总经理,华北地区所有事务由叶潇全权自理,在不损害到整个集团公司的利益的情况下,无须向公司申报任何项目。三、华北地区分公司既是独立自主,又需要向集团总部负责。在行政上自主,财务必须上报。叶宏远的遗嘱其实就是让儿子当个"华北王",分割好儿女的势力范围,防止同室相争。然后,他为了预防叶潇损害到整个集团的利益,特地另立了一个附加条款,明确说明假如华北地区总经理持续的不作为,损害到集团公司的重大利益,造成无法弥补的损失,就由董事长召开公司副总经理级别以上人员会议,对华北地区总经理进行投票罢免,半数以上票数就可以直接废除责任人的职位和权力,新任总经理的任命,由集团董事长甄选人员。叶宏远的这项规定,可以说对叶潇和叶亦双都有着制约作用,两个人谁也不可能单独损害到对方的权益。叶宏远怕儿女内斗,不得不多个心眼做最坏的打算。可想而知,他在做这些决定时,心里承受了多大的痛苦与煎熬。

叶潇沉寂了一段时间,在家里就待不住了,前一晚他应邀出席一个宴会。酒过三巡,几个多事的人趁着酒劲儿,纷纷替叶潇叫屈,几个自以为是的家伙,更是为他出谋划策,另有两个人摩拳擦掌地要动用社会

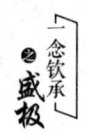

关系帮他摆平此事。叶潇本来就心存不满，见有那么多人替自己打抱不平，心里夺取权力的欲望也就越来越膨胀了。

翌日上午，叶潇打电话叫刘鬼去他居所，他想让刘鬼给他出谋划策，辅佐他登上董事长的宝座。

刘鬼半刻也不敢耽搁，火速赶到叶潇处。当他见到叶潇时，立刻谄笑说："叶少，您叫我过来有什么事情吩咐我做吗？"

叶潇直截了当地说："昨天晚上，我跟几个朋友聊了一些事，他们都在为公司的安排感到愤愤不平。他们觉得这样做有悖伦理，支持我去当公司的董事长。你认为呢？"

"叶少，这董事长一职，原本就是属于你的，我也认为你才是最合适的人选。至于叶亦双，她根本就没有能力去管理这种大企业，时间一久，肯定会把公司搞得一团糟。"刘鬼奉承地说，然后他又装作大义凛然的样子，说道："叶少，您需要我做什么？只要您一句话，我赴汤蹈火在所不辞。"

叶潇听了刘鬼的话，满意地说："既然大家一致认为董事长的位置该是我的，那我就要好好考虑考虑了。你点子多能成事，我想听听你的意见。"

刘鬼立马说："多谢叶少信任，我一定不负所望。"

"敷衍的话就免了，谈正题吧。"叶潇随即打断他的话。

刘鬼尴尬地笑笑，沉思片刻，然后神秘地说："要成这事，单靠你我的力量撼动不了如今的格局，更不足以撬动这个宝座。"

"我现在是孤家寡人一个，人力不足、财力尽失。哪能轻易找到巨大的力量与他们抗衡啊。"叶潇一脸苦恼，不悦地说。

"此事何难！"刘鬼一副深不可测的样子，轻声说："诸葛亮能够草船借箭，我们照样可以借力借财。"

"怎么？你想到办法了？你赶紧说，我们到底怎么做才好？"叶潇一听有戏，着急地问。

刘鬼神秘地笑了笑："叶少，您怎么忘了您的老朋友徐永成呢！"

第五十五章 内外勾结

叶潇想了想，突然一拍大腿，仿佛找到救命稻草般兴奋，大声道："对啊！我怎么忘了他呢！最近事情乱成一团，真是把贵人给忘了。"

"徐永成为人仗义豪爽，钱财方面就找他帮忙解决，等事情成了，再给他丰厚报酬，不就还了人情。商人嘛，只要有利可图，肯定会支持您。"刘鬼笑着说。

"对！对！不管花多大代价，先把公司弄过来再说。"叶潇激动地说，他高兴一会儿，又问："那还有借力呢，问谁借？"

刘鬼得意地说："问叶如萍借！她是公司的财务总监，又是宏远集团的元勋人物，在公司里有举足轻重的地位。公司里受过她恩惠的大有人在，只要她振臂一挥，响应她号召的人必定不在少数。最重要的一点，您当董事长正合她意，家族企业传男不传女的传统思想，在她心里根深蒂固。当时，老爷子的遗嘱在公布之时，就引起了她的诸多不满，现在正是您利用她的大好时机了。"

"对！太对啦。"叶潇激动地大声道。

刘鬼凑近叶潇，压低声音说："叶如萍是其一，其二就是您的母亲。卫姨一向袒护您，对您提出的要求，从来不打折扣。在她心里头，您本应该是合法继承人，如今出了这档事，想必她的心里也不痛快。只要您现在去求她这件事，肯定会得到她的支持。"

"我真是差点误了大事。"叶潇用力拍了拍刘鬼的肩膀，高兴地说："太好了！事不宜迟，我们得抓紧行动。"

"只要运用好这几股力量，多管齐下，我就不相信叶亦双还能顺风顺水地坐在宝座上。"刘鬼冷笑道。

"天不绝我啊！"叶潇大笑道。

当晚，叶潇就约了徐永成一叙，酒吧被查封后，他们改了会面地点，选在一家较为偏僻的茶室里碰面。

徐永成一见到叶潇，便打趣道："叶少，许久不见，气色不太好啊！"

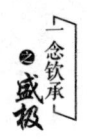

叶潇啐了一口痰,愁眉苦脸地说:"让徐总见笑了,最近诸事不顺,心情烦恼啊。"

徐永成笑了笑:"叶少一向春风得意,怎么会搞成这个样子?"

"唉!一言难尽啊,兄弟的心中是苦不堪言啊。"叶潇垂头丧气地说道。

"有什么事情跟哥说说看,哥会想尽办法帮你摆平的。"徐永成拍拍胸脯,豪爽地说。

"唉!"叶潇难以启齿,在那里闷声叹气。

"叶少正为公司的事情烦恼着呢。"刘鬼赶忙不失时机地说:"叶董事长的安排太不公平,害得叶少心中郁闷,无处发泄,今儿特请徐总过来,喝茶聊天求个慰藉。"

徐永成故作吃惊状,急忙安抚道:"我也听说了叶老总的安排,这分明是偏心得离谱,同是心头肉,这样的安排,实在叫人难以心服啊!现在外头的流言蜚语很多,我正准备开解你一番,看看有什么需要我帮忙的。"

"徐总所言甚是!为父者不公,诸事难稳。"刘鬼煽风点火道。

"兄弟,你也不要沮丧,这种事情说不定还有转机,事在人为嘛!"徐永成怂恿道。

"徐大哥,话是这么说,但小弟我资源有限,掀不起这股风浪啊!"叶潇连连叹气。

"这倒也是。这种事情说好办就好办,说难办那也比登天还难。"徐永成意味深长地说:"你跟叶亦双是亲兄妹,这关起门来不就是自个儿的家事。是家事,那就好办了,商量商量,不就把事情解决了。"

"大哥说得都在理,可是……"叶潇说了半句又停下来,心里盘算着如何开口。

刘鬼见叶潇欲言又止,迟迟不入正题,便说:"叶少,徐总跟您是老朋友,徐总为人仗义,为朋友两肋插刀的美誉更是人人皆知,您的事还真要找他好好商量一番。"

叶潇吸了口气,打定主意,轻声道:"小弟今晚约大哥来,还有一事

第五十五章 内外勾结

相求，请大哥务必相助。"

徐永成立刻爽快地说："只要我能办到的，一句话的事！"

叶潇红着脸说："我想问你借点钱应急。"

"多少？"

"两千万元！"叶潇稍稍思考后，又说："利息照算。"

徐永成微笑说："以咱们的关系，利息就免了。"

"徐总，真是豪气冲天！对朋友仗义疏财，几千万元也是一句话的事。"刘鬼竖起大拇指，啧啧称赞。

叶潇大为感动，激动地说："大哥的这份情谊，小弟我永记于心。"

"小事而已，叶少言重了。"徐永成客气地说。

"真是危难面前显真情啊！"叶潇感喟道："大恩不言谢，以后若有用得着我叶潇的地方，尽管开口。"

随后，徐永成露出为难的样子，叹气道："哥确实有一事缠身，还不知道叶少能否帮一把呢。"

"徐总尽管开口，我定当竭尽所能帮你办妥。"叶潇拍拍胸脯承诺道。

徐永成叹气道："天成公司虽为建筑公司，但规模不大，想投标大工程，又被诸多条件限制，真是无可奈何啊。但是宏远集团就不一样了，贵为特级公司，所有资质都有，这让我羡慕不已。"

叶潇立即明白了徐永成之意，他想都未想就爽快地说："小事一桩，只要我当上了董事长，宏远集团的大门随时为你敞开，你尽管拿项目，我必定鼎力相助。"

"叶少真是爽快之人！"徐永成夸赞道，接着他又说："天成公司业绩不好，项目越拿越少，叶少若当上董事长后，还望帮大哥一把。"

叶潇又立马表态道："朋友之间理应互相照应，这些都是小事，等我掌握了公司大权，咱们一起合作开发项目。"

徐永成一拍大腿，高兴地说："叶少真乃性情中人，那我们一言为定！"

"一言为定！"叶潇爽朗地笑道。

第五十六章
骑虎难下

从徐永成那里借了两千万元回来，叶潇顿感底气十足，走路生风。如今的他浑身透着一股精气神，又变回了傲睨自若的样子。这段时间，他四处活动，笼络了相当一部分人。特别是对叶如萍，他出手阔绰，毫不吝啬，购买了很多高档衣物和名牌箱包赠予她。

起初，叶如萍也不大愿意插手这事，毕竟是叶宏远的遗嘱，公布于众了，就算自己心里千百个不满意，也不可能再去改变结果。先不说自己是叶亦双亲姑姑这一身份，单凭舆论就令她无法承受。公司里面还有一部分人是向着叶亦双的，尽管自己位高权重，但也需要三思而后行。这就像一片雷区，假如踩中了一颗，往往会引发整片地区的连锁爆炸。

叶潇为了得到公司的主权，那是下了决心的。他第一次去找叶如萍表明来意，碰了一鼻子灰，接连又去了几次，表现出三顾茅庐、锲而不舍的精神。几次三番后，叶如萍拗不过他，权衡利弊后，终于表态支持他。她还提出了一个要求，让他多笼络些人来，拧成一股力量，只有强大的力量才有机会成功。

叶潇策划的这场阴谋，犹如封建王朝的帝位之争，他笼络元勋，收买大臣，布好局势，最后夺位。在这场权力纷争中，最可悲的人，就是处在风口浪尖的叶亦双，她做梦都没想到竟然被同胞算计。

叶潇在叶如萍的授意下，开启了易帜之路，他花费重金买通了公司

第五十六章 骑虎难下

的高层人员。所谓有钱能使鬼推磨，一些人尝到甜头后便纷纷倒戈，表示支持叶潇当公司董事长。但也有少数几个正直的人婉拒了他的要求，这让叶潇气急败坏，暗自决定与他们来个秋后算账。

薛承就是少数几个拒绝叶潇的人之一，他是打心底瞧不起这个人，觉得他就像条米虫，除了懂得投胎技术这个优点外，其他一无是处。叶潇对薛承怀有戒心，行事很谨慎，就算他去找薛承，也没有直接表明来意，而是有意无意地提一些公司里的事。同样，薛承对他也抱以警惕心，一直提防他，连叶潇提出的一些合理要求，他也没有发表意见。叶潇悻悻而归，薛承顿生一种不祥的预感。他感觉叶潇心怀叵测，此行甚是诡异，推断他可能在策划什么不可告人的阴谋。可惜，他没有证据证明自己的判断，只能暂时静观其变。但薛承没有想到，叶潇经过这次短暂的接触后，坐实了他是叶亦双的人，把他列入黑名单之中。

叶潇为了夺权，费尽心思，他行事利索，才短短数日，就办妥了叶如萍交代的事情。话说叶如萍也有自己的打算，她帮了叶潇这个大忙，是经过激烈的思想斗争后，才下的决心。不得不说，也是对她良心的一次鞭笞和拷问。她认定一事，宏远集团的创立者是叶姓族人，奋斗二十载的人也是叶氏族人，到了最后，传承下去的必须是叶姓血脉。如今叶亦双成了董事长，假如到了下一任，还会是叶氏企业吗？她一想到这里就感到莫名的惶恐，残酷的现实，促使她生了二心。

这段时间，叶潇又做回了孝子，他尽量抽出时间服侍母亲，嘘寒问暖，端茶送饭，孝顺至极。叶潇曾经借机含蓄地跟母亲提及过参与管理公司的想法，开始他还担心母亲会极力反对，或者责备他。谁知，卫贤君在这个问题上久未表态，仿佛有难言之隐。这反而让叶潇像获得了通行令牌一样，完全没有了后顾之忧。他万事俱备，只差最后获得母亲的点头同意。

这天，寒风刺骨，天色阴暗，老天爷撒下了入冬以来的第二场大雪。

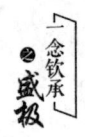

卫贤君早年落下的病根，每逢这个季节就会发病，令她苦不堪言。卫贤君的腿疾倒给叶潇提供了一个绝佳表现孝顺的机会，他不知从何处寻得一条用苏格兰羊毛制成的披毯，欢喜地送去给母亲护腿。

卫贤君正坐在大厅里烤火，一看到刚进门的叶潇身上落了不少雪花，冻得他直打哆嗦，马上心疼地说："这么大的雪也不打伞，假如生病了，那如何是好。快点来壁炉前暖和一下，这天气太冷了，你可得多注意一些。"

叶潇掸掸身上的雪水，大步走到壁炉前，一脸灿烂地说："我没事，一点雪花而已。老妈，你的关节好些没有？"

卫贤君搓搓关节处，愉悦地说："这两天一直用你给我的药水擦关节，感觉好了许多，现在还能多走几步路了。"

叶潇从怀里掏出个袋子，拿在手中扬了扬，笑着说："老妈，我给你带了好东西。"

卫贤君好奇地问道："是什么东西？一副神秘兮兮的样子。"

叶潇从袋子里面掏出一个包装精致的纸盒，小心翼翼地一层一层打开，仿佛在掀开一幅被布遮住的艺术品一般。蓦然，一张洁白无瑕的方毯映入眼中。他慢慢地捧起方毯，笑着说："老妈，送给您。"

卫贤君接过毛毯，喜出望外，她仔细地摸了几遍，欢喜地说："轻如发丝，软如棉絮，真是上等的毛毯啊。"

叶潇见母亲十分欢喜，心里不免得意，他赶紧说："这是我特地托朋友从苏格兰岛寻觅到的上等披毯，听说对保护关节有神奇的功效，以后您把它盖在膝盖上，保证能减轻疼痛。"

卫贤君笑得合不拢嘴，欣喜地说："儿子啊，这毛毯真是好东西，盖在上面才一会儿工夫，就能感觉到膝盖处有股暖流盘旋在那里，疼痛果然轻了许多。"

"想不到这么快就起作用了，看来这个法子还真有效。"叶潇兴奋地说。

"不只是膝盖处舒服，全身都感觉到有股暖流在体内流动，真的太舒

第五十六章 骑虎难下

服了。"卫贤君心花怒放，一遍遍地抚摸毯子。

叶潇见自己讨得了母亲的欢心，稍稍酝酿了片刻，然后趁机问道："老妈，趁您现在空闲，我有件事情想跟您商量一下。"

卫贤君正闭着眼睛享受毛毯带来的舒适感，陶醉其中，便悠然地说："什么事？"

"就是我早先时候跟您提过的那件事啊。"叶潇迫不及待地说，然后又紧紧盯着母亲的反应。

卫贤君依旧闭目养神，淡淡地问："上次有什么事呢？你说说看。"

叶潇赶忙说："就是我想管理公司这件事啊，您不会又忘记了吧？"

卫贤君听了，脸上的喜悦逐渐消退，她简单地应了一声，并未做出回答。

"老妈，我跟您提的要求都是谨慎思考过的，我身为叶家长子，理应肩负管理公司这个重任，而不是庸庸碌碌地过一辈子！"叶潇急切地解释道，他见母亲仍旧无动于衷，又说："小妹是个弱女子，手无缚鸡之力，勉强把这么大的公司交给她管理，肯定会力不从心。连亦双自己都跟我坦言过，压力太大，自己根本应付不了。而且，她在外谈生意，在气场上就输对手一截；在对内管理上，更会引起众人的排斥，总而言之，这一切是名不正言不顺。"

卫贤君深知儿子用意，她觉得今天想躲避已然不可能，沉默一会儿，平静地说："小潇，不管如何，这都是你父亲去世前的安排，如今木已成舟，你还是遵从遗嘱吧。"

叶潇立刻反驳道："您也说了那是老爸生前的安排，现在老爸已经不在了，我们总得从实际情况出发，剖析具体问题，怎能被一句话束缚住，就不顾整个大局呢。"

叶潇的话使卫贤君陷入沉思当中，他趁着母亲犹豫不决之际，继续说道："老妈，我要励志图强，不仅要照顾好您，更要把公司发扬光大，我有这个信心，请您一定要支持我。另外，经过这段时间的努力工作，

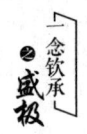

公司里头已经有很多长辈和同事都表示支持我,准备拥护我来管理公司,连姑姑也赞成我的想法!"

"如萍!难道她也支持你吗?"卫贤君暗吃一惊,觉得非常不可思议。她一向认为叶如萍行事谨慎,不会徇私,更不可能在这种大是大非面前表明立场。

"老妈,我骗您干吗!姑姑确实很支持我,她跟好几位叶家长辈都称赞过我的能力,还向他们举荐过我。您看连亲朋好友们都支持我管理公司,您可是我的亲妈,是我在这世上最亲的人,您一定得帮我,不然我就没颜面再在公司里待了。"叶潇愁眉苦脸地说,仿佛满肚子的委屈。

"宏远也真是的,这么大的事情也不提前跟我商量一下。"卫贤君喃喃责怪道,她又对叶潇说:"当初公布遗嘱时,我也觉得不妥,但毕竟那么多人在场,我不好提出异议,而且我都退休好几年了,不便再插手公司的事情。现在想想,假如料到事情会演变成今天这般模样,还不如当初早点介入此事为好。"

叶潇听到母亲的怨言,激动地问:"您也向着我对吗?"

"事已至此,你让我这个当母亲的如何着手呢。"卫贤君为难地说。

"老妈,我也是为了公司和叶家的未来着想,亦双是我的亲妹妹,我也想让她过上安稳幸福的生活,而不是沉浮在尔虞我诈的商海之中。"叶潇诚意满满地说。

卫贤君觉得叶潇虽然有私心,但话说得不无道理,她想了几分钟,然后说:"让我再考虑考虑。"

叶潇见母亲松了口,心里暗喜,赶紧说:"老妈,您一定要支持我。"

卫贤君陷入沉默,未再搭话,此时的她内心一片凌乱,她知道自己身处两难。如今,叶潇私欲膨胀,令自己骑虎难下,看来必须要做出决定了。

第五十七章
四面楚歌

这些天，卫贤君开始坐不住了。叶潇连着几日都过来哀求她帮他达成愿望，面对宝贝儿子痛苦忧伤的样子，她似乎再也无法逃避了。在叶潇的请求下，她心里的那杆秤渐渐地偏向了儿子。她清楚地意识到这件事情无法均衡左右，或者伤害到儿子，或者损害母女之间的感情，她没日没夜地要想个折中的办法，始终无果。她仿佛陷入了一个迷宫之中，尽管分叉众多，但出口只有一个。

卫贤君觉得自己必须要了解下公司目前的情况，以免职位的变动引起公司的动荡。这些天，卫贤君在家里见了很多人，比较全面地了解了公司的状况。她还从部分高层人员口中，证实了叶潇的说法，她越来越觉得儿子的想法可能是正确的。

这一天，她冒着凛冽的寒风，亲自去了叶如萍家里拜访。叶如萍的态度才是她最终决定如何选择的最重要的因素，因而她才亲自造访，显示对她的尊敬。当她敲开叶如萍的家门时，叶如萍对她的突然来访，表现出极大的惊奇。

叶如萍赶紧请卫贤君进屋，给她泡了一杯热茶，然后才问："贤君，外面这么冷，你怎么过来了？"

卫贤君啜了小口热茶暖暖身子，然后微微一笑说："大姐，我找您商量些事情。"

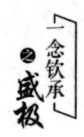

叶如萍轻声责备道:"有什么事情直接打电话给我就行了,你的身子刚好不久,万一冻着了,那可怎么办。"

卫贤君感激地说:"这件事情,我不当面问个清楚,这心里就七上八下的,每天都感觉寝食难安。"

"到底什么事情,需要你冒着刺骨的寒风走这一趟。"叶如萍吃惊地问。

卫贤君捧起热茶,又啜了一小口,然后直截了当地问:"大姐,您是支持叶潇打理公司吗?"

叶如萍迟疑了一下,平静地回答:"算是吧。"

"大姐,您的意思我不是很明白。"卫贤君不去猜测叶如萍模棱两可的话,直接问道。她们两个平时的关系还不错,讲话不需要拐弯抹角。

"叶潇曾经为这事求过我几次,最后我答应了下来。"叶如萍说话的语气中,略显无奈。

卫贤君叹了口气:"他的心思已经明了。"

叶如萍立马问:"这么说,你也答应他的要求了?"

卫贤君面露难色,摇摇头说:"为这事,叶潇哀求了我许多次。可是左边女儿,右边儿子,我确实不知道该把手伸向哪边。不管我偏袒哪一个,必将是我这个做母亲的过错,我现在感觉自己举步维艰,陷入了一个无底深渊。不管我如何选择,必会伤了其中一个孩子的心,可能就被他们记恨一辈子。宏远走了,我现在就剩下您一个亲人能聊聊心里话了,这件事情实在难以抉择,我找不到折中的办法。"

"你千万不要过度忧虑,这件事总会有解决的办法,可能是命中注定。我们这些做长辈的,在大是大非面前,只能牺牲一己之利。我们做出了决定,孩子们的心里有喜有忧,但毕竟是一家人,出发点都是为孩子们好,相信过段时间就会得到他们的谅解。"叶如萍安慰道。

卫贤君点点头,转而问:"您为什么支持叶潇而不是亦双呢?"

叶如萍顿了顿,忧虑道:"说句心里话,对这两个孩子,我不会偏袒

第五十七章 四面楚歌

任何一方。我是看着他俩长大的，就像自己的亲生骨肉一般。不管支持谁，我心里都非常不好受，可是站在家族和公司的利益上抉择，我只能偏向叶潇了。"

卫贤君似乎明白了叶如萍的取舍之意，轻声道："这遗嘱可是宏远亲自拟定的！"

叶如萍默然片刻，神情变得严肃起来，突然问："亦双毕竟还是要嫁人为妻，贤君啊，你准备把整个公司都陪嫁了吗？"

叶如萍的话非常犀利，短短几个字却道出了其中利害。这句话犹如一道闪电，狠狠地击中了卫贤君，令她全身僵住。这个问题正是她一直担心而又不敢正视的事情，宏远集团是叶家整整一代人的心血，现在传到了第二代血脉上，那到了第三代，还会流淌叶家的血脉吗？这个必须正视的问题令她坐立不安，必须尽早做出决定。

卫贤君呆坐了好长一段时间，才笃定地说："大姐，我知道该怎么做了！"

叶如萍则喃喃道："这把火一点，到底是带来光明还是一片火海……"

随着时间的推移，叶亦双越来越感觉到来自各方潜在的压力了。她的许多决策都被众人抵制或消极执行，她在公司里被孤立了起来。总公司和各大分公司的很多重要职位，都是叶氏族人担任，他们仿佛成立了一个同盟，压制叶亦双的权力。这股力量让叶亦双感到窒息，感到无所适从，甚至无能为力。

她快成了一只热锅上的蚂蚁，她去找薛承，想寻求他的帮忙。她认为，在这个世上最支持她的人就是薛承了。她一到他的办公室就忧虑地说："薛哥，最近我感觉做什么事情都不顺利，似乎有人在从中作梗。"

薛承听此，眉头一皱，立马警觉地问："到底怎么回事？"

叶亦双一副忧心忡忡的样子，沮丧地说："我制定的行政决策只有极

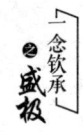

少数人执行，他们与我非常疏远。我发现除了你和魏叔外，竟然找不出可以信任的人。"

薛承阴沉着脸，一拳砸在桌上，狠狠地说："他们终于还是开始行动了。"

叶亦双感到莫名其妙，赶紧追问："莫非你知道原因？"

薛承一脸无奈而又气愤的样子，他说："大概两个礼拜前，叶潇曾经约我会面，还赠送我贵重礼物，被我谢绝了。当时我的心中就倍感疑惑，我跟他素无交情，为何今日这般客气，我很好奇，所以多留了个心眼想拨开这层迷雾。"

薛承说到这儿，声音开始略微颤抖，忍不住点燃一根烟，他猛地吸了一口稳稳情绪，然后继续说："刚开始调查时，一丁点消息都获取不到，我感觉在无形中存在一股力量，是这股力量把一切痕迹掩盖得很隐蔽。最后实在没办法，我只能以静制动，暗中留意，希望对方能露出一些蛛丝马迹。这个办法奏效了，就在前几天，我接到了明博的电话，才弄明白是怎么回事，这个隐藏深处的秘密才慢慢浮出了水面。当我知道后，立刻感到惶恐不安，就好像穿梭在一场箭雨中，稍不留神，就会让自己陷入万劫不复的地步。我马上去找魏总汇报了此事，而他表示很无奈，只说先想想办法。"

叶亦双看到一向从容沉着的薛承，眼神中流露出一种恐慌，这是她从来不曾见过的。她只听他的语气，就感觉到后脊背阵阵发凉，她深呼吸几下，然后平静地说："薛哥，您说吧，不管真相如何，我都能承受得住。"

薛承弹了弹烟灰，结果手一抖，全撒在了外面，他看了看，深吸一口气说："是叶潇布的局，他想夺权。"

叶亦双一听，顿感全身血液骤停，她觉得灵魂仿佛被抽走了一样，脑袋一阵空白。须臾，又有一股怒火在她的心底燃烧，一直冲到脑门之上，她狠狠地咬住嘴唇，眼里充满愤怒，痛苦地说："我就知道他脱不了

第五十七章 四面楚歌

干系。"

薛承看到叶亦双气得全身发颤,立即关心道:"你没事吧?"

叶亦双摇摇头,喃喃道:"相煎何太急……"

"叶潇花费重金买通了所有人,可他没有想到崔明博是假装归顺于他,目的是促使此事暴露。"薛承说道。

叶亦双怒火之后,神情木然,问:"薛哥,你说我该怎么办?"

看着叶亦双楚楚可怜的样子,薛承一筹莫展,事到如今,他觉得他的力量太单薄,根本无法与一个庞大的集团相抗衡,他陷入了沉默之中。

正在两人一筹莫展之时,叶亦双忽然想到了办法,赶紧说:"我爸留给我的遗嘱里说过,在这样的局面下,必须采取果断措施,谁反对就开除谁。"

薛承考虑了片刻,蹙着眉头说:"这样不妥。"

"为什么?都到了这个时候,还有什么不妥之处?该断不断,必受其乱。"叶亦双焦急地问道,因为慌乱,声音变得非常尖锐。

薛承叹了口气说:"董事长的这项措施,针对少数人实施肯定没什么问题,但他万万没想到,现在是群起而攻之。若按他的遗言执行,用不了多久,公司可能面临着整体瘫痪的重大风险。如今,你已经不是跟个别人在博弈,而是跟整个利益集团在博弈。"

"太可怕了,怎么会这样,既然大家都认为我不适合担任董事长,那我辞职好了!满足他们卑鄙可耻的想法!"叶亦双疯了一般嘶吼,她的内心已然崩溃。

"事情总有挽回的余地,你先冷静下来。"薛承急忙按住她的肩膀,安慰道。

"薛哥,我真的受够了,这种亲人的背叛……太无耻了……"叶亦双哽咽道,眼眶噙满泪水。

"可能事情没有我们想象的那般严重。"薛承说这句话时,全无底气。他看到叶亦双悲伤的神情,满是心疼。他痛恨自己的能力有限,无法帮

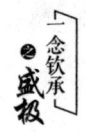

助她扭转乾坤。他深知跟整个家族抗衡，结果只有一个，那便是悲剧收场。

从薛承那里出来，叶亦双觉得自己简直就像行尸走肉，仿佛已经不属于这个世界了，所有的人都在躲着她，想把她孤立起来。她恨这一切，她最后想到了自己的母亲，可能只有她才会带给自己最后的安全和温暖。

叶亦双一见到母亲，心里憋着的委屈，瞬间就如决堤一般，她的眼泪不停地往下落，抽泣道："妈妈！"

卫贤君一脸茫然，心疼地问："小双，你怎么了？"

"叶潇他欺负我。"叶亦双哭道。

卫贤君听到叶潇这个名字，脸上的几分担忧转眼消散，她淡淡地问："你们兄妹怎么会吵架呢？"

叶亦双擦了擦眼泪，哽咽道："叶潇暗中联合许多人，准备强行争夺爸爸赋予我的权力。如今，还怂恿众人抵制我的管理。"

卫贤君默然片刻，然后平静地说："就因为这件事？"

卫贤君的冷淡，仿佛给叶亦双当头泼下一盆冷水。叶亦双怔了怔，委屈地问："您觉得不值一提吗？"

卫贤君握住她的手，开解道："小双，尽管叶潇有他的过错，做事不妥当，但他的出发点肯定是好的。"

"叶潇联合外人，架空我的权力，他不仅欺负我，还置公司的利益于不顾！您怎么说这是正确的呢？您说的话我听不懂啊。"叶亦双突然感到一阵失落，她伤心地说道。

卫贤君赶紧安慰道："你哥跟我提及过此事，他说想让你过上安稳幸福的日子，不要生活在尔虞我诈的世界里，他愿意为这个家、为你挑起大任。我觉得他的话很在理，也很诚恳。"

叶亦双听了母亲的话，顿时明白了什么意思，她的眼泪再一次充满眼眶，难过地说："可这是爸爸的决定啊！是爸爸生前最后的心愿，我一

第五十七章 四面楚歌

定要帮他实现！"

卫贤君顿了顿，思考良久，劝道："人死不能复生，愿望总归与现实有出入。小双，你不妨接纳你哥的意见，去过安逸的生活，何必一意孤行呢。女孩子家相夫教子才是头等大事。"

叶亦双听了母亲的话，倏然心灰意冷，她绝望地看着眼前陌生的母亲，使劲咬紧牙齿，并一字一句地问："连您也想让我交出公司吗？"

卫贤君一脸慈祥地说："不是妈妈偏心，妈妈的心里就盼着你能过得开心，嫁个好男人，幸福美满地度过一生。"

"可是，我是您的亲生女儿啊，既然爸爸把公司交给我，您为什么就不能支持我呢？"叶亦双痛苦地说，她每说一句话，都感觉内心像在流血。

"一切都是命数！"卫贤君说道。

"我知道了，我会考虑找叶潇好好谈谈。"叶亦双失望透顶地说道。她突然感觉与眼前的人只有名义上的关系了，这房子里的一切都与自己无关了，越看越陌生。她沉默了一会儿，便起身离开，事已至此，不是她留恋就能解决问题的。

看着叶亦双瘦弱的背影消失在眼前，卫贤君终于控制不住自己的情绪，放声哭道："宏远！我对不起你啊！真是作孽啊！"

第五十八章
否极泰来

"你考虑清楚了吗?真的决定这么做吗?"薛承问。

"薛哥,你认为我还有选择的余地吗?"叶亦双失望地看着他。

薛承默然,他甚至没有勇气与她那双绝望和痛楚的眼睛对视。

"现在叶姓族人已经公开表态支持叶潇,我在公司里完全失去了权力和地位,与其坐以待毙,还不如早点放弃。"叶亦双咬着牙关,狠狠地说。

"万一还有一丝转机呢?"薛承低声道,显得毫无底气。

"连我妈妈和姑姑都倾向于叶潇了,还有什么转机可言。"叶亦双十分痛心地说,她的声音变得沙哑,仿佛耗尽了体力。

"亦双,大哥也不知道应该如何帮你。"薛承低声道,他的心里充满愧疚、彷徨和无奈。

叶亦双诚恳地说:"薛哥,从我进入公司以来,你都很用心地在帮我,令我感激不尽!事已至此你不必内疚,是我们的力量太微弱太单薄,根本无法与他们抗衡。"

"这些人怎可如此伤害你!难道他们就没有半点羞耻之心吗?"薛承握紧拳头,憎恨道。

"他们都是我的亲人,当我冷静下来后,也就不责怪他们了。"叶亦双苦笑道。

第五十八章 否极泰来

"就因为你太善良了,所以他们才会变本加厉、丧心病狂。"薛承愤怒地说。

叶亦双睁着空洞的双眼,淡淡地说:"我走了,可能对大家都有个交代。"

"既然你的心意已决,我也没有什么好说的,你什么都可以让给叶潇,唯独祁阳不能让。"薛承恳切地说:"虽然他们篡了权,但没有把我们的后路斩断,祁阳的工程都是我们自己人在跟进,你可以把公司拱手相让,但绝不能把祁阳丢了,那里将会是我们最后的希望,也是你东山再起的立足之地。"

"薛哥,你的话让我有种绝处逢生的感觉。这段时间,一直被他们逼入绝境,竟然忘记了这么重要的事情。"叶亦双突然感觉眼前一亮,充满信心地说。

"祁阳的政界已经认可了我们公司的资历,相关人士更是和我们结下了深厚的友谊,明博一直在那里搞开发,这些都是对我们极其有利的条件,祁阳的市场到底有多大,就我们几个跟对方有过接触的人才知道实情。你既然愿意把公司交给叶潇,那就给他吧,但要跟他约法三章。"

叶亦双赶紧问:"如何约法三章?"

薛承笃定地说:"第一,祁阳分公司体制上独立出去,由你全权负责,宏远集团任何人不得干涉其中。第二,你可以动用公司的所有资质进行项目开发,宏远集团的任何人不得阻挠。第三,祁阳市场不允许有宏远系的资金投进来,形成竞争。第四,企划二部全体人员搬至祁阳。第五,你要留在董事会里,以防被叶潇断了后路。"

"我记住了。"叶亦双感激地说:"薛哥,感谢你一直为我着想!"

"还有一件事,我必须提醒你,宏远集团的财务总监叶如萍也是叶潇的人,所以祁阳分公司要想在总公司调动一分资金都会困难重重。我们要早做心理准备,祁阳的市场有多大,资金的缺口就有多大。"薛承笃定地说。

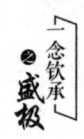

"我相信我们会一步一步克服困难,不管前路如何艰难,我们定能披荆斩棘。"叶亦双满怀信心地说。

"会当凌绝顶,一览众山小。不愧是宏远集团的董事长,魄力十足!"薛承赞许道。

叶亦双望着他,真诚地说:"薛哥,谢谢你。"

"穷且益坚,切勿气馁,我们一定会夺回失去的东西!"薛承鼓舞道。

叶亦双信任地握住薛承的手,坚定地点点头。

最后的谈判是在卫贤君的别墅里进行的,这里也是叶亦双最早的家。在场的人员不多,有卫贤君、叶如萍、魏和、叶潇、叶亦双,还有三个宗室长辈。

说是谈判其实也就是谈条件,长辈族人在场,主要是做个见证。叶亦双拿出几日来与薛承商量好的协议书让叶潇签字,同样叶潇也拿出一份协议书让叶亦双签字。叶亦双看了对方的条款,并没有提出异议,爽快地签下了自己的名字。轮到了叶潇,他似乎有点迟疑,还轻视道:"既然你是祁阳分公司的总经理,就没有必要再来集团公司挂个副总经理头衔吧。"

"我这个董事长职位都可以拱手相让,留个职位而已,对你应该没有影响吧?"叶亦双冷眼一瞥,反讥道:"你不会担心自己步人后尘吧?"

"不是关于影响的问题,这样会招来闲话,造成不必要的困扰。"叶潇一脸傲气地说。

"我这么做,也是为你着想,免得在众人面前落下个话柄。就像你当初为我考虑,接管公司是为了我的幸福着想。我们的想法可谓有异曲同工之处啊。"叶亦双讥嘲道。

卫贤君见兄妹俩唇枪舌剑互不相让,便一脸不满地对叶潇命令道:"就这么点小事,你不要再跟小双争来争去了。"

第五十八章 否极泰来

"叶潇,我看亦双的协议,没有什么不妥之处,她的要求很低,你应该尽量满足她。"一直沉默不语的叶如萍突然指责道。

几个宗族长辈也纷纷说:"照顾妹妹,是你当哥哥的责任,不应该太计较。"

见叶潇依旧持笔不动,一副不情愿的样子,魏和开了口,他声音苍凉,说:"宏远走的前几日,我跟他推心置腹地聊过一次,那场景我这辈子也无法忘记。当时,他声泪俱下,一边遭受肉体上的痛苦,一边承受精神上的折磨。他说实在放心不下这个家庭,怕出现同室操戈的痛心局面。结果呢,最终还是被他不幸言中,假如他得知今天所发生的一切,我怕他在九泉之下也不瞑目啊!我曾经答应他,并发过誓要好好照看亦双,看来我要失信于他了,我对不起宏远,有负他的重托。叶潇,亦双当你是亲人,才主动交出公司,你就不要再欺负她了,毕竟你俩是亲兄妹啊,血浓于水啊!"

魏和说到最后,声音都开始颤抖起来,他的内心充满了愧疚、失望、愤怒和无奈。魏和的话同时也震撼到了其他人,卫贤君犹如被一道闪电击中一样,呆在那里,她觉得惭愧和残忍,突然,她歇斯底里地喊道:"叶潇,你知足吧,快点把这个闹剧给我收场!"

卫贤君的声音把在座的人吓了一跳,吓得叶潇迅速签好了协议交还给叶亦双。

叶亦双收起文书,会心一笑,没有多说一个字,便转身离去。签完字后,她反而感觉到了前所未有的轻松,多日的阴霾一扫而空,她好像看到了光明的未来。

等大家都走后,卫贤君一个人呆坐在屋里,脸色惨白。突然,她对着空荡荡的房子,号啕大哭道:"宏远!我对不起你啊,看我都做了什么糊涂事啊!"

没过多久,宏远集团就迎来了第三任董事长,并在波澜不惊中完成

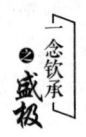

了换届仪式。叶亦双把相关手续办理完，就搭上去加拿大的航班，她准备去那里寻找快乐的记忆，顺便好好给自己放个假。至于中国的农历新年，她已经毫不留恋了。魏和在农历小年那天，办完了全部的离职手续，并移交了所有工作，彻底与这个奋斗了一生的企业告别了。魏和的离开，对薛承来说是个不小的打击。就在魏和辞职的第二天，薛承也递交了休假条，准备回老家陪父母好好过个新年。

这一年有人失落，有人欢笑。叶潇此刻正坐在豪华的办公室里，跷着腿抽着大雪茄，尽情享受着胜利后的喜悦。不错，今年最大的赢家就是他——宏远集团的现任董事长。

新年如期而至，普天同庆。自从回到乡下后，薛承就深居简出，倒也悠然自得。他已经好久没有过农村生活了，这里触手可及的亲切感，让他感觉像是回到了童年。

大年初一傍晚，纪凡、百里焱、百里念雅突然登门造访，令薛承惊喜不已。特别是念雅的出现，让他的心情好像从寒冷的冬天穿越到了温暖的春天。

念雅进门之后就含情脉脉地望着他，仿佛有道不尽的相思之苦。

薛承走到她面前，轻声道："好久不见，你消瘦了很多。"

念雅一脸柔情，忸怩地应了一声："是好久不见了。"

"你的头发长了好多。"薛承转而说，显得有点语无伦次。

"一寸青丝一寸智慧。"念雅说道，看到他有些不知所措，觉得挺有趣。

薛承一个箭步上去，紧紧握住念雅的手，深情地说："我真怕这辈子失去你。"

念雅顺势钻进他的怀里，娇嗔道："浑蛋！这么久了，也不来找我。"

"我每天都想，可我又怕落一场空。"薛承轻叹道。

念雅用力拍了拍他的胸膛，佯装生气地说："大笨蛋。"

百里焱站在一旁，见他俩毫无顾忌地煽情，鸡皮疙瘩骤起，他朝纪凡使了个眼神，然后讥笑道："你俩在大庭广众之下卿卿我我，好歹收敛一点儿吧。"

念雅见百里焱搅了自己的温情场面，白了他一眼，说："本小姐喜欢，你能拿我怎么办。"

纪凡打趣说："真是小别胜新婚，肉麻至极。"

薛承笑着说："你这可是羡慕不了的。"

而后，纪凡对薛承责备道："公司出了那么大的事情，也不知会我们一声，一个人跑到乡下来，算是逃避吗？"

薛承笑笑，又淡淡地说："木已成舟，不提也罢。"

纪凡无奈地问："今后，你有什么打算？"

薛承眼神坚定地看着他们，自信地说："我将在祁阳开启全新的事业！"

纪凡立马拍手道："那敢情好啊，到时候我们就可以并肩作战了！"

百里焱赶紧说："还有我呢！不管你们在哪里，都算我一份！"

薛承伸出右手，感激地说："好兄弟！一辈子！"

纪凡和百里焱立刻伸手握住，异口同声道："好兄弟！一辈子！"

正说话间，数不清的烟花在半空中炸开，划出一道道色彩绚烂的火焰，照亮了星空，同时照亮了四张年轻朝气的脸庞。